मलय जैन

जन्म : 27 फरवरी, 1970, सागर, मध्य प्रदेश

शिक्षा : एम.कॉम. अवधेशप्रताप सिंह विश्वविद्यालय, रीवा।

लेखन : वर्ष 1986 से लगातार लेखन। विभिन्न पत्रिकाओं में दर्जनों कहानियां एवं व्यंग्य प्रकाशित।

दो किशोर उपन्यास :

क्रमशः 'दीवानगढ़ी का रहस्य' एवं 'यक्षहरण' प्रकाशित।

कुछ कार्टून्स भी पत्र-पत्रिकाओं में प्रकाशित।

सम्पर्क : द्वारा श्री डी.के. जैन, सेक्टर के.एच. 50, अयोध्या नगर, भोपाल-462041 (म.प्र.)

मोबाइल : 09425465140

ई-मेल : maloyjain@gmail.com

ढाक के तीन पात

मलय जैन

राधाकृष्ण पेपरबैक्स

पहला पुस्तकालय संस्करण
राधाकृष्ण प्रकाशन प्राइवेट लिमिटेड द्वारा
2015 में प्रकाशित

राधाकृष्ण पेपरबैक्स में
पहला संस्करण : 2016

राधाकृष्ण पेपरबैक्स : उत्कृष्ट साहित्य के जनसुलभ संस्करण

राधाकृष्ण प्रकाशन प्राइवेट लिमिटेड
7/31, अंसारी मार्ग, दरियागंज
नई दिल्ली-110 002
द्वारा प्रकाशित

शाखाएँ : अशोक राजपथ, साइंस कॉलेज के सामने, पटना-800 006
पहली मंजिल, दरबारी बिल्डिंग, महात्मा गांधी मार्ग, इलाहाबाद-211 001
36 ए, शेक्सपियर सरणी, कोलकाता-700 017

वेबसाइट : www.radhakrishnaprakashan.com
ई-मेल : info@radhakrishnaprakashan.com

बी.के. ऑफसेट
नवीन शाहदरा, दिल्ली-110 032
द्वारा मुद्रित

मूल्य : ₹ 195

DHAK KE TEEN PAT
Novel by Maloy Jain

ISBN : 978-81-8361-800-7

कुछ दिल से...

छोटे-से एक व्यंग्य से प्रारंभ होकर पता नहीं कब और कैसे यह उपन्यास तक पहुँच गया और अब आपके हाथों में है। बहरहाल, सेवा-संबंधी अकथ व्यस्तताओं की बाधा-दौड़ और कुछ सैकड़ा घंटों के अथक परिश्रम के बाद उपन्यास को इस रूप तक लाने में मैं कामयाब हो सका।

इससे पहले कि आगे बढ़ूँ, ऐलान की इस परंपरा का निर्वहन अवश्य करूँगा कि इस उपन्यास के सभी पात्र और समस्त घटनाएँ पूर्णत: काल्पनिक हैं और किसी भी घटना या पात्र से समानता संयोग से अधिक और कुछ भी नहीं है। यह भी अवश्य बताना चाहूँगा कि उपन्यास में किसी भी सरकारी योजना की आलोचना अथवा समीक्षा नहीं की गई है वरन् यह बताने का प्रयास किया गया है कि हमारे देश को विकसित देशों की श्रेणी में खड़ा करने के लिए अत्यंत परिश्रम से तैयार की गई योजनाओं को क्रियांवित करने में जहाँ कुछ निष्ठावान लोगों ने ईमानदार प्रयास कर विकास के फूल खिलाए हैं, वहीं निष्ठा में प्रदूषण के फलस्वरूप कुछ लोगों ने सब ढाक के तीन पात करने में कोई कसर नहीं छोड़ी है। ऐसे लोग हर गाँव, हर शहर, हर गली-कूचों में हमारे आसपास ही हैं और हमारे लिए अबूझे नहीं हैं। उपन्यास में मेरे द्वारा सांस्कृतिक प्रदूषण और अपसंस्कृति के इस दौर में समाज में आ रहे परिवर्तनों को भी रेखांकित करने का छोटा-सा प्रयास किया गया है। शहरों की चमक-दमक से दूर ठेठ देहात के लोग, उनके जीवन में उपजती समस्याएँ, महत्वाकांक्षाएँ और इंटरनेट के इस चमत्कारी युग में भी हमारी मानसिकता की चाल, वही ढाक के तीन पात उपन्यास की मूल विषय वस्तु हैं।

इस उपन्यास को लिखे जाने की मुख़्तलिफ़ बाधाओं के दौरान जब-जब मैंने इसे अधूरा छोड़ देने का विचार किया, निराशा और

झल्लाहट का शिकार हुआ, मेरे लेखक और सेवानिवृत जिला न्यायाधीश पिता श्री देवेन्द्र कुमार जैन और पत्नी मीनू ने मुझे प्रेरणा देने में अमूल्य योगदान दिया। माँ श्रीमती माला जैन और बेटियों मलिका एवं मौलि का योगदान तो निस्संदेह है ही। उपन्यास लेखन के दौरान इसके कुछ अंशों पर बेटी मलिका ने हँस-हँसकर लोटपोट होते हुए अप्रत्यक्ष तौर पर मुझे आश्वस्त किया कि मैं ग़लत दिशा में नहीं जा रहा हूँ और आपको बोर नहीं होने दूँगा। मेरी पत्नी मीनू, जो कि स्वयं भारतीय साहित्य की गजब की पढ़ाकू हैं, उन्होंने उपन्यास के पूर्ण होने के बाद उसे काट-छाँटकर सँवारा और संपादन की यह काट-छाँट इतनी बारीकी से की कि उन्हें चश्मा लगते-लगते बचा। व्यंग्य की बारीकियों के प्रति अपने अल्पज्ञान को स्वीकार करते हुए यह उपन्यास आपके समक्ष प्रस्तुत है। फ़ैसला अब आपके हाथों में है।

—मलय जैन

सलामतपुर...ज़िला हेडक्वार्टर से दूर एक मँझोला क़स्बा...क़स्बे के छोर पर सरकारी दफ़्तरों की श्रृंखला और इन दफ़्तरों में हमेशा की तरह ख़ुशगवार मौसम...जलवायु उतनी ही सुहावनी, जितनी हिंदुस्तान के आम सरकारी दफ़्तरों की। बारहमासी हरियाली की वजह से माहौल एकदम चकाचक हरा...चाहो तो स्वस्थ आँखों से हरा-हरा देख लो और अंधा होकर ही हरा देखने का शौक़ हो तो सावन में क्या, चैत्र, वैशाख, यहाँ तक कि ज्येष्ठ मास में भी अंधा होकर एकदम सावन की भाँति चकाचक हरा-हरा देखा जा सकता था यहाँ।

सुबह, ग्यारह बजे का वक़्त...चहुँ ओर लाल फ़ीतों की लालिमा धीरे-धीरे खिलना प्रारंभ हो चुकी थी। इस लालिमा को देखकर सहज अंदाज़ा लगाया जा सकता था कि सरकारी सूरज उगने को था। लिहाज़ा प्रायः हर दफ़्तर के बाहर एक-सा ख़ुशनुमा दृश्य उपस्थित हो रहा था।

इन दफ़्तरों के बाहर दूर देहात से आए ऐसे अनेक लोग देखे जा सकते थे जिनके विभिन्न काम यहाँ अनादिकाल से लटके थे। इनकी निस्तेज़ आँखों में उम्मीदें थीं। काँपते हाथों में मुड़ी-तुड़ी अर्ज़ियाँ थीं और मन में आज ही काम निपट जाने की ज़बर्दस्त ख़ुशफ़हमियाँ थीं। दफ़्तर के सामने खाली पड़े मैदानों में, पीपल और बरगद की छाँह तले, मूँगफली के ठेलों पर, चाय और पान की गुमटियों पर, रास्तों पर कुछ देहाती टहल रहे थे, कुछ बीड़ी फूँक रहे थे, ज़्यादातर पारंपरिक मुद्रा में उकड़ूँ बैठकर आपस में बतिया रहे थे और काम का बिगुल बजने की प्रतीक्षा कर रहे थे।

दफ़्तरों के चपरासीगण पारंपरिक अदा में अपने-अपने स्टूलों पर विराजमान हो चुके थे। ये सभी प्राचीनकालीन चपरास परंपरा का निर्वहन करने के लिए कृत-संकल्पित थे। इनमें से कई ऐसे थे जो अपनी हथेलियों में विशिष्ट अंदाज़ में खैनी रगड़ रहे थे तथा पैनी निगाहों से इन देहाती हितग्राहियों, गवाहों, फरियादियों को घूरकर उन्हें रगड़ने की संभावनाएँ खोज रहे थे।

कुछ बेशर्म क़िस्म के बाबू देर से आने की परंपरा का अपमान करते हुए समय पर अपनी सीटों पर पहुँच चुके थे। चूँकि सूरज अभी पूरी तरह उगा नहीं था इसलिए कुछ देर वे पूर्णतः शांत भाव से बैठे आसपास के वातावरण पर गहरी नज़र डाल रहे थे। घुन लगी लकड़ी और जंग लगी लोहे की अगणित अलमारियाँ...बरसों

से एक-दूसरे से सटी...इन अलमारियों के ऊपर मकड़ी के असंख्य जाले...जालों के बीच लाल फ़ीतों में फँसी फाइलें...एकदम निरीह कीड़े की तरह छटपटाती हुईं।

लंबे गलियारों और ऊँची छत वाले इन कमरों में अनेक टेबिलें थीं जिन पर मुख़्तलिफ़ रंगों वाली मध्यकालीन चादरें बिछी थीं। ये चादरें यद्यपि मेज़पोश के रूप बिछाई गई थीं परंतु अधिकतम सदुपयोग की नीति के तहत स्याही पोंछने, नाक पोंछने, यहाँ तक कि अचानक छापा जैसी अफवाह के उड़ जाने पर रँगे हाथ तक पोंछने के लिए उपयोग में आती थीं। इस तरह इन चादरों के दीर्घकालीन वैविध्यपूर्ण उपयोग के कारण, उन पर यदा-कदा फैली लाल, नीली, हरी और काली स्याहियों के अयोजित साहचर्य से उग आई डिजाइनें कार्यालय को एक अप्रतिम शासकीय सौंदर्य प्रदान कर रही थीं।

इन टेबिलों पर असंख्य फाइलें विभिन्न अवस्थाओं में पाई जा रही थीं। कुछ फाइलें कार्य पूरा होने या न होने की शंका में ऊपर-नीचे हो रही थीं। कुछ लंबे समय से एक ही जगह पड़ी-पड़ी कराह रही थीं। कुछ दम घुटने के कारण अंतिम साँसें ले रही थीं। अनेक फाइलें, जिन पर बाबू, बड़े बाबू या साहब की कृपा नहीं हुई थी, ब्रह्मांड में भटकती असंख्य आत्माओं की तरह एक योनि से दूसरी, दूसरी योनि से तीसरी अर्थात एक टेबिल से दूसरी, दूसरी टेबिल से तीसरी टेबिल पर भटकती हुई मुक्ति की बाट जोह रही थीं। वहीं कुछ फाइलें जिनके लिए टेबिल के उस पार यथोचित सेवा का समर्पण किया जा चुका था, साहब द्वारा चिड़िया बिठाते ही उड़ान भरने के लिए तैयार थीं।

कुछ बाबू जो अभी-अभी चले ही आ रहे थे, उनके द्वारा अभी-अभी टेबल पर आई फाइलों को देखकर विचार किया जा रहा था कि इन फाइलों के साथ किस प्रकार का सुलूक किया जाए। चूँकि इन फाइलों पर सेवाभाव का समर्पण प्रारंभ नहीं किया गया था, लिहाज़ा अभी यह तय नहीं था कि इनमें से किन फाइलों को निबटाया जाएगा, किन्हें अटकाया जाएगा, किन्हें लटकाया जाएगा, किन्हें लतियाया जाएगा और किन्हें आँखों पर बिठाकर आकाशीय मार्ग से गंतव्य तक पहुँचाया जाएगा।

आपको बता दें, यूँ तो ये सरकारी बाबू थे, मगर निठल्ले कतई नहीं थे। कई शोधार्थी क़िस्म के बाबू दफ़्तर में सारा दिन इस सोच में व्यस्त रहते थे कि बाबुओं को निठल्ला क्यों कहा जाता है? उन्हें इस बात का ख़ासा रंज रहता कि 'सावन है तो हरियाली होगी ही', 'धुआँ है तो आग होगी ही', की तरह भला यह क्यों माना जाता है कि बाबू है तो निठल्ला होगा ही। वे घंटों दफ़्तर में अपनी कुरसियों पर मेढक की भाँति बैठे इस पर चिंतन करते। चिंतन इतनी गंभीरता से होता कि उन्हें भान ही नहीं होता कि कोई आवेदक कब से उनके सामने अर्ज़ी लिये खड़ा है और खड़ा-खड़ा उनके चिंतन पर चिड़चिड़ाकर चला भी गया है। वे अक्सर विचार

प्रक्रिया में दिन भर डूबे रहते। कभी-कभी इतना गहरे डूब जाते कि उन्हें समय का पता ही न चलता। जब दिन के उजाले में हमेशा जलने वाली स्ट्रीट लाइटें अँधेरा होते ही नियमपूर्वक बुझ जातीं, तब उनकी तंद्रा भंग होती। उन्हें इल्म होता कि लो, व्यस्तता भी कैसी है कि वक़्त का पता ही नहीं चला। वे पश्चाताप करते कि खामख्वाह सरकारी काम में इतना वक़्त ख़राब किया। कई बाबू अपनी सीट पर जब गहन चिंतन में डूबते तो प्राय: उनके निद्रा में होने का भ्रम होता। ऐसे बाबुओं को यद्यपि नींद में चलने की बीमारी नहीं थी, परंतु चिंतन में खोए-खोए वे कब अपनी सीट से उठकर चल देते, उन्हें स्वत: भान न हो पाता। भान तो तब होता, जब वे इस प्रकार खोए-खोए चलते हुए बाँकेलाल की कैंटीन पर पहुँच जाते। वे पाते कि विभिन्न दफ़्तरों के और भी कई बाबू उन्हीं की तरह चिंतन में खोए यहाँ तक आ पहुँचे हैं, तब चाय और समोसों के साथ उनमें देर तक इस बात पर संगोष्ठी होती कि लोग क्यों बाबुओं के पीछे हाथ धोकर पड़े रहते हैं और उन्हें निठल्ला साबित करने पर तुले रहते हैं।

मगर इस ब्यौरे से यह मत सोचने लगिए कि सरकारी दफ़्तर है तो सारे बाबू यूँ ही निठल्ले बैठे होंगे। यह भी मत सोचिए कि ईमानदारी का नामोनिशाँ नहीं और सारे के सारे बाबू केवल इस प्रतीक्षा में होंगे कि फाइल पर वजन चढ़े तब वे अपना दिल उसकी गहराई में उतारें। दरअसल, बहुत से बाबू ऐसे भी थे जो कि 'सिंसियरटी सिंड्रोम' और 'एक्यूट डैफिशिएंसी ऑफ हरामख़ोरी' नामक गंभीर एवं लाइलाज बीमारी से ग्रसित थे। सरकारी काम के प्रति विशेष समर्पण, वक़्त की पाबंदी, पीड़ितों से सहानुभूति, बुरा न देखना, बुरा न सुनना और बुरा न कहना इस बीमारी के प्रमुख लक्षण थे जो ऐसे बाबुओं में पाए जाते थे। इस बीमारी से ग्रसित होने के कारण ये बाबू अच्छे और गऊ इंसान कहलाते थे। ये मोटे काँच का चमत्कारी चश्मा लगाते थे जो कि आम तौर पर उनकी नाक के आख़िरी सिरे पर रखा रहता था। चमत्कारी इसलिए कि काम के नशे में चश्मा भले ही नाक के आख़िरी सिरे पर से खिसकता हुआ ख़तरे के निशान को पार कर जाए, मगर मज़ाल है जो नीचे गिर जाए।

अच्छे इंसान कहलाने वाले इस नस्ल के बाबू फाइलों के ढेर में इस प्रकार दबे होते थे कि उन्हें खोज पाना सामान्यत: नामुमकिन था। पैरों पर उचककर, स्टूल या टेबल पर चढ़कर ही उन्हें खोजने में सफलता पाई जा सकती थी। फाइलों का बोझ ऐसा था कि न हाथ बाहर निकाला जा सकता था न सिर। वे एक फाइल से सिर बाहर निकालकर साँस लेने का यत्न करते, मगर चार नई फाइलें उनकी खोपड़ी पर आ गिरतीं। लिहाज़ा वे और नीचे दब जाते। अब इसे भी चमत्कार ही कहेंगे कि कर्तव्य को समर्पित ये बाबू ऐसे वातावरण में भी दम को सँभाले हुए थे और सम भाव से अपना काम समय पर पूरा करते थे।

दफ़्तरों के बाहर बरामदों में या यहाँ-वहाँ मवेशियों के झुंड की भाँति खड़ी मोटरसाइकिलों पर कुछ विशिष्ट प्रजाति के ग़ैर-सरकारी लोग पाए जा रहे थे। ये लोग सरकारी बाबुओं और चपरासियों के सतत सान्निध्य, अफ़सरों और स्थानीय नेताओं के आशीर्वाद से सरकारी और ग़ैर-सरकारी की एक संकर प्रजाति के रूप में ऐसे विकसित हो चुके थे कि इन्हें दफ़्तर का आवश्यक अंग स्वीकार कर लिया गया था। जिस प्रकार शरीर बदलता रहता है किन्तु आत्मा अमर होती है, उसी प्रकार दफ़्तरों के बाबू और अफ़सर तो बदलते रहते थे परंतु ये जीव आत्मा की तरह इन्हीं दफ़्तरों में अमर हो गए थे। दफ़्तर की गहराइयों में इतना भीतर तक समा गए थे कि प्रायः भ्रम होने लगता था कि ये वास्तव में सरकारी प्राणी हैं अथवा ग़ैर-सरकारी। ये मूलतः दफ़्तरों के लाल थे और दफ़्तर के लाल विशेषण के शाब्दिक संक्षेपीकरण की प्रक्रिया में 'दलाल' नामक एक विशिष्ट प्रजाति के रूप में स्थापित हो गए थे। ये विशिष्ट प्राणी 'सर्वे भवन्तु सुखिनः सर्वे सन्तु निरामयः' और 'सर्वजन हिताय, सर्वजन सुखाय' की लोक कल्याणकारी भावना को अपने चौखटे पर सजाकर दफ़्तरों के इस दलाल पथ पर उतरते थे। वस्तुतः ये प्राणी समस्या और समाधान के मध्य सेतु थे। कार्य सिद्धि हेतु कुएँ तथा प्यासे के मध्य संवाद की ये ऐसी भूमिका का निर्वहन करते थे जिसके आधार पर उनका स्वयं का जीवन निर्वहन तय होता था। माल हाथों में आते ही ये समस्याओं के गहरे ताल में से समाधान के मोती खोज लाते थे।

ये दलाल कभी बाबुओं और अफ़सरों के साथ कुरसियों पर बैठे पाए जाते तो कभी आम भोले लोगों के बीच करुणाभाव के साथ बैठे सेवाभाव की अलख जगाते पाए जाते। संकर प्रजाति के ये दलाल अटके, लटके, उलझे, अनसुलझे तमाम तरह के कामों को चुटकियों में सुलझाने और निपटवाने का माद्दा रखते थे। ये उस दिव्य दृष्टि को धारण करते थे जिससे किसी भी प्रकार की गोपनीय फाइल को कभी भी देखा जा सकता था, दिखाया जा सकता था। ये दलाल रहस्यों के सारे अभेद्य किले भेदते हुए किसी भी भेदभरी फाइल में इतने छेद कर सकते थे कि गोपनीयता नामक चिड़िया अपने पर कटवाकर बाबू साहब की टेबल पर ही जान दे सकती थी।

ये सेवाभावी साँड़ सारा दिन दफ़्तरों की विभिन्न वीथिकाओं में निर्बाध विचरण करते निरीह गायों की खोज में रत रहते थे और 'काम के बदले दाम' योजना के अंतर्गत तन के लत्ते और बरतन-भांडे बिकवा देने तक की योग्यता रखते थे। जैव वैज्ञानिक दृष्टिकोण से देखा जाए तो इनमें एक विशिष्टता और थी, प्रायः ये साँड़ एकाकी रहते थे। इस अभ्यारण्य में अपना-अपना इलाक़ा तय कर लोगों के कार्य संपन्न कराते थे। गऊ क़िस्म के बाबुओं और ईमानदारी की दुम वाले अफ़सरों से दूरी बनाकर रखते थे मगर जब कभी ईमानदार नस्ल का कोई अफ़सर ज़बर्दस्ती

इन्हें खदेड़ने का प्रयास करता, तब सेवा के ये सारे साँड़ मिलकर एक हो जाते थे। अपने संपर्कों के सीगों के दम पर ऐसे नाकारा अफ़सर को ब्रह्मांड की किसी भी लूप लाइन में फिंकवा देने की ताक़त रखते थे।

विभिन्न दफ़्तरों के बाहर बरामदों में पुराने टाइपराइटरों पर राग खटर--पटर प्रारंभ हो चुका था। ख़ास तौर पर सरकारी इलाक़ों में पाया जाने वाला यह विशिष्ट संगीत कंप्यूटरी हमले के कारण लुप्त होने के कगार पर था जिसे पुराने साजिंदे ही किसी प्रकार बचाए हुए थे। टाइपराइटरों के उस पार बैठ ये साजिंदे अर्ज़ीनवीस कहलाते थे और पीढ़ियों से अर्ज़ियाँ लिखने और टाइप करने का काम करते आ रहे थे। ये अर्ज़ीनवीस लेखन शैली और कल्पनाशीलता में अच्छे-अच्छे साहित्यकारों को धूल चटा सकते थे, आवेदक द्वारा बताई गई तिल जैसी घटना को शब्दों की कढ़ाही में तलकर ताड़ बना सकते थे। लात-मुक्कों से की गई मारपीट को लाठियों से और लाठियों से की गई मारपीट को देसी कट्टे, तमंचे या तलवार के द्वारा मारा जाना बता सकते थे। गाय-भैंस के गुमने, पड़ोसन द्वारा घर में कूड़ा फेंकने, पड़ोसी द्वारा आँख मारने या सीटी बजा देने जैसी साधारण सी समस्याएँ, जो स्थानीय स्तर पर आसानी से निपट सकती थीं, को विकराल और अखिल भारतीय रूप प्रदान कर सकते थे। मात्र दस रुपए प्रति कॉपी की तुच्छ फीस पर संपूर्ण हिंदुस्तान में आवेदन की प्रतिलिपियाँ भेजकर बड़े-बड़े आयोगों, मंत्रालयों, सचिवालयों के काम में भारी इज़ाफ़ा कर सकते थे। इस प्रकार साधारण सी अर्ज़ी को अनेक फर्जी बातों से पौष्टिकता प्रदान करते हुए ये अर्ज़ीनवीस स्वयं का पोषण कर रहे थे। जैसा कि पहले बताया, दफ़्तरों में काम शुरू होते ही इनका खटर-पटर संगीत प्रारंभ हो गया था और आवेदक कर्णकटु स्वरलहरियों के बीच चमत्कृत से मुँह बाए बैठे आनंदित हो रहे थे कि बस अब अपना काम हुआ ही समझो।

अनुविभाग यानी परगना स्तर के इस क़स्बे में तमाम दफ़्तर यहाँ-वहाँ प्रतिष्ठित थे। दफ़्तरों की इसी शृंखला में विकास-खंड कार्यालय पहला था जहाँ के सिपहसालार बीडीओ साहब कहलाते थे। बीडीओ ठाकुर साहब रिटायरमेंट के नज़दीक थे तथा विगत पैंतीस वर्षों में विभिन्न विकास-खंडों में तैनात रहते हुए देश के विकास में योगदान देते आ रहे थे। दफ़्तर में घुसते ही उनके मुँह का जायक़ा ख़राब हो गया था। इसका कारण वह हठी देहाती था जो दफ़्तर पहुँचते ही वेताल की भाँति उनके कंधे पर चढ़ बैठा था और पीछे-पीछे चेम्बर तक आ पहुँचा था। उसके हाथ में जो काग़ज़ था वह बीडीओ साहब को संताप उत्पन्न कर रहा था। यही सबब है कि उनकी भृकुटियाँ तन गई थीं, त्यौरियाँ चढ़ गई थीं, फिर भी वह चेहरे पर शांत एवं परम आध्यात्मिक भाव की स्थापना कर सिर पर खड़े उस देहाती को क्रोधभरी नज़रों से घूर रहे थे। यह देहाती अपने गाँव में विकास से जुड़े किसी मुद्दे की जानकारी आर.टी.आई यानी सूचना के अधिकार के अंतर्गत चाह रहा था और यही

वजह है कि बीडीओ साहब संताप के साथ संकट से घिर गए थे, भीतर से उबलते क्रोध, घृणा और जूते मारने की इच्छा को भरपूर दबाकर रखने और ज़ाहिरा तौर पर मुसकराने की लाचारी के बीच जो विचित्र भाव चेहरे पर स्थापित होते हैं, उन भावों के साथ बीडीओ साहब उसे घूर रहे थे।

बीडीओ साहब देहाती को ऊपर से नीचे तक देखते हुए मन-ही-मन भुनभुनाए, 'क्या ज़माना आ गया, साले दो कौड़ी के लोग जो पहले दफ़्तर के बाहर चप्पलें उतारकर घुसते थे, अब जूते पहने बेशर्मी से दनदनाते हुए घुसे चले आ रहे हैं। न कोई शर्म न लिहाज़। न डर न भय। दस रुपल्ली का स्टांप लगाया और खीसे निपोरते खड़े हो गए एक आवेदन लेकर कि इसकी नक़ल दे दो, उसकी नक़ल दे दो। अफ़सरों से सवाल-जवाब करने लग गए ऐसा क्यों नहीं हुआ और वैसा क्यों नहीं हुआ। सरकार भी न जाने कैसे-कैसे क़ानून बनाती है। एक तो काम करो, ऊपर से काम की गारंटी भी दो। चाहे जो ऐरा-ग़ैरा एक पन्ने की अर्ज़ी खोपड़ी पर पटककर चले जाए, हमें तो काम करना ही पड़ेगा।' उन्हें लगा, अब नौकरी करना आसान नहीं रहा।

विकास-खंड कार्यालय के साथ वाली गली में ब्लॉक शिक्षा अधिकारी यानी बीईओ साहब का कार्यालय था। यहाँ भी बीईओ साहब अभी-अभी अपनी सीट पर पहुँचे थे और पहुँचते ही उन्हें कुछ विशिष्ट क़िस्म के शिक्षकों ने घेर लिया था। ये उस विशिष्ट श्रेणी के शिक्षक थे, जिनकी तैनाती यूँ तो दूरस्थ एवं ठेठ देहाती गाँवों में की गई थी मगर ये केवल अपना वेतन प्राप्त करने माह में एक बार इन देहातों में जाया करते थे। शिक्षा जैसे फालतू काम के लिए यूँ धूल और धक्के खाते हुए देहाती स्कूल तक जाने को अपनी तौहीन मानते थे। यही वजह है कि समाजसेवी भावना से ओत-प्रोत होकर उन्होंने गाँव के बारहवीं फेल बेरोज़गार युवकों को अपनी जगह पढ़ाने का ज़िम्मा ठेके पर दे दिया था। इस तरह शिक्षा के क्षेत्र में भी ठेकेदारी प्रथा को स्थापित करते हुए उन्होंने न केवल ऐसे टटपूंजिया और फ़ालतू नवयुवकों को गुरुजी पद का सम्मान प्रदान किया था वरन् इसके बदले अपने वेतन का कुछ हिस्सा दिहाड़ी के रूप में देकर उन्हें आजीविका भी प्रदान कर रखी थी। इन शिक्षकों ने देश में कुटीर उद्योगों की शोचनीय स्थिति पर तरस खाते हुए अपनी कुटिया में ही ट्यूशन के कुटीर उद्योग खोल लिए थे। उद्योग संचालन में कोई बाधा न उत्पन्न हो, इस कारण वे यदा-कदा इसी प्रकार बीईओ साहब के समक्ष आते थे और ट्यूशन से प्राप्त गुरु-दक्षिणा का कुछ अंश उनके चरणों में समर्पित करते हुए आह्वान करते थे कि गुरु-शिष्य परंपरा की तरह गुरु-दक्षिणा की प्राचीन परंपरा भी इसी प्रकार जीवित रहे और सभी की आजीविका मज़े से चलती रहे।

बीईओ साहब के दफ़्तर के ठीक बग़ल में तहसील कार्यालय था जहाँ प्रात:कालीन समागम की भाँति तहसीलदार साहब, बड़े बाबू और क़ानूनगो चाय

पीते हुए आपदा प्रबंधन की बैठक कर रहे थे और आगामी दिनों में अचानक बाढ़ आ जाने, सूखा पड़ जाने, ओलावृष्टि होने, फ़सलों को पाला मार जाने या इल्लियों द्वारा हजम कर लेने, महामारी फैल जाने, भूकंप आ जाने, आग लग जाने, बिजली गिर जाने जैसी अनेकानेक प्राकृतिक आपदाओं के प्रबंधन के साथ-साथ बच्चे के बोरवैल में गिर जाने, किसी शराबी के धर्मेंद्र की भाँति पानी की टंकी पर चढ़ जाने, चक्काजाम या अन्य कोई आंदोलन हो जाने जैसी विपदाओं पर कैसे निपटा जाए इस पर गंभीरता से विचार कर रहे थे। विचार की इस गंभीर प्रक्रिया में वे उन समोसों और गुलाबजामुनों को भी लगे हाथ गंभीरतापूर्वक निपटा रहे थे जो एक महत्त्वपूर्ण फाइल पर सवारी करते हुए आए थे। यह सौभाग्यशाली फाइल अनेक टेबलों की बाधादौड़ को निर्बाध रूप से पार करती हुई अपने अंतिम गंतव्य पर आ पहुँची थी और यही कारण है कि वह अपनी पीठ पर समोसे और गुलाबजामुन भी बिठाकर आभार प्रदर्शन की मुद्रा में आई थी।

जिस वक़्त एसडीएम साहब की जीप उनके दफ़्तर की ओर मुड़ी, उस वक़्त लपकासिंह बांस एवं पन्नियों को किसी प्रकार तानकर बाँधे गए एक छप्पर की छाँह में टूटी बैंच पर बैठे थे। वह न केवल बैठे थे, वरन अत्यंत परिश्रम से किसी प्रकार अपनी लार को टपकने से बचा रहे थे। टूटी बैंच और अधफटे छप्पर वाली यह भव्य इमारत बाँकेलाल की कैंटीन थी जहाँ पर काली, गलीज और गंधाती एक प्रागैतिहासिक कड़ाही में ऐतिहासिक ढंग से समोसे तले जा रहे थे। सोने सी आभा देती जलेबियाँ गँदले शीरे में डुबोई जा रही थीं। एक टाँग बगुले की भाँति ज़मीन पर और दूसरी टाँग बैंच पर रखकर लपकासिंह इन्हीं समोसों और जलेबियों पर गिद्ध दृष्टि जमाए थे। उनके मुँह से लार के सोते फूट रहे थे और सब्र का बाँध टूटा पड़ रहा था।

बाँकेलाल के हाथ समोसों को तेल पिलाने में मसरूफ़ थे और लात उस कुतिया को मज़ा चखाने में व्यस्त थी जो समोसे में डाले जाने वाले आलुओं को एक बार कैसे भी चख लेना चाहती थी। कुतिया बड़ी ज़बर और बेशरम थी तथा तमाम प्रयासों के बाद भी मुद्रास्फीति की तरह बेशर्मी से और आगे तक बढ़ आती थी। इस प्रकार लात खाकर थोड़ी दूर भागने के बाद फिर उसी आकांक्षा के साथ वापस आलुओं से भरी थाली की ओर आने के इस मनोरंजक दृश्य को लपकासिंह बड़े ही विनोदपूर्ण भाव के साथ देख रहे थे। साथ ही मुफ़्त में मिलने वाली इस साप्ताहिक पार्टी का भरपूर लुत्फ़ उठाकर दिन की शुरुआत करने की बाट जोह रहे थे। उन्हें मुफ़्त में यह आनंद यों ही नहीं मिलने जा रहा था। इसके पीछे कमीनेपन की उनकी लंबी तपस्या थी जो उन्होंने ऐसी ही कई चीज़ें मुफ़्त में हासिल करने के लिए की थी।

लपकासिंह गूगल गाँव के श्री इन वन थे। वह मनसा, वाचा, कर्मणा एक जैसे कमीने थे। श्री इन वन कैसे थे, वह बाद में। पहले यह ध्यान देने वाली बात है कि उनका नाम लपकासिंह ही क्यों रखा गया। एक तो लपकासिंह प्री मैच्योर्ड डिलेवरी यानी वक़्त से पहले ही एकदम से लपककर पैदा हुए थे। दूसरे, बचपन से ही हर पाने वाली चीज़ को पाने के लिए लपकने की उनकी आदत वह वजह थी कि उनका नामकरण इस प्रकार किया गया था। कुल मिलाकर उनके आज के लपकपन को देखते हुए हर एक का मानना था कि पूत के पाँव पालने में दिखने वाली कहावत एकदम सही है और लपकासिंह का नामकरण एकदम शास्त्रोचित एवं सटीक ढंग से किया गया था।

लपकासिंह ने बारहवीं की परीक्षा तीन बार दी थी। वह शायद पूरे बारह बार परीक्षा देते यदि उन्हें रोका नहीं गया होता। बारहवीं में लगातार फेल होने के बाद जब कुछ नहीं सूझा तो उन्होंने शागिर्द के रूप में शादी-ब्याहों में फोटो खींचने फिर वीडियो फ़िल्म बनाने का काम शुरू किया था। जब शादी-ब्याह से फारिग होते तो लपकासिंह खाली समय में ज्ञान-प्राप्ति के उद्देश्य से सलामतपुर के तहसील कार्यालय, पुलिस थाने, दीवानी, फ़ौजदारी, अदालत और दीगर सरकारी दफ़्तरों का निरंतर भ्रमण करते। इसका सीधा फ़ायदा यह हुआ कि जल्द ही उन्हें यह ज्ञान प्राप्त हो गया कि क़लम, कैमरा और क़ानून में बड़ा दम है और इन तीनों के दम पर बड़ी से बड़ी जंग फतह की जा सकती है।

लपकासिंह ने पत्रकारिता के लिए समर्पित पत्रकारों के आदर्श से कोई प्रेरणा ग्रहण न करते हुए सलामतपुर के ऐसे टटपुंजियों को अपना आदर्श बनाया जो तहसील कार्यालय, थाने और दीगर दफ़्तरों में दिन-रात अकारण चक्कर काटकर तहसीलदार, थानेदार, बीडीओ और ऐसे ही तमाम अफ़सरों के कमरे में देर तक कुरसी से चिपककर मुफ़्त की चाय पीते थे और पत्रकार होने का भ्रम पैदा करते हुए अपना उल्लू सीधा करते थे। इस प्रेरणा को ग्रहण कर लपकासिंह ने पत्रकार बनना तय किया और फिर क़लम हाथ में लेकर ख़बरों के बीहड़ में कूद पड़े। बिना पत्रकारिता की अलिफ़-बे-ते जाने वह पत्रकार के रूप में पहचाने जाने लगे।

इसके ठीक बाद उन्हें सूचना क्रांति के युग में सूचना जुटाने का सबसे उम्दा हथियार हाथ लगा और वह था सूचना का अधिकार। मात्र दस रुपए के निवेश पर सूचनाओं का पहाड़ खड़ा कर लेना उनके लिए अलादीन के चिराग़ से कम न था सो कुछ सुनी-सुनाई, कुछ सतही ढंग से पढ़ी-पढ़ाई बातों को ब्रह्मज्ञान की भाँति ग्रहण कर वह लगे हाथ आरटीआई एक्टीविस्ट भी बन गए। इस तरह पत्रकार और आरटी आई कार्यकर्ता के संगम से लपकासिंह टू इन वन हो गए।

अगला क्रम कैमरे का था जो उनके पास पहले से मौजूद था। कैमरे की चमत्कारी उपयोगिता को अनुभव करते ही वह स्ट्रिंगर बन गए और इलेक्ट्रॉनिक

मीडिया से भी जुड़कर थ्री इन वन हो गए थे। इस प्रकार इन तीन विधाओं में अपनी टाँग फँसाने के साथ ही उन्हें चाहे जिसकी टाँग खींचने और गरदन फाँसने का वैधानिक प्राधिकार प्राप्त हो गया था।

बाँकेलाल की कैंटीन पर हमले से पहले लपकासिंह ने क़ानूनी पहलुओं को भली-भाँति परखा था तब उन्होंने अनेक निष्कर्ष निकाले थे। पहला तो यह, कि जिस ज़मीन पर समोसे तले जा रहे हैं, वह भूमि सरकार की है और ऐन तहसील कार्यालय के सामने यह होटल पूरी बेशर्मी और गुस्ताख़ी के साथ अतिक्रमण कर बनाया गया है, लिहाज़ा बेदख़ली अधिनियम में कभी भी लपकासिंह अपना दख़ल देकर कैंटीन के टीन-टप्पर उठवा सकते हैं।

दूसरा, समोसे तले जाने वाली कड़ाही का चूल्हा लाल रंग के जिस गैस सिलेंडर के साथ जुड़ा था, वह क़ानूनन घरेलू उपयोग के लिए था और नियम-क़ायदों को ठेंगे पर रखकर सरेआम व्यावसायिक उपयोग में लाया जा रहा था। स्टोव में इस्तेमाल किया जाने वाला केरोसिन तेल किसी ग़रीब के नाम पर अँगूठा लगाकर राशन की दुकान से सस्ती दरों पर प्राप्त किया गया था, इन सब सूचनाओं को प्रकाशित कर वह आवश्यक वस्तु अधिनियम के तहत बाँकेलाल का तेल निकाल सकते थे।

तीसरा, कड़ाही को चूल्हे पर चढ़ाने के पहले बाँकेलाल ने उसमें से उन बीसियों कीट-पतंगों को निकालकर बाहर फेंका था जो रात भर से खुली कड़ाही में कूद-कूदकर खुदकशी कर रहे थे। इतना ही नहीं, उन्होंने चाशनी में डूबी चींटियों की फ़ौज को भी बाहर का रास्ता दिखाया था और फिर जलेबियों को इसी चाशनी में तैरने के लिए छोड़ दिया था। इस आधार पर वह दूषित और अमानक खाद्य सामग्री अधिनियम के तहत बाँकेलाल का बँटाधार कर सकते थे।

चौथा, कैंटीन पर काम करने वाले दोनों छोकरे जो सारा दिन दौड़-दौड़कर सरकारी दफ़्तरों में चाय, समोसे और गुलाबजामुन परोसते थे उनकी उम्र चौदह वर्ष से कम थी। ऐसे में बालश्रमिक से काम कराए जाने और बँधुआ बनाकर रखे जाने का आरोप लगाकर वह जब चाहे, बाँकेलाल को जेल की हवा खिलवा सकते थे।

पाँचवाँ, कैंटीन के कोने में रखी टूटी बैंच पर चलता काला सफ़ेद टीवी और उसी के बग़ल वाली टूटी कुरसी पर खड़खड़ाता टेबल फैन जिस तार के मार्फत बिजली प्राप्त कर रहे थे, वह तार सीधे सरकारी खंभे में लग्गी फँसाकर चोरी से प्राप्त की जा रही थी और विद्युत अधिनियम के अंतर्गत वह जब चाहें, बाँकेलाल को 440 वोल्ट का करेंट लगवा सकते थे।

इतने सारे मुद्दे लपकासिंह के लिए पर्याप्त थे और उनका अधिकार बनता था कि वह चाहें तो खौलती कड़ाही में से समोसा उठाकर खा लें या जलेबी की चाशनी में पूरा मुँह ही डाल दें, चाय की तपेली को उलटाकर उस पर तबला बजाएँ या ख़ुद बाँकेलाल की खोपड़ी पर ही तबला बजाने लग जाएँ।

समोसे में भरे जाने वाले आलुओं को अभी-अभी चोट्टी क़िस्म की उस कुतिया के द्वारा चखे जाने से बचाया गया था, खौलती चाय में से एक जीती मक्खी को ईमानदार अफ़सर की तरह निकाल बाहर किया गया था, यह देखकर भी लपकासिंह की लोलुपता में कोई अंतर नहीं आया था और वह सम भाव से चाय के पतीले से, समोसों के कड़ाही से और जलेबियों के चाशनी से बाहर आने की प्रतीक्षा कर रहे थे।

एसडीएम साहब दफ़्तर पहुँचकर अभी-अभी अपनी सरकारी जीप से उतरे थे। इससे पहले कि वह दफ़्तर की ओर बढ़ते, एक साथ कई देहाती उनकी ओर दौड़ पड़े थे और अपने आवेदनों पर कृपादृष्टि पाने की आकांक्षा रखते हुए ज़बरन उनके चरण छूने, पकड़ने के लिए धक्का-मुक्की करने लगे थे। एसडीएम साहब उस वक़्त कान पर मोबाइल चिपकाए थे लिहाज़ा जबरन चरणों से चिपकने वाले इन मूर्ख देहातियों को रोज़ाना की तरह नज़रअंदाज़ करते वह अपनी कुरसी पर विराजमान होकर चिंतन में व्यस्त हो गए थे कि आज कैसे-कैसे और कहाँ-कहाँ क्या-क्या किया जाए। परगने के सबसे प्रमुख प्रशासकीय अधिकारी होने से उनके पास कामों की कोई कमी नहीं थी और दसों दिशाओं से आती ज़िम्मेदारियों के बोझ उनके सिर पर स्थापित थे। उनकी टेबल पर लस्सी का एक गिलास अभी-अभी प्रकट हुआ था जिसे परदे के उस पार यानी साथ वाले कमरे में नजूल बाबू के साथ बैठे एक सेवाभावी व्यक्ति ने उनकी ख़िदमत में पेश किया था। वह आज किए जाने वाले कर्तव्यों की रूपरेखा तैयार करते हुए लस्सी को यथोचित भाव से ग्रहण करने को लालायित हो रहे थे।

इस प्रकार बीडीओ साहब की आरटीआई का आवेदन लिये ग्रामीण के साथ, बीईओ साहब की लोकोपकारी शिक्षकों के साथ, तहसीलदार साहब की क़ानूनगो और बड़े बाबू के साथ और बाक़ी दफ़्तरों में भी किसी-न-किसी के साथ महफिल अभी सजी ही थी कि एसडीएम साहब के मोबाइल पर आई एक ख़बर ने भगदड़ मचा दी। एसडीएम साहब ने लस्सी का गिलास मुँह से लगाना चाहा ही था कि कलेक्टर साहब का फ़ोन आ गया था। उस तरफ़ से जो संदेशा उन्होंने सुना था, उसके प्रभाव से लस्सी का गिलास उनके हाथ से छूटते बचा था और जिस प्रयोजन से जुड़ी फाइल पर सवार होकर लस्सी उन तक आई थी, वह भी लस्सी में डूबकर जान देती बची थी। एसडीएम साहब को घबराहट की बीमारी थी और घबराहट में वह घंटी पर हाथ मारते थे। उन्होंने घबराहट और घंटी की जुगलबंदी पुनः स्थापित करते हुए घंटी पर हाथ मार-मारकर पल-भर में ही सब जगह खलबली मचा दी। सारे विभागों के अधिकारी उन्होंने अपने कार्यालय में तलब कर लिए और ज्यों ही सब भागते हुए पहुँचे, उन्होंने कलेक्टर साहब का संदेशवाचन प्रारंभ कर बता दिया कि 'जनता की सरकार, जनता के द्वार' के तहत कल कमिश्नर साहिबा आ रही

हैं। न केवल आ रही हैं, वरन समस्त अफ़सरों को साथ लेकर भी ग्राम्य शिविर भी करने वाली हैं। जिस गाँव में उनका 'जन कल्याण शिविर' होना तय हुआ है, वह है गूगल गाँव जहाँ न केवल वह पैदल भ्रमण करेंगी वरन आम लोगों के बीच मिल बैठकर उनकी समस्याओं का भी जायज़ा लेंगी।

तहसीलदार साहब, जो अभी-अभी आपदा प्रबंधन पर मीटिंग कर फ़ुरसत पाए थे, उन्हें अचानक आई इस विपदा के प्रबंधन का कोई उपाय नहीं सूझ रहा था। बाक़ी विभागों के अधिकारी भी शोकमुद्रा में लगभग किंकर्तव्यविमूढ़ बैठे थे। कमिश्नर साहिबा के प्रशासनिक इतिहास से सभी वाक़िफ़ थे। उनके पिता मुख्य सचिव से रिटायर हुए थे। पिता के मरहूम पिता प्रमुख सचिव के पद को सुशोभित कर चुके थे। इसी प्रकार उनके चाचा, ताऊ, फूफा, मामा और मौसा भी किसी-न-किसी प्रदेश में प्रशासन के महत्त्वपूर्ण पदों पर रह चुके थे और ऐसा कहा जाता था कि कमिश्नर साहिबा के उक्त पूर्वज स्वर्ग तक पहुँचे होंगे तो वहाँ भी उन्होंने एक सचिवालय की स्थापना कर हड़बोंग मचा दी होगी। नोटशीटें लिये देवता, यक्ष और व्यंतर सचिवालय के गलियारों में एड़ियाँ घिसते होंगे और अप्सराएँ भी नृत्य के लिए एन.ओ.सी. की प्रतीक्षा करती होंगी। ऐसे गौरवशाली प्रशासनिक वटवृक्ष की छाया में पली कमिश्नर साहिबा गूगल गाँव में कहाँ रुकेंगी, कहाँ-कहाँ जाएँगी, किससे क्या-क्या पूछेंगी, यह सवाल हरेक के दिमाग़ में खदबदाने लगा और सभी अपने-अपने मोबाइलों पर अधीनस्थों को यह शोक-संदेश सुनाते हुए आदेशित करने लगे कि समय बहुत कम है और इतने कम समय में नौकरी जैसे भी बचाई जा सकती है, बचा लो। जहाँ लीपा जा सकता है लीप दो एवं जहाँ पोता जा सकता है, वहाँ पोत दो।

इन अफ़सरों में जो लोग गूगल गाँव भौतिक रूप से जा चुके थे, उन्हें संतोष था कि अच्छा हुआ जो वे वहाँ की गलियों से वाक़िफ़ हैं, लोग चुगली तो नहीं करेंगे कि साहब की कभी हम ग़रीबों की ओर नज़र ही नहीं पड़ी। जो अफ़सर और कर्मचारी भौतिक रूप से न जाकर महज कल्पना के आधार पर काग़ज़ी दौरा निपटा चुके थे और ऐसे काग़ज़ी दौरों के आधार पर यथोचित टीए और डीए प्राप्त कर चुके थे, उन्हें प्राणों के लाले पड़ने लगे।

एसडीएम साहब घंटी पर हाथ मारते हुए बोले, "गूगल गाँव का पटवारी कौन है, तुरंत बुलवाओ।"

तहसीलदार साहब चहककर बोले, "गोटीराम है सर गोटीराम, जब तक गोटीराम हमारे पास है, हमें किसी बात की चिंता करने की ज़रूरत नहीं है।"

"हाँ सर, तहसीलदार साहब एकदम सही फ़रमा रहे हैं, गोटीराम गोटियाँ फिट करने में एकदम माहिर है।" बीडीओ साहब भी गोटीराम का नाम सुनते ही चहक उठे।

गोटीराम का नाम सुनकर एसडीएम साहब की घबराहट में कुछ कमी आई। वह व्यग्रता से बोले, "अरे तो गोटीराम है कहाँ, उसको तुरंत बुलवाओ, हमें इसी वक़्त गूगल गाँव निकलना है।"

चारों ओर शोरगुल मच गया। गोटीराम कहाँ है...गोटीराम कहाँ है...एक साथ कई अफ़सर और बाबू गोटीराम का नंबर डायल करने लगे मगर बेकार। लाख प्रयास करने पर भी गोटीराम का कोई पता न चला तो एसडीएम साहब उठ खड़े हुए। उनके साथ बाक़ी अफ़सर भी खड़े होकर अगले आदेश की प्रतीक्षा करने लगे। एसडीएम साहब ने हड़बड़ी में यहाँ-वहाँ झाँककर चश्मे को ढूँढ़ने का प्रयास किया लेकिन जब तहसीलदार साहब ने उन्हें स्मरण कराया कि चश्मा उनकी नाक पर यथावत स्थापित है तो वह झेंपते हुए बाहर आ गए।

उधर दफ़्तर के बाहर...बाँकेलाल ने देखा कि एसडीएम साहब के दफ़्तर से आपातकालीन सायरन की भाँति घंटी लगातार बजी जा रही है और लपकासिंह हैं कि समोसे की चटनी और जलेबी की चाशनी में ही डूबे हैं लिहाज़ा वह घंटी की आवाज़ की ओर लपकासिंह का ध्यान आकृष्ट करते हुए बोला, "लपका भइया ये आवाज़ सुनी?"

"हुँ हुँ उँ उँ..." लपकासिंह, जो मुँह के भीतर समोसे को लगभग समूचा ठूँस चुके थे, उसे बाहर गिरने से बचाने का उपक्रम करते हुए बोले।

"ज़रूर कोई ख़ास बात है।" बाँकेलाल ने फिर कहा।

"हूँ उँ..." समोसा अभी भी आधा गले में उतरने और आधा बाहर गिरने के लिए उद्यत था।

"आप जल्दी लपको, कुछ न कुछ मसाला ज़रूर मिलेगा।"

लपकासिंह ने एक नज़र एसडीएम साहब के दफ़्तर की ओर डाली फिर दूसरी नज़र सामने रखी प्लेटों पर डाली जिनमें अभी भी दो मसालेदार समोसे अँगड़ाइयाँ ले रहे थे और पाव भर जलेबियाँ चाशनी में अठखेलियाँ कर रही थीं।

"ख़बर कहाँ जाएगी बाँकेलाल," लपकासिंह ने जलेबी को मुँह में डालते हुए कहा, "हम ये समोसा जलेबी इस तरह छोड़ भी तो नहीं सकते वरना तुम ही हमें बेवफ़ा कहोगे और बुरा अलग मान जाओगे कि लो हमने इतनी मेहनत से समोसे बनाए और एक ख़बर के पीछे लपका भइया यूँ तौहीन कर चलते बने।"

बाँकेलाल ने बुरा सा मुँह बनाया और मन में बड़बड़ाया, 'बुरा तो बाँकेलाल तब मानेंगे जब लपका भइया बिना लात खाए यहाँ से टलेंगे नहीं।'

"अरे, किस सोच में पड़ गए बाँके भइया," लपकासिंह जलेबी से क़मीज़ पर टपक पड़े शीरे को उँगली की मदद से चाटते हुए बोले।

''कुछ नहीं, हम सोच रहे थे कि आज हमारे समोसा जलेबी कुछ ज़्यादा ही अच्छे बने हैं।''

''सो तो है।'' लपकासिंह जब तक मुँह पोंछकर एसडीएम साहब के दफ़्तर जाने के लिए खड़े हुए, तब तक सारे अफ़सर गाड़ियों में सवार होकर धूल उड़ाते गूगल गाँव की ओर रवाना हो गए।

लपकासिंह को समोसे और जलेबी के प्रति अपने लालच पर एकाएक अफ़सोस हो आया। जब पता लगा कि सारे अफ़सर उन्हीं के गाँव भागे हैं तो उन्हें और अफ़सोस हो आया। वह अभी मन मसोस ही रहे थे कि एक जीप टैक्सी गूगल गाँव की ओर जाती दिखी। लपकासिंह ने एक मिनट की देर नहीं की और टैक्सी की ओर लपके।

इस टैक्सी के अंदर और बाहर जितने स्थान हो सकते थे, वे सारे सवारियों से भरे हुए थे। मात्र सामने का बोनट ही खाली था। यह लपकासिंह का विशेषाधिकार था कि क़लम और कैमरे के दम पर वह चाहें तो खचाखच भरी इस टैक्सी के ड्राइवर की छाती पर भी सवार हो सकते थे मगर चूँकि इसमें समय ज़्यादा लगता, अतः वह ड्राइवर को उसकी छाती पर सवार न होने का अहसान बताते हुए मज़े से टैक्सी की छाती यानी उसके बोनट पर सवार हो गए और गड्ढों में हिचकोले खाती यह टैक्सी चल पड़ी गूगल गाँव के लिए।

2

जिस समय एसडीएम कार्यालय के बाहर पटवारी गोटीराम की तलाश में कोने-कोने छाने जा रहे थे और लपकासिंह जलेबी और समोसे पर हाथ साफ़ करे जा रहे थे, उस समय गोटीराम दूर देहात में सरहद के विवाद को सुलझाने में मसरूफ़ थे। सरहद का यह विवाद न भारत-चीन का था न पाकिस्तान या अफगानिस्तान का। दरअसल विवाद एक लाश को लेकर था जो गूगल गाँव और सलामतपुर थानों की सरहद पर बीचोबीच पड़ी थी और सवाल यह था कि अंधे क़त्ल से जुड़े इस मामले पर अपराध किस थाने में क़ायम किया जाए।

क़त्ल की यह वारदात दो दिन पहले की गई थी और मरने वाले की लाश दोनों थानों की ऐन सीमा पर स्थित पेड़ पर लटका दी गई थी। तब से सुनसान जंगल में टँगे टँगे लाश यह सोच-सोचकर परेशान थी कि रस्सी टूटने को है और वह गिरे तो किस थाने की सरहद में गिरे ताकि उसके क़ातिल जल्दी पकड़ लिए जाएँ। क़त्ल का कारण भी दो खेतों की सरहद का विवाद ही था और जब इस विवाद को सुलझाने की क़ानूनी अर्ज़ियाँ देते-देते दोनों पक्ष थक गए थे तो एक पक्ष ने क़ानून हाथ में लेकर हाथोहाथ फ़ैसला भी कर दिया था।

विवादित सीमा के एक छोर पर दरोगा ए सलामतपुर थे तो दूसरे छोर पर दरोगा ए गूगल गाँव जमे थे। दोनों ही थाने की सीमा को लेकर गद्य एवं पद्य के माध्यम से अपने-अपने तर्कों की तलवार भाँज रहे थे। उनके तर्कयुद्ध में निर्णायक मत देने सलामतपुर के सर्किल आफ़िसर यानी डीएसपी साहब भी पहुँचे थे मगर जब झाड़, झाड़िया, नाला, खंती और पेड़ों के बीच पड़ी लाश को देखकर उन्हें भी निर्णय लेने में कठिनाई महसूस हुई, तब अंततः पटवारी गोटीराम को याद फ़रमाया गया था।

इधर, पेड़ से टपककर नीचे पड़ी लाश, जो खेत के सीमा विवाद में अपना क़त्ल करा बैठी थी, यह सब देखकर अफ़सोस करने लग गई थी कि लो, ज़िंदा थे तब भी सरहद का विवाद और अब मर गए तब भी सरहद का विवाद। हद हो गई। इससे तो ज़िंदा ही अच्छे थे। ख़्वाहमख़्वाह अपना क़त्ल कराया। जब दो थानों की सरहद का झगड़ा नहीं सुलट रहा तो अपन किस खेत की मूली थे।

गोटीराम, जैसा कि पहले ज़िक्र किया जा चुका है, पेशे से पटवारी था. नापजोख़ के मामले में वह अन्य पटवारियों की भाँति ही पेशेवर था। उसके साथ आम जनता की वह धारणा भी चस्पाँ थी जिसके तहत पटवारी का व्यक्तित्व और कृतित्व जादुई होता था। ऐसी मान्यता थी कि जिस ज़मीन को अच्छे-अच्छे फ़न्ने ख़ाँ, बन्ने ख़ाँ और तुर्रम ख़ाँ नहीं नाप सकते थे, उसे पटवारी चुटकियों में नाप सकता है। वह चाहे तो दिशाओं को पलट सकता है। पूरब को पश्चिम और उत्तर को दक्षिण बतला सकता है। ज़मीन को आसमान और आसमान को ज़मीन बतला सकता है। वह कुएँ को खेत, खेत को नाला, नाले को पहाड़, पहाड़ को मैदान और मैदान को जंगल बताने की विशेषज्ञता रखता है। इसलिए जब गोटीराम अपने लवाज़मे के साथ मौक़ा-ए-वारदात पर तशरीफ़ लेकर आया तो उसके मुख मंडल पर वही विशिष्ट विशेषज्ञ भाव पाया जा रहा था जो आम तौर पर किसी भी प्रकार के विशेषज्ञ के चेहरे पर पाया जाता है।

गोटीराम ने अपनी मोटरसाइकिल एक ओर टिकाकर अत्यंत घृणा भाव से लाश को देखा फिर ज़ोर से थू कर नाक को रूमाल के क़ब्ज़े में लाते हुए दोनों थानों के दरोगाओं को देखा जो बड़ी उम्मीद-भरी निगाहों से उसकी ओर देख रहे थे और मन-ही-मन याचना कर रहे थे कि यह अंधा क़त्ल उनके गले न पड़े।

गोटीराम ने सर्वप्रथम रहस्यों से भरे अपने झोले में से एक बड़ा-सा नक़्शा निकाला। यह नक़्शा मोटे काग़ज़ पर बना था जिसे बाक़ायदा तह करके इस हद तक हिफ़ाज़त से रखा गया था कि वह जगह-जगह से फट गया था। बल्कि नक़्शे को देखकर भ्रम होने लगता था कि यह कहीं अँधेरी सुरंग और सैकड़ों तिलिस्मों से होकर किसी ख़जाने तक पहुँचाने वाला नक़्शा तो नहीं है। नक़्शे को ज़मीन पर फैलाकर उत्तर दक्षिण मिलान करने के बाद उसने ज़मीन नापने वाली ज़रीब यानी

चेन निकाली। साथ आए चपरासी और चेनमैन को इशारा किया जो उसका हुक्म पाते ही ज़रीब का एक-एक सिरा पकड़कर यहाँ-वहाँ दौड़ने लगे। ऐसा लगने लगा, जैसे बैटिंग किस टीम के खाते में जा रही है, इसके लिए टॉस किया जा रहा हो। मौक़े पर मौजूद लोगों को मज़ा आने लगा। लाश को भी यह दृश्य देखकर रोमांच सा होने लगा कि चलो, जीते जी अपने खेत में हद नपाई का यह मज़ा नहीं ले पाए, मरने के बाद ही ले लो।

लाश से निकली आत्मा, जिसे अभी तक कोई मुफ़ीद योनि अलॉट नहीं की गई थी और अगले आदेश तक यूँ ही यहाँ से वहाँ भटकने या फिर चाहो तो पेड़ों पर उलटे लटककर टाइमपास करने का निर्देश मिला था, उसे अचानक पटवारी की आत्मा से ईर्ष्या होने लगी। यह आत्मा दीर्घ अनुभवी थी। अब तक कुत्ता, बिल्ली, साँप, छछूँदर, कीड़ा-मकोड़ा जैसी अनंत योनियों में रहने का अनुभव इसके प्रोफाइल में शामिल था। अनेक योनियों के अनुभव पर विश्लेषण के बाद यह आत्मा इस निष्कर्ष पर पहुँची थी कि मनुष्य योनि बिलकुल लूप लाइन की तरह है और ऐसी थर्ड क्लास योनि में रहना एकदम फोर्थ क्लास काम है। कारण, एक तो आदमी जब देखो, अकाल मौत निपट जाता है सो लंबे समय तक यहाँ-वहाँ भटको। कोई पूछने वाला नहीं। मान लो मनुष्य सौ पचास साल जीवित भी रहा तो इतने लंबे समय तक उसके शरीर में पड़े सड़ते रहो। कुढ़ते रहो। चेंज का कोई विकल्प ही नहीं। फिर, खोटी हरकतें करे शरीर और कचोटी जाए बेचारी आत्मा। कोई इज़्ज़त नहीं आत्मा की। जब मन चाहा, गिरवी रख दिया, जब मन चाहा, बेच दिया। अंदर पड़ी आत्मा लाख आवाज़ देती रहे, आत्मा की आवाज़ सुनने की फ़ुरसत किसी को नहीं।

आत्मा लगातार विचारमग्न थी। उसने वर्तमान हालात पर चिंतन करते हुए सोचा, 'पहले की आत्माएँ भाग्यशाली थीं। तब मनुष्य पुरुषार्थी होता था। ऐसे पुरुषार्थ करता था कि सीधे मोक्ष जाता था। जन्म-मरण का टंटा ही ख़त्म। अब ऐसा ज़माना आ गया कि पुरुषार्थ के अर्थ ही बदल गए। 'मोक्ष' के नाम पर लोग 'धर्म' की ओर दौड़े। इस दौड़ में 'अर्थ' ने सेंध लगा ली। उसी सेंध में से चुपके से 'काम' घुस आया। सारे पुरुषार्थ गड्ड-मड्ड हो गए। समझ ही नहीं आता, कब, कौन सा पुरुषार्थ किया जा रहा है। जिसे देखो, या तो 'अर्थ' में लटपटाया रहता है या फिर 'काम' में। आत्मा भले भीतर छटपटाती रहे, उसकी बला से।'

आत्मा ने एक ठंडी साँस लेकर सोचा, एकदम बोरिंग है मनुष्य योनि। इससे तो कीड़े-मकोड़े ही ठीक हैं, जल्दी मरते हैं सो काम में वैराइटी बनी रहती है, आज झींगुर के शरीर में घुस लिए तो कल मेंढक के शरीर में घुस जाओ, वहाँ से निकलो तो छिपकली, गिरगिट, चूहा, बिल्ली जहाँ मर्ज़ी घुस जाओ, भटकने का टेंशन ही नहीं। मनुष्य योनि के साथ हर जगह टेंशन। न जीते चैन न मरने के बाद। क़िस्मत से पेड़ों

पर लटकने लायक जगह मिल जाए तो वहाँ भी मुसीबत। इतनी आत्माएँ पहले से भूत बनकर लटक रही हैं कि कमबख़्त वहाँ भी सीमा विवाद पैदा हो जाता है।

जल्द ही गोटीराम ने फ़ैसला सुना दिया। लाश गूगल गाँव थाने के ख़ाते में जमा हुई और दरोगा ए गूगल गाँव लोटनप्रसाद ने यह फ़ैसला सुनते ही सिर पीट लिया। पहले के ही अंधे क़त्ल से उन्हें चैन नहीं थी, यह दूसरा भी उनके माथे आ गया। अव्वल तो इस सड़ी लाश की शिनाख़्त में झंझट कि पट्ठा था कौन, शिनाख़्त हो जाए तो मुलज़िमों का पता लगाओ, जब तक क़ातिल पकड़े नहीं जाते, नियमपूर्वक अफ़सरों की डाँट सुनो जिन्हें ऐसा लगता है कि केवल मातहतों को डाँटने के लिए ही भरती किया गया है।

चिंतन में डूबी आत्मा, जो लाश से बाहर निकलकर हद नपाई का जायज़ा ले रही थी, उसने जब पटवारी को फ़ैसला देते हुए सुना तो उसके विचार एकाएक पलटी मार गए। ब्रह्मा जी के बाद किसी में शक्ति है तो केवल पटवारी में ही है, वही है जो नदी, पहाड़, जंगल की अदला-बदली कर सकता है, चाहे तो ग़ायब ही कर सकता है, सोच-सोचकर उसे पटवारी जी की आत्मा से ईर्ष्या होने लगी। वह मनुष्य योनि के प्रति अपने पूर्वाग्रहों से एकाएक मुक्त हो गई। उसे इस हद तक पटवारी नामक जीव से आसक्ति हुई कि वह आत्माओं की आचरण संहिता को परे रखकर ऐन पटवारी गोटीराम के ऊपर ऊपर उड़ने लगी।

उधर, एसडीएम साहब की अगुआई में मुख़्तलिफ़ विभागों के अफ़सर और उनके कारिंदे जीपों में लदे गूगल गाँव की ओर भागे जा रहे थे। सबके सामने गूगल गाँव के हालात यक्षप्रश्न की भाँति खड़े थे। रातोरात लीपापोती कर वहाँ क्या चमत्कार किया जा सकता था, यह सवाल उनके ज़ेहन में जेहाद पैदा कर रहा था। अकस्मात देहात दौरे की ख़बर का फ़ौरी असर था कि अफ़सरों को गाड़ी में चलते-चलते मिर्गी की तरह दौरे पड़ने शुरू हो गए थे। क्या मालूम कमिश्नर साहिबा किस योजना की तफ़सील पूछ बैठें, किस काम में लेतलाली पर उनके चेहरे की लाली मिटा दें। कौन सी ढील पकड़ लें और उनके ताबूत में कील ठोक दें।

विकास से जुड़े विभागों के अफ़सर ख़ास तौर पर ग़मज़दा थे। आपस में खुसर-पुसर करने लगे थे कि बिन मौसम की गाज न मालूम किसके सिर आन पड़े। आग लगती तो किसी तरह कुआँ खोद भी लेते, मगर उन कुओं का क्या करें जो उन्होंने काग़ज़ में खुदवा दिए थे। कुओं के इस जादू को ख़ुद उन्होंने ही तो ईज़ाद किया था। कुआँ ज़मीन पर खोदा जाता तो पानी निकलता मगर खोदा गया काग़ज़ पर और निकाला गया सिर्फ़ पैसा। सरकार द्वारा जनता के हित में पानी की तरह पैसा बहाने के बाद भी इन अफ़सरों के जादू से पानी नहीं वरन, पैसा निकलता

था। पानी और पैसे की लड़ाई में जीत पैसे की थी क्योंकि पानी केवल प्यास बुझा सकता था जबकि पैसा भूख मिटाने की ताक़त रखता था। भूख मिटाने वाले ऐसे कुओं को लेकर अब क्या करें, सोच-सोचकर सबके हलक कुँओं की तरह ही सूख रहे थे।

तहसीलदार साहब और मैदानी अफ़सर चलती गाड़ी में इलाक़े के नक़्शे और आँकड़ों को फ़ाइल में से ऐसे रटने बैठे थे मानो गाय का निबंध याद कर रहे हों। क्या पता, आला अफ़सर कहाँ की पूछ बैठे। कहाँ हुक्म कर दे कि आगे-आगे आप चलकर बताओ, देखें भला आपने क्या काम किया है इस इलाक़े में। महिला अफ़सर, वह भी कमिश्नर साहिबा जैसी सख़्त और ईमानदार। न जाने किसको आड़े हाथों लेने लग जाए, एक तो महिला से डाँट खाओ, दूसरे कोढ़ में खाज वाली बात ये कि जिन गाँव वालों को जूते की नोक पर रखते हुए आ रहे थे, उन्हीं के सामने अपनी लू उतरवाओ। इस सोच के साथ ही सबको पसीना छूटने लगा।

गूगल गाँव पास आता जा रहा था। ये न आधा गाँव था न पूरा क़स्बा। तमाम संस्कृतियों, परंपराओं, आधुनिकताओं और दकियानूसी मान्यताओं का मिला-जुला काकटेल था गूगल गाँव। सब कुछ अधकचरा-सा। जिसमें गाँव का गँवारपना भी था और शहर का कुछ-कुछ शहरातीपना भी। आसमानी छतरी यानी डायरेक्ट टू होम के माध्यम से सास-बहुओं, बेटी-दामादों, लैला-मजनुओं के मैट्रो संस्करण सीधे घर-घर में उतर रहे थे। इस प्रकार आम हिंदुस्तानी देहातों की तरह संस्कृतियों के काकटेलीकरण से अछूता नहीं था गूगल गाँव।

सत्तर किलोमीटर दूर, ज़िला मुख्यालय से एक चमचमाती जवान सड़क यहाँ के लिए रवाना होती थी जो मील दर मील शहर के पीछे छूटते-छूटते उमर-दर-उमर जवानी की तरह ढलती जाती थी। सलामतपुर यहाँ का सबडिवीजनल मुख्यालय था जिसके बाद सड़क को परिभाषित करने के लिए शब्द भी मानो उन्हीं गड्ढों में दफ़न हो गए प्रतीत होते थे। उखड़ी हुई गिट्टी, धूल बनकर प्रेत की तरह नृत्यरत मिट्टी और क़दम-क़दम पर गड्ढों के साथ लँगड़ाती यह सड़क इस आधे गाँव आधे शहर पर आकर ख़त्म हो जाती थी।

एक बस सुबह पाँच बजे चलकर नौ बजे गूगल गाँव पहुँचती थी वह भी सब कुछ ठीक-ठाक रहा तो। रास्ते से मिले घावों को सहलाकर और दो घंटा सुस्ताकर यह बस वापस शहर के लिए रवाना होती थी, अगले दिन फिर वापस आने के लिए। बीच-बीच में कुछ टैक्सीनुमा जीपें सलामतपुर से गूगल गाँव आती थीं। इन्हीं में से एक थी वह टैक्सी जिसमें बैठकर, माफ़ कीजिएगा, जिसकी छाती पर चढ़कर लपकासिंह चले आ रहे थे। एक ऐसी टैक्सी, जिसे देखकर आप अचरज में पड़ जाएँगे। चारों ओर के खुले गेटों से लटकीं, छत पर अनारदाने की तरह

खिलतीं इन सवारियों को देखकर ही किसी दैवीय प्रभाव का भ्रम होने लगता था। इस रूट पर चलने वाली सभी टैक्सियों पर समान रूप से ऐसा ही दैवीय प्रभाव पाया जाता था और इसी प्रभाव के फलस्वरूप ये टैक्सियाँ एक साथ इतनी सवारियों को अपने भीतर समाकर चलती थीं जिसकी कल्पना सहज तौर पर संभव नहीं होती। यह एक ऐसा विषय था जिस पर शोध कर बैठे-ठाले डॉक्टर की उपाधि कबाड़ी जा सकती थी।

गूगल गाँव वैसा ही था जैसे आम तौर पर गाँव होते हैं...गाँव के ठीक पहले सड़क के दोनों ओर लहलहाते या सूखे खेत...किसी भी समय गाँव की सीमा पर पहुँचिए, आपके स्वागत को आतुर शौचरत स्त्री, पुरुषों और बच्चों की कतारें... बेतरतीबी से बने कच्चे और कुछ पक्के मकान...मकानों के बीचोबीच गलियाँ और उन पर बहती नालियाँ...इन्हीं गलियों में घूमते कुत्ते...नालियों में गालियाँ खाकर उन्मुक्त स्नान करते सुअर और सुअरियाँ...गाँव से दो-दो कोस दूर पानी भरने जातीं गोरियाँ, टीवी चैनलों से कमाए सपनों की गठरियाँ...ऐसी खोखली गठरियों को सहेजकर अपने छलिए, बलिए बेरोज़गार राजकुमार के साथ शहर भागने को बेचैन छोकरियाँ...टूटे सपनों की गठरी छाती से बाँधकर कुएँ में कूदने को तैयार नवविवाहित बहुरियाँ...शादी की उमर बीते अरसा हो जाने पर भी वधुओं की खोज में भटकते अधेड़, कानों में प्यार की पुंगी फँसाकर सेलफ़ोन पर क़िस्मत फोड़ते नौनिहाल छोकरे...बरामदों और ओटलों पर बीमार पड़े खाँसते-खँखारते डोकरे। निठल्ले पड़े समय से कटते पुरुष। सब कुछ आम देहात की तरह।

गाँव की सीमा में प्रवेश करते ही घुटनों के बल रेंगने वाले बच्चों से लेकर हर उम्र के बच्चों की फ़ौज हर गली, नुक्कड़, ओटले पर देखी जा सकती थी। इससे पता चलता था कि देश के विकास का सत्यानाश करने वाली नस को बंद कर देने के सालाना अभियान के बावजूद नस टस से मस नहीं हुई थी और स्थिति जस की तस थी। एक नस बंद की जाती और दस नस नई तैयार हो जाती थीं। इस तरह न तो नस पर बस था न इस नस के प्रति लोगों के रसरंग पर। जिन पाठकों ने समाजशास्त्र एवं अर्थशास्त्र का अध्ययन किया होगा, उन्हें याद होगा कि भारत के जनसंख्या विस्फोट का ठीकरा सबसे पहले हमारे देश में मनोरंजन के साधनों के अभाव पर फोड़ा गया है। आज भी जनता को बेवकूफ़ बनाया जा रहा है कि भारत में जनसंख्या वृद्धि का सबसे बड़ा कारण मनोरंजन के साधनों का अभाव ही है। इन भोले समाजशास्त्री और अर्थशास्त्रियों को कौन समझाए कि भइया, चौबीसों घंटे और तीन सौ पैंसठ दिनों मनोरंजन का ठेका लेने वाले टीवी चैनलों और इंटरनेट पर जब चाहो, जैसा चाहो मनोरंजन के मिल जाने पर अब मनोरंजन का और कौन सा अभाव आपको नज़र आ रहा है भला? ऐसे में चाहें तो आप स्वयं भी शर्त बद सकते हैं, इन महान समाजशास्त्री और अर्थशास्त्रियों से शास्त्रार्थ कर सकते हैं कि

टीवी, इंटरनेट और मोबाइल पर छप्पर फाड़ मनोरंजन के बाद भी यदि जनसंख्या कम नहीं हो रही है तो इसका कारण यही है कि हमारे देश में बच्चे पैदा करना आज भी सबसे बड़ा मनोरंजन उद्योग है।

आम गाँवों की भाँति गूगल गाँव भी मुख़्तलिफ़ वार्डों में बँटा था। ये वार्ड विभिन्न कार्डों में बँटे थे। हरेक के पास कोई न कोई कार्ड था। कोई बीपीएल कार्डधारी था तो कोई एपीएल कार्डधारी। कोई अगड़ा कार्ड रखता था तो कोई पिछड़ा कार्ड। कोई हरा कार्डधारी था कोई पीला कार्डधारी। इस प्रकार लाल, हरे, नीले, पीले, नारंगी इंद्रधनुषी कार्डों की रोशनी में सारे वार्ड जगमगा रहे थे और इन वार्डों के रहवासी चौंधियाई हुई आँखों में सपने समेटे जीवन व्यतीत कर रहे थे।

सबसे पहला घर गणेसी का था जो गाँव के और भी अभावग्रस्त लोगों की तरह खाने कमाने के लिए शहर चला जाता था। उसके राशनकार्ड पर सस्ता अनाज नियमित रूप से उसके नाम पर आबंटित होता था मगर पहुँचता था किसी और के खाते में। उसके नाम पर जॉब कार्ड भी था। जॉब कार्ड से गारंटी के साथ रोज़गार पाने के अलावा तमाम योजनाओं का लाभ भी नियमित रूप से कोई अज्ञात गणेशी प्राप्त करता था और ज्ञात गणेशी को कभी इस चमत्कार का ज्ञान नहीं हो पाता था। गणेशी की भाँति ऐसे अनेक ग्रामीण थे जो गाँव से कभी का पलायन कर चुके थे, मगर उनके नाम के आगे अँगूठे लगते थे किसी और के तथा सुविधाएँ भी भोगता था कोई और।

कुछ और छोटे-बड़े, ऊँचे-नीचे कच्चे मकानों के बाद एक लंबा-सा, कच्चा अधकचरा मकान था, जिसकी सरकंडों की बागड़ थी। बागड़ के अंदर गोबर के पहाड़ थे। बीस भैंसों का बेड़ा था। यह छप्परनुमा शानदार मकान गोवर्धन का था जिसे गाँव के लोग गोबरधन के रूप में पहचानते थे। एक-दो टेढ़े-मेढ़े घुमावों के बाद रास्ता कुछ चौड़ा था...इसी जगह शहर और सलामतपुर से आने वाले दोनों रास्ते मिलकर एक हो जाते थे। चूँकि गाँव तक आने वाली इकलौती बस और बहुतेरी जीप टैक्सियाँ यहीं आकर ठहरती थीं, लिहाज़ा इसी स्थान को गाँव का बस स्टैंड कहा जाता था।

बस स्टैंड से लगकर था लोकनाथ का ओटला। यूँ कहें कि गूगल गाँव का कॉफी हाउस...जहाँ सुबह का अख़बार सबसे पहले पहुँचता था। अख़बार पढ़ने के लिए नियम से लोग जुटते थे। बीड़ी के सुट्टों, चाय की चुस्कियों और तंबाकू, गुटखे के दौर चलते थे। ख़बरों के आधार पर दुनिया की समस्याओं पर महाबहस का प्रारंभ होता था। ऐसी अंतहीन बहस जो किसी ओर नहीं ले जाती, हाँ घंटे दो घंटे समय अवश्य कट जाता। ओटले से जुड़ा लोकनाथ का मकान और एक छोटी सी दुकान जहाँ चाय, पान, तंबाकू और ऐसी आम ज़रूरत के सामानों के लिए लोगों को कभी न कभी यहाँ आना होता ही था। फिर एक लंबा-सा मैदान जो

चुनावी से लेकर धार्मिक सभाओं, हवन-पूजन, शादी-ब्याह यहाँ तक कि झगड़ा, मारपीट, लट्ठबाजी और इसी प्रकार नाना प्रकार की सामूहिक गतिविधियों के काम आता था। इन समस्त गतिविधियों से जब मैदान खाली बचता था तो गाँव के छोकरों के लिए तेंदुलकर, सहवाग या धोनी बनने के काम आता था। दूसरी ओर दूर तक फैली बाउंड्रीवाल के भीतर शिक्षा के मंदिर थे। प्राथमिक शाला भवन, फिर माध्यमिक शाला भवन...इंटर स्कूल की बिल्डिंग...स्कूल से लगकर आँगनबाड़ी और भोजनशाला। बाउंड्रीवाल से सटाकर रखे बेतरतीब टपरे जिनमें तमाम दुकानें।

इसके बाद तीन और गलियाँ थीं जिनमें एक गली हवेली तक जाती थी। यह हवेली थी राणा रुद्रप्रताप की, जिन्हें उपहास के तौर पर लोग क्षुद्रप्रताप के नाम से भी पुकार लेते थे। ऊँचाई पर होने के कारण हवेली अलग से नज़र आती थी, परंतु वक़्त के साथ-साथ उसे इतने लोगों की नज़र लग चुकी थी कि अपने विशाल आकार को छोड़ दें तो हवेली जैसी कोई डराने वाली बात इसमें नज़र नहीं आती थी। हवेली और ठकुरास की ठसक लुप्त हो जाने की कसक राणा जी को सालोंसाल से साल रही थी, मगर अक्ल कुछ मोटी होने के कारण गाँव में लोग भी उन्हें उतने ही हल्केपन से लेते थे, तथापि रजवाड़ों से उनका इतिहास जुड़ा होने से अब भी वह थोड़ा बहुत सम्मान पाते थे। इतना ही नहीं, स्थानीय सेलिब्रिटी की हैसियत से कार्यक्रमों में यदा-कदा मंच की शोभा अवश्य बढ़ाते थे।

दूसरी गली में कच्चे-पक्के घरों के बाद सड़कों की ठेकेदारी करने वाले बड्डे भइया उर्फ़ गड्ढे भइया का शानदार दो मंज़िला मकान था। फिर कुछ और मकानों, छोटे-मोटे मंदिर मढ़ियों के बाद गाँव की रौनक गुलबियाबाई का मकान था।

तीसरी गली में मकानों की लंबी कतार के बाद गाँव के एकमात्र वैद्य मटुकनाथ का घर था जिसकी शुरुआत उनके उस दवाख़ाने से होती थी, जिसके सामने दवाख़ाने का एक बड़ा सा साइन बोर्ड टँगा था और वैद्य जी के नाम तमाम ऐसी डिग्रियाँ दर्ज़ थीं जो अच्छे-भले, पढ़े-लिखे व्यक्ति की समझ से भी बाहर थीं। बिना किसी मान्य डिग्री के आयुर्वेद, एलोपैथी, होमियोपैथी और ऐसी ही तमाम पैथियों की काकटेली विद्या के आधार पर दवाख़ाना धड़ल्ले से चल रहा था।

गली के मध्य वाला दो मंज़िला मकान लपकासिंह का था। इसकी ऊपरी मंज़िल पर एक छोटी सी बालकनी थी जो सीधे गली की ओर खुलती थी। इस बालकनी में टँगे तार पर एक आधुनिक जाँघिया सूखा करता था। आप बेशक इसे जाँघिया कह सकते हैं, मगर जिस प्रकार इसे प्रतिदिन ध्वज की भाँति फहराया जाता था, यह इस बात का ऐलान था कि यह ध्वजा पत्रकार लपकासिंह की है और बेशक वह इसी मकान में निवास करते हैं।

इसके अलावा गाँव के अलग-अलग कोनों या बीचोबीच इधर-उधर कभी बड़े बाबू जैसे महान पद पर कर्तव्य संपादन करने वाले और अब राजनीति के

मैदान में कूद चुके अनोखीलाल, मिडिल स्कूल के प्रिंसिपल का प्रभार थामे पाराशर जी और ऐसे तमाम लोगों के मकान थे जिनके कारण गूगल गाँव किसी बड़े गाँव सा अहसास कराता था।

गाँव के बाहर था एक अदद मरघट जहाँ हर वेरायटी की आत्माएँ और भूत क़िस्सों के रूप में चहुँ ओर भटकते थे। अक्सर कुछ न कुछ घटने की कल्पनाएँ और चर्चाएँ तो होती रहती थीं मगर ऐसा कुछ भी नहीं घटता था जिसके लिए और कुछ लिखा जाए, यह मरघट एक दूसरे गाँव के रास्ते पर पड़ता था। जहाँ से एक रास्ता दनादन बाबा के आश्रम के लिए जाता था जिनकी लात के आशीर्वाद की आकांक्षा लिये दूर-दूर से भक्तगण आते थे। जो रास्ता सलामतपुर से गूगल गाँव की ओर आता था, गाँव के पहले ही एक कच्चा रास्ता मुड़ता था जो सीधा थाना गूगल गाँव पर जाकर ख़त्म हो जाता था।

क़ाफ़िला गाँव में प्रवेश करता, इससे पहले एसडीएम साहब को ख़याल आया कि चोर-उचक्कों और लुच्चे-लफंगों को दिन में तारे दिखाने वाली पुलिस को साथ लिये बिना मामला कुछ जमेगा नहीं और थाने का भारी-भरकम प्रभार अपने कंधों पर सितारों के रूप में धारण करने वाले दरोगा जी को तो ख़बर करना वह भूल ही गए। पुलिस और प्रशासन का साथ तो चोली दामन का है अतः अचानक उन्होंने जीप थाने की ओर मोड़ दी।

गूगल गाँव थाना...अंग्रेज़ों के ज़माने के एक जर्जर भवन में किसी प्रकार चलता हुआ...यहाँ के थानेदार दरोगा लोटनप्रसाद थे जो इस वक़्त थाने के बाहर कुरसी डाले जंगल में मिली अनजान लाश को उनके मत्थे मढ़ डालने के लिए पटवारी गोटीराम को कोस रहे थे और क़ातिल का पता कैसे लगाया जाए, इस गहन सोच में डूबे थे। सिपाही से प्रमोशन पाकर थानेदार के ओहदे तक पहुँचना हँसी खेल नहीं था मगर लोटनप्रसाद हँसते-हँसते तरक्की पाकर यहाँ तक पहुँच गए थे। अंग्रेज़ों के ज़माने की पुलिस के बचे-खुचे प्रतिनिधियों में लोटनप्रसाद ही ऐसे शख़्स थे जिनकी तोंद बीते ज़माने की याद कराती थी वरना आज के तोंदविहीन पुलिस वाले पहचान में ही नहीं आते कि वह पुलिस अफ़सर हैं।

इसी थाने में हवलदार थे मुंशी गयाप्रसाद जो दरोगा जी के पास खड़े अपने दिमाग़ को एड़ लगा रहे थे। व्यक्तित्व तो मुंशी जी का भी क़ाबिले बयाँ था...इकहरे बदन पर रखी हुई स्प्रिंगनुमा गरदन जिसके ऊपर डाई लगाकर जबरन जवानी का भ्रम दिलाते बाल...बुढ़ाती आँखों से सही सही देखने की चेष्टा करता मोटा सा चश्मा...पुलिसिया रौब पैदा करने के लिए झबरीली मूँछें और उनके ठीक नीचे की मंज़िल पर कत्थे में रँगे हुए दाँत। ये सारी विशेषताएँ ऐसी थीं जो वर्दी के भीतर उनके व्यक्तित्व को एक अनूठा सम्मान प्रदान करती थीं।

थाना भवन का फाटक, जिसका एक पल्ला बरसों से ग़ायब था, इससे प्रवेश करते ही सौ क़दम चलकर लंबा सा टूटे फर्श वाला बरामदा था जिसके बीचोबीच एक कुरसी टेबल पड़े थे। यह टेबल मुंशी गयाप्रसाद की थी जिस पर रोज़नामचा शान से विराजमान था। इसके आगे एक लंबी और टूटी बैंच पड़ी थी जो फरियादियों के बैठने के लिए रखी गई थी। मुंशी जी की टेबल पर रिसेप्शन की प्लेट रखी थी। पीछे दीवार की दरार में से एक सूचनापट और अंग्रेज़ी में मुसकरा रहा था जिस पर लिखा था, 'मे आई हैल्प यू।' फर्नीचर की इसी शृंखला में और भी कई टेबल कुरसियाँ यहाँ-वहाँ रखी अंतिम साँसें गिन रही थीं। इस प्रागैतिहासिक भवन की छत को कोई अज्ञात दैवीय शक्ति सँभाले हुए थी। दीवारों में चौड़ी दरारें थीं। इतनी चौड़ी कि मुलज़िम थोड़ा भी बोरियत महसूस करने पर मामूली प्रयास कर हवालात से बाहर खुली हवा में टहल सकता था।

कोने वाले कमरे में दो साल पहले आए हुए कंप्यूटरों का पूरा बेड़ा धूल चाट रहा था। ये कंप्यूटर इस मंशा के साथ सरकार द्वारा मुहैया कराए गए थे कि थानों में इनके पहुँचते ही पुलिस स्कॉटलैंड यार्ड की भाँति एकदम अत्याधुनिक और चकाचक हो जाएगी, मगर बिजली और इच्छाशक्ति के अभाव में कंप्यूटर भी धूल में अपना दम घोंट-घोंटकर अंतिम साँसें गिन रहे थे। दूसरे कोने में बने एक कालकोठरीनुमा कमरे में ख़ुदकुशी और क़त्ल के मामलों में जब्त विसरा की बोतलें रखी थीं। जिनमें से तिल्ली, आँतों की झिल्ली, लीवर और किडनी की सड़न से मंद-मंद दुर्गंध पूरे थाने को अपने आग़ोश में लिये थी। कुल मिलाकर थाने का दृश्य अत्यंत मनोरम था।

थाने के बाहर कुछ दूरी पर एक बूढ़ा बरगद था। इस बूढ़े बरगद के नीचे मैली कुचैली धोती और कुरता पहने एक बुजुर्ग सज्जन उकड़ूँ बैठे थे। पिलपिलाता बदन...अपने आप में मगन...एकदम गुमसुम और उदास...यह सज्जन थे चट्टान सिंह, जिनकी दुर्जनता का आज़ादी के पूर्व का अपना एक गौरवशाली इतिहास था। वह होश सँभालने से पहले ही अपराधी हो गए थे और फिर अपराधों की सोहबत वालों से उनकी ऐसी मोहब्बत बैठी कि अंग्रेज़ों के ज़माने में ही उनकी हिस्ट्रीशीट गूगल गाँव के थाने पर खुल गई थी। इलाक़े में उनकी मक़बूलियत का आलम यह था कि वह वारदात करें न करें, लोग मान कर चलते थे कि इसके पीछे चट्टानसिंह ही होंगे। यहाँ तक कि असल अपराधी भी उनसे ईर्ष्या कर बैठते थे कि डकैती डाली हमने और नाम लूट ले गए चट्टानसिंह।

आज पचासी साल की उमर में भले चट्टानसिंह पपीते के मानिंद पिलपिला गए हों, मगर अपने ज़माने में वह यथा नाम तथा गुण थे, इलाक़े में उनकी तूती बोलती थी। अपने आपराधिक इतिहास में नए-नए पराक्रम करते वह सम्मान के उस स्तर तक पहुँच गए थे जहाँ उन्हें निगरानी बदमाश का दर्ज़ा दिया गया था।

जिस दिन उनके नाम की हिस्ट्रशीट थाने में खोली गई थी, उस दिन उन्होंने मारे प्रसन्नता के दस-बीस लोगों को यूँ ही पीट डाला था।

चट्टानसिंह कभी थाने की ओर तो कभी दरोगा लोटनप्रसाद की ओर देखते विकट चिंतन में खोए थे। जिस ज़माने से वर्तमान की वह तुलना कर रहे थे, वह ज़माना ही अलग था। पुलिस भी अलग क़िस्म की और अपराधी भी अलग क़िस्म के। पुलिस के दरोगाओं की धज देखते ही बनती थी। ऊँचा पूरा बाँका बदन, भारी भरकम डील-डौल, तोंद ऐसी कि उसके पीछे बाक़ी शरीर छिप जाए। इलाक़े में दरोगा जी बाद में पहुँचते थे, पहले तोंद पहुँच जाती थी। बल्कि तोंद की आमद होते ही इलाक़े में सन्नाटा छा जाता था कि लो तोंद तो आ गई, दरोगा जी भी आते ही होंगे। अब ऐसे दरोगा देखने को आँखें तरस गईं उनकी, जिसे देखो सूखा छुहारा...दुबला-पतला...ऊपर से काला चश्मा, एकदम फ़िल्मी दरोगा की तरह, तोंद तो ऐसे विलुप्त होती जा रही है कि पूछो मत। तब दरोगा जी वर्दी में हो या मुफ़्ती में, अनजान आदमी की तोंद मात्र देखकर लोग शर्त बदने को तैयार हो जाते थे कि तोंद है तो दरोगा ही होगा। दरोगा लोटनप्रसाद आज भी तोंदी परंपरा को जीवित रखे हैं, यह देखकर उन्हें सुकून तो पहुँचा मगर अगले ही पल बदलते हुए हालात पर उन्होंने फिर एक ठंडी साँस ली, 'पहले का ज़माना और था। अब अपराधियों में भी दम नहीं रहा, हाथ में एक देसी कट्टा या पिलपिलिया पिस्तौल थामी और लगे अकड़ने। पिस्तौल छीन लो तो पैंट में मूत दें, न शरीर में दम न दिमाग़ में। एक थप्पड़ मार दो तो दम निकल जाए। पुलिस भी सोचती है कि अब लोग समझदार हो गए। क्यों ख़्वाहमख़्वाह मारपीट कर मुसीबत मोल लें। कहीं मर-खप गया तो ख़ुद पर क़त्ल का मुक़दमा चलवाकर जेल जाओ। किसी को एक थप्पड़ मारा नहीं कि सौ लोग थाने में इकट्ठा होकर हो-हो, हायगुल्ला करने लग जाते हैं। न जाने कहाँ से एकाएक दस कैमरे वाले प्रकट हो जाते हैं और अच्छे भले दरोगा को टीवी पर विलेन बना देते हैं। पुलिस भी करे तो क्या करे।' सोचते-सोचते चट्टानसिंह अचानक भावुक हो गए।

'अंग्रेज़ों वाला ज़माना और था। तब एक वारदात हुई नहीं कि इलाक़े भर के निगरानी बदमाश, गुंडे-मवाली सब घेरकर थाने में बिठा दिए जाते थे। पतारसी और पूछताछ एक उत्सव की भाँति होती थी। आधी रात हो या भरी दोपहरी, दूर तक पता लगता था कि थाने में पूछताछ महोत्सव मनाया जा रहा है, तरह-तरह की आवाज़ें...जिन्हें सुनकर फ़रियादी की आत्मा संतुष्टि से भीग-भीग जाती थी। नए अपराधियों की तो बात ही छोड़ो जिनकी पतलूनें आसन्न सम्मान की कल्पना मात्र से भीग जाती थीं। तब बाक़ी बदमाशों के साथ चट्टानसिंह भी हर नई वारदात के साथ थाने पर लाए जाते थे। अंग्रेज़ी परंपराओं को क़ायम रखते बाक़ायदा पूछताछ होती थी। पटका-पटकी, लटका-लटकी, जूतम-पट्टी, लट्ठम-लट्ठी जैसी विधाओं

के दौर पर दौर चलते थे। तब वास्तव में लगता था कि तफ़्तीश चल रही है। पूछताछ ऐसी होती थी कि ऐसा लगने लगता था मानो वसंतोत्सव, शिशिरोत्सव एवं शरदोत्सव एक साथ मनाए जा रहे हों। वारदात हुई नहीं कि सिपाही से लेकर दरोगा तक शंकाओं की वासंती महक से मानो बौरा जाते थे। चहुँ ओर 'राग-सुराग' की तान छिड़ जाती थी। मुख़बिर सुराग रस से सराबोर हो नित नई इत्तिलाएँ लाते थे। फागुन की रंग-बिरंगी फुहारों की भाँति गालियों और सवालों की बौछारें...उफ़्...सारे के सारे संदेही समूह नृत्य सा करने लगते थे। आधी रात गए पीठ पर लाठियों के मुसलसल् आलिंगन और चूतड़ पर जूतों के अनवरत चुम्बनों के बाद जब शीतल जल की फुहारें पड़ती थीं तो आषाढ़ की रातें भी शरमा जाती थीं। सारी ऋतुएँ मानो एक साथ थाने में उतर आती थीं। निश्चित मानिए, अगर महाकवि कालिदास थाने के इस वटवृक्ष की डाल पर बैठकर पुलिस और अपराधियों की यह सम्मोहित कर देने वाली पूछताछ प्रणाली को देखते तो एक साथ इतनी ऋतुओं का पैकेज पाकर उनकी लेखनी बौरा जाती। वह 'ऋतुसंहारम' बाद में लिखते, पहले 'दरोगादहाड़म', 'मुष्ठिकाप्रहारम' 'पादुकोपचारम' जैसा कोई बेस्टसैलर एवं सुपरहिट महाकाव्य अवश्य रचते। अब न मार न पीट, न लात न जूता, न गाली न गलौच। जाने क्या ज़माना आ गया, पुलिस ने सब बंद कर दिया। लोग तरस गए थाने से आने वाली उन रुदनमयी मोहक आवाज़ों को सुनने के लिए जिनके कानों में पड़ते ही भय, हास्य, करुण, रौद्र जैसे नाना प्रकार के रस मन में घुल जाते थे।'

चट्टानसिंह बूढ़े हो चले थे। जब अपराध करना उनके बस में न रहा तो पुलिस ने उन्हें ज़ाहिरा निगरानी से हटाकर माफ़ी बदमाश की लूप लाइन में डाल दिया। पुलिस उनसे बिला वजह पूछताछ करने में परहेज़ करने लगी। उनकी हालत सत्ता की पटरी से उतरे हुए बत्तीविहीन नेता या उस अफ़सर की भाँति हो गई जिसने जीवन-भर ठाठ से नौकरी की और रिटायर होकर गुमनामी के अँधेरे में खो गया। इलाक़े में कोई वारदात होती और उन्हें न्योता न पहुँचता तो वह अत्यंत उपेक्षित सा महसूस करते। ऐसे में वह स्वतः पुलिस के पास आने लगे। कोई बुलाए या न बुलाए, ख़ुद ही थाने चले आते कि कभी न कभी कोई तो करेगा पूछताछ।

आज भी चट्टानसिंह अंधे क़त्ल की ख़बर सुनते ही स्वस्फूर्त प्रेरणा से घिसटते चले आए थे। वह हसरत भरी निगाहों से दरोगा लोटनप्रसाद और मुंशी गयाप्रसाद की ओर देख रहे थे कि एक बार तो उनकी निगाह पड़ जाए। जब घंटा भर प्रतीक्षा के बाद भी उन्हें तवज्जो नहीं दी गई तो वह गुमसुम हो गए। दुख के सागर में डूब गए और अपने गौरवशाली इतिहास का स्मरण करने लगे।

'तब चट्टानसिंह, तूफ़ानसिंह और शेरसिंह इस इलाक़े में विशेष सम्मान की दृष्टि से देखे जाते थे। तीनों मिलकर वारदातें करते थे और ईमानदारी से माल बाँटते थे। कैसी भी वारदात हो, कोई भी वारदात करे, पुलिस आधी रात इनके घरों

पर दबिश अवश्य देती थी और लुंगी में, पैजामे में, चड्डी में या बनियान में, जैसी हालत में वे मिलते थे, उन्हें टाँगकर थाने ले आती थी। फिर शुरू होती थी पूछताछ की परंपरा जो कई-कई दिनों तक चलती। यहाँ तक कि थाने से छोड़े जाने के बाद उनकी आँखें भर आती थीं और वे पुनः निमंत्रण की प्रतीक्षा करते थे।'

चट्टानसिंह ने एक बार फिर गहरी साँस खींचकर सूनी नज़र थाने पर डाली। न जाने कितनी वारदातों में उन्हें पूछताछ के लिए यहाँ बुलाया गया था और भरपूर सेवा की गई थी। इस थाने की एक-एक ईंट से उन्हें प्यार था। थाने के हर कमरे, हर दरवाज़े, हर देहरी पर उन्होंने पुलिस की लातें और जूते खाए थे। कितनी ही वारदातों की पूछताछ में अपना योगदान दिया था। तीस साल पुराना एक वाकया उन्हें स्मरण हो आया। क्षेत्र के विधायक का क़त्ल हुआ था और मामला चूँकि माननीय विधायक की हत्या का था, इसलिए ज़िले भर की पुलिस तफ़्तीश में जुट गई थी। न जाने कितनों पर संदेह किया गया था और उन्हें थाने में हवाई जहाज बनाकर लटकाया गया था। कितनों को चारपाई से बाँधकर उनकी फ़िज़ियोथेरेपी की गई थी। तब बड़ी ही मज़ेदार बात हुई थी। दरोगा जी दिखने में जितने भंयकर थे, उतने ही भयंकर तरीक़ों से पूछताछ भी करते थे। इसी का नतीज़ा था कि थाने में जितने बदमाशों से पूछताछ की गई थी, उन सबने क़त्ल स्वयं करना कबूल कर लिया था। यहाँ तक कि जिनसे पूछताछ नहीं की गई थी, वे भी स्वयंसेवकों की तरह आगे आकर इक़बालिया बयान देने लग गए थे कि कैसे उन्होंने क़त्ल किया था। कैसे चाकू घोंपा था, कैसे गोली मारी थी या कैसे गला पकड़कर टेंटुआ दबाया था। एक साथ नाना प्रकार के इक़बालिया बयानों ने भयंकर दरोगा जी को भयंकर भ्रम में डाल दिया था क्योंकि जो क़त्ल किया गया था वह असलियत में ज़हर देकर किया गया था। बड़ी अजीब स्थिति थी। किसकी मानें, किसकी नहीं और तभी पता लगा था कि क़ातिल कोई बदमाश नहीं, स्वयं विधायक जी की शरीक़ेहयात थीं जिन्होंने 'पति, पत्नी और वो' जैसे ही फ़िल्मी हालात में वारदात को अंजाम दिया था। फटाफट उनकी गिरफ़्तारी की गई थी। जिस वक़्त असली क़ातिला को गिरफ़्तार कर थाने लाया गया, उस वक़्त चट्टानसिंह चारपाई में बँधे उलटे लटके हुए थे। तूफ़ानसिंह हवाई जहाज की भाँति तूफ़ानी हवाओं में डोल रहे थे और शेरसिंह जूते खा-खाकर ढेर हो चुके थे। परदाफ़ाश होते ही शर्मिंदा होकर भयंकर दरोगा जी ने अपने हाथों से चारपाई की रस्सियाँ खोली थीं और चट्टानसिंह को आज़ाद किया था। फिर तूफ़ानसिंह की रस्सियाँ ढीली कर उन्हें हवाई मार्ग से सुरक्षित ज़मीन पर उतारा था। शेरसिंह को भी पानी की बाल्टी उँडेलकर होश में लाने का प्रयास किया गया था और जब इतने के बाद भी शेरसिंह होश में नहीं आए थे, तब उनके पिछवाड़े उन्हीं की पसंदीदा शैली में लात जमाकर उन्हें होश में लाया गया था।

भयंकर दरोगा जी ने इन तीनों निगरानी बदमाशों और तमाम संदेहियों के समक्ष करुणा रस से ओत-प्रोत होकर डबडबाए स्वर में कहा था, "मुआफ़ कीजिएगा, इन मुसम्मात की इश्क़बाज़ी में नाहक ही आप लोगों को तकलीफ़ उठानी पड़ी।" और तब दरोगा जी की ऐसी भावुकता पर और भी भावुक होकर चट्टानसिंह ने हाथ जोड़कर कहा था, "कोई बात नहीं दरोगा जी, यह तो हमारा फ़र्ज़ था और हम आगे भी इसे निभाते रहेंगे। भविष्य में भी कोई वारदात आपके इलाक़े में होती है तो हम चारपाई की ऐसी अविस्मरणीय सवारी तथा तीनों लोकों की अदभुत हवाई यात्रा हेतु सहर्ष प्रस्तुत रहेंगे। उस समय थाने से तीनों ने भरे मन से विदा ली थी। बाक़ी भी संदेही जिन्होंने अभी-अभी इक़बाल-ए-जुर्म किया था, मुँह लटकाकर थाने से लौटे थे। जो पूछताछ के दौरान जूते खा चुके थे, उन्हें फिर भी संतोष था कि चलो, कुछ तो काम आए। जो बिना जूते खाए लौट रहे थे, उनके मन में बड़ा रंज था और साथ ही उम्मीद की किरण भी थी कि इस बार चूक गए, अब आगे कोई वारदात होगी तो वे अवश्य थाने पहुँचेंगे। कई ने तो यह भी ठान लिया था कि वारदात के पहले ही पहुँचना ज़्यादा उपयुक्त होगा फिर पता नहीं, जूते खाने का मौक़ा मिले न मिले।

समय बदलता गया। कुछ साल पुलिस ने उन्हें बुलाया। पूछताछ भी की। मगर फिर सब कुछ एकदम से बदल गया। अपराध से घृणा करो, अपराधियों से नहीं, जैसे नारे बुलंद हुए। मानव अधिकारों की आवाज़ें उठीं, क़ानून और वैज्ञानिक तफ़्तीश में पुलिस का भरोसा बढ़ा। मारपीट, लात जूते, हवाई जहाज और चारपाई की सैर बीते ज़माने की बातें हो गईं, शेरसिंह तो इस गम में ख़ुदकुशी कर गीदड़ों की मौत मर गए। तूफ़ानसिंह सदमा खाकर याददाश्त ही खो बैठे और अब बस चट्टानसिंह बचे हैं जो यह सब सोच रहे हैं और थाने की ओर देख देखकर नए ज़माने को कोस रहे हैं। मायूस इतने कि बार-बार ऊपर वाले की ओर देखकर कह रहे हैं, प्रभु, अब तो उठा लो।

जिस वक़्त चट्टानसिंह थाने के बाहर बरगद के नीचे बैठे पुलिस के तौर-तरीक़ों और व्यवहार में आए परिवर्तनों पर विचार कर अवसाद में डूबे थे, लोटनप्रसाद कुरसी पर दोनों टाँगें फैलाए अभी भी गहरी सोच में डूबे थे। उनके समीप खड़े मुंशी गयाप्रसाद दिमाग़ को विभिन्न दिशाओं में इतना दौड़ा चुके थे कि दिमाग़ भी चुककर हाँफने लगा था। लोटनप्रसाद के दिमाग़ में मर्डर कुछ ऐसे गूँज रहा था कि पास के घर से पाठ याद करते बच्चों की आवाज़ 'तीतर के दो आगे तीतर...तीतर के दो पीछे तीतर...आगे तीतर पीछे तीतर...बोलो बच्चो कितने तीतर,' सुन-सुनकर उनका दिमाग़ घूमने लगा।

मर्डर के आगे दो मर्डर
मर्डर के पीछे दो मर्डर...

आगे मर्डर...

पीछे मर्डर...

बोलो दरोगा जी कितने मर्डर...

अभी उनके कानों में मर्डर...मर्डर...मर्डर का संगीत मुखड़े को पार कर अंतरे की ओर बढ़ रहा था कि सरकारी गाड़ियों की भड़-भड़ ने मर्डर संगीत का मुखड़े पर ही गला घोंट दिया। उन्होंने पाया कि तमाम गाड़ियाँ, जिनकी आवाज़ के आधार पर ही उनका सरकारी होना पता चल जाता था, ऐन थाने के सामने आकर रुक गई हैं। दरोगा जी समझ गए कि फ़िलहाल मामला मर्डर से ज़्यादा संगीन है और क़ाफ़िले में शामिल होने हेतु थाने के फाटक के बाहर उन्हीं की प्रतीक्षा हो रही है। लिहाज़ा मर्डर को धूल की तरह दिमाग़ से झटक कर वह चटक चाल से गाड़ियों की ओर बढ़ गए। चट्टानसिंह ने हैरानी से यह दृश्य देखा फिर थके क़दमों से वापस अपने डेरे की ओर लौट पड़े। लोटनप्रसाद को क़ाफ़िले में शामिल कर धूल और कीचड़ में धँसती-फँसती गाड़ियाँ गाँव में धँस गईं।

3

प्रजातंत्र ने देश को मुख़्तलिफ़ दल दिए थे और दलों ने गमछे। शेष हिंदुस्तानी गाँवों की तरह गूगल गाँव में भी गले-गले में गमछा था। कोई पीला तो कोई नीला, कोई तिरंगा तो कोई बहुरंगा। हर गमछे के रंग को देखकर दूर से यह अंदाज़ लगाया जा सकता था कि अमुक के शरीर में कौन से राजनीतिक दल के कीटाणु प्रविष्ट हैं। कौन किसकी प्राकृतिक संतान है, यह जानना ज़रा मुश्किल था, परंतु किसका राजनीतिक बाप कौन है, यह गमछे के रंग और रूप के आधार पर आसानी से जाना जा सकता था। इन रंग-बिरंगे गमछों के बीच कुछ ऐसे भी गमछे थे जिनका रंग सफ़ेद था। इससे पता चलता था कि फ़िलहाल इनका राजनीतिक पिता कोई नहीं है तथा इन्हें अपनी मर्ज़ी एवं शर्तों पर यह तय करने की पूरी स्वतंत्रता है कि वे किसे अपना बाप चुनें और किसे नहीं। किसे लतिया दें और किसे लठिया दें। किसे दुत्कार दें और किसे पुचकार लें। ऐसे सफ़ेद गमछे वाले राजनीतिक शब्दावली के लिहाज़ से निर्दलीय कहे जाते थे और इनमें से कुछ गिरगिट को भी जीभ चिढ़ाते हुए जब चाहते थे, अपनी ज़ुबान और गमछे का रंग बदल लेते थे।

ऐसा ही एक शुभ्र श्वेत गमछा गले में धारण किए एक इंसानी आकृति जिसे अब नेता माना जा सकता है, साइकिल के पैडल बमुश्किल मारती पसीने से लथपथ होती गाँव की ओर चली आ रही थी। लोकनाथ के ओटले तक आते-आते उसके मुख से जिन शब्दों का प्रसव हो रहा था, उनसे स्पष्ट होता था कि अक्षरों से अंगों

का आकार ग्रहण करती ये ठेठ भारतीय शब्दावलियाँ गली कूचे में पाई जाने वाली गालियाँ ही थीं। ये गालियाँ उसे दी जा रही थीं जो कि नीला सफारी सूट पहने साइकिल के कैरियर पर ठाठ के साथ बैठा था। पीछे बैठने वाला यह व्यक्ति उसे अर्पित की जाने वाली गालियों को ग्रहण नहीं कर रहा था और उसी प्रकार ऊँचे स्वर में गालियों को मूलतः देने वाले की ओर लौटाता जा रहा था।

मूल रूप से गालियाँ देने वाले अर्थात साइकिल चलाने वाले अर्थात सफ़ेद गमछा गले में धारण करने वाले सज्जन अनोखीलाल थे तथा उनके पीछे बैठकर गालियों को सम्मान के साथ मूलतः वापस समर्पित करने वाला अर्थात नीले सफारी सूट वाला उनका गनमैन अर्थात बाडीगार्ड था जिस पर अंगरक्षक की हैसियत से साइकिल चलाने वाले यानी अनोखीबाबू के अंग-अंग की रक्षा की जवाबदारी थी।

अनोखीबाबू कुछ अरसा पहले सलामतपुर के सरकारी दफ़्तर में बड़े बाबू हुआ करते थे। एक आम हिंदुस्तानी बड़े बाबू में जो विशेषताएँ स्वाभाविक तौर पर होनी चाहिए, वे उनके भीतर थीं। वह ऊपर से बड़े बाबू परंतु भीतर से बड़े नेता थे। उनका दिमाग़ सरकारी काम से अधिक राजनीति में रमता था। वह इसी राजनीति के शिकार हुए और एक दिन सुविधा शुल्क लेते वक़्त अचानक छापे में नप गए। अब तक जमा की हुई उनकी सारी संपत्ति सरकारी खाते में जमा हो गई, नौकरी से बर्खास्तगी हुई और जेल जाना पड़ा सो अलग। मगर तब से उनके भाग्य ने एकदम से पल्टी खा ली। अब आप सोच रहे होंगे कि जिस व्यक्ति की सारी जमा-पूँजी जब्त हो गई हो, नौकरी जा चुकी हो, और जेल भी जाना पड़ गया हो, ऐसे में क़िस्मत का पलटना कैसे मान लिया जाए, मगर यह सच था। उनकी संपत्ति ज़ब्त हुई थी, मगर भीतर का नेता नहीं। जेल से बाहर आते ही उनका राजनीतिक जीव भी स्वतंत्र होकर बाहर आ गया और देखते-देखते वह फ़्री लांस नेता हो गए।

सरकारी नौकरी के दौरान क्षेत्र की जनता से गहरा संपर्क, स्वयं के भीतर राजनीति के गुण और इन सबसे ऊपर जेल जाने का अनुभव, इतने गुणों ने राजनीति के क्षेत्र में बमचक मचा दी। कुछ ही समय में अनोखीबाबू स्थानीय राजनीति के आकाश पर छा गए। हर पार्टी में उन्हें हाथोहाथ लेने के लिए होड़ मच गई। इन पार्टियों ने उन्हें प्यार कर, पुचकार कर, लोभ देकर और तरह-तरह के प्रलोभन देकर अपने रंग के गमछे में लपेटना चाहा मगर जब अनोखीबाबू ने सफ़ेद गमछे का साथ नहीं छोड़ा तो इन पार्टियों ने उन्हें धमकाना और चमकाना शुरू कर दिया। अनोखीबाबू के भीतर के बड़े बाबू अभी जीवित थे। उन्होंने इसका भी भरपूर फ़ायदा उठाया और स्वयं की सुरक्षा को गंभीर ख़तरा बताते हुए सरकार से सुरक्षा की माँग कर डाली। अनोखीबाबू की माँग तत्काल पूरी की गई। उन्हें

अंगरक्षक यानी गनमैन प्रदान किया गया और गनमैन प्राप्त होते ही वह वीआईपी बन गए। यही वह गनमैन था जो इस वक़्त साइकिल के पीछे बैठा तत्परता के साथ उनकी सुरक्षा कर रहा था। यह गनमैन जब से आया था, तब से अपनी इस नई ड्यूटी पर सिर पीट रहा था, अतः उसके एवं अनोखीबाबू के मध्य यह रोचक संवाद तभी से जारी था।

अनोखीबाबू और उनका अंगरक्षक एक-दूसरे को उनकी औक़ात बताते हुए अब लोकनाथ के ओटले के ऐन सामने आ गए थे जहाँ लोकनाथ और वैद्य मटुकनाथ बड़ी गंभीरता के साथ उनकी ओर देखते तथा मज़े लेते उनके अपने क़रीब आने का इंतज़ार कर रहे थे।

"अरे, क्या हुआ अनोखीबाबू, कहाँ से हाँफते फुफकारते चले आ रहे हैं?"

वैद्य जी ने साइकिल पर चले आ रहे इस विचित्र किंतु सत्य दृश्य को देखकर पूछा। साइकिल पर वीआईपी महोदय अगली सीट पर विराजमान थे तथा पसीने से लथपथ हो स्वतः पैडल चला रहे थे। इन वीआईपी महोदय की सुरक्षा में इन्हीं वीआईपी महोदय की सवारी गाँठते चले आ रहे गनमैन का दृश्य जितना दुर्लभ था उतना ही मनोरंजक भी।

अनोखीबाबू ने ओटले के सामने आकर साइकिल के ब्रेक लगाए। उन्होंने उतरने के लिए बाईं टाँग को नीचे टिकाकर दाहिनी टाँग को पीछे दौड़ाया। टाँग कैरियर पर बैठे गनमैन से टकराकर अटक गई। ऐसे फँसे हुए हालात पर अनोखीबाबू ने ग़ुस्से से कहा, "अब उतर भी पड़ो।"

गनमैन भी कम बदतमीज़ और मुँहज़ोर न था। अड़कर बोला, "हम नहीं उतरेंगे, हमें तुम्हें तुम्हारे घर तक सुरक्षित पटकने की डियूटी बताई गई है।"

"तो टँगे रहो ऐसे ही।" अनोखीबाबू ने चिढ़कर कहा और साइकिल के आगे डंडे पर से दाहिनी टाँग निकालकर उतरने का यत्न किया, मगर वीआईपी के लिए सुरक्षा नियमों का उल्लंघन करते हुए ऐसा दुस्साहस करना ख़तरनाक था और वही हुआ भी। अनोखीबाबू की धोती साइकिल के हैंडिल में और चप्पल साइकिल के डंडे में ऐसी अटकी कि पहले अनोखीबाबू ने धूल चाटी फिर साइकिल के पलट जाने से उनके गनमैन ने। अब अनोखीबाबू मुँह के बल औंधे पड़े थे, उनके ऊपर साइकिल पड़ी थी और इन दोनों के ऊपर गनमैन चारों खाने चित्त अवस्था में पड़ा था।

इस वाकये ने आसपास के वातावरण पर भी ख़ासा प्रभाव डाला। मैदान में गिल्ली-डंडा, और छिपा-छिपौअल में मस्त ढेर सारे लड़के और लड़कियाँ इस टैक्स फ्री मनोरंजन पर तालियाँ पीट-पीटकर हँसने लगे। खो-खो खेलती लड़कियाँ खो-खो छोड़कर खी-खी करने लगीं। सामने हैंडपंप पर पानी की एक-एक बूँद के लिए लड़ती-झगड़ती औरतें एक-दूसरे की चोटियाँ और बोटियाँ

नोंचना छोड़कर ही-ही कर हँसने लगीं। कुछ ठहाका मारने लगीं तो कुछ अट्टहास लगाने लगीं।

ओटले पर जबरन गंभीरता का नाड़ा बाँधकर अब तक अपने दाँतों को छुपाए लोकनाथ और वैद्य मटुकनाथ भी हँस पड़े और दोनों को उठाने ओटले से नीचे दौड़े। गनमैन ने पाया कि अनोखीबाबू सबको हँसते, लोटमपाट होते देखकर शरम से ज़मीन में गड़े जा रहे हैं तो एकाएक उसके भीतर कर्तव्य भावना जाग पड़ी। उसे चिन्ता हो आई कि कहीं अनोखीबाबू मारे झेंप और शर्म के ही न मर जाएँ। नौकरी का सवाल था क्योंकि वीआईपी चाहे बम से मरे या शर्म से, गनमैन की नौकरी जाना तय थी। लिहाज़ा अपनी धूल झाड़ना छोड़कर वह अनोखीबाबू की ओर लपका और उनकी आधी खुल चुकी धोती, जिसमें से पट्लेदार चड्डी और भी मनोरंजक दृश्य पैदा करने लगी थी, जल्दी-जल्दी समेटने लगा। अनोखीबाबू को प्राणों से ज़्यादा अपनी इज़्ज़त प्यारी थी। उन्होंने गनमैन को इस प्रकार धोती समेटकर उनकी इज़्ज़त बचाते देखा तो उसके अहसान तले इतना दब गए जितना कि साइकिल के तले भी नहीं दबे थे।

लोकनाथ ने अपनी हँसी को किसी तरह छुपाकर अनोखीबाबू को हाथ पकड़कर उठाते हुए कहा, "नेताजी, कहीं कुछ लगा-वगा तो नहीं न?"

"अरे नहीं, नहीं।" अनोखीबाबू ने ख़ुद ही अपने हाथों से पुट्ठों की धूल झाड़ते हुए झूठे स्वर में कहा।

वैद्य जी ने अनोखीबाबू को सहारा देकर कुरसी पर बिठाते हुए कहा, "कहीं कुछ टूट-फूट हो गई हो तो हमसे नहीं छिपाइएगा, आख़िर हम गाँव के वैद्य हैं।" कहकर वैद्य जी ने जान-बूझकर अनोखीबाबू के कंधों और कमर पर ऐसे हाथ फेरा कि अनोखीबाबू की चीख निकल गई।

"देखिए, हम कह रहे थे न कि टूट-फूट तो अवश्य हुई होगी और आप कहते हैं कि कुछ नहीं हुआ।"

"अरे छोड़िए भी वैद्य जी, जब मरीज ख़ुद ही कह रहा है कि कुछ नहीं हुआ है तो जबरन थोड़े ही इलाज कर डालेंगे।" लोकनाथ बनावटी उलाहना देकर बोले। फिर बातचीत की पटरी बदलते हुए कहा, "यह बताइए, कहाँ से चले आ रहे हैं?"

"अरे कहाँ से आ रहे हैं, बस पास के गाँव से चले आ रहे हैं जनसंपर्क करके।"

"अनोखीबाबू, साइकिल से कहाँ-कहाँ जनसंपर्क करेंगे।" लोकनाथ ने कहा।

गनमैन तो पहले ही साइकिल की दुखभरी यात्राओं पर जला-भुना बैठा था। तमककर बोला, "हम भी तो यही कहते हैं कि सरकार से गनमैन पाए हो तो अपनी न सही, हमारी इज़्ज़त का ही कुछ ख़याल रखो, दिनभर धूप में साइकिल पर घुमाते हो नेताजी। ऐसे कैसे फटीचर वीआईपी हो!"

"हाँ, गनमैन साहब ठीक कहते हैं, इनकी इज़्ज़त का भी ख़याल रखना ज़रूरी है।" वैद्य जी ने गनमैन का समर्थन किया। इज़्ज़त के प्रश्न पर समर्थन का भरपूर बल मिलते ही गनमैन भावुक हो उठा, "हमारी तो साहब क़िस्मत फूटी थी जो यहाँ ड्यूटी में फँसे, वरना हम तो आज तक बड़े-बड़े मंत्रियों, अफ़सरों के साथ ही रहे हैं, सफारी, पजेरो, फार्च्यूनर...एक से एक आलीशान गाड़ियाँ...बैठे और एसी चालू...मस्त ठंडी, और एक यहाँ ये फुटहे नेताजी और इनकी टुटही साइकिल..." गनमैन की इच्छा हुई कि साइकिल में एक लात जमा दे मगर ऐसा करने से न तो वह सफारी में बदल पाती न ही साइकिल के सफ़र से उन्हें निजात मिल जाती।

अनोखीबाबू आत्मविश्वास से बोले, "चिंता मत करो, जल्दी ही हम भी सफ़ारी में सफ़र करेंगे।"

"वह कैसे?"

"अरे भइया, सरकारी नौकरी में जो ज़ब्त हुआ, उसे छोड़ो। अब तो हम नेतागिरी में कूद पड़े हैं न, जरा साल दो साल देखते जाओ जहाँ थोड़ी बहुत उछल कूद शुरू की फिर देखना हमारे जलवे, कहाँ से कहाँ पहुँचते हैं।"

"सही कहते हो अनोखीबाबू," वैद्य जी बोले, "हमारे एमएलए साहब को ही देख लो, दस साल पहले तहसील दफ़्तर के सामने चाट का ठेला लगाते थे, नेतागिरी में क्या कूदे, आज सारे इलाक़े को चाट-चाटकर लाटसाहब बन गए हैं।"

"यही तो प्रजातंत्र का जलवा है भइया, जो ज़मीन से उठाकर आसमान पर बिठा दे।" लोकनाथ ने प्रजातंत्र को सादर प्रणाम करते हुए अभिभूत स्वर में कहा।

अनोखीबाबू ने भी लोकतंत्र के ऐसे चमत्कारिक जलवे को प्रणाम किया। मन-ही-मन प्रार्थना की कि जल्द ही कुछ ऐसा वर दो भगवन कि हम भी एमएलए साहब की तरह इलाक़े को चाट सकें। इतना चाटें कि यह कमबख़्त गनमैन हमारे चरणों में गिरे और चिरौरी करे कि नेताजी, हमें अपने से दूर मत करो, इतना सोचते-सोचते अनोखीबाबू ख़यालों में खो गए।

एक शानदार सीढ़ी थी जो लगातार ऊपर की ओर चली जा रही थी। सुर्ख़ लाल रंग का कारपेट बिछी उस सीढ़ी पर पुष्पवर्षा के बीच अनोखीबाबू जनपद से ऊपर उठकर ज़िला पंचायत के मेम्बर बन गए हैं, फिर थोड़ा और ऊपर उठकर सीधे अध्यक्ष पद को सुशोभित करते हुए वातानुकूलित कार में आ बैठे हैं। वह सीढ़ी दर सीढ़ी लगातार ऊपर उठते हुए जो कुछ सामने आ रहा है, उसे चाटते, चपेटते, सहेजते, बटोरते हुए ऊपर और ऊपर उठते जा रहे हैं। एमएलए बनकर अनोखीबाबू सीधे कैबिनेट में मंत्री होकर लाल बत्ती की कार में आ बैठे हैं। लोकनाथ, वैद्य जी और गाँव की बेवकूफ़ जनता आँखें फाड़े उनकी लाल बत्ती पर चौंधियाई जा रही है। साँय-साँय बत्ती घूम रही है...घूम रही है...घूम रही है...अचानक अनोखीबाबू का दिमाग़ लालबत्ती के साथ साँय-साँय घूमने लगा। शरीर झूमने लगा मानो सत्तादेवी

स्वतः अवतरित होकर उनके शरीर में प्रवेश कर गई हों। वह लालबत्ती के स्वप्न में और भी घूमते, और भी झूमते, बल्कि कुरसी से गिर ही पड़ते यदि उसी समय पर वाहनों के क़ाफ़िले की घड़घड़ाहट से उनका स्वप्न भंग न हो गया होता।

सभी ने एक पल आश्चर्य से क़ाफ़िले को देखा। अनोखीबाबू जो गिरते-गिरते सँभलने का प्रयास कर रहे थे, उनके हाल पर चहकते हुए वैद्य जी ने कहा, "मैं कह रहा था न कोई टूट-फूट ज़रूर हुई है, हमें तो लगता है अनोखीबाबू के दिमाग़ में ही कोई..." वह आगे कुछ कहते, इससे पहले ही अनोखीबाबू पूरे आत्मविश्वास के साथ उठ खड़े हुए। मानो अचानक कोई ज्ञान प्राप्त हुआ हो फिर बोले, "टूट और फूट तो अब होगी वैद्य जी, आप बस देखते जाओ।" कहते हुए उन्होंने अपने सफ़ेद गमछे पर प्यार से हाथ फेरा।

"पहले चलकर देख तो लें, गाँव में अचानक सरकारी बमचक क्यों होने लगी।" कहकर अनोखीबाबू धोती-कुरता फटकारकर क़ाफ़िले की दिशा में तेज़ चाल से रवाना हो गए। उनसे कुछ मद्धिम चाल में वैद्य जी एवं लोकनाथ भी पीछे-पीछे चल पड़े। इसके ठीक बाद एक स्कार्पियो गाड़ी तेज़ गति से उनके बग़ल से निकली। इस गाड़ी का पहिया सड़क पर बहती नाली में तेज़ी से पड़ा और फचाक् से कीचड़ उछलकर वैद्य जी के मुँह पर जा पड़ा। वैद्य जी ऐलानिया तौर पर कीचड़ उछालने वाले की माँ एवं बहनों का गालियों के माध्यम से पुण्य स्मरण करते यदि उन्होंने पहचान न लिया होता कि कीचड़ उछालने वाले महाशय और कोई नहीं, वरन स्वयं ऐसी कीचड़मय सड़क के निर्माता गड्ढे भइया हैं।

वाहनों का क़ाफ़िला स्कूल के मुख्य प्रवेश-द्वार को चीरता हुआ सीधे परिसर में आकर रुक गया। एक साथ इतनी सरकारी गाड़ियों की आमद देखते ही शिक्षकों में भगदड़ मच गई। जनगणना, पशुगणना, नसबंदी, पोलियो, मलेरिया, फाइलेरिया और ग़रीबी रेखा जैसे तमाम सरकारी अभियानों से निबटने के बाद वे जैसे-तैसे अध्यापन कार्य में मसरूफ़ हुए थे। पाराशर जी के मन में आशंका उत्पन्न हुई। फिर कोई नया अभियान तो शुरू होने नहीं जा रहा, सोचकर घबराए हुए वह जीपों की ओर भागे। उनके पीछे-पीछे बाक़ी शिक्षक भी दौड़े।

एसडीएम साहब यूँ तो स्वयं घबराए हुए थे, मगर चूँकि उनके चारों ओर उनके मातहत थे लिहाज़ा वरिष्ठता की एक विशिष्ट अदा के साथ वह जीप से नीचे उतरे। उन्होंने शिक्षा के इन बेतरतीब भवनगुच्छों पर एक फेंकती हुई निगाह डाली फिर ऐलान करते हुए बोले, "कलेक्टर साहब ने कहा है कि कमिश्नर महोदया यहीं रुकेंगी।"

"यहाँ?"

"यहाँ रुकेंगी?"

"इस स्कूल में रुकेंगी?" नाना प्रकार के स्वरों में एकाएक हल्ला सा मच गया। इस हल्ले को चीरते हुए गड्ढे भइया, जो ख़बर लगते ही सलामतपुर से भागे चले आ रहे थे, सामने आकर बोले, "हुज़ूर, इतनी बड़ी अफ़सर को यहाँ रुकना शोभा नहीं देगा, इस ग़रीब का घर कब काम आएगा?"

एसडीएम साहब ने 'ग़रीब' शब्द पर विशेष ध्यान दिया और यह जानते हुए कि अभी-अभी अपनी लक्जरी स्कार्पियो से उतरे इन महाशय का नाम वास्तव में ज़िले की ग़रीबी रेखा की सूची में शामिल है, उनकी ग़रीबी पर मन-ही-मन ईर्ष्या प्रकट करते हुए कहा, "नहीं महानुभाव, आप तो जानते हैं, गाँव-गाँव में पार्टीबंदी है, भला कोई अफ़सर किसी के घर रुककर मुसीबत मोल लेता है क्या?"

तहसीलदार साहब बोले, "सरकार का आदेश है कि अफ़सर गाँव जाएँगे तो सरकारी भवनों में ही रुकेंगे और किसी के घर जाएँगे भी तो केवल दीन-हीनों के घर।"

"तो ठीक है, जैसी हुज़ूर की मर्ज़ी।" गड्ढे भइया ने ग़रीब स्वर में कहा और एक क़दम पीछे हट गए।

अब तक लपकासिंह भी अपनी लंबी-लंबी टाँगों पर मेढक की भाँति उछलते आ पहुँचे थे और हर पल की तस्वीरों को क़ैद करने के लिए अपना कैमरा तैयार कर चुके थे।

"साहब, कमिश्नर साहब का कार्यक्रम क्या रहेगा?" लपकासिंह ने वीडियो कैमरे का ऐंगल ऐन एसडीएम साहब के चौखटे पर फिट करते हुए पूछा।

एसडीएम साहब ने लपकासिंह को वहाँ पाकर पहले हिकारत की एक गुप्त नज़र उन पर डाली फिर जेब से एक मुड़ा-तुड़ा सा काग़ज़ निकाला। अपनी ऐनक को थोड़ा और ऊपर चढ़ाते हुए उन्होंने काग़ज़ पर ख़ुद की लिखावट को पढ़ने का यत्न कर कहा, "सुबह ठीक दस बजे कलेक्टर साहब कमिश्नर महोदया को लेकर यहाँ पहुँचेंगे, सबसे पहले जनकल्याण शिविर होगा जिसमें सरकारी योजनाओं की जानकारी दी जाएगी, फिर मैडम लोगों की समस्याएँ सुनेंगी..."

"फिर?" भीड़ में से एक उत्सुक मिमियाहट उभरी।

"फिर लंच यानी दोपहर का भोजन होगा। इसके बाद कुछ देर आराम करने के बाद गाँव में भ्रमण भी हो सकता है और कोई दूसरा कार्यक्रम भी बन सकता है।"

"और सर शाम के बाद?" बीडीओ साहब ने पूछा।

इससे पहले कि एसडीएम साहब आगे बोलते, तहसीलदार साहब बीच में कूदकर बोले, "इसके बाद वापसी और क्या।"

"अच्छा, इसका मतलब रात में तो नहीं रुकेंगी न?" बीडीओ साहब जानने के लिए बेचैन थे।

तहसीलदार साहब अपनी लंबी शासकीय सेवा के अनुभवों का रस बीडीओ साहब के कानों में निचोड़ते हुए फुसफुसाए, "रात में कोई अफ़सर गाँव में रुकता है क्या, इधर अँधेरा घिरा और सब फुर्र...", कहते हुए उन्होंने हाथों से यूँ इशारा किया मानो सचमुच की चिड़िया फुर्र हो रही हो। लपकासिंह उनकी बात सुन तो नहीं पाए मगर समझ ज़रूर गए और उनके भीतर स्टिंग आपरेशन की चिड़िया एकदम से पंख फड़फड़ाने लगी।

प्रभारी प्रिंसिपल पाराशर जी यूँ तो अचानक कमिश्नर साहिबा के भ्रमण की सूचना पर सकपका गए थे, मगर जल्द ही उन्होंने स्वयं को सँभाल लिया। वह गंभीर स्वर में बोले, "हुज़ूर, पहले स्कूल का भ्रमण कर लिया जाए ताकि मैडम और कलेक्टर साहब के रुकने के लिए ठीक-ठाक इंतज़ाम हो सके।" पाराशर जी जान-बूझकर गांभीर्य का प्रदर्शन करते हुए बोले ताकि अफ़सरों के सामने यह जतलाया जा सके कि प्राचार्य पद का प्रभार भी वह इतनी ही गंभीरता के साथ निभा रहे हैं।

एसडीएम साहब ने कहा, "आप ठीक कहते हैं पाराशर जी, पहले अधिकारियों को रुकने में कोई तकलीफ़ न हो यह देख लिया जाए। इसके बाद यह भी तय कर लिया जाए कि जनकल्याण शिविर कहाँ से होगा और भोजन कहाँ से होगा।" उनके इतना कहते ही सुझावों और सलाहों की बौछार शुरू हो गई। हर व्यक्ति नाना प्रकार की सलाहें देने लगा। इसका एक मतलब यह भी निकला कि सलाह देने के मामले में हर भारतीय अव्वल है और कोई भी हिंदुस्तानी कुछ करे या न करे, कभी भी, कहीं भी, सलाह तो अवश्य दे सकता है।

एसडीएम साहब ने एक साथ आई सलाहों को धूल की भाँति झाड़ा फिर स्कूल के चारों ओर नज़र दौड़ाई। यूँ तो स्कूल के चारों ओर बाउंड्रीवाल बनाई गई थी मगर लगता था कि यदि इसे नहीं भी बनाया जाता, तब भी काम आसानी से चलाया जा सकता था। इस बाउंड्रीवाल में जगह जगह से ईंटें निकालकर भीतर जाने के इतने मार्ग निर्मित कर दिए गए थे कि लोग प्रायः भ्रमित हो जाते थे कि फाटक से प्रवेश करें या इस प्रकार के छेदनुमा स्वागतद्वारों से। स्कूल की छुट्टी के बाद चपरासी द्वारा अपनी ड्यूटी का पालन करते हुए मुख्य फाटक पर हमेशा ताला डाला जाता था, मगर बाउंड्रीवाल में बनाए गए कलात्मक क़िस्म के इन छेदों पर उसका कोई नियंत्रण नहीं था। गाँव के लोग जब चाहें, एक ओर से निर्बाध प्रवेश करते हुए दूसरी ओर के छेदों से निकल सकते थे। स्कूल के मैदान का आम रास्ते के रूप में उपयोग कर सकते थे। यहाँ तक कि अलसुबह या शाम, जब मर्ज़ी पड़े, लोटा हाथ में लेकर दिशा मैदान की गरज से मैदानी दिशा में इन द्वारों को पार करते हुए कूच कर सकते थे। गाँव के ढोर मवेशी भी पीछे नहीं थे और शाम ढलते

ही उनमें होड़ शुरू हो जाती थी कि कौन स्कूल के बरामदे में पहले पहुँचकर साफ़-सुथरी जगहों पर क़ब्ज़ा करे फिर रात भर चैन से जुगाली करे और जी भरकर गोबर-पेशाब भी।

शुरुआत में एक हाल ही की बनी बिल्डिंग थी जो प्राथमिक शाला के बच्चों के लिए उपयोग में लाई जा रही थी। इसकी दीवारों में यहाँ-वहाँ आ चुकी दरारों और किसी तरह चिपके पलस्तर को देखकर ठेकेदार की योग्यता पर सहज विश्वास किया जा सकता था। एकबारगी देखकर ही इस निष्कर्ष पर पहुँचा जा सकता था कि ठेकेदार ने बेईमानी और कमीनेपन में पूरी ईमानदारी बरतते हुए ही यथा संभव घटियातम सामग्रियों का प्रयोग निर्माण के दौरान किया है। इस भय से, कि कहीं छत गिरे या दीवार तो बरामदे से बाहर कूदकर प्राण बचाने में आसानी रहेगी, कक्षाएँ बरामदे में लगाई जाती थीं। कमरे के भीतर बैठे तो क्या मालूम, कौन छत के नीचे दबे और कौन दीवार के नीचे, लिहाज़ा सुरक्षा के सभी आवश्यक उपायों के मद्दे नज़र ही यह तय किया गया था कि कक्षाएँ लगेंगी तो केवल बरामदों में। इस प्रकार भय के वातावरण के बीच पठन-पाठन जारी रहता था। पठन पाठन के इस औपचारिक निर्वहन में फर्श पर टाट-पट्टियाँ बिछाकर बैठे बच्चों की निगाह ब्लैक बोर्ड से ज़्यादा छत और दीवारों की ओर रहती थी कि न जाने कब छुट्टी की घंटी की जगह ख़तरे की घंटी बज उठे और उन्हें बरामदे से बाहर कूदकर मैदान में दौड़ लगानी पड़ जाए।

प्राइमरी स्कूल का यह पुराना भवन जीर्ण-शीर्ण हो चुका था लिहाज़ा उसके जीर्णोद्धार के लिए सरकारी मदद मिलनी बंद हो चुकी थी। इसके पीछे यह सोच थी कि जब बिल्डिंग जीर्ण हो ही गई है तो फिर उसके उद्धार से क्या फ़ायदा। वहीं नया भवन इसी साल बनकर तैयार हुआ था और भवन के उद्घाटन के पूर्व ही उसके जीर्णोद्धार के लिए ठीक-ठाक राशि आनी शुरू हो गई थी। इसके पीछे भी बड़ी महत्त्वपूर्ण सोच थी और वह यह थी कि जब जीर्णोद्धार के लिए राशि दी जाएगी तभी तो बिल्डिंग जीर्ण होगी और जब तक बिल्डिंग जीर्ण नहीं होगी तब तक उसका उद्धार कैसे संभव होगा।

क़ाफ़िले को देखकर बच्चों में भी उत्सुकता फैल गई थी। कुछ बच्चे अफ़सरों को अपनी ओर आता देखकर अनुशासित सिपाही की भाँति सावधान की मुद्रा में खड़े हो गए। ये बच्चे 'सिंसियरिटी कम अल्ट्रा इंफीरियरिटी सिंड्रोम' नामक लाइलाज आनुवांशिक बीमारी से ग्रसित थे। पढ़ाई-लिखाई के प्रति विशेष गंभीरता, वक़्त की पाबंदी, गुरुओं का सम्मान, बुरा न देखना, बुरा न सुनना और बुरा न कहना इस बीमारी के प्रमुख लक्षण थे जो इस प्रकार के बच्चों में पाए जाते थे। इस बीमारी से ग्रसित होने के कारण ये बच्चे सामान्यत: अच्छे बच्चे कहलाते थे। ये अच्छे बच्चे अपनी आदत के मुताबिक रोज़ाना या तो वक़्त पर या वक़्त के पहले स्कूल

पहुँच जाते। वक़्त पर पहुँचने के कारण इनके नन्हें हाथों में क़लम से पहले झाड़ू पकड़ा दी जाती थी। बरामदों में फैला गोबर और गौमूत्र साफ़ कर ऐसे बच्चे गुरुओं का भरपूर आशीर्वाद प्राप्त करते थे। जो बच्चे इस बीमारी से ग्रसित नहीं थे, वे गंदे बच्चे कहलाते थे। इसीलिए अफ़सरों को आता देखकर भी इन बच्चों पर कोई ख़ास प्रभाव नहीं पड़ा था। वे उसी ढिठाई और लापरवाही के साथ अपनी धमाचौकड़ी में व्यस्त थे। ज़माने के साथ क़दम मिलाकर चलने की व्यावहारिक शिक्षा जन्म पूर्व से ग्रहण करने वाले ये गंदे बच्चे स्कूल तब पहुँचा करते थे जब अच्छे बच्चे पूरे बरामदे की गंदगी धो-सुखाकर उनके बैठने के लिए माकूल इंतज़ाम कर चुके होते थे। इस तरह अच्छे बच्चे अच्छे ही बने रहते थे और ज़माने की दौड़ में पीछे रह जाते थे। भले पढ़-लिखकर वह अच्छे पद पर पहुँच जाते थे मगर 'सिंसियरिटी कम अल्ट्रा इंफीरियरिटी सिंड्रोम' के कारण वे आगे नहीं रह पाते। वहीं गंदे बच्चे व्यावहारिक होते और पढ़ाई में पीछे होते हुए भी जीवन की दौड़ में हमेशा आगे बने रहते।

अफ़सरों की गारद मार्च पास्ट करती 'बाएँ देख' की मुद्रा में आगे बढ़ी। अगली बिल्डिंग मिडिल स्कूल की थी। इसी से लगकर हाई स्कूल की बिल्डिंग थी जिसमें देश का भविष्य तय करने के लिए उद्यत बच्चे अकादमिक विषयों के अलावा अन्य तमाम तरह के विषयों का भी उत्सुकतापूर्वक ज्ञान प्राप्त करते थे। ज्ञानप्राप्ति के मार्ग में प्रथम सोपान थी, स्कूल के सामने बनी छोटी सी गुमटी । इसकी स्थापना स्कूल की बाउंड्रीवाल से सटाकर की गई थी। यूँ तो सभी गुमटियाँ बाउंड्रीवाल से ही सटाकर बनाई गई थीं, परंतु यह गुमटी कुछ विशिष्ट प्रकार की थी। विशिष्ट ऐसे कि एक तो यह पाराशर जी की थी जो काया और माया की दृष्टि से स्कूल के शेष गुरुजियों की अपेक्षा गुरुतर थे और इसी गुरुता की वजह से दीर्घकाल से प्रिंसिपल का प्रभार सँभाले हुए थे। शिक्षा को छोड़कर शेष समस्त कार्यों में पाराशर जी की ठीक-ठाक धाक थी। इस गुमटीनुमा व्यवसाय केंद्र में सड़क के ओर से भी प्रवेश किया जा सकता था और स्कूल की ओर से भी। यानी दोनों ओर से ख़रीदी कार्य संपन्न किया जा सकता था। यहाँ स्कूली बच्चों की ज़रूरत को पूरी करने के लिए कॉपी-किताबें, पेन-पेंसिलें आदि रखे गए थे। शहर के चमक-धमक वाले बड़े स्कूलों की शिक्षा-पद्धति के आधार पर पाराशर जी का सभी छात्रों से विनम्र अनुरोध था कि सारी पठन-सामग्री उनकी ही दुकान से क्रय की जाए। विनम्रता का सम्मान न होने पर पाराशर जी विनम्रता का पाठ कैसे पढ़ाया जाए, इसके लिए सदा उद्यत रहते थे। इस दुकान पर कॉपी और किताबें ही नहीं, बल्कि इनके अलावा रंग-बिरंगी पन्नियों और लुभावने पाउचों में तंबाकू और गुटके भी आसानी से उपलब्ध थे। छात्र गुटखे के पाउच से प्राथमिक शिक्षा ग्रहण करते हुए शीघ्र ही तंबाकू और बीड़ी-सिगरेट के सुट्टों की डिग्री आसानी से ले

सकें, इस महान उद्देश्य को ध्यान में रखकर सरकारी नियमों को ताक पर रखकर पाराशर जी द्वारा पार्ट टाइम जॉब के तौर पर उक्त दुकान स्थापित की गई थी। यह संयोग ही था कि उनकी कक्षा गुमटी के सामने वाले बरामदे में लगती थी लिहाज़ा कक्षा में पढ़ाते वक़्त उनकी एक आँख कक्षा में रहती थी तो दूसरी उनकी दुकान में आने वाले ग्राहकों पर।

इस गुमटी के ऊपर फ्लैक्स का बड़ा सा विज्ञापन एक ऐसे चमत्कारी पैन का लगा था जिससे लिखते-लिखते ही प्यार हो जाने की पूरी गारंटी थी, लिहाज़ा लड़के लड़कियों में इस पैन को लेकर विशिष्ट प्रकार की गोपनीय चाहत थी, मन में भरोसा था, इस पैन को वापरने से वे पास हों या न हों, उन्हें प्यार तो अवश्य हो जाएगा।

ज्ञान प्राप्ति के इस मार्ग में संत वैलेंटाइन की प्रमुख भूमिका थी जो शहरों में अपना जादू दिखलाकर अब गाँवों में भी अपना चमत्कार दिखाने लगी थी। स्कूल में तेज़ी से बढ़ते बच्चों में संत वैलेंटाइन का प्रभाव सबसे ज़्यादा था। आइंस्टाइन कौन से खेत की मूली थे और उन्होंने साइंस के क्षेत्र में कहाँ-कहाँ की घास छीली थी, इसे रटने में उन्हें नानी याद आती थी, मगर संत वैलेंटाइन ने प्रेम के विज्ञान में कितने और कौन-कौन से अध्याय रचे थे, यह सब रटने की ज़रूरत किसी को नहीं थी, सामान्य ज्ञान के तौर पर असामान्य रूप से सभी को यह ज्ञान था कि आइंस्टाइन ने मोटी-मोटी थ्योरियाँ उनकी खोपड़ी पर थोपी थीं जबकि वैलेंटाइन ने प्रेम की फुलवारियाँ उनके नन्हे से दिमाग़ में रोपी थीं। लिहाज़ा आइंस्टाइन खलनायक थे और संत वैलेंटाइन नायक। तुलसीदास, कबीरदास, रामदास, तुकाराम और दास मलूका से भी प्रोटोकाल में ऊपर थे संत वैलेंटाइन। 15 अगस्त, 26 जनवरी और 2 अक्टूबर की तरह 14 फरवरी को भी राष्ट्रीय त्योहार मानते हुए उस दिन स्कूल का अवकाश घोषित क्यों नहीं किया जाता, इस बात को लेकर उन्हें सरकार के ज्ञान और सोच पर खासा मलाल था। इन बच्चों को रेखागणित का रहस्य पढ़ने और समझने में अक्सर नानी याद आती थी मगर, रेखागणित पढ़ाने वाली रेखा मैडम का 36-22-36 का गणितीय रहस्य और किस कोण से वह कितनी दर्शनीय थीं, यह बड़े जल्दी और आसानी से समझ आता था। इसी तरह से फिज़िक्स और कैमिस्ट्री की मिस्ट्री लाख सिर पटकने पर भी सिर के ऊपर से ही जाती थी मगर फलाने की ढिमकी के साथ और ढिमके की फलानी के साथ क्या और कैसी कैमिस्ट्री चल रही है, इसकी व्याख्या वे कैमिस्ट्री के किसी प्रोफेसर से भी अच्छे ढंग से कर सकते थे। अगला सोपान था नैतिक शिक्षा का पीरियड। स्कूल में हिंदी, अंग्रेज़ी, विज्ञान और गणित जैसे विषयों के अलावा आख़िरी पीरियड नैतिक शिक्षा का होता था। चालीस मिनट का यह समय क्या छात्र और क्या छात्राएँ, क्या मास्टर और क्या मास्टरनियाँ, सभी के लिए अलग ही महत्त्व रखता था।

नैतिक शिक्षा के इस पीरियड में शिक्षकों की अलग-अलग श्रेणियाँ थीं। प्रथम श्रेणी गंभीर क़िस्म के और जवानी से चुके हुए शिक्षकों की थी जो इस पीरियड में पढ़ाने की बजाय समाज में बढ़ती अनैतिकता पर पूरी गंभीरता से चिंतन पर अधिक ज़ोर देते थे। दूसरी श्रेणी परिवर्तनवादी या साफ़ शब्दों में कहा जाए तो निपट लंपट क़िस्म के शिक्षकों की थी। इस श्रेणी के शिक्षक समय का सदुपयोग नैतिकता का क़त्लेआम करने वाले चुटकुलों या उन एमएमएस क्लिपिंग्स को देखने में करते थे जो हाल के किसी चर्चित सीडी कांड या स्कैंडल से जुड़ी होती थीं और बड़ी गोपनीयता के साथ मोबाइल में सँभालकर रखी जाती थीं। इन शिक्षकों का यह मानना था कि जब लोकतंत्र के मंदिरों में बोरियत दूर करने और समय काटने के लिए हमारे माननीयगण ऐसी वीडियो क्लिपिंग्स की मदद ले सकते हैं तो फिर वे तो बेचारे स्कूल मास्टर हैं और इस प्रकार समय काटने में कोई पाप नहीं है। तीसरी श्रेणी उन शिक्षिकाओं की थी जिन्हें नैतिकता जैसे विषय पर शिक्षा देने का ख़याल ही एकदम वाहियात प्रतीत होता था। आख़िरी पीरियड होने से यह वह महत्त्वपूर्ण समय था जब इन शिक्षिकाओं की नज़रें अपनी घड़ी पर ज़्यादा होती थी और नैतिक शिक्षा का ज्ञान प्रदान करने की नैतिकता पर कम। सलामतपुर से पढ़ाने आने वाली शिक्षिकाओं को जीप टैक्सी पकड़कर वापस जाने की चिंता अधिक रहती थी। स्थानीय शिक्षिकाओं को घर पहुँचकर आलू का साग पकाऊँ या गोभी का, यह मनन करने के लिए सर्वोपयुक्त अवसर था नैतिक शिक्षा का पीरियड। रिटायरमेंट की ओर बढ़ते हुए शिक्षकों के पेट में मरोड़ या गैस की अधिकता प्रायः इसी पीरियड में सर्वाधिक होती थी लिहाज़ा उनका ध्यान पेट की गुड़मगुड़म पर रहता था और इस आह्वान में बीतता था कि कब छुट्टी हो और वे आसन्न मुसीबत से छुट्टी पाएँ।

इस तरह नैतिक शिक्षा प्रदान करने वाले सभी शिक्षक और शिक्षिकाएँ अपनी-अपनी नैतिकता में भयंकर तरीक़े से मसरूफ़ रहते थे लिहाज़ा छात्र-छात्राएँ स्वप्रेरणा से नैतिक शिक्षा प्राप्त करते थे। यही वह अनमोल समय था जो प्यार की पातियाँ लिखने के लिए सर्वाधिक मुफ़ीद था। रसखान से प्रेरणा लेकर हृदय में प्रेमरस का सागर सहेजने वाले छात्र उस चमत्कारी पैन से प्रेम की पातियाँ लिखते थे जिससे लिखते-लिखते ही प्यार हो जाता था। ऐसे चमत्कारी पैन से लिखी पातियों के हवाई जहाज उड़ाकर वे अपनी कोमल और अपरिपक्व भावनाओं का इज़हार करते थे।

मगर, हादसे कहाँ नहीं होते सो यहाँ भी हो जाते। कभी-कभी ऐसी हवाई पातियाँ मौसम या क़िस्मत की ख़राबी के कारण अपने मार्ग से भटककर शिक्षकों की खोपड़ी पर या शिक्षिकाओं की गोद में लैंड कर जातीं। यद्यपि ऐसे हादसे आए दिन गिरने वाले मिग विमानों की तरह हमेशा न होते मगर जब होते तो फिर इसका उत्सव विशेष तौर पर मनाया जाता। तत्काल ही प्रेम-पत्रिका का समस्त टीचरों की

मौजूदगी में लोकार्पण एवं विमोचन समारोह आयोजित किया जाता। फ़िल्मी संवादों से सजे, प्रेम की चाशनी में डूबे शायरीनुमा लफ़्ज़ों को ऊँचे स्वरों में पूर्ण मनोरंजन के साथ बाँचा जाता और फिर इस बात पर विचार किया जाता कि नैतिक शिक्षा की क्लास में इस प्रकार अनैतिकता बरतने वाले अपराधी के साथ किस प्रकार का सलूक किया जाए ताकि क्लास की नैतिकता बनी रहे और छात्र जान सकें कि नैतिकता की क्लास में अनैतिकता कतई जायज़ नहीं है।

अफ़सरों की टुकड़ी मुआयना करते-करते स्कूल की बेतरतीब बिल्डिंगों के आख़िरी छोर पर आ पहुँची जहाँ एक पाँच फुट ऊँची और चार फुट चौड़ी दीवार बनी थी। इस पर एक नए भवन के शिलान्यास का संगमरमरी पत्थर कई साल पहले टाँका गया था, जो निर्माण हेतु स्वीकृत राशि की स्वीकृति की प्रतीक्षा में अब गाय बैलों को अपनी पीठ खुजलाने के लिए सबसे उत्तम स्थान बन चुका था। ऐसा करते-करते संगमरमर का पत्थर कभी का धराशायी हो चुका था। यह दीवार गाय-बैलों के अलावा स्कूल के ऐसे छात्रों के भी काम आ रही थी जो पूर्णत: रचनात्मक प्रवृत्ति के थे एवं अपनी उम्र से आगे चल रहे थे। ये छात्र शिलान्यास स्थल की सफ़ेद चूने से पुती दीवार पर उस ज्ञान की बातें लिखते थे जिसे आम तौर पर लोग गुप्त होने का भ्रम पाले रहते हैं और फिर भी वह सर्वदा प्रकट रहता है। इस तरह वह केवल दीवार नहीं थी। अपने विचार ट्वीट करने और गाँव-भर की ताज़ातरीन गोपनीय सूचनाएँ लीक करने का बेहतरीन माध्यम बन चुकी थी। किसकी किससे केमिस्ट्री अच्छी चल रही है या किसकी किससे ट्यूनिंग कब और कहाँ हुई है, ऐसी एक्सक्लूसिव कैटेगरी की ख़बरें यहाँ आसानी से प्राप्त की जा सकती थीं। ऐसी ही चित्रात्मक शैली में एक रहस्योद्घाटन लिखा देख एसडीएम साहब पाराशर जी की ओर घूमे, ''क्यों प्रिंसिपल साहब, यही शिक्षा दे रहे हैं आप?''

पाराशर जी झेंप उठे, ''क्या करें सर, बड़े बदमाश बच्चे हैं, मगर आप फ़िक्र मत कीजिए, हम सब साफ़ करवा देंगे।''

तहसीलदार साहब आदेशात्मक स्वर में बोले, ''केवल साफ़ नहीं करवा देंगे, बल्कि उसे आप चूने से पूरा पुतवा भी देंगे।''

अभी साफ़-सफ़ाई का यह आदेश ब्रॉडकास्ट हो ही रहा था कि एकाएक दुर्गंध का एक भभका सा उठा। एसडीएम साहब ने जेब से रूमाल निकालकर नाक बंद कर ली। शिलान्यास स्थल की कब्र के पास यानी स्कूल भवन के ठीक पीछे एक छोटी सी दीवार बनाई गई थी। दुर्गंध वहीं से उठ रही थी। दुर्गंध के आधार पर दूर से ही पहचाना जा सकता था कि दीवार को किस प्रयोजन से बनाया गया था। यह दीवार इस उद्देश्य को ध्यान में रखकर बनाई गई थी कि बुनियादी तौर पर ही बच्चे दीवार की अखिल भारतीय महत्ता और उपयोगिता से परिचित हो जाएँ। इतना

ही नहीं, आजीवन दीवार देखते ही एक अच्छे हिंदुस्तानी की भाँति वे लघुशंका निवारण हेतु निश्शंक भाव से उसका यथोचित उपयोग कर सकें।

इससे पहले कि एसडीएम साहब एक बार फिर पाराशर जी की ओर मुख़ातिब होते, उनका चपरासी बोल पड़ा, "प्रिंसिपल साहब, देखिए कितनी गंदगी है, किसका दम न घुट जाएगा यहाँ, इसे भी साफ़ करा डालिए।"

पाराशर जी ने चपरासी को उसकी धृष्टता पर घूरा फिर कामना की कि दम घुटे तो सबसे पहले इस चपरासी के बच्चे का घुटे जो चतुर्थ श्रेणी का मामूली सा भृत्य होते हुए उन पर हुक्म चला रहा है। मगर अगले ही पल उन्होंने ख़ुद को सँभाला। उनके विवेक ने उन्हें चेताया कि भले ही यह चतुर्थ श्रेणी का तुच्छ प्राणी है, मगर फिलहाल तो एसडीएम साहब का चपरासी होने के नाते भाग्य की दृष्टि से उच्च आसन पर विराजमान है। उसकी वक्र दृष्टि उनके लिए कष्टदायक हो सकती है क्योंकि कभी भी एसडीएम साहब से चुगली कर वह उनके धंधे को चौपट करा सकता है, उन्हें गूगल गाँव से दूर किसी देहात में फिंकवा सकता है। चुनाव आने को हैं सो उनकी अबूझ बियाबान में ड्यूटी लगवा सकता है। चपरासी और वह भी एसडीएम का, वह जैसे चाहे, जब चाहे, उनकी ऐसी तैसी करा सकता है, लिहाज़ा उन्होंने अपने अहम को विवेक के चाबुक से फटकारा और चपरासी के हुक्म की यथावत् तामीली के इशारे में सिर हिलाकर मरे क़दमों से एसडीएम साहब के पीछे चलने लगे।

कारवाँ, जो कि उत्सुक गाँववालों और जिज्ञासु बच्चों के शामिल हो जाने से क्रमशः बढ़ता जा रहा था, उस कोठरी की ओर बढ़ा जहाँ स्कूली बच्चों के लिए भोजन पकाया जाता था। इस कोठरी में उन बच्चों के लिए खाना पकता था जो स्कूल में पढ़ने की ललक से या मात्र खाना खाने की ललक से आया करते थे। स्कूल में बीच की छुट्टी के दौरान बच्चों को भोजन परोसने के पीछे सरकार की मंशा यह थी कि गाँव भर के बच्चे खीर, पूड़ी, दलिया और साग के आकर्षक वातावरण में स्कूल में पढ़ने अवश्य आएँगे। पढ़ेंगे तो आगे अवश्य बढ़ेंगे। बच्चे आगे बढ़ेंगे तो देश अवश्य ही आगे बढ़ेगा। इस स्तुतियोग्य मंशा का पूर्णतः सम्मान करते गाँव भर के बच्चों ने न केवल स्कूल में दाख़िला लिया था, वरन स्कूल में बिला नागा वे अपनी हाज़िरी भी देते थे, पढ़ते भी थे और जैसे भी बनता था, देश को आगे भी बढ़ा रहे थे।

जिस कोठरी में देश को आगे बढ़ाने की इतनी महत्त्वपूर्ण योजना को अंजाम दिया जा रहा था, उसके बाहर बाक़ायदा 'बच्चों के लिए पोषण आहार' की तख़्ती लगाई गई थी, मगर न जाने कब किसी बच्चे ने, जो कि शरारती के साथ-साथ यथार्थवादी अधिक रहा होगा, पोषण के पहले 'कु' लगाकर संशोधन कर दिया था। थोड़ा भीतर उतरकर देखा जाए तो यह ज्ञात हो जाता था कि 'बच्चों के लिए

कुपोषण आहार' कितना सटीक लिखा गया था। इस बात का भी इल्म हो जाता था क्रि एक अच्छे विचार के साथ शुरू की गई योजना का क्रियान्वयन के स्तर पर कैसे बँटाधार किया जा रहा था।

तहसीलदार साहब ने कुपोषण आहार पर पूरा ज़ोर डालकर पढ़ते हुए मज़ाकिया लहज़े में कहा, ''क्यों पाराशर जी, बच्चों को कुपोषण आहार खिलवाकर अपनी तंदुरुस्ती बढ़ा रहे हैं क्या?''

पाराशर जी झेंप गए। उनके चेहरे पर हें हें करने वाले भाव प्रकट हुए और ऐसे भावों के साथ लजाते हुए उन्होंने सफ़ाई दी, ''सर, बच्चे बड़े शरारती हैं, कुछ का कुछ बना देते हैं।''

लपकासिंह बड़ी देर से मौक़े की तलाश में थे, सो लपककर बोले, ''जैसे आप लोग काग़ज़ों पर रोटी को पूड़ी और खिचड़ी को खीर, पंजीरी को पनीर और और छिपकली को गिलकी के छिलके बना देते हो।''

पाराशर जी लपकासिंह के काव्यमयी हमले पर एकदम से चोटिल हो उठे। मगर इस वक़्त उन्होंने चुप रहने में भलाई समझी। यूँ तो लपकासिंह उनके ही छात्र रहे थे, मगर गुरु-दक्षिणा देने की जगह कमबख़्त उलटे उन पर ही अड़ी डालने लगे। लपकासिंह के मुँह कौन लगे, वह न जाने कब, किसकी कैसे ऐसी की तैसी करवा दे, सोचकर वह तेज़ी से आगे बढ़े और अपने कुरते का कोना पकड़कर उतनी ही तेज़ी से कुपोषण को मिटाने लगे। ऐसा प्रतीत हुआ मानो देश से कुपोषण को एकदम से मिटा डालने का महाअभियान प्रारंभ हो गया हो और इसे लागू करने की सारी जवाबदारी पाराशर जी के झुके हुए कंधों पर धर दी गई हो। इस जवाबदारी को निभाते हुए उन्होंने उस चॉक के टुकड़े को आज़ाद किया जो उनकी उँगलियों के बीच बड़ी देर से फँसा-फँसा तड़प रहा था। उन्होंने चॉक से सुधार कर बड़े-बड़े अक्षरों में पोषण आहार लिखकर उसे अंडरलाइन किया फिर ऐसी विजयी नज़रों से लपकासिंह की ओर देखा मानो उन्होंने कुपोषण का ठीक उसी प्रकार उन्मूलन कर दिया है जैसे देश से ग़रीबी और भुखमरी का हर वर्ष किया जाता है। लपकासिंह ने नेता प्रतिपक्ष की भाँति मुँह बिचकाया और एसडीएम साहब की ओर कैमरा फोकस करते उनके पीछे-पीछे रसोई में घुस गए।

टूटे-फूटे कवेलुओं और भुरभुरे पलस्तर वाली यह रसोईघर की कोठरी कालकोठरी जितनी ख़तरनाक तो नहीं, परंतु उससे कम भयावह भी नहीं थी। इसकी दीवारों पर कालिख, कोनों पर मकड़ी के मोटे जाले, लकड़ी की शहतीरों पर घुन और दीमक शोभायमान थे। भीतर मसालों की विचित्र सी गंध और भयंकर क़िस्म की उमस विद्यमान थी। अंदर प्रवेश करते ही मिलावटी मसालों की तेज़ गंध एसडीएम साहब के नथुनों में भर गई। उन्होंने पहले छींकते, फिर खाँसते हुए कहा, ''इस गंदगी में बनता है बच्चों के लिए खाना?''

"हओ साहब, और कहाँ जाकर बनाने लग जाएँ?" भोजन पकाने वाली महिलाओं के समूह में से लालबाई, जो बाक़ी दोनों की अपेक्षा अधिक स्पष्टवादी या सीधे तौर पर कहें तो अधिक बददिमाग़ थी, तुनककर बोली।

"कैसे बात करती हो," पाराशर जी ने उसे डपटते हुए कहा, "जानती नहीं, एसडीएम साहब हैं।"

"अब हम क्या जानें कौन साहब हैं, कोई किसी के माथे पर थोड़े न लिखा है।" लालबाई उतने ही मुँहज़ोर अंदाज़ में बोली।

एसडीएम साहब समझ गएँ, यह अ-बला बला की स-बला है और इसके मुँह लगकर अपनी इज़्ज़त का तबला बजवाने की बजाय यहाँ से बाहर निकलना ही ठीक है, वह बला टालते हुए बाहर निकल आए।

एक बार फिर एसडीएम साहब ने स्कूल भवनों की बदहाल हालत पर बेहाल नज़र डाली। क्या नए और क्या पुराने, कमोबेश सारे भवनों की स्थिति अत्यंत चिंताजनक थी। प्राइमरी और मिडिल स्कूल की दीवारों को देखते थे तो पाते थे कि एक कक्षा की दीवार में पड़ी दरार से दूसरी कक्षा के हाल जाने जा सकते हैं। गुरुजी पढ़ा रहे हैं या सो रहे हैं, खैनी खा रहे हैं या ख़ुद इस तरफ़ की कक्षा में झाँककर पैनी नज़र रख रहे हैं, जाना जा सकता था। शरारत से दूसरी कक्षा की लड़कियों पर चुपके से कंकड़ी मारकर छिपा जा सकता था। काग़ज़ पर प्रेम पत्र लिखकर इस प्राकृतिक दर्रे से हवाई जहाज बनाकर सही स्थान पर पहुँचाने का जोख़िम लिया जा सकता था।

आगे चलकर गाँव में बने अन्य सरकारी भवनों का मुआयना किया गया तो पाया गया कि यही स्थिति आवारा मवेशियों के लिए बने कांजी हाउस की थी। उससे भी ख़राब स्थिति मवेशियों के लिए ही बने पशु चिकित्सालय की थी। गाँव देहात में जिस प्रकार अच्छे-भले, पढ़े-लिखे वेटनरी डॉक्टर को ढोर डॉक्टर के रूप में पहचाना जाता है उसी प्रकार पशु चिकित्सालय को उसी आत्मीय भाव के साथ यहाँ ढोर अस्पताल के नाम से जाना जाता था। यहाँ कृत्रिम गर्भाधान केंद्र का भवन पिछले साल ही बनकर तैयार हुआ था। मगर यहाँ भी वैसी ही दरारें। जिस भवन को देखो, उसमें दरारें! एसडीएम साहब के माथे की लकीरें दरारों में तब्दील होने लगीं।

"हे भगवान दरारें...दरारें...दरारें," वह माथा पकड़कर चीखे। उनका मन हुआ ऐसी ही एक दरार ज़मीन में भी पड़ जाए और वह उसमें समा जाएँ, परंतु इससे पहले कि ज़मीन में दरार पड़ती, गड्ढे भइया बोले, "सर, आप दरारों को लेकर इतना परेशान क्यों हैं, दरारें तो हमारी राष्ट्रीय समस्या हैं।"

अनोखीबाबू समर्थन करते हुए बोले, "हाँ सर, गड्ढे भइया सही कह रहे हैं, हमारे देश में जहाँ जाओ, वहीं दरारें हैं, हिंदू-मुस्लिम में दरारें, अगड़ों-पिछड़ों में दरारें, भाई-भाई में दरारें, मियाँ और बीबी में दरारें, किन-किन दरारों को लेकर परेशान होइएगा?"

"अरे भाई, मैं उन दरारों की बात नहीं कर रहा," एसडीएम साहब चिढ़कर बोले, "मैं तो इन दरारों की बात कर रहा हूँ जो नई-नई बिल्डिंगों में पड़ गई हैं। सब ठेकेदारों की बदमाशी है।"

एसडीएम साहब के निष्कर्ष पर गड्ढे भइया एकदम से बुरा मान गए। वह समाज के भी ठेकेदार थे और निर्माण के भी, सो तुरंत बचाव करते हुए बोले, "ठेकेदार को दोष न दें हुज़ूर। आप ही बताइए, पहले मुर्गी आई थी या अंडा?"

तहसीलदार साहब इस असंगत दृष्टांत पर एकाएक उखड़ते हुए बोले, "मुर्गी और अंडे का दरारों से क्या संबंध?"

गड्ढे भइया आत्मविश्वास में भरकर बोले, "है हुज़ूर है, आप बताइए, पहले दीवार आई या दरार यह शोध का विषय है या नहीं?"

"इसमें शोध की क्या बात है? ज़ाहिर है पहले दीवार बनेगी और जब दीवार बन जाएगी, तभी उसमें दरार आएगी।"

"यह भी तो हो सकता है श्रीमान कि दरार पहले से मौजूद रही हो और सर्वेयर को नहीं दिखाई दी तो इसमें ठेकेदार की क्या ग़लती?" गड्ढे भइया अड़े रहे।

इतने में पाराशर जी, जो इत्तेफाक से संस्कृत के साथ-साथ थोड़ा बहुत दख़ल भूगोल में भी रखते थे, धोती सम्हालते बोले, "सर, गड्ढे भइया सही कहते हैं, ज्यॉग्राफी में आपने पढ़ा होगा भूगर्भ में गुप्त जलधाराएँ पाई जाती हैं।"

"तो?" एसडीएम साहब ग़ुस्से से बोले।

"तो श्रीमान, जैसे भूगर्भ में गुप्त जलधाराएँ पाई जाती हैं, उसी प्रकार यह भी तो संभव है कि वायु मंडल में भी गुप्त वायु धाराएँ पाई जाती हों, जिनकी वजह से दरारें उत्पन्न होती हों।"

तहसीलदार साहब भूगोल विषय के ज्ञाता थे, अचानक चहककर बोले, "सर, मैंने भी पढ़ रखा है। प्रिंसिपल साहब एकदम ठीक सुझाव दे रहे हैं। हमें तत्काल राज्य शासन को इस संबंध में एक कमेटी गठन के लिए प्रस्ताव भेजना चाहिए।"

"सर यह तो ग़ज़ब का आइडिया है," अनोखीबाबू उत्तेजित होकर बोले, "सरकारी बिल्डिंगों के हालात तो सारे देश में एक से हैं, हो सकता है हमारा प्रस्ताव राष्ट्रीय स्तर पर मान लिया जाए।"

"शट अप।" एसडीएम साहब अपने सिर के बाल नोंचते हुए सोच में डूब गए कि क्या करें, क्या न करें।

एसडीएम साहब की अगुआई में भवनों की बदहाली पर स्यापा चल ही रहा था कि सीमा विवाद सकुशल निपटाकर पटवारी गोटीराम आ पहुँचे। उन्हें देखते ही सबकी जान में जान आ गई।

तहसीलदार साहब चहकते हुए बोले, "सर, जिसका इंतज़ार था वो आ गया...हमारा संकटमोचक आ गया। अब परेशानी ख़त्म ही समझिए।"

एसडीएम साहब चिढ़कर बोले, "क्या ख़ाक ख़त्म समझिए, ये कौन सा चमत्कार कर देगा, इन टूटी-फटी दीवारों में कौन सा मंत्र भर देगा कि सब ठीक हो जाएगा।"

गोटीराम ने पैंतालीस डिग्री तक झुकते हुए अति आत्मविश्वास के साथ कहा, "हुज़ूर एक मौक़ा तो दें, फिर देखिए क्या होता है।" पाठकों को याद होगा कि लाश से निकली हुई आत्मा पटवारी जी पर भयंकर तरीक़े से बावली हो चुकी थी। दीवानगी की हद देखिए कि वह पटवारी जी की मोटरसाइकिल के ऊपर उड़ती-उड़ती यहाँ तक आ पहुँची थी। गोटीराम के चेहरे पर फैले आत्मविश्वास को देखकर प्रेमासक्त आत्मा एक बार फिर भाव-विभोर हो गई।

गोटीराम ने जितने भयंकर आत्मविश्वास के साथ सब कुछ ठीक करने का दावा किया था, एसडीएम साहब ने उतने ही भयंकर अविश्वास के साथ गोटीराम की ओर देखा। फिर बोले, "जैसे भी बने सब ठीक करो" फिर इतनी आवाज़ में, जितनी की लपकासिंह न लपक सकें, फुसफुसाकर तहसीलदार साहब और गोटीराम से बोले, "हमारे पास मात्र आज की रात है। रात भर में जितना लीप सकते हो, लीप दो, जितना पोत सकते हो, पोत दो ताकि नाक बची रहे।" इतना कहकर वह जीप में जा बैठे और सलामतपुर के लिए रवाना हो गए। उन्हें कमिश्नर साहिबा के आने के पहले राजस्व, राहत, पट्टे, अतिक्रमण जैसे बहुत से काम भी निपटाने थे जो कि लंबे समय से उनके दफ़्तर में लंबित पड़े थे।

सबकी निगाहें अब सिर्फ़ पटवारी गोटीराम पर थीं। समय कम था, तैयारी बड़ी भारी करनी थी। यह तय किया गया कि दोपहर का भोजन सामूहिक होगा। स्कूल के एक कमरे को साफ़ सुथरा कर उस पर नीचे टाट-पट्टियाँ बिछाकर कमिश्नर साहिबा, कलेक्टर साहब एवं अन्य गणमान्य आमंत्रितों को भोज दिया जाएगा। शेष लोगों को स्कूल के बग़ल में अलग से पंडाल लगाकर भोजन दिया जाएगा। लिहाज़ा पुराने अनुभवों को ध्यान में रखते हुए गोटीराम सबसे पहले रसोई की कोठरी में प्रविष्ट हुए। उन्होंने कोठरी की दुर्दशा को देखा फिर मन-ही-मन तय कर लिया कि उन्हें क्या कराना है। उन्होंने पास में खड़े पाराशर जी के कानों में अपना हुक्म नत्थी किया कि शाम तक हर हाल में रसोई की खपरैल वाली छत के नीचे साफ़-सुथरी पन्नी अवश्य बँधवा ली जाए। यह सब किस लिए ज़रूरी था इसका छिपा रहस्य जान ही लें।

जैसा कि पहले बताया, स्कूली बच्चों को पढ़ाई के मध्य भोजन देने के पीछे मंशा थी कि इससे बच्चे स्कूलों की ओर आकर्षित होंगे, पढ़ेंगे तो आगे बढ़ेंगे और इस पढ़ने-बढ़ने के दौर में देश भी छलाँग मार-मारकर आगे बढ़ेगा। ऐसे में बच्चों को वह आहार दिया जाए जिसमें सम्पूर्ण विटामिंस, प्रोटींस, कार्बोहाइड्रेट्स, मिनरल्स मौजूद हों। मगर वास्तविकता यह थी कि मैदानी स्तर पर आते ही इतनी भली योजना की बलि चढ़ जाती। मध्याह्न भोजन से जुड़े रसोई बनाने वाले समूह,

व्यवस्था के प्रभारी प्राचार्यगण, जनपद स्तर के अधिकारी...तमाम ऐसे वर्ग थे जिन्हें अपना पोषण करने के लिए ऐसी ही पोषक योजनाओं की तलाश थी। लिहाज़ा किसी ने विटामिनों को लपका तो किसी ने कार्बोहाइड्रेट्स को, कोई प्रोटीन पर पिला तो कोई खनिज और लवण से ही लिपट गया, इस तरह छनते-छनते जो आहार बच्चों की थाली तक पहुँच पाता था, बच्चे उसी में प्रसन्न रहकर देश को आगे बढ़ा रहे थे। अब आते हैं राज की बात पर। बच्चों के साथ इस प्रकार की चार सौ बीसी प्रायः चूहों, छिपकलियों, काकरोचों एवं ऐसे ही तमाम जीव-जन्तुओं से न देखी जाती। उनकी शहादत से शायद कोई क्रांति आए, ऐसी विचारधारा के साथ वे सरफ़रोशी की तमन्ना से भर उठते। वे उबलती कड़ाहियों, देगचियों और बिना ढक्कन वाली पतीलियों में कूद पड़ते और वीरगति को प्राप्त हो जाते। पल-भर को वास्तव में क्रांति मच जाती। आरोप-प्रत्यारोप, ख़बर, जाँच समिति और न जाने क्या-क्या। ऐसी कोई क्रांति कमिश्नर साहिबा के दौरे के समय न मचे इस उद्देश्य से गोटीराम द्वारा पाराशर जी से नकद पाँच सौ रुपए ख़र्च करवाकर पन्नी बुलवाई गई। इसके बाद रसोईघर के कवेलुओं के नीचे पन्नी को गोटीराम द्वारा इस प्रकार खींचतान कर बँधवाया गया कि पाराशर जी को पसीना आ गया। हाँ, इतनी निश्चिंतता अवश्य हो गई कि यदि कोई जीव जन्तु शहीद होने पर आमादा हो तो कम से कम कमिश्नर साहिबा की मौजूदगी में तो वह अपने मंसूबों में कामयाब न होने पाए।

अब खोज कराई गई उन बरतनों की जो आँगनबाड़ी और स्कूल के बच्चों के लिए सरकार द्वारा ख़रीदे गए थे। इस खोजबीन में पता लगा कि कटोरे भोजन समिति के अध्यक्ष के घर, चमचे समिति के नेतानुमा सदस्यों के घर, थालियाँ पालक संघ के सदस्यों के घर तथा लोटे गिलास पाराशर जी के घर की शोभा बढ़ा रहे हैं। आनन-फानन में इन बरतनों को बुलवाया गया। मगर पाया गया कि लंबे समय से इस्तेमाल करते-करते अध्यक्ष और सदस्यों ने बाक़ी सरकारी संपत्ति की भाँति बरतनों को भी अपना मान लिया था। इतना ही नहीं, कोई और उनके स्वामित्व पर दावा न ठोंकने लगे, इससे बचने के लिए अपना नाम भी उन पर खुदवा लिया था। अब मौजूदा बरतनों की धुलाई सफ़ाई का अभियान प्रारंभ किया गया। मगर जब उनकी खोई हुई चमकार वापस नहीं आई तो तय किया गया कि इन बरतनों के स्थान पर डिस्पोजेबल अर्थात 'यूज़ एंड थ्रो' वाली प्लेटों, कटोरियों और चम्मचों का उपयोग ही सर्वाधिक मुफ़ीद रहेगा। गोटीराम ने मध्यान्ह भोजन समूह अध्यक्ष को हुक्म दिया कि डिस्पोज़ेबल बरतन लाने की ज़िम्मेदारी उनकी रहेगी और जितना जल्द संभव हो, वह सारी सामग्री रातोरात बुलवा लें।

अब गोटीराम सरकारी भवनों की दुर्दशा से निपटने के लिए अग्रसर हुए। वह भले ही पटवारी थे, लेकिन हिक़्मतअमली के मामले में अच्छे-अच्छों पर भारी थे। एसडीएम साहब के प्रतिनिधि के बतौर वह बी.एम.ओ. यानी खंड चिकित्सा अधिकारी

से मुख़ातिब हुए, "डॉक्टर साहब, आपके यहाँ नसबंदी शिविर और परिवार नियोजन के प्रचार वाले कितने पोस्टर पड़े हैं?"

बी.एम.ओ. साहब चट से बोले, "कोई गिनती नहीं जितने चाहे उतने उठा लो। सरकार प्रचार पर ही तो सारा बजट लुटा रही है।"

"ऐसा मत कहिए डॉक्टर साहब, बजट तो जनता के भले के लिए सरकार लुटाती है मगर हम और आप लूट में शामिल हो जाते हैं।" गोटीराम ने सरकार का नमक खाया था। एक तो नमक, वह भी आयोडाइज्ड। नमक के ऐसे दोहरे क़र्ज़ से दबे गोटीराम सरकार की बुराई सुनने को कतई तैयार नहीं थे। अब वह क्रमशः खंड शिक्षा अधिकारी, उप विकासखंड अधिकारी तथा विभिन्न विभागों के अधिकारियों से मुख़ातिब हुए तथा आनन-फ़ानन में उन्होंने समस्त विभागों के अधिकारियों को हिदायत दे दी कि शाम होते-होते उनके दफ़्तरों में जितने भी सरकारी योजनाओं के पोस्टर यहाँ-वहाँ पड़े धूल खा रहे हैं, अलमारियों या टेबलों पर उल्टे कर बिछाए जा रहे हैं, या फिर पुंगी बनाकर यहाँ-वहाँ खोंसे जा रहे हैं, उन्हें तत्काल बुलवा लिया जाए। इस हुक्म पर भगदड़ मच गई और कई महकमों की जीपें हुक्म की तामीली के लिए सलामतपुर की ओर कूच कर गईं।

अँधेरा होते-होते सरकारी जीपों में भर-भरकर तमाम योजनाओं के पोस्टर और बैनर लाकर एक साथ पंचायत भवन में पटक दिए गए। गोटीराम ने गाँव के ऐसे युवाओं को तलब किया जो हाथ बँटाने के लिए स्वेच्छा से हाथ बाँधे खड़े पाए जाते थे। उन्होंने एक नज़र इन लौंडों की फ़ौज को गर्व से देखा फिर भरपूर जोश दिलाते हुए कहा, "शाबास मेरे पट्ठो, जिससे बनें जितने पोस्टर और बैनर, उठा लो। पाट दो सारी दर ओ दीवारें, मिटा दो सारी दूरियाँ और भर दो ये दरारें।"

ऐसी जोशीली ललकार पर लौंडे भीषण ऊर्जा से भर उठे। जिसके हाथ जो पोस्टर लगा वह सौंपे गए काम को पूरी कर्तव्यभावना के साथ पूर्ण करने के लिए दौड़ पड़ा। देखते-देखते स्कूल, पशु चिकित्सालय, गर्भाधान केंद्र, कांजी हाउस, आँगनबाड़ी की सारी दीवारें पोस्टरों और बैनरों से पट गईं। इतना ही नहीं, स्कूल की चहारदीवारी में जहाँ-जहाँ ईंटें निकालकर महाद्वार बना दिए गए थे, उन्हें भी दोनों ओर से होर्डिंग्स लगाकर सारे चोर दरवाज़े बंद कर दिए गए। चारों ओर से ऐसा प्रतीत होने लगा मानो गूगल गाँव में सतयुग आज ही आ जाएगा। सतरंगी इबारतों और चित्रों के इन रंग-बिरंगे पोस्टरों से समस्त टूटे-फूटे सरकारी भवन इन्द्र के दरबार से शोभायमान होने लगे।

इसके साथ-साथ गोटीराम दौड़ते-भागते सफ़ाई कर्मियों को भी हुक्म देते पाए गए और कुल जमा उनकी व्यस्तता कुछ ऐसी लग रही थी मानो लड़की के ब्याह की तैयारी में लगे हों। देखते ही देखते शिलान्यास स्थल, मूत्रालय की दीवार ऐसी स्वच्छ हो गई मानो वहाँ कोई गंदगी थी ही नहीं।

लीपापोती के चमत्कारी झंडे गाड़ने के उपरांत गोटीराम विजयी भाव से एसडीएम साहब के बंगले की ओर रवाना हुए तथा सलाम ठोंककर बोले, "हुज़ूर, सब ठीक-ठाक कर दिया गया है और चाहें तो श्रीमान अभी चलकर देख सकते हैं।"

एसडीएम साहब को गोटीराम की योग्यता पर पूरा भरोसा था। मगर फिर भी मन में शंकाएँ विद्यमान थीं। जाऊँ या न जाऊँ की किंकर्तव्यविमूढ़ता के बीच उन्होंने तय किया कि सुबह कमिश्नर साहिबा के आने के दो घंटे पूर्व ही वह गूगल गाँव पहुँच जाएँगे और बची-खुची जो तैयारियाँ हैं, उनके लिए निर्देश भी दे देंगे।

रात भर उन्हें ठीक ढंग से नींद नहीं आई। घबराहट उनके स्वभाव में थी जो थोड़ी बहुत नींद आने पर भी जारी रही। उन्होंने सुबह-सुबह सपने में सवारियों का विचित्र दृश्य देखा। उन्होंने देखा कि कमिश्नर साहिबा उनकी छाती पर सवार हैं। कमिश्नर साहिबा के दिमाग़ में देहात भ्रमण का भूत सवार है और सिर पर ख़ून सवार है। वह दोनों हाथों में तलवारें लिये मारकाट मचा रही हैं और तमाम विभागों के अफ़सर उनकी तलवारों से खच-खच घायल होकर गिरते जा रहे हैं। पसीना-पसीना होकर वह उठ बैठे। सुबह का सपना सच होता है, सोच-सोचकर उनकी घबराहट और बढ़ गई। फिर यह सोचकर उन्होंने संतोष की साँस ली कि वह कमिश्नर साहिबा के बोझ तले दबे ज़रूर थे मगर तलवार की जद से बचे रहे थे और उन्हें एक भी घाव नहीं लगा था। उनके चेहरे पर निश्चिंतता के भाव आए मगर अगले ही पल बचपन की सुनी बात भी याद आई कि सपने में जो देखो, उसका उलटा ही होता है। यह विचार मन में आते ही एक बार फिर उनका कलेजा मुँह को आने लगा, उन्होंने जैसे-तैसे कलेजे पर हाथ रखकर उसे रोका ताकि वह मुँह के इतने पास न आ जाए कि डॉक्टर को पास बुलाना पड़े, फिर राम-राम करते वह उठ बैठे। वह कितने घबराए हुए थे, इसका अंदाज़ा इससे लगाया जा सकता था कि उन्होंने टूथब्रश पर शेविंग क्रीम लगाकर दाँतों पर रगड़ डाली थी और उसे छुटाने के प्रयास में कम से कम यह तो उन्हें नहीं भूलना था कि शेविंग ब्रश पर अब टूथ पेस्ट तो निश्चित ही नहीं लगाना था। बहरहाल हड़बड़ी में ऐसी ही तमाम भूलों, मसलन नहाते वक़्त अंडरवीयर का नाड़ा ठीक ढंग से न बाँधने के कारण अंडरवीयर का टाँगों से फिसलकर नीचे गिर जाने, क़मीज़ के बटन ऊपर-नीचे लगा लेने, पैंट की जिप चढ़ाना भूल जाने जैसी मूर्खताओं पर खिसियाते हुए और पत्नी को अकारण डाँटते हुए वह जीप में जा बैठे और गूगल गाँव के लिए रवाना हो गए।

हल्केसिंह...यह गूगल गाँव का कोटवार था। जिन पाठकों को इस पात्र की जानकारी नहीं है, उनके लिए बता दें कि कोटवार ग्राम स्तर पर सरकार का सबसे निचला कर्मचारी होता है। यह जितना तहसीलदार का मातहत होता है, उतना

ही थानेदार का भी। लिहाज़ा इस सवाल तले हमेशा दबे रहने के बावजूद कि वह असल में दबा किसके नीचे है, स्वयं को गाँव वालों से ऊपर समझ सकता है। उससे अपेक्षा की जाती है कि गाँव में आँधी आए या बरसात, ओले पड़ें या पाला, वह तत्काल तहसीलदार को इत्तिला दे। उससे उम्मीद की जाती है कि इलाक़े में मुसाफ़िरों की आमद हो या चोर, डकैतों की। संदिग्धों की आमद हो या आतंकवादियों की, वह बिला वक़्त गँवाए ऐसी समस्त सूचनाएँ थानेदार तक पहुँचाए। इसके अलावा गाँव में फ़ौती हो या पैदाइश, मलेरिया फैले या हैजा, इसकी भी जानकारी तत्काल अफ़सरों तक पहुँचाए। इतना ही नहीं, गाँव में नसबंदी, चकबंदी या कोई भी सरकारी कार्यक्रम हो, उसकी भी मुनादी वक़्त रहते गाँव में कराए। हल्केसिंह चूँकि गूगल गाँव का कोटवार था, लिहाज़ा वह भी बिला नागा इन कर्तव्यों का संपादन करता था।

बीती रात सलामतपुर लौटने से पहले गोटीराम पटवारी हल्केसिंह को हिदायत देते हुए निकले थे कि गाँव के ख़ास-ख़ास लोगों को ख़ासतौर पर इत्तिला दे दी जाए कि कमिश्नर साहिबा के आगमन पर उन्हें भी बतौर अतिथि जनकल्याण शिविर में उपस्थित होना है। हल्केसिंह की कई पीढ़ियाँ गूगल गाँव में कोटवारी करती आई थीं लिहाज़ा रजवाड़ी और दरबारी परंपराओं के प्रति उसके मन में वही सम्मान का भाव था जो उसके पूर्वजों में पाया जाता था। ऐसे में वह राणा जी की हवेली जाना भला कैसे भूल जाता सो उसके क़दम ख़ुद ब ख़ुद की हवेली की ओर चल पड़े।

राणा क्षुद्रप्रताप उर्फ़ हवेली राजा। इनका असली नाम रुद्रप्रताप था, मगर अपभ्रंश की हिंदुस्तानी परंपराओं के तहत उनका नाम रुद्रप्रताप से बिगड़कर क्षुद्रप्रताप हो गया था। राजनीति के सूक्ष्म बैक्टीरिया जन्मजात बीमारी की तरह उन्हें पिछली पीढ़ियों से मिले थे और ज़िला पंचायत अध्यक्ष की कुरसी तक को वह सुशोभित कर चुके थे। परंतु 'सदा न फूले केतकी, सदा न सावन होय...' पिछले दो चुनावों से उनकी विजय पताका को पराजय का पलीता लग गया था और अब वह भूतपूर्व होकर अभूतपूर्व नैराश्य से गुज़र रहे थे। जो लोग उनकी हवेली के आगे नत मस्तक होकर निकलते थे, अब बेशर्मी से दाँत निपोरते जाते थे। कुल मिलाकर जिस प्रकार हवेली अपना भय और महत्त्व खो रही थी, उसी प्रकार हवेली राजा भी नाम के राजा बचे थे।

उन्हें विरासत में दो प्रकार की बीमारियाँ मिली थीं। पहली थी राजनीति की और दूसरी थी खुजली की। राजनीति की मानसिक खुजलाहट तो शांत हो चली थी मगर शारीरिक खुजलाहट उनके प्राण लेने पर आमादा थी जो हर प्रकार के मलहम आज़माने के बाद भी उनका पीछा नहीं छोड़ रही थी। एक सेवक को सिर्फ़ उन्हें खुजलाने के लिए तैनात किया गया था। जिस प्रकार लड़ाकू विमानों को ऊपर नीचे

दाएँ-बाएँ उड़ाया जाता है, उसी तरह राणा जी इस सेवक को अपनी पीठ खुजलाने के लिए डायरेक्शन देते थे। कभी दाएँ कूबड़ पर तो कभी बाएँ कूबड़ पर, कभी गरदन पर तो कभी कमर पर। सेवक के नाख़ून कलाबाजियाँ खाते राणा क्षुद्रप्रताप को खुजली के विकट संताप से मुक्ति प्रदान करते थे।

उस दिन उनका यह सबसे महत्त्वपूर्ण सेवक काम पर नहीं आया था और हवेली राजा की फ़जीहत हो गई थी। राजनीति के मैदान में उनकी पहुँच नीचे-ऊपर, दाएँ-बाएँ सब जगह रह चुकी थी, मगर पीठ के खुजली भरे मैदान में उनकी उँगलियों की पहुँच बड़ी सीमित थी। वह बेचैनी से हवेली के बरामदे में टहल रहे थे और कमबख़्त सेवक को उसकी मनमानी पर कोस रहे थे कि उनकी निगाह बगिया में नीम के पेड़ तक आकर ठहर गई जिससे एक गँदला सुअर अपने पूरे शरीर को नृत्यात्मक मुद्रा में मटकाता लयात्मक ढंग से पीठ की खुजली शांत कर रहा था।

'व्हाट एन आइडिया सुअर जी...,' हवेली राजा मन-ही-मन उत्साह में भरकर बुदबुदाए और सीढ़ियाँ उतरकर नीम के पेड़ की ओर बढ़ गए। ज़मीन से ढेला उठाकर उन्होंने सुअर को खदेड़ा फिर एक नज़र चारों ओर देखा। इस बात पर पूरी तरह बेफ़िक्र होने के बाद, कि आगे अपनी खुजली के इलाज के लिए जिस विचित्र क्रिया को संपन्न करने हेतु वह प्रस्थित हो रहे हैं, उसे कोई देख तो नहीं रहा है, वह निश्चिंत भाव से नीम के पेड़ तले पहुँच गए। फिर स्वयं उसी नृत्यात्मक मुद्रा में लयात्मक ढंग से अपनी पीठ को रगड़ते खुजली शांत करने लगे जैसा उन्होंने अभी-अभी देखा था। सुअर जैसा तुच्छ जीव इतना उम्दा आइडिया देकर उन्हें विकट समस्या से निजात दिला सकता है, इसकी कल्पना उन्होंने कभी नहीं की थी।

वह खुजली शांत करने के लिए इस विचित्रोपचार में इतने मग्न हो चुके थे कि उन्हें पता ही नहीं चला, कब फाटक खोलकर हल्केसिंह अंदर आ चुका है और कुछ हैरानी और कुछ मज़े के साथ उन्हें इस प्रकार पेड़ से अपनी पीठ घिसते देख रहा है। हल्केसिंह ने अचानक गला खँखारकर उनका ध्यान आकृष्ट किया। राणा जी को काटो तो ख़ून नहीं। वह एकदम से सकपका गए और शर्म से भीतर तक गड़ गए। अचानक उन्हें ध्यान आया, वह क्यों इस प्रकार शर्म से गड़े जा रहे हैं जबकि उनकी कई पीढ़ियों ने बेशर्मी के मामले में कई झंडे गाड़े हैं, लिहाज़ा वह अपने हवेलीनुमा रूप में वापस लौटते हुए रोबीले स्वर में बोले, "क्या बात है?"

"राजा साहब पायलागी," हल्केसिंह एकाएक राणा जी के चरणों में झुक गया। उसने जान-बूझकर यह प्रदर्शित करने का यत्न किया कि उसने कुछ भी नहीं देखा है फिर उनकी जिज्ञासा को खुजली की भाँति शांत करता बोला, "माईबाप, आज कमिश्नर साहिबा गाँव में पधार रही हैं। स्कूल के मैदान पर जनकल्याण शिविर का कार्यक्रम रखा है, आप भी ज़रूर पधारें।" हल्केसिंह ने आमंत्रण में प्रोटोकाल धर्म का पालन करते हुए कहा और एक बार फिर उनके पाँव में झुकता

हुआ चला गया। राणा जी, जो हल्केसिंह के जाने के बाद रँगे हाथ पकड़े जाने पुन: शर्मिंदगी महसूस करने लगे थे, सुअर को उसके सुअरपने पर कोसते वापस हवेली की सीढ़ियाँ चढ़ गए।

एसडीएम साहब गूगल गाँव के लिए चले आ रहे थे। वह रास्ते भर उधेड़बुन में रहे। अपनी पच्चीस साल की नौकरी में उनका पाला कलेक्टर और कमिश्नर जैसे तमाम बड़े अफ़सरों से पड़ा था। भाँति-भाँति के अफ़सर देखे थे। इनमें से कुछ अफ़सर सड़कनाथ होते थे जिन्हें दफ़्तर में बैठने की बजाय सड़कें नापना और इलाक़े में घूमना ही पसंद होता था। इस श्रेणी के अफ़सर काग़ज़ी कार्यवाही के बजाय काम को मैदानी स्तर पर फलीभूत होते देखने में अधिक सुख का अनुभव करते थे। कुछ अफ़सर कड़कनाथ श्रेणी के होते थे जिनके कड़क स्वभाव के कारण अधीनस्थों की जान साँसत में रहती थी। तड़कनाथ और भड़कनाथ भी कमोबेश इसी श्रेणी के अफ़सर थे जो किस बात पर बिजली की तरह तड़कने लगें और किस बात पर साँड़ की तरह भड़कने लगें, इसका कोई ठिकाना नहीं था। कमिश्नर साहिबा इस सब से अलग भी थीं और प्राय: ये सारी विशेषताएँ उनके भीतर एक साथ पाई जा सकती थीं। लिहाज़ा गूगल गाँव पहुँचने तक एसडीएम साहब का दिल ज़ोर-ज़ोर से धड़कता रहा और वह बार-बार आसमान की ओर देखते यह मनाते रहे कि हे प्रभु, काश अभी उनके मोबाइल पर संदेशा आए कि दौरा रद्द हो गया है। मगर न तो दौरा रद्द हुआ न ही ऐसा कोई संदेश उन्हें प्राप्त हुआ और वह गूगल गाँव जा पहुँचे।

एसडीएम साहब की जीप सीधे मिडिल स्कूल भवन के बाहर आकर रुकी जहाँ कमिश्नर साहिबा के रुकने का इंतज़ाम किया था। उन्होंने सबसे पहले स्कूल के बाहरी क्षेत्र का भ्रमण प्रारंभ किया। यहाँ का बदला हुआ नज़ारा देखकर उन्हें अपनी आँखों पर विश्वास नहीं हुआ। कल तक जो चहारदीवारी खंडित थी, वह अब अक्षत नज़र आ रही थी। दीवारों से जिन स्थानों की ईंटें निकालकर महाद्वार बना दिए गए थे, वहाँ अब बड़े-बड़े होर्डिंग्स खिलखिला रहे थे। ऐसे ही दो विरोधाभासी होर्डिंग्स के पास से गुज़रते हुए एसडीएम साहब एक पल को ठिठके। इनमें से एक होर्डिंग पर मद्यपान के नुक़सान बतलाए गए थे। इसके ठीक बाजू वाले होर्डिंग पर स्तनपान के फ़ायदों का विशद वर्णन था। एसडीएम साहब ने एक पल विचार किया, मद्यपान के नुक़सान से बचने के लिए आदमी मद्य को तो छोड़ सकता है, मगर वह फ़ायदा उठाने के लिए स्तनपान के विषय में क्या करे। उन्हें एक पल स्वयं की सोच पर हँसी आई और भीतर ही भीतर वह मुसकरा भी पड़े मगर अभी ऐसी मज़े लेने वाली बातों के लिए समय नहीं था और उन्हें स्मरण हो आया कि अभी उन्हें बहुत सारे काम निपटाने हैं।

बाउंड्रीवाल की ओर से निश्चिंत होकर एसडीएम साहब स्कूल भवन की ओर पलटे। वाकई चारों ओर साफ़-सफ़ाई का नमूना ऐसा शानदार था कि एसडीएम साहब सफ़ाईकर्मी को गले लगाते-लगाते बचे और सिर्फ़ इसीलिए बच गए कि सफ़ाईकर्मी महिला थी। इसके बाद वह स्कूल के पिछवाड़े में गए जिसे लेकर उन्हें सबसे ज़्यादा घबराहट थी। वहाँ का हाल देखकर वह प्रसन्नता से उछल पड़े बल्कि गिरते गिरते ही बचे। यहाँ आदिकाल से बसी पेशाब की दुर्गंध, कीचड़ और गंदगी ऐसी ग़ायब थी जैसे जादू कर दिया गया हो ।

शिलान्यास के लिए बनी दीवार, जिस पर भाँति-भाँति के गुप्तसूत्र चित्रात्मक शैली में लिखे थे, उस पर चूना पोतकर संपूर्ण दीवार को चकाचक कर दिया गया था। इस प्रकार पटवारी गोटीराम की 'चकाचक शैली' की मन-ही-मन तारीफ़ करते एसडीएम साहब ने कमिश्नर साहिबा के रुकने का कमरा देखा जहाँ पलंग, बिस्तर, कुरसी, टेबल, मटका आदि रखकर उसे विशेष रूप से 'देहाती टच' प्रदान किया गया था। कमरे के बाहर ग्रीन नेट की बाउंड्री बनाकर दोनों अफ़सरों के कमरों को सिविल लाइन की तरह ही रौबदाब से पूर्ण कर दिया गया था।

अब उन्होंने मिडिल स्कूल की उन कक्षाओं का भ्रमण करना चाहा जहाँ दीवारों पर दर्दनाक दरारें थीं। इन दरारों पर पोस्टर युद्ध के माध्यम से कैसे विजय पाई गई है, इसे जानने की उनमें तीव्र उत्कंठा थी। कमरे में प्रवेश कर उन्होंने दीवार पर दो शानदार पोस्टर लगे देखे। दरार को एकदम ग़ायब पाकर उनका चेहरा खिल उठा। मगर ज्यों ही उन्होंने पोस्टर की इबारत पढ़ी, अपना सिर पीट लिया। इस कमरे में आठवीं की कक्षा लगती थी और यहाँ लगाए गए पोस्टरों पर सामूहिक विवाह सम्मेलन का वह विज्ञापन था जो सरकार आगामी माह में आयोजित करने जा रही थी। पोस्टर में सभी से अपील की गई थी कि सामूहिक विवाह के माध्यम से ही अपना जीवन साथी चुनें। एसडीएम साहब भागकर साथ वाली कक्षा में पहुँचे। यहाँ जो पोस्टर लगाया गया था, वह और भी मनोरंजक और उतना ही प्रेरणादायी था जिस पर ऐलान किया गया था कि कृत्रिम गर्भाधान हेतु उन्नत नस्ल के साँड़ अब आ पहुँचे हैं, लिहाज़ा इसका लाभ अवश्य उठाया जाए।

एसडीएम साहब गोटीराम को उसकी बेवकूफ़ी के लिए कोसते सीधे कांजी हाउस की ओर भागे। जैसा उन्होंने सोचा था, एकदम वैसा ही हुआ था। कांजी हाउस की दीवारों पर 'सबके लिए शिक्षा, पढ़ना-बढ़ना अभियान' और 'स्कूल हम सब जाएँगे, नया राष्ट्र बनाएँगे' जैसे नारों से सुसज्जित पोस्टर चस्पा थे एवं यहाँ बंदी बनाकर रखे गए आवारा मवेशी बड़े कौतुक और उम्मीद भरी नज़रों से पोस्टरों को देख रहे थे। एसडीएम साहब अब वेटनरी हास्पिटल यानी ढोर अस्पताल की ओर भागे जहाँ सहज अंदाज़ लगाया जा सकता कि वहाँ मूर्खता का कौन सा पैमाना स्थापित किया गया होगा। उन्होंने पाया कि यहाँ भी वही हाल था। कृत्रिम

गर्भाधान केंद्र की दीवारों पर 'एड्स से बचाव' और 'परिवार नियोजन के उपाय' बतलाने वाले पोस्टर चीख-चीखकर बतला रहे थे कि सुरक्षित और आनंद भरे जीवन के लिए इसमें लिखी बातों को तत्काल अमल में ले आवें।

लीपापोती की जगह इज़्ज़त की धोती खिसकते देख एसडीएम साहब बुरी तरह घबरा गए। इतनी बुरी तरह कि वह गोटीराम को खा जाने वाली निगाहों से देखना भूल गए। उनकी भूल को तहसीलदार साहब ने सुधारा और गोटीराम की ओर खा जाने वाली निगाहों से देखा। गोटीराम पानी-पानी हो गया साथ ही विचार में पड़ गया कि अकेला गोटीराम क्या-क्या करे, क्या-क्या देखे। कार्य का विकेंद्रीकरण लोक प्रशासन का अत्यंत महत्त्वपूर्ण अंग था और वही उसने किया था। जब मतदान कराने की ज़िम्मेदारी ढोर डॉक्टरों को और पोलियो ड्रॉप पिलाने की ज़िम्मेदारी स्कूल मास्टरों को दी जा सकती है तो उसने अपनी दक्षता का परिचय देते हुए यह ज़िम्मेदारी गाँव के अनपढ़ लौंडों को थमा दी तो इसमें ग़लत क्या। जैसा भी हुआ हो मगर काम तो हुआ ही था न।

जब तक एसडीएम साहब डैमेज कंट्रोल में जुटे, तब तक कमिश्नर साहिबा गूगल गाँव के लिए रवाना हो गईं। एसडीएम साहब ने लुटी-पिटी नज़र से एक बार फिर आसमान की ओर देखा और सब कुछ भगवान भरोसे छोड़ दिया।

4

शहर से जो दो भव्य सरकारी गाड़ियाँ गूगल गाँव के लिए रवाना हुई थीं, उनमें आगे कमिश्नर साहिबा की गाड़ी थी और पीछे वाली गाड़ी में कलेक्टर साहब बैठे थे। कलेक्टर साहब सामान्य परंपरा के अनुसार यूँ तो कमिश्नर साहिबा के साथ बैठ सकते थे मगर वह साथ न बैठकर अपनी गाड़ी में बैठे थे, इसके पीछे भी विशेष कारण था। दरअसल, नौकरी की शुरुआत में जब कमिश्नर साहिबा सहायक कलेक्टर थीं तब देहात के एक दौरे पर जाते वक़्त वह परंपरानुरूप उस ज़िले के कलेक्टर की गाड़ी में बैठी थीं। इसी दौरान न जाने कैसे उन्हें प्रेम हुआ और उन्हीं कलेक्टर साहब से विवाह भी। मगर, जब एक ही छत के नीचे प्रशासन हावी होने लगा और लाल बत्ती गृहस्थी की गाड़ी पर भी लहलहाने लगी तो संतुलन डगमगा गया और प्रेमकथा तलाक तक पहुँचकर समाप्त हो गई। इसके बाद कमिश्नर साहिबा के बग़ल वाली सीट पर किसी पुरुष को नहीं देखा गया। वह हमेशा अकेले देखी गईं। आज भी कलेक्टर साहब इसी परंपरा के चलते चुपचाप अपनी गाड़ी में बैठकर पीछे-पीछे चल पड़े थे।

संभागीय मुख्यालय से रवाना होने के बाद कुछ दूर चमचमाती फोर लेन सड़क पर चलकर उनकी गाड़ी एक टू लेन डामर रोड पर मुड़ गई और फिर सिंगल

लेन रास्ते पर चल पड़ी। यहीं से 'अहा, ग्राम्य जीवन भी क्या है' की शुरुआत हो गई। लहलहाते खेतों के बीच तरह-तरह के बिजूके। सफ़ेद कुरते पैजामा में खीसे निपोरते एक बिजूका को देखकर कमिश्नर साहिबा को यकायक हँसी आ गई जो ठीक उनके विभाग के मंत्री की तरह दिखता था।

गड्ढों वाली सड़क पर हिचकोले खाते हुए कमिश्नर साहिबा उत्सुकतापूर्वक उन साइन बोर्डों को देख रही थीं जो इस उम्मीद से लगाए गए थे कि यात्रियों को इस बात की सूचना मिलती रहेगी कि फिलहाल आप अमुक गाँव में हैं और आपको कहाँ आँखें खोलकर गाड़ी चलानी है ताकि आप संकरी पुलिया या अंधे मोड़ पर ख़ुद को सलामत रख सकें, लेकिन उन्हें ऐसा एक भी साइन बोर्ड नज़र नहीं आया जिस पर किसी-न-किसी इश्तहार का पर्चा न चिपका हो। इन पर्चों से कमिश्नर साहिबा को विशेष प्रकार का ज्ञान प्राप्त हुआ। मसलन जिस बोर्ड पर सूचना दी गई थी आगे अंधा मोड़ है उस पर नेत्र शिविर का ब्यौरा चिपका था और बताया गया था कि अमुक नेताजी के कर-कमलों से नयन कमल जीर्णोद्धार कार्यक्रम चलाया जाना था साथ ही मुफ़्त में चश्मे भी वितरित किए जाने थे। इसी प्रकार अनेक इश्तहारों में मनचाही नौकरी या मनचाही स्त्री पाने और भाग्य में एकदम शेयर मार्केट की तरह उछाल लाने के लिए वशीकरणी चमत्कारी अँगूठी कहाँ से लेकर पहनना चाहिए, मनचाही स्त्री से शादी होने के बाद क्या-क्या ऐसा-वैसा होने पर शर्म झिझक छोड़कर किस मुच्छड़ डॉक्टर के पास शर्तिया इलाज हेतु जाना चाहिए, गृहस्थी बस जाने के बाद आसान किस्तों में टीवी, फ्रिज और कूलर किस प्रकार ख़रीदने चाहिए, मनचाही स्त्री और क़र्ज़ के बोझ से उपजने वाले गंजेपन को रोकने और चाँद पर काली, घनी और रेशमी ज़ुल्फ़ों की फ़सल लहलहाने के लिए किस तेल का इस्तमाल करना चाहिए आदि वे जानकारियाँ थीं जो कि उन्हें शायद इंटरनेट पर भी उपलब्ध नहीं होतीं और बड़ी आसानी से इन रंग-बिरंगे इश्तहारों पर उपलब्ध हो रही थीं। बहरहाल, उन्होंने इस मनोरंजक यात्रा में दंतमंजन, केश तेल, चमत्कारी अँगूठी से लेकर गुप्त रोगों के शर्तिया इलाज तक का ज्ञान रास्ते में प्राप्त किया मगर यह न जान सकीं कि गूगल गाँव है कितनी दूर।

उन्हें मंज़िल पर पहुँचने का पता तब चला जब सुनसान रास्ते पर लाल बत्ती लगी एक सरकारी जीप गूगल गाँव की ओर मुँह किए खड़ी नज़र आई। उनके पद की गरिमा के मुताबिक पायलेटिंग का इंतज़ाम किया गया है, यह देखकर कमिश्नर साहिबा का अहं उसी प्रकार शांत हो गया जैसे कि पैम्पलेट पर पढ़े अनुसार अमुक प्रकार की मलहम के इस्तेमाल पर कैसी भी खुजली चट से शांत हो जाती थी। कलेक्टर साहब ने यह देखकर कि पायलेटिंग की व्यवस्था लगाई गई है, चैन की साँस ली।

कमिश्नर साहिबा की गाड़ी क़रीब आती देखते ही पायलेटिंग के लिए लगी जीप खड़खड़ाकर स्टार्ट हो गई। एक शख़्स जो शक्ल से ही सरकारी अफ़सर प्रतीत हो रहा था, उसने उसकी ओर चले आ रहे अफ़सरोचित वाहन को 90 अंश तक झुककर अधीनस्थोचित ढंग से नमस्कार किया और यह कोशिश करते हुए कि वाहन में बैठी कमिश्नर साहिबा कैसे भी उसे देख लें, वह दौड़कर गाड़ी में जा बैठा। उसके गाड़ी में बैठते ही उसके दोनों चपरासी भी उतनी ही तेज़ी से जीप के पिछले हिस्से में लद गए। एकाएक जीप का सायरन बजना शुरू हो गया। इससे यह भी समझ में आने लगा कि इस जीप के पीछे जो भी आ रहा है, वह इतना महत्त्वपूर्ण है कि बिना शोरगुल मचाए उसे इस ख़ाली रोड पर से भी निकाला जाना संभव नहीं है। बच्चे इस सायरन को कौतुक से सुनते खुश हो रहे थे और गाय-बछियाँ आसमानी सुनामी जानकर पूँछ उठाकर घबराहट का प्रदर्शन करती यहाँ-वहाँ भागने लगी थीं। पायलेटिंग करने वाला यह शख़्स और कोई नहीं स्वयं तहसीलदार साहब थे जो पायलेटिंग के दौरान हर पल जीप की खिड़की से अपनी खोपड़ी बाहर निकाल-निकालकर यह जतलाना चाह रहे थे कि मैडम की शानोशौकत में वह किसी प्रकार की कमी नहीं रखना चाहते हैं। गूगल गाँव अब नज़र आने लगा था।

इंतज़ार की घड़ियाँ समाप्त हुईं और सायरन की आवाज़ से गलियाँ गूँज उठीं। अफ़सरों की आमद होते ही गाँव की परंपरा के अनुरूप गाजे-बाजे उनके इस्तक़बाल में ढमढमाने लगे। तमाम नंगे और अधनंगे बच्चे उत्साह और उत्सुकता के साथ तालियाँ बजाकर अपनी मौजूदगी जतलाने लगे। तहसीलदार साहब की जीप धूल उड़ाती हुई बड़ी तेज़ी से ग्राम पंचायत के बाड़े में आकर रुकी। धूल का एक जादुई गुबार-सा उठा और लोगों ने जब आँखें खोलीं तो पाया कि कमिश्नर साहिबा और कलेक्टर साहब की सफ़ेद चमचमाती गाड़ियाँ उनके समक्ष प्रकट हो चुकी हैं।

तहसीलदार साहब के चेहरे पर नंबर लूटने की उत्तेजना साफ़ देखी जा सकती थी। वह कमिश्नर साहिबा की कार का गेट खोलने की नीयत से इतनी फुर्ती से जीप से नीचे कूदे कि कमांडो की फुर्ती भी शरमा जाए। यह और बात है कि उतरने के इस चपल प्रयास में उनकी एक चप्पल फुटबोर्ड में फँस गई और वह गिरते-गिरते बचे। इससे पहले और कोई अफ़सर बाज़ी न मार ले, विचारकर तहसीलदार साहब एकाएक सँभले और आख़िरकार कार का गेट खोलने में उन्हें सफलता मिल ही गई। ज़ाहिर है, कमिश्नर साहिबा की निगाह सबसे पहले उन्हीं पर पड़ी और वह लाइफटाइम एचीवमेंट पुरस्कार प्राप्त व्यक्ति की भाँति धन्य हो गए।

गेट खुलने के साथ ही कमिश्नर महोदया की एन्ट्री कुछ ऐसे हुई जैसे हिंदी फ़िल्मों में पुतलीबाई की होती थी। पहले उनके ब्रांडेड हाई हील सैंडल्स, फिर ब्रांडैड सफ़ेद पतलून और डेनिम कुरती, इसके बाद काले विदेशी चश्मे के साथ

अंग्रेज़ अफ़सर की ममी ने देहात की धूल पर ज्यों ही कैटवॉक आरंभ किया, जनता उन्हें देखने टूट पड़ी। जिसकी जुल्फ़ें जेनिफर लोपेज की तरह रेशमी, शक्ल शकीरा सी मस्तानी और एंजिलिना जोंस की तरह जीरो फिगर हो, ऐसी अफ़सर को कौन न देखने टूटेगा, मगर एसडीएम साहब और बाक़ी अफ़सर, जिन्होंने मैडम के मिजाज़ के बारे में भरपूर सुन रखा था, उन्हें न जेनिफर लोपेज की तरह जुल्फ़ें दिखाई दीं न शकीरा सी शक्ल। उन्हें सिर्फ़ उनका चेहरा नज़र आया जो कि मार्टिना नवरातिलोवा की भाँति रिक्त सपाट और भावशून्य था और किस-किसके ऊपर अब शनि का क्या प्रभाव होता है, राहु और केतु को मैडम किसकी छाती पर बिठाती हैं, सोचकर सबका मन घबराने लगा।

कार से उतरते ही बिगड़ा सा मुँह बनाती हुई कमिश्नर साहिबा ग्रामीणों से मुख़ातिब हुईं जो धक्का-मुक्की में उनके ऊपर गिरने को उद्यत हो रहे थे।

"कितनी ख़राब सड़क है।"

"देहात की सड़क है हुज़ूर।" एक देहाती ने शहरी सड़कों से अंतर स्थापित करते हुए कहा

"देहात की सड़क ऐसी होती है?"

"जी हुज़ूर!"

"किसने बनाई गड्ढों वाली घटिया सड़क?"

"गड्ढे भइया ने हुज़ूर।" कई लोग एक साथ बोल पड़े।

"गड्ढे भइया?"

"जी हुज़ूर, गड्ढे भइया ने, अब चाहे उन्हें गड्ढे भइया कह लो या बड्डे भइया, बात एक ही है।" कहते हुए एक देहाती ने गड्ढे भइया, जो वहीं पुष्पगुच्छ लिये खड़े थे, उनकी ओर इशारा किया।

"हूँ," कमिश्नर साहिबा ने घूरकर गड्ढे भइया की ओर देखा। चमचमाते सफ़ेद स्पोर्ट्स शूज़, लकदक सफ़ेद पतलून, उस पर उतना ही लकदक सफ़ेद कुर्ता और सफ़ेदी की इस हास्यास्पद चमकार के भीतर कोलतार से काले गड्ढे भइया एकदम श्वेतपोश ब्रह्मराक्षस की भाँति प्रतीत हो रहे थे। कमिश्नर साहिबा का मन हुआ, गड्ढे भइया या बड्डे भइया, जो भी हों, उन्हें इन्हीं गड्ढों में पटककर दफ़ना दें। लेकिन चूँकि स्वागतकर्ताओं की भीड़ में उनका स्वागत करने हेतु मारकाट मच गई थी लिहाज़ा, उन्होंने गड्ढे भइया को गड्ढे में पटकने का विचार स्थगित कर दिया और कलेक्टर साहब को इशारा किया। कलेक्टर साहब समझ गए कि उन्हें घटिया निर्माण के संबंध में जाँच करानी है। कमिश्नर साहिबा बमुश्किल मुस्कुराहट का तंबू तानकर पुष्पगुच्छ स्वीकार करने में मसरूफ़ हो गईं।

ग्राम्यजन उत्साहित मन से फूल और गुलदस्तों के साथ मैमसाहिबा को 'अतिथि देवो भवः' वाली मुद्रा में हाथोहाथ लेने लगे। पुष्पगुच्छ भेंट करने वालों में होड़ मच

गई। अनोखीबाबू, गड्ढे भइया और राणा क्षुद्रप्रताप में आगे आने के लिए ऐसी धक्का-मुक्की होने लगी मानो सामने कमिश्नर नहीं, कमीशन की टोकरी रखी हो।

इन स्वागतातुर नेताओं में एक शख्स और भी था जो स्वयं के महत्त्वपूर्ण होने का अहसास कराता अपना गमछा सँभालता पुष्पगुच्छ भेंट करने के लिए बेचैन था। यह शख्स था लालाराम, जिसका ज़िक्र बाद में। बहरहाल, स्वागतकर्ताओं की भीड़ से निपटकर कमिश्नर साहिबा ने अपने पीछे-पीछे झुंड की तरह आते अफ़सरों और कर्मचारियों की ओर इस निगाह से देखा मानो रज़िया सुल्तान तख़लिया का आदेश दे रही हों। उनकी नज़रों में छिपे इशारे को समझ झुंड मेमनों की भाँति सहमकर ठिठक गया। मैडम ने जेब में पूरे गहरे हाथ डालकर अपना स्मार्ट फ़ोन कुछ ऐसे स्टाइल से निकाला मानो जादूगरनी खरगोश निकाल रही हो। सभी की जिज्ञासा इस बात को लेकर थी कि ऐसे अनोखे मोबाइल की क़ीमत क्या होगी।

कमिश्नर साहिबा ने मोबाइल पर नेटवर्क देखा। यह उस सेवा का नेटवर्क था जिसके बारे में यह कहा जाता है कि वह भीतर से नहीं लगता और न बाहर से लगता है। मैडम ने कहा, "ओह शिट...लगता है, यहाँ नेटवर्क नहीं आता।"

एसडीएम साहब, तहसीलदार, बीडीओ, गोटीराम पटवारी सभी एक सुर में बोले, "हें हें हें...श्रीमान जी, देहात है न, इसीलिए नहीं आता है।"

इत्तफ़ाक़ की बात, उसी समय मोबाइल पर नेटवर्क धुँधलाते हुए प्रकट हुआ।

मैम ने कहा, "ओहो, कभी-कभी आता है।"

"हें हें हें...श्रीमान सही फ़रमा रहे हैं, कभी-कभी आता है।"

"मगर बीच-बीच में चला भी जाता है।"

"जी श्रीमान, बीच-बीच में चला भी जाता है।"

कमिश्नर साहिबा को 'हाँ में हाँ' के इस समवेत गान पर मज़ा आने लगा। एक बार फिर उन्होंने मज़ा लेने की गरज से कहा, "कभी-कभी चला जाता है मगर बीच-बीच में आ भी जाता है।"

एक बार फिर वही संगीत बजा, "श्रीमान एकदम सही फ़रमा रहे हैं, कभी-कभी चला जाता है, मगर बीच-बीच में आ भी जाता है।"

मैडम ने हाँ-हाँ करते इन अधीनस्थों की बेचारगी पर एक व्यंग्यात्मक निगाह डाली, फिर मज़े का कार्यक्रम एकाएक स्थगित कर दिया। इस अकस्मात् स्थगन के साथ ही उनके चेहरे पर रूखेपन का स्थायी भाव यथावत वापस आ गया। वह खोजपूर्ण मुद्रा में आकर बोलीं, "आई हैव टू मेक एन अर्जेंट काल टू सी एस, देखिए, आप में किसी के मोबाइल में नेटवर्क आ रहा है क्या?" कलेक्टर साहब, जो कि कमिश्नर साहिबा के पीछे आ रही कार से उतरे थे और स्वागत समारोह के दौरान अजनबियों की भाँति एक ओर जा खड़े हुए थे, उन्होंने भी अपने मोबाइल का नेटवर्क ग़ायब देख कंधे उचका दिए। बाक़ी सारे अफ़सर देहात की ज़मीन और

आसमान से सीधे जुड़े थे, उनकी पकड़ से नेटवर्क कैसे भागता। फिर उनके मोबाइल से कमिश्नर जैसी ख़ूबसूरत अफ़सर बात करे, वह भी चीफ सेक्रेट्री से, ऐसे अभूतपूर्व अवसर से भला कौन चूकना चाहता।

"सर, मेरे मोबाइल से बात कर लें।" कहते हुए एसडीएम साहब ने 45 डिग्री के कोण पर झुककर अपना मोबाइल दोनों हाथों से आगे बढ़ाया। मगर तब तक तहसीलदार साहब 90 डिग्री पर झुक चुके थे और जब तक उनके झुकाव का कोण और नीचे की ओर जाता, पटवारी गोटीराम 180 डिग्री पर झुककर लगभग साष्टांगावस्था में इस प्रकार आ चुके थे मानो मंदिर में देवी जी को नारियल चढ़ा रहे हों। कुल जमा दृश्य कुछ ऐसा भी प्रतीत हो रहा था जैसे स्वयंवर चल रहा हो और राजकुमारी उनमें से किसी एक के गले में वरमाला डालने आ रही हो।

अपनी-अपनी क़िस्मत। हुज़ूरे आलिया की नज़र ए इनायत हुई भी तो पटवारी गोटीराम के ऊपर। मैम के आगे मेमने सी औक़ात वाले पटवारी की मानो क़िस्मत खुल गई। वह अभिभूत होकर अपने सौभाग्य पर इठलाने लगा और मैम साहिबा कोई पंद्रह मिनट तक उसके मोबाइल पर चीफ सेक्रेटरी से बतियाती अपने देहात दौरे के अभी शुरू भी न हो पाए अनुभवों को आगामी फ़िल्म के ट्रेलर की तरह बतलाने लगी।

मोबाइल पर शीर्ष वार्ता के समाप्त होते ही कमिश्नर साहिबा ने प्रश्नवाचक नज़रों से कलेक्टर साहब की ओर देखा और जानना चाहा कि कार्यक्रम की शुरुआत कहाँ से और कैसे होनी है। कलेक्टर साहब ने उनकी प्रश्नवाचक निगाहों को मूलतः एसडीएम साहब की ओर फ़ाइल की भाँति अग्रेषित कर दिया। एसडीएम साहब आदेशों के मुताबिक कार्यक्रम तय कर चुके थे लिहाज़ा उन्होंने जनकल्याण शिविर की ओर चलने का इशारा किया। असीम उत्साह का प्रदर्शन करते तहसीलदार साहब, बीडीओ साहब, बीईओ, पटवारी और तमाम अधिकारी कर्मचारी टूरिस्ट गाइड की भाँति आगे-आगे चलने लगे बल्कि कुछ ने तो एयर इंडिया के महाराजा की भाँति सौम्य मुद्रा चेहरे पर धारण कर ली और इस्तक़बाल के पोज में आ गए।

जनकल्याण शिविर का उद्घाटन उसी औपचारिक ढंग से होना था जिस ढंग से हमारे देश में होता आया है। मंच के पहले बाँस की बल्लियाँ रोड के बीचोबीच गाड़कर लाल रंग का एक फीता बाँध दिया गया था जिससे यह समझा जा सकता था कि जब तक इस फीते को बीच से काट नहीं दिया जाएगा, तब तक कार्यक्रम की शुरुआत नहीं की जा सकेगी।

कमिश्नर साहिबा की ऐसी औपचारिकताओं में कोई दिलचस्पी नहीं थी। वह फीते तक पहुँची, तभी एसडीएम साहब के पैरों तले से ज़मीन खिसकी। उन्हें ज्ञान प्राप्त हुआ कि फीता तो लगा दिया गया, मगर कैंची की व्यवस्था निश्चित तौर पर नहीं की गई है। कमिश्नर साहिबा अनुभवी अफ़सर थीं। अधीनस्थों की ऐसी

मूर्खता पर उन्हें पूरा यक़ीन था। उन्होंने ऐसी निगाहों से एस.डी.एम और तहसीलदार की ओर देखा मानो बताना चाह रही हों कि उन्हें पता है कि तुम दोनों की अक्ल की हद कहाँ तक है। यूँ तो एसडीएम साहब ने झेंपते हुए महीन स्वर में हुक्म दिया, ''कैंची लाओ,'' मगर उनकी आवाज़ मातहतों द्वारा आकाशवाणी की भाँति रिले कर दी गई और चारों ओर 'कैंची लाओ...कैंची लाओ', 'अरे कैंची कहाँ गई' का शोर मच गया।

जब तक 'कैंची लाओ...कैंची लाओ' का शोर मचा कमिश्नर साहिबा ने प्रशासनिक चतुराई का इस्तेमाल करते हुए किसी जनप्रतिनिधि से उद्घाटन कराने का त्वरित निर्णय लिया। ग्राम पंचायत के स्तर पर सरपंच से अच्छा जनप्रतिनिधि कौन हो सकता था सो उन्होंने तहसीलदार साहब को क़रीब बुलाकर पूछा, ''इस गाँव में सरपंच कौन है?''

तहसीलदार साहब ने एक बार पलटकर अपने पीछे देखा फिर कहा, ''जी शांतिबाई।'' सरपंच का ज़िक्र आते ही उनके पास खड़ा एक नेतानुमा जीव अचानक सक्रिय हुआ। यह जीव वही था जो कमिश्नर साहिबा का पुष्पगुच्छ से स्वागत करने के लिए बेचैन था और इसका नाम लालाराम था।

लालाराम अचानक भीड़ को चीरता आगे आया और अपना गमछा सँभालते हुए बोला'' हुज़ूर हम ही हैं सरपंच।''

कमिश्नर साहिबा ने हैरानी से उसे घूरा, ''तुम शांतिबाई हो?''

''नहीं हुज़ूर, हमारा नाम तो लालाराम है।'' लालाराम शरमा उठा।

इससे पहले कि लालाराम थोड़ा और शरमाता, लपकासिंह लपककर सामने कूदे और बोले, ''मैडम, ये अकेले लालाराम नहीं हैं, ये गाँव के एस.पी. साहब हैं।''

''गाँव के एस.पी.साहब?'' कमिश्नर साहिबा चौंकीं तो लपकासिंह लालाराम का चीरहरण करते हुए बोले, ''एस.पी. साहब यानी सरपंच पति। असल सरपंच तो इनकी घरवाली शांतिबाई है मगर सरपंची तो यही एस.पी. साहब करते हैं।''

''अच्छा?'' कमिश्नर साहिबा की आँखें आश्चर्य से चौड़ी हुईं तो लपकासिंह अदालत के क्लाईमैक्स सीन में अंतिम और बम्बास्टिक सबूत की तरह अपने एक हाथ को लालाराम के कुरते की जेब पर धरते हुए बोले, ''विश्वास न हो तो अभी इनकी तलाशी करा ली जाए। सरपंच का सील ठप्पा भी इन्हीं की जेब में मिलेगा जिसे यहाँ-वहाँ ठोककर ये रात-दिन पंचायत का काम बिगाड़े रहते हैं।''

कमिश्नर साहिबा ने तहसीलदार साहब को आगे बढ़ने का इशारा किया। इशारा पाकर तहसीलदार साहब अचानक उसी ख़तरनाक अकड़ के साथ लालाराम की ओर बढ़े जो तलाशी वारंट हाथ में रखने वाले दरोगा के पास पाई जाती है। उन्होंने सरपंच पति की आँखों में गहराई तक आँखें डालीं और हाथ उसके कुरते

की जेब में डाला। इसके साथ ही गूगल गाँव के एस.पी. साहब के क़ब्ज़े से ग़ैर-क़ानूनी रूप से रखी सीलें और ठप्पे रँगे हाथों बरामद हो गए।

कमिश्नर साहिबा का सपाट चेहरा गरम तवे सा तमतमा उठा। वह गुर्राकर बोलीं, ''जनता ने तुम्हारी पत्नी को चुना है और सरपंची तुम कर रहे हो?'' इतना कहकर वह ग़ुस्से से एसडीएम साहब की ओर घूमीं, ''व्हाट इज दिस नॉनसेंस एसडीएम साहब, व्हाय डोंट यू पीपल सी दिस ब्लडी फ्रॉड...ये आदमी जनता को और सरकार को, दोनों को बेवकूफ़ बना रहा है। सेंड हिम इमीडिएटली टू द पुलिस स्टेशन।''

एसडीएम साहब के चेहरे पर राख फैल गई। एस.पी.साहब यानी लालाराम के तो होश ही फाख़्ता हो गए जब तक वह गिड़गिड़ाकर कमिश्नर साहिबा के पैरों पर गिरते, तब तक दरोगा लोटनप्रसाद उन्हें काँख में दबाकर थाने के लिए रवाना हो गए।

असल सरपंच उद्घाटन हेतु उपस्थित हो पाएँगी, इस बारे में सभी को शुबहा था। कमिश्नर साहिबा ने एक बार फिर उसी चतुराई का इस्तेमाल किया जिसे रखने की अपेक्षा हर प्रशासनिक अधिकारी से की जाती है। उन्होंने शिविर में आगे बैठे देहातियों में सबसे वृद्ध दिखने वाले एक व्यक्ति को खोज निकाला और सम्मान की पूरी बाल्टी उड़ेलते हुए उसे अपनी ओर आने का इशारा किया। कमिश्नर साहिबा का इशारा समझकर वृद्ध के आस-पास बैठे लोग सामूहिक रूप से भाव-विभोर हो गए और वृद्ध का हाथ पकड़कर लगभग टाँगाटोली की मुद्रा में कमिश्नर महोदया की ओर ले आए। इतनी देर में कैंची भी ला दी गई। हालाँकि कैंची को लाते वक़्त इसे पोंछकर साफ़ करने की औपचारिक सभ्यता बरती गई थी, मगर फिर भी इसके आकार तथा इस पर चिपके ताजे कटे बालों को देखकर अंदाज़ लगाया जा सकता था कि इसे हजामत के कार्य को बीच में ही रोककर किसी नाई की दुकान से लाया गया था और जो समझदार थे, वे यह भी जानते थे कि इतनी शीघ्रता से कोई काम कर सकता है तो वह गोटीराम पटवारी के अलावा और कोई हो ही नहीं सकता।

कमिश्नर साहिबा भी समझ गईं कि इस तरह चट इंतज़ाम की गई कैंची कहाँ की हो सकती थी। उन्होंने उसे हाथ से छुए बग़ैर वृद्ध महोदय के हाथों में देने का इशारा किया। वृद्ध महोदय ने काँपते हुए हाथों से कैंची पकड़ी तो कमिश्नर साहिबा ने अत्यंत आग्रहपूर्ण शब्दों में कहा, ''दादाजी, यह जनकल्याण शिविर है और आप लोगों के लिए ही है अतः उद्घाटन आप करने का कष्ट करें।''

उनके आग्रह पर वृद्ध आभार और भावुकता के बोझ से गिरते-गिरते बचा। उसने अपने मोटे चश्मे के पीछे से फ़ीते पर नज़र डाली तो उसे अहसास हुआ कि कुछ तो बुढ़ापे की इन लो वोल्टेज आँखों की वजह से और कुपोषण से काँपते

दोनों हाथों की वजह से फ़ीता काटना तो सचमुच अत्यंत कष्टकारी कार्य है। उसे अब समझ आया कमिश्नर साहिबा उससे क्यों उद्घाटन का कष्ट करने के लिए कह रही थीं। उसने हवा में दो तीन बार फ़ीता काटने के लिए कैंची चलाई मगर फ़ीता पकड़ में नहीं आया। लोगों ने भी देखा, फ़ीता पीछे रह गया था और वाइब्रेशन मोड पर कैंची कभी इधर दौड़ रही थी कभी उधर। अजीब दृश्य था। बच्चे ज़ोर से हँस रहे थे वहीं कमिश्नर साहिबा और उनके मातहत भीतर से हँसी आने पर भी ज़बर्दस्ती उसे रोककर गंभीरता धारण करने की मुश्किल कोशिश कर रहे थे।

मनोरंजन की इस संकटपूर्ण घड़ी में या यूँ कहा जाए कि संकट की इस मनोरंजक घड़ी में मदद के लिए एक साथ कई हाथ उठे। तहसीलदार साहब और बीडीओ साहब ने लहराते हुए फ़ीते को दोनों ओर से थामा। राणा जी और अनोखीबाबू ने वृद्ध के काँपते हुए हाथों को सहारा दिया, जैसे ही कैंची का फ़ीते से मिलन हुआ, 'कच्च' की एक आवाज़ निकली और चारों ओर से तालियों का शोर प्रारंभ हो गया। जिससे यह भी प्रमाणित हो गया कि कार्यक्रम का अब विधिवत श्री गणेश हो गया है।

इधर कमिश्नर साहिबा और कलेक्टर साहब मंच पर क्या चढ़े, बाक़ी नेताओं में भी मंच पर चढ़ने की आपाधापी मच गई। इस आपाधापी में सभी लोग उद्घाटनकर्ता वृद्ध महाशय को भूल गए। वृद्ध महाशय धक्का-मुक्की में किसी तरह गिरते-सम्हलते वापस देहाती भीड़ के समंदर में विलीन हो गए।

तहसीलदार साहब ने अंगद की तरह मंच की सीढ़ियों के पास पाँव जमा लिया था ताकि हर ऐरा गैरा मंच पर न चढ़ जाए। यह सही था कि पोस्टिंग के मामले में उनके पैर अंगद की भाँति जमे थे और अच्छे-अच्छे उन्हें सलामतपुर से हिला नहीं पाए थे मगर यहाँ हालात दूसरे थे। भीड़ के एक भरपूर धक्के में उनके पाँव एकदम उखड़ गए और हवेली राजा यानी राणा क्षुद्रप्रताप के साथ-साथ गड्ढे भइया और अनोखीबाबू भी मंच पर चढ़ने में कामयाब हो गए। अपनी इस कामयाबी के बाद वे एकदम बगुले-सा रूप धरकर पूर्ण गंभीरता के साथ कुरसियों पर विराजमान हो गए। राणा जी कमिश्नर महोदया के ऐन बग़ल वाली कुरसी पा गए थे इस कारण उनकी छाती गज भर चौड़ी हो गई थी और चेहरे पर विजय की ऐसी मुसकान थी कि तहसीलदार साहब भी खिसियाकर रह गए।

मंच पर बैठते ही अनोखीबाबू की इच्छा हो आई कि अफ़सरों की शान में वह कुछ कहें। मगर इससे पूर्व कि माइक उनके हाथों में जाता, तहसीलदार साहब ने उसे अपने क़ब्ज़े में ले लिया और मंच के नीचे खड़े-खड़े कार्यक्रम का संचालन प्रारंभ कर दिया। विभिन्न विभागों द्वारा पहले शासन की विभिन्न योजनाओं का विस्तार से ब्यौरा दिया गया फिर भाषणबाजी को पंख लगे। कार्यक्रम लंबा खिंच रहा था और उड़ान भरती भाषणी चिड़िया लैंड होने का नाम नहीं ले रही थी। वह

कभी पोषण आहार की डाल पर बैठती तो कभी खाद-बीज के पेड़ पर जा बैठती। कभी स्तनपान के फ़ायदों से भरे पेड़ पर बैठती तो कभी संपूर्ण शिक्षा से लदे पेड़ पर। इस तरह सरकारी योजनाओं के एक पेड़ से दूसरे पेड़ तक उड़ती चिड़िया को हवेली राजा की पीठ कब तक सहन करती। जिस खुजली को वह घंटे भर से रोके थे, वह उनके प्राण लेने को तुल गई। उन्होंने सुअर के आइडिए को एक बार फिर आजमाते हुए कुरसी की पुश्त से ही किसी प्रकार खुजली को शांत करने का प्रयास किया। बार-बार के इस उपक्रम का नतीज़ा यह हुआ कि प्लास्टिक की जिस कुरसी पर वह अपने शरीर का तकरीबन सवा दो मन वजन लादे थे, वह टें बोल गई, सीमेंट के चिकने फर्श पर कुरसी के चारों पाए अलग-अलग दिशाओं में कूच कर गए। इसके साथ ही राणा क्षुद्रप्रताप उर्फ़ हवेली राजा चारों खाने चित्त हो पीछे की ओर लुढ़ककर पुच्छल तारे की तरह मंच से लुप्त हो गए। कार्यक्रम में कुछ देर विकट बाधा उत्पन्न हो गई। इस समूचे घटना क्रम को बड़े ही मनोरंजक तौर पर गाँव वालों के द्वारा लिया गया। मंच पर बैठे लोगों ने किसी तरह अपनी हँसी को रोकते हुए गंभीरता प्रदर्शित करने का प्रयत्न किया मगर पंडाल में बोर होते देहाती हितग्राही गंभीरता प्रदर्शित करने में नाकामयाब रहे और हँस-हँसकर लोटपोट होते रहे वहीं चश्मदीद साक्षी के तौर पर बच्चों ने पूरी तरह उछल उछलकर और तालियाँ बजाते हुए इस वाकये का लुत्फ़ उठाया।

राणा जी को चारपाई पर लिटाकर हवेली के लिए रवाना किया गया। एक बार फिर कार्यक्रम और भाषणों की शुरुआत हुई। सरकारी योजनाओं का बखान...एकदम डॉक्यूमेंट्री फ़िल्म की भाँति उबाऊ। न कोई ट्विस्ट न क्लाइमैक्स, न कोई कॉमेडी न चूमा-चाटी। भूख के मारे लोगों की जान निकल रही थी। हरेक व्यक्ति की निगाह बार-बार पंडाल के एक ओर चल रहे शानदार लंच की तैयारियों पर जा रही थी और बेहाल नासिकाएँ वहाँ से उठ रही पूड़ियों और दूसरे व्यंजनों की ख़ुशबू को भर लेने को बेताब थीं। जब मंचासीन आमंत्रित और अनामंत्रित अतिथि दो शब्द के रूप में शासनचालीसा का पाठ संपन्न कर चुके तो कलेक्टर साहब का नंबर आया।

अभी उन्होंने बोलना शुरू ही किया था कि अचानक पंडाल में खलबली सी मच गई। स्कूल की चहारदीवारी का टूटा हुआ हिस्सा, जिसे नारी सशक्तिकरण का बड़ा सा पोस्टर लगाकर ढक दिया गया था, एकाएक धराशायी हुआ और फ़िल्मी स्टाइल में उस पोस्टर को फाड़ती एक गाय 'हेल्प...हेल्प' की तरह रँभाती पंडाल में घुस आई। बचा-खुचा पोस्टर एक बार फिर फटा और गाय के पीछे पूरी बेहयाई के साथ एक साँड़ कुछ भी कर लेने की गरज से दौड़ता-दौड़ता पंडाल में घुस आया। गाँव वाले समझ गए कि मामला क्या है और जब एक साथ कई लोग लट्ठ लेकर साँड़ पर पिले तब जाकर उसने अपने अभियान को स्थगित किया। ऐसा नहीं

था कि मामले को कमिश्नर साहिबा ने नहीं समझा। उन्होंने मामले को जितना समझा, उससे ज़्यादा इस बात को समझा कि बाउंड्रीवाल के ऊपर लगे सरकारी योजनाओं के इन होर्डिंग्स और पोस्टर्स के पीछे क्या छिपाया गया है।

कलेक्टर साहब ने जैसे-तैसे अपना भाषण पूरा किया। अंत में कमिश्नर महोदया की बारी थी, मगर सारे पंच, हितग्राही और मंच पर बैठे अतिथि लंच के लिए ऐसे कपड़े फाड़ रहे थे मानो जल्द ही भाषण समाप्त न हुआ तो कहीं पंडाल ही न फाड़ डालें। बहरहाल, कमिश्नर महोदया की आवाज़ सुनने की जिज्ञासा सभी को थी। उनकी इच्छा जल्द पूरी हुई। चबा-चबाकर बोले जाने वाले अंग्रेज़ी एक्सेंट के साथ उनके मुखारविंद से शब्द निकले, ''हमें किसी को कमज़ोर नहीं समझना चाहिए...जो अपने आतंक के बल पर अत्याचार करेंगे, उन्हें मुँहतोड़ जवाब दिया जाएगा...''

अभी कमज़ोर वर्गों के प्रति मोहतरमा अपने उद्गार व्यक्त कर ही रही थीं कि अचानक कुत्तों के शोरगुल से एक बार फिर भारी व्यवधान पैदा हो गया। दरअसल आवारा कुत्तों की एक पूरी टुकड़ी मंच के बग़ल में गुर्राती हुई कीचड़ में लिपटे एक मरियल कुत्ते को नोंचने के लिए खुलकर अपनी दबंगई का प्रदर्शन कर रही थी। वहीं दुम को टाँगों के बीच सिकोड़े भय के समस्त भावों को अपने चेहरे पर ग्रहण किए मरियल कुत्ता लाचारी से मदद की गुहार लगाता रिरिया रहा था। कुल मिलाकर दृश्य ऐसा उपस्थित हो रहा था मानो मैडम के भाषण के साथ-साथ उसका नाटकीय रूपांतरण भी कर दिया गया हो...कमज़ोर पर अत्याचार करने वाले कुत्तों को मुँहतोड़ जवाब मिला। भूख से परेशान होते लोगों में जिसके हाथ में जो कंकड़ या पत्थर आया, उससे अत्याचारियों को मुँहतोड़ जवाब दिया गया।

अंततः भाषण समाप्त हुआ और कार्यक्रम भी। अनोखीबाबू स्वागत भाषण तो नहीं कर पाए थे मगर आभार प्रदर्शन का मौक़ा उन्हें मिल गया। आभार व्यक्त करने के लिए उन्होंने जब तक बोलना शुरू किया, तब तक पंडाल में बैठे लोग ऐसे ग़ायब हो चुके थे जैसे मुहावरे में गधे के सिर से सींग ग़ायब होते पाए जाते हैं। मंच से भी सभी लोग नीचे उतर चुके थे लिहाज़ा आभार का भार मंच पर ही छोड़ अनोखीबाबू भी लंच के लिए भागे।

भागमभाग की इस पावन वेला में टेंट हाउस वाले क्यों पीछे रहते। वे सामान समेटने की उस व्यग्रता के साथ मंच की ओर दौड़े जो हमारे देश के टेंट हाउस वालों में विलक्षण तौर पर पाई जाती है। दूल्हा दुल्हन वरमाला से निपटकर फेरों के लिए उठे नहीं कि मंच से उनके सिंहासन ग़ायब। फेरों से विदाई के लिए उठे नहीं कि मंडप ग़ायब। विदाई हुई नहीं कि पंडाल ग़ायब। यहाँ भी कुछ ऐसा ही होने वाला था। इधर कमिश्नर साहिबा मंच से उतरकर लंच के लिए बढ़ीं, उधर टेंट हाउस और माइक वालों के लौंडे कुरसी-टेबलें और माइक समेटने की गरज से मंच पर चढ़े। उन्होंने कमिश्नर महोदया की मतवाली चाल पर लार टपकाते हुए

ठीक उस माइक के बग़ल में खड़े होकर, जिसे लंच की जल्दबाजी में अनोखीबाबू बंद करना भूल गए थे, मैम साहिबा के फ़िगर के संबंध में अपना वार्तालाप प्रारंभ किया। अब लाउड स्पीकर पर सहज रूप से जो विचार विमर्श जारी था, वह पूरी तरह ज्यों का त्यों इस प्रकार है :

"अबे...एकदम पटाखा है।"

"साले, पटाखा नहीं, बम बोल बम।"

"हाँ...एकदम एटम बम।"

"अबे, उससे भी ज़्यादा।"

"चाल तो देख, मैडम चलती कैसे है!"

"हओ रे...एकदम लहरा लहराकर।" माइक वाले लौंडे ने मंच पर ही अपनी कमर को लहराकर चाल का नाटकीय चित्रण किया।

"पटवारी जी बता रहे थे कि दिखती जैसी भी हो मगर है बड़ी ख़तरनाक।"

"हाँ, आग है आग तभी तो तहसीलदार...बीडीओ साहब, सबकी निकली पड़ी है।"

इससे पहले कि अत्यंत सामान्य और सहज रूप से जारी रहने वाला यह कथोपकथन सौंदर्य और उससे उत्पन्न ख़तरों के विशद विषय पर और उड़ान भरता, मुंशी गयाप्रसाद भागते हुए मंच पर चढ़े तथा मात्र एक झन्नाटेदार फूँक से दोनों वार्ताकारों को मंच से उड़ा दिया।

आँगनवाड़ी के बग़ल वाले कमरे में शांत वातावरण के मध्य कमिश्नर साहिबा और बाक़ी अफ़सरों का लंच आरंभ होने को था। शिविर के हितग्राहियों और शेष जनसामान्य के लिए कुछ फ़ासले पर कनात लगाकर भोजन व्यवस्था की गई थी जहाँ किसी युद्ध की तरह दृश्य चल रहा था। अधिकांश लोग 'क[illegible] कहीं भी' की भावना के साथ हर पंगत में खाने के लिए मय जिरह बख़्तर के हमेशा तैयार रहते थे। वहीं बाक़ी लोग भी इस भावना के साथ गरम पूड़ियों के लिए हाथ पैर तुड़वाने और तोड़ देने तक के लिए तैयार थे कि 'आज नहीं तो कभी नहीं'। मैदान ए जंग में जिन टेबिलों पर भोजन रखा गया था, उनके दोनों ओर से लोग आक्रमणरत थे। कोई किसी के कंधे पर सवार होकर तो कोई टाँगों के बीच से जगह बनाकर सरकारी भोजन को प्रसाद की तरह ग्रहण कर रहा था। जिसके हाथ जो लग रहा था, उसे प्लेटों में भर रहा था और इस बात की फ़िक्र किए बग़ैर कि अब प्लेट में जगह नहीं बची है, दूसरे पकवानों को लूटने के लिए मारकाट मचा रहा था।

अनोखीबाबू मंच पर कमिश्नर साहिबा के बग़ल में जगह पाने में चूक गए थे और हवेली राजा ने इस प्रतियोगिता में विजय प्राप्त की थी। यह बात और थी कि खुजली की वजह से वह ख़तरनाक ढंग से मंच पर ही खेत रहे थे। अनोखीबाबू अब कोई मौक़ा नहीं गँवाना चाहते थे लिहाज़ा मैडम के ऐन बग़ल में जगह पाने के

लिए वह ऐसे यत्नों के साथ कमरे में घुसे थे, जैसे यत्न रेलगाड़ी में मनमाफ़िक जगह पाने के लिए नाना प्रकार से किए जाते हैं। यदि इस वक़्त उनके हाथों में अटैची या झोला होता, या फिर जेब में रूमाल ही होता तो वह जगह पर क़ब्ज़ा करने की नीयत से इनमें से किसी का भी इस्तेमाल टाट पट्टी पर फेंकने के लिए अवश्य करते, मगर चूँकि वह खाली हाथ थे, अतः ख़ुद ही कूदकर कमिश्नर साहिबा के पास जा बैठे। यदि इस समय उनके चेहरे पर नज़र डाली जाती तो उस पर ऐसी विशिष्ट विजयी मुसकान थी जो किसी के लिए भी ईर्ष्या का विषय हो सकती थी।

परंपरागत ग्रामीण परिवेश पर आधारित पंगत ग़ैर परंपरागत आधुनिक डिस्पोज़ेबल प्लेट कटोरियों पर प्रारंभ हुई। टाट पट्टियों पर भोजन की बेसब्री से प्रतीक्षा करते अफ़सर, भइया छाप नेता और छुटभइया छाप नेता सभी की निगाहें रसोई की ओर खुलने वाले रास्ते पर अटकी थीं कि कब वो घड़ी आए कि मरघट सी ख़ामोशी टूटे और वे हलवा-पूड़ियों पर टूट पड़ें। जल्द ही इंतज़ार की घड़ियाँ समाप्त हुईं। जैसे रैम्प पर सुंदरियों का कैटवाक प्रारंभ होता है, ऐसे ही नौवीं और दसवीं क्लास में पढ़ने वाली ग्रामीण षोडशियों ने रसोई के द्वार से एकाएक प्रकट होकर वातावरण में तरह-तरह के व्यंजनों की ख़ुशबू बिखेर दी।

कमिश्नर साहिबा डाइटकांशस थीं। उनके मोबाइल में कई ऐसे एप्प थे जो कैलोरी के आधार पर उन्हें अपना फिगर बनाए रखने में मदद करते थे। उन्होंने पूड़ियों और हलवे की कैलोरी और उसके आफ्टर इफैक्ट्स का हिसाब लगाया फिर हौले-हौले चखना शुरू किया। भोजन के प्रति उनका संकोच देखकर कलेक्टर साहब और उनके मातहतों का जोश भी हताहत हो आया और वे भी अपनी अफ़सर की चाल से विवश हो मंद गति से चुग्गा चुगने लगे।

इधर उनके बग़ल में विराजे अनोखीबाबू निस्संकोच भाव से पंगत को पूरी रंगत के साथ ग्रहण करने में मसरूफ़ थे। क्या खाएँ, क्या छोड़ें जैसे सवाल उनके मन में नहीं थे। कुछ छूट न जाए, यह डर अवश्य था। लिहाज़ा जो गति उनके मन में थी, वही गति उनके हाथों में थी और वही गति उनके मुँह में भी थी। ऐसे में उनके मुँह से चपर-चपर और लपर-लपर का जो विशिष्ट लय और संगीत पैदा हो रहा था, उसकी अशिष्टता पर चिढ़ते हुए आसपास बैठे सभी लोग जो शिष्टता का यथासंभव परिचय दे रहे थे, कामना कर रहे थे कि ऐसा कुछ हो जाए कि अनोखीबाबू का यहाँ से राम नाम सत्य हो जाए। कहते हैं न कभी-कभी ऊपर वाला भी सुन ही लेता है। सो आगे जो हुआ, वह शब्दों में बाँध पाना जरा कठिन है।

हुआ यह कि जो डिस्पोजेबल कटोरे-कटोरियाँ पालक संघ के अध्यक्ष द्वारा लाए गए थे, वे अत्यंत घटिया क्वालिटी के प्लास्टिक से बने थे। अनोखीबाबू ने ऐसे कटोरों की नज़ाकत को नज़रअंदाज़ करते हुए क्षमता से अधिक रायता भरवाकर

कटोरे को जो मुँह की ओर बढ़ाया, उसी समय कमबख़्त कटोरे में मानो विस्फोट हो गया। सारा रायता फच्च से उनके कुरते के ऊपरी बंधनों को तोड़ता हुआ गले से छाती, छाती से पेट और पेट से जहाँ-जहाँ संभव था, प्रवेश करता हुआ उन्हें सराबोर कर गया। कमिश्नर और कलेक्टर साहब को छोड़कर बाक़ी सभी इस टकाटक कामेडी से भरे दृश्य पर हो-होकर हँसने लगे। गोटीराम, जिसे कारण अकारण कुछ ज़्यादा ही ज़ोर से हँसने की बीमारी थी, यह भूलकर कि मैडम ने इस रसकांड को हास्यरस के रूप में न ग्रहण कर रौद्ररस के रूप में ग्रहण किया है, ठहाका मारकर हँसने लगा।

रायता फैल चुका था। अनोखीबाबू का भी और पंगत में ऐसी घटिया सामग्री लाने वाले अध्यक्ष महोदय का भी। कमिश्नर साहिबा ने ग़ुस्से से कलेक्टर साहब की ओर देखा। कलेक्टर साहब ने दोगुने ग़ुस्से के साथ एसडीएम साहब की ओर देखा। एसडीएम साहब घबरा गए। उन्होंने घबराहट में काँपते हुए तहसीलदार की ओर देखा। तहसीलदार साहब के गले में निवाला अटक गया। अंततः ग़फ़लत का ठीकरा गोटीराम के ऊपर आकर फूट गया। गोटीराम करे तो क्या करे। पटवारी न हुआ, अलादीन का जिन्न हो गया। इधर अफ़सरों ने ज़ुबानी हुक्म का चिराग़ घिसा नहीं और उम्मीद ऐसी कि पटवारी सारे काम चट से पूरा कर दे। उसने अपनी ज़िम्मेदारी समझकर मध्यान्ह भोजन समूह अध्यक्ष को अच्छे बरतन लाने को कहा था। हरामख़ोर इसमें भी अपनी औक़ात दिखा गया तो इसमें गोटीराम की क्या गलती। उसने कलेक्टर और कमिश्नर की लाल-लाल आँखें देखीं तो हाथों के तोते उड़ते मालूम होने लगे। उसने सोचा, यदि इन घूरती लाल-लाल आँखों के बीच वह थोड़ी देर और रुका तो क़यामत आ जाएगी। ऐसे में बाहर कैसे भागा जाए, वह भीगी बिल्ली बना मौक़ा ताकने लगा। मुसीबत के वक़्त गोटीराम का दिमाग़ कंप्यूटर से भी ज़्यादा तेज़ चलता है, लोगों का यह मानना ग़लत नहीं था। अगले ही पल उसने अपने एक मोबाइल से स्वयं के दूसरे मोबाइल पर घंटी मारी और 'हलो हलो' करता बाहर दौड़ पड़ा। बाहर आकर उसने चैन की लंबी साँस ली फिर अचानक आए इस संकट पर बेचैनी भरी साँसें लेते सोचना शुरू किया कि अफ़सरों के इस ग़ुस्से की भरपाई कैसे की जाए।

कमिश्नर साहिबा ने क्या खाया, क्या नहीं, किसी ने नहीं देखा, मगर अनोखीबाबू ने क्या और कैसे खाया, यह सभी ने देखा। कमिश्नर साहिबा रायते के इस प्रकार फैलने पर और पंगत के ऐसे देहातीपने को मन-ही-मन कोसती भोजनकक्ष के बाहर आ गईं। वह कार की ओर प्रस्थान करने को हुईं कि चारों ओर से देहातियों की भीड़ अलीबाबा के गिरोह की भाँति उनकी ओर दरख़्वास्तें लेकर दौड़ पड़ी। अचानक टिड्डियों की तरह प्रकट हुए इन पीड़ितों की ओर कमिश्नर साहिबा ने एक दारुण नज़र डाली फिर अपने पीए को इशारा किया। पीए ने इशारा पाकर

इशारा समझने का इशारा देते हुए इन सबको कार से दूर एक पेड़ की छाँह में आने का इशारा किया। टिड्डीदल से मुक्त होकर कमिश्नर साहिबा स्कूल में बने अपने विश्राम कक्ष की ओर प्रस्थान कर गईं और पीए साहब पेड़ की छाँव की ओर।

पटवारी गोटीराम समझते थे कि गाँव देहातों में मंत्री या अफ़सर के आने की ख़बर मिले और लोग दसों दिशाओं से अपनी अर्ज़ियाँ लेकर न दौड़ें, ऐसा हो ही नहीं सकता। पीए साहब को पेड़ की ओर जाते देख गोटीराम ने हल्केसिंह कोटवार को इशारा किया। इशारा पाते ही हल्केसिंह भागा और एक कुरसी लाकर पेड़ की छाँव में रख दी। अब पीए साहब उस पर विक्रमादित्य की भाँति विराजमान हुए और फिर उन्होंने सबको एक-एक कर पास आने का इशारा किया।

इशारा मिलते ही उनमें आपस में भगदड़ मच गई। धक्का-मुक्की होने लगी। पीछे वाला अपने आगे वाले की गरदन, गमछा और टाँग, जो पकड़ में आ जाए, खींचने की कोशिश करने लगा। पीए साहब ने देहातियों की इस सनातन प्रवृति पर चिढ़कर सबको हिकारत की नज़रों से देखते हुए रैंडम पद्धति का सहारा लिया और भीड़ में जो सबसे दयनीय क़िस्म का, दीनता एवं हीनता से परिपूर्ण लगा, उसे छाँटकर अपनी ओर आने का इशारा किया। इशारा पाते ही वह अपने झोले में से फटी-अधफटी अर्ज़ियों का बंडल निकालता हुआ उनके पास आकर खड़ा होकर काँपने लगा और इस तरह इशारों ही इशारों में दरबार प्रारंभ हुआ।

पीए साहब ने उसके चेहरे और आँखों में झलकती करुणा को देखा, फिर स्वत: करुणा से भरते हुए दारुण स्वर में पूछा, ''कहाँ के हो भइया?''

''सरकार, इसी गाँव का हूँ।''

''अच्छा, नाम क्या है तुम्हारा?''

''हुज़ूर, नाम तो जीवनलाल है, मगर लोग भूतनाथ कहने लगे हैं?''

''काहे भाई, कविताएँ लिखने लगे हो क्या जो ऐसा तख़ल्लुस रख लिया?''

''नहीं सरकार, हम क्या जानें अविता-कविता।''

''तो फिर? जादू-टोना करते होंगे।''

''नहीं हुज़ूर, हम क्या जानें जादू-टोना।''

''अच्छा तो बताओ, तुम्हारी समस्या क्या है?''

''हुज़ूर, हम ज़िंदा हैं।''

''वो तो हम भी देख रहे हैं, मगर ज़िंदा रहने में तो सभी परेशान हैं।'' पीए साहब ने धूप में खड़े समस्त परेशान लोगों की ओर इशारा कर कहा, ''ये देखो, ये सब ज़िंदा हैं, इसीलिए परेशान हैं, तुम्हारी परेशानी क्या अलग है?''

''अलग ही समझो माईबाप, हम ऐसे तो ज़िंदा हैं मगर वैसे मर गए हैं।''

''अरे, ऐसे ज़िंदा हैं, वैसे मर गए हैं, ये क्या बात हुई भला।''

"यही तो बात है हुज़ूर, हम भले आपके सामने ज़िंदा हैं लेकिन हमें मरा बता दिया है।"

"अरे, कहाँ मरा बता दिया।" अब पीए साहब कुछ झल्लाए।

"हुज़ूर, काग़ज़ पर हमें मार डाला।" कहते हुए भूतनाथ फफकने को हुआ। इससे पहले कि वह फफकता, पीए साहब ने उसकी पीठ पर हाथ फेरकर ढाढ़स बँधाते हुए कहा, "अरे रोओ मत। तुम्हें कोई कैसे मार सकता है, तुम मेरे सामने तो ज़िंदा हो न?"

पीठ पर सहानुभूति का सरकारी स्पर्श पाते ही फफकने को तैयार भूतनाथ का ढाढ़स एकदम से बँध गया और उसकी फफकहाहट ढाढ़स के भीतर लिपटकर ऐसे बँध गई जैसे चूरनगोली देते ही अच्छे-ख़ासे दस्त एकदम से बँध जाते हैं। वह उत्साहित स्वर में बोला, " आपने एकदम सही बात कही हुज़ूर, हम सही में ज़िंदा हैं।"

"तो चलो, अब अपनी परेशानी बताओ।"

"हुज़ूर, हम तीन भाई हैं। आज से दो साल पहले हम तीर्थ यात्रा पर हरिद्वार गए थे।"

"अच्छा, तीर्थ यात्रा पर हरिद्वार तो सभी जाते हैं, मगर इसमें परेशानी वाली बात समझ नहीं आई।"

"वही तो बता रहा हूँ हुज़ूर, हम हरिद्वार गए थे, वहाँ भगदड़ में दस-बीस लोग मर गए।"

"वो तो हर भगदड़ में मरते हैं। स्साले जानते हैं कि भीड़ होगी तो भगदड़ तो होगी ही, और भगदड़ होगी तो मरेंगे ही फिर भी सब भीड़ बढ़ाने जाते हैं।" भीड़ के मनोविज्ञान से वाक़िफ़ पीए साहब चिढ़कर बोले।

"हाँ हुज़ूर, भीड़ तो बहुत थी तो भगदड़ में दस-बीस लोग मर गए।"

"हाँ, वो तो तुम अभी-अभी मार ही चुके हो। अब क़िस्सा मत सुनाओ यार। जल्दी से परेशानी बताओ। ये भगदड़-वगदड़ हमने बहुत देखी हैं और भगदड़ में मरते भी बहुत देखे हैं।"

"हओ हुज़ूर, तो जब हम गाँव वापस लौटे तो हमें पता लगा कि हम तो मर चुके हैं।"

"अरे क्या मर चुके हैं, मर चुके हैं लगा रखा है। तुमने सबको बताया नहीं कि तुम ज़िंदा हो?"

"बताया था हुज़ूर, पहले तो गाँव में हमें देखकर ही भगदड़ मच गई कि भूत आ गया, भूत आ गया। फिर हमने सही बात बताई। गाँव वाले तो हमारी बात मान गए, मगर काग़ज़ नहीं माने।"

"फिर काग़ज़?" पीए साहब ने उसके हाथों में पकड़े बंडल को हिकारत से देखते हुए कहा। उन्होंने काग़ज़ों के बंडल पर नज़र क्या डाली, भूतनाथ ने सारे काग़ज़ एकदम से तंबू की तरह उनके आगे फैला दिए। "हुज़ूर, हमें मरा बताकर

हमारे दोनों भाइयों ने हमारी सारी ज़मीन अपने नाम करा ली और अब हम यहाँ-वहाँ की धूल फाँकते फिर रहे हैं।''

पीए साहब ने धूप में खड़े लोगों को देखा जो अपनी बारी आने के इंतज़ार में तंबाकू और जर्दा फाँक रहे थे, फिर उनकी ओर इशारा करते हुए कहा, ''धूल फाँकना तो स्वास्थ्य के लिए लाभदायक होता है, अच्छा यह बताओ, तुमने इस बात की शिकायत नहीं की?''

''कई बार की अन्नदाता, मगर हर कोई काग़ज़ ही देखता है। काग़ज़ों में हमें मरा देखकर कोई विश्वास ही नहीं करता कि हम ज़िंदा हैं, कहते हैं कि काग़ज़ झूठ थोड़े ही बोलता है।'' भूतनाथ ने कहा और उन काग़ज़ों के बंडल में से मृत्यु प्रमाण पत्र, वोटरलिस्ट, राशनकार्ड और ढेर सारे कार्ड रख दिए जिनमें उसके नाम को लाल स्याही से घेरकर फ़ौत यानी मृत लिख दिया गया था।

''भइया, इतने काग़ज़ों में सुधार कराते-कराते तो वैसे ही तुम मर जाओगे।'' पीए साहब ने अपने दीर्घ अनुभव के आधार पर धीमे स्वर में कहा। उन्हें मन-ही-मन भुनभुनाते देख भूतनाथ चिंता में पड़ गया। ''हुज़ूर, हम ज़िंदा तो हो जाएँगे न?''

''हाँ-हाँ, बिलकुल ज़िंदा हो जाओगे। तुम चिंता मत करो क्योंकि चिंता ही चिता का कारण है। हम तुम्हें ज़िंदा करके रहेंगे।''

भूतनाथ को तसल्ली हुई। इससे पूर्व कि वह आभार प्रदर्शन के लिए साष्टांग दंडवत की मुद्रा में आता, पीछे प्रतीक्षा करते लोगों की टोली ने उसे टाँगाटोली कर एक ओर लंबवत कर दिया और पीए साहब पर आच्छादित हो गए। उनमें बाक़ायदा प्रतिस्पर्धा शुरू हो गई कि कौन जल्दी लपककर और भूतनाथ से भी ज़्यादा फफककर अपनी परेशानी बताता है।

लगभग घंटा भर विश्राम करने के बाद कमिश्नर साहिबा बाहर आईं। उन्होंने बरामदे की ऊँचाई से एक विहंगम दृष्टि चारों ओर दौड़ाई फिर पास ही पड़ी कुरसी पर विराजमान हो गईं। कलेक्टर साहब अभी भी अपने कक्ष में ही थे। एसडीएम और तहसीलदार साहब इन अफ़सरों के बाहर आने की प्रतीक्षा में मुस्तैद खड़े थे। कमिश्नर साहिबा ने इन दोनों अधिकारियों की ओर देखा जो अच्छे बच्चों की भाँति अत्यन्त सहमे भाव से उनके अगले आदेश का इंतज़ार कर रहे थे। मैडम के होंठों पर एकाएक ऐसी मुसकान आई, जिसे हिंदी के लुगदीछाप उपन्यासों में ज़हरीली के नाम से जाना जाता है। उन्होंने परीक्षा लेने वाली मुद्रा बनाई और एसडीएम साहब की आँखों में आँखें गड़ाकर पूछा,

''एसडीएम साहब, आपके न्यायालय में कितने राजस्व प्रकरण लंबित हैं?''

एसडीएम साहब उनकी आँखों को अपनी आँखों में प्रवेश करते देख पहले ही सकपका गए थे। सवाल सुनकर उनके हाथ पाँव फूलने लगे। उन्होंने दिमाग़

पर ज़ोर डाला। उन आँकड़ों को याद करने की भरपूर कोशिश की जो कि कमिश्नर साहिबा के आने की सूचना मिलने के साथ ही उन्होंने रट डाले थे। उनके साथ मुसीबत यह थी कि जब भी कोई वरिष्ठ अफ़सर ज़ुबानी पूछताछ करता था तो कमबख़्त आँकड़े गड्ड-मड्ड होकर भूस्खलन की भाँति उनके दिमाग़ से फिसलते थे और ज़ुबान भूकंप की भाँति काँपने लगती थी। फ़ौती, पैदाइशी, ओला, पाला, आगजनी, नामांतरण, बँटवारे के आँकड़े खंड-खंड होकर उनकी स्मृति को खंडित करने लगे। उन्होंने सवाली आपदाओं पर नियंत्रण पाने का प्रयास किया और यथासंभव चतुराई का प्रदर्शन करते हुए कहा, "जी मैडम, अधिकांश प्रकरणों का निराकरण हो गया है, बस थोड़े ही पेंडिंग हैं। वे भी इसी माह में निपट जाएँगे।"

"ओह!" कमिश्नर साहिबा ने एक बार फिर घूरकर एसडीएम साहब की ओर देखा मानो बताना चाह रही हों कि ज़नाब जो आप हमें बता रहे हैं ऐसा हमें रोज़ ही बताया जाता है और आपने जितना बताया है, वह बताता है कि आप किस श्रेणी के उल्लू अफ़सर हो। अब वह आँकड़ों से हटकर सामान्य ज्ञान की ओर आईं और फिर प्रश्न किया," आपके सब डिवीजन में सभी जगह ग्राम सड़क योजना का काम हो गया होगा।"

"जी मैडम।" एसडीएम साहब बोले ज़रूर लेकिन उनके मन में अभी भी संशय था। उन्होंने लाचारी से उस कक्ष की ओर देखा जिसका दरवाज़ा बंद था और भीतर कलेक्टर साहब आराम फ़रमा रहे थे। उन्होंने भगवान का स्मरण किया। कामना की कि 'काश, कलेक्टर साहब जल्द बाहर आ जाएँ ताकि मैडम हमारी छाती से उतरकर कलेक्टर साहब की छाती पर सवार हो जाएँ।' मगर जब भगवान ने नहीं सुनी तो उन्होंने बेचारगी से तहसीलदार और गोटीराम पटवारी की ओर चेहरा घुमाया। 'तुम मेरी, राखो लाज हरि' जैसी याचनापूर्ण निगाहों के साथ उन्होंने गोटीराम का आह्वान किया।

एसडीएम साहब की लाचारी देख गोटीराम का अपना मन भारी हो आया। गोटीराम वह हकीम था जिसके पास हर बीमारी का इलाज था। वह धीरे से अपनी मोटरसाइकिल तक पहुँचा और डिग्गी में जादूगर की भाँति हाथ डाला। अब उसके हाथों में हिंदी और अंग्रेज़ी की कुछ ताजी पत्रिकाएँ थीं जिन्हें देखकर ही अंदाज़ लगाया जा सकता था कि ये पत्रिकाएँ महिलाओं के लिए है। इनमें कोई सौंदर्य पर है, कोई ज्योतिष पर तो कोई साहित्य पर। वह जानता था कि अफ़सर चाहे कितना बड़ा क्यों न हो, सौंदर्य, साहित्य या ज्योतिष में से एक न एक तो उसकी कमज़ोरी होती ही है। दूसरे, वह यह भी जानता था कि अफ़सर जब तक खाली बैठेगा, अनावश्यक सवाल पूछ-पूछकर बाल की खाल निकालता रहेगा और अधीनस्थों की पैंट भी ढीली करता रहेगा, लिहाज़ा ऐसे अफ़सर के सामने यदि सुबह के वक़्त

ताज़े समाचार-पत्रों का और दोपहर के वक़्त पत्र-पत्रिकाओं का चुग्गा फेंका जाए तो वह चट से उन्हें चुगने बैठ जाएगा और तब सबके प्राण बचेंगे।

इधर बीडीओ साहब चाय वाले को साथ लेकर पहुँचे, उधर गोटीराम पत्रिकाएँ लेकर कमिश्नर साहिबा के पास जा पहुँचा। कमिश्नर साहिबा ने एक पल को उत्सुकता से गोटीराम की ओर देखा, गोटीराम ने झट दंडवत करते हुए पत्रिकाएँ उनके हाथों में थमा दीं। इन विशेषांकों पर नज़र पड़ते ही कमिश्नर साहिबा का प्रश्नकाल स्थगित हो गया और सब की जान में जान आ गई।

कमिश्नर साहिबा आत्मीय भाव से बोलीं, ''बैठिए एसडीएम साहब, आप लोग खड़े क्यों हैं?'' उनके अप्रत्याशित आग्रह पर हैरान होते हुए एसडीएम साहब, तहसीलदार और बीडीओ साहब कुरसी खींचकर बैठ गए।

'पायो जी मैंने...गोटीराम रतन धन पायो,' संकट टलते ही एसडीएम साहब ने आभारभरी निगाहों से गोटीराम की ओर देखा। गोटीराम शर्मिंदा हो उठा। कमिश्नर साहिबा चाय की चुस्कियों के साथ पत्रिकाओं में ऐसे डूब गईं कि आधा घंटा कब बीत गया पता ही नहीं चला।

सौंदर्य, साहित्य और ज्योतिष के समंदर में एक के बाद एक डुबकियाँ लगाने के बाद जब कमिश्नर साहिबा प्रफुल्लित मन से बाहर आईं तो सबको उम्मीद थी कि अब वह ग्राम-भ्रमण के लिए कुछ देर औपचारिकता निबाह कर यहाँ-वहाँ घूमेंगी और फिर भ्रमण समाप्ति का ऐलान कर वापस रवाना होंगी। एसडीएम साहब ने तहसीलदार साहब की ओर देखकर जानना चाहा कि मैडम शहर के लिए वापस कितनी देर में रवाना होंगी कुछ तो अंदाज़ लगाओ। तहसीलदार साहब पुराने अनुभवों के आधार पर आशांवित थे। उन्होंने इशारे से जवाब दिया, बस कुछ देर और फिर चिड़िया फुर्र...बीडीओ साहब ने भी मैडम की शीघ्र वापसी की कामना करते हुए मैदान में खड़े बाक़ी कर्मचारियों की ओर देखा जो उम्मीद लगाए थे कि अब चाय के बाद मैडम वापस चल देंगी और ग्राम-भ्रमण का चट से समापन हो जाएगा मगर होनी को कुछ और ही मंजूर था।

कलेक्टर साहब काफ़ी देर पहले वहाँ आकर बैठ चुके थे और इस इंतज़ार में थे कि कब मैडम सौंदर्य सागर से सरकारी सरिता में वापस आएँ। पत्रिकाएँ टेबल पर रखकर मैडम उनकी ओर मुख़ातिब हुईं, ''कलेक्टर साहब अब क्या प्रोग्राम है?''

''जैसा श्रीमान का आदेश हो।'' कलेक्टर साहब ने सवाल मूलतः वापस प्रेषित कर कहा।

''अभी तो थोड़ी ही देर में शाम होने को है, क्यों न हम लोग कल गाँव का भ्रमण करें?''

''कल?'' कलेक्टर साहब, जो स्वयं भ्रमण का समापन इच्छित कर वापसी की प्रतीक्षा में थे, 'कल' शब्द पर अटक गए। फिर भी उन्होंने मैडम के विचार

परिर्वतन की गरज से आगाह करते हुए कहा, "जैसा आप चाहें श्रीमान, लेकिन मैम, यहाँ रुकने के लिए अच्छी सुविधा नहीं है, आपको नाहक ही तकलीफ़ उठानी होगी। आप कहिए तो एसडीएम को हुक्म कर देता हूँ नाइट हॉल्ट के लिए।"

"ओ कम आन कलेक्टर साहब," कमिश्नर साहिबा उत्साह से बोलीं, "आई लव दिस एक्ज़ॉटिक एटमास्फियर, डोंट यू?"

कलेक्टर साहब मरी आवाज़ में बोले, "ओह एह मैम...गाँव का माहौल तो वैसे भी बड़ा हैल्दी होता है।" कहकर उन्होंने खुली स्वच्छ हवा नथुनों से खींचने की कोशिश की मगर मैदानी दिशा से आती दुर्गंध और घर के चूल्हों से उठता हुआ धुआँ उनके नथुनों में भर गया।

जिस अफ़सर कर्मचारी ने सुना, रात यहीं काटनी पड़गी, उनके दिल डूब गए। बड़े अफ़सरों लिए कमरे तैयार थे। बाक़ी सब कहाँ ठौर पाएँगे, बरामदों में दरी बिछाकर कैसे सोएँगे, मच्छर तो उन्हें बेरहमी से काट ही रहे थे, अब यह यक्षप्रश्न भी उन्हें काटने लगा।

शाम होने को आ गई। कमिश्नर साहिबा अपना स्मार्ट फ़ोन और लैपटॉप सँभालती हुई एक बार फिर कमरे में बंद होने के लिए उठ खड़ी हुईं। उनके इशारे पर अर्दली उन ढेर सारे आवेदन-पत्रों और दरख़्वास्तों का गट्ठा भी कमरे में रख गया जो जनकल्याण शिविर के दौरान और भोजन के बाद पीए साहब को प्राप्त हुए थे। कमरे में जाने के पूर्व ही मैडम ने कलेक्टर साहब को इशारा भी दे दिया कि उनकी ओर से अब वे सब मुक्त हैं और ग्राम-भ्रमण का जो भी कार्यक्रम है, वह कल किया जाएगा।

यदि यह अफ़सर गीत-संगीत में रुचि रखती होतीं तो गोटीराम आसपास के गाँवों से लोक-संगीत और लोक-नृत्य के ऐसे कलाकार खोज लाते कि मोहतरमा वाह-वाह कर उठतीं लेकिन मैडम की रुचि या तो केवल सरकारी काम में थी या फिर अपने लैपटॉप और मोबाइल फ़ोन में, जिस पर वह दुनिया भर की वेबसाइटों में भटकती न जाने क्या खोजती रहती थीं। वह ग्लोबलाइजेशन और आधुनिकतम तकनीक की भयंकर उपासक थीं और उनका मानना था कि इंटरनेट के ज़रिए दुनिया के बड़े से बड़े काम किए जा सकते हैं।

कमिश्नर साहिबा को कमरे में बंद होता देख एक पल कलेक्टर साहब ने स्वयं को कुछ हल्का महसूस किया फिर यह भी महसूस किया कि फ़िलहाल करने को अब कुछ विशेष काम नहीं है लिहाज़ा वह बरामदे की सीढ़ियाँ उतरकर मैदान में टहलने लगे। उन्हें अकेला टहलते देख एसडीएम और तहसीलदार साहब भी भागते हुए आ पहुँचे और फिर उसी सुस्त गति से कलेक्टर साहब के पीछे-पीछे

हाथ बाँधकर टहलने लगे। कुल मिलाकर दृश्य अत्यंत विनोदपूर्ण था। तहसीलदार के आगे एसडीएम साहब, एसडीएम साहब के आगे कलेक्टर साहब...धीमी चाल में आगे बढ़ते हुए ठीक वैसे जैसे कि सरकारी फाइल इसी क्रम में धीरे-धीरे आगे बढ़ रही हो।

तहसीलदार साहब ने पाया कि बात करने को भी कोई ख़ास मुद्दा नहीं सूझ रहा है तो उन्होंने कलेक्टर साहब के ऐन बग़ल में आकर कहा, "सर, अभी तो रात होने में काफ़ी वक़्त है, यदि श्रीमान चाहें तो इस बीच कुछ धर्मलाभ ले लिया जाए।"

कलेक्टर साहब धार्मिक स्वभाव के थे, यह सब जानते थे। धर्मलाभ के नाम पर उनकी आँखों में चमक आई और उन्होंने प्रश्नवाचक निगाहों से तहसीलदार साहब की ओर देखा। तहसीलदार साहब ने खुलासा कर कहा, "सर, गूगल गाँव तक आकर यदि दनादन बाबा के दर्शन न किए जाएँ तो बेकार है।"

"दनादन बाबा!" कलेक्टर साहब ने दिमाग़ पर ज़ोर डाला। अचानक उन्हें कुछ याद आया और वह उत्साह में भरकर बोले, "दनादन बाबा का नाम तो मैंने भी सुन रखा है, क्या वह इसी गाँव में हैं?"

एसडीएम साहब दोगुने उत्साह का प्रदर्शन करते हुए बोले, "बिलकुल इसी गाँव के हैं सर, बड़े पहुँचे हुए महात्मा हैं। कहते हैं, उन्हें एक साथ कई जगह पर देखा जा सकता है।"

"सर, मैं तो उनके दर्शन कर ही धन्य हो गया," इस बार बीडीओ साहब उछलकर बोले, "मैंने पहली बार ही उनके दर्शन किए थे और हफ्ते भर में मेरा प्रमोशन हो गया था।"

"अच्छा?" कलेक्टर साहब की आँखें चौड़ी हो गईं। प्रमोशन की बाट तो वह भी लंबे समय से जोह रहे थे। उन्होंने एक नज़र कमिश्नर साहिबा के कक्ष की ओर देखा जिसके दरवाज़े यथावत बंद थे। फिर चहककर बोले, "तो ठीक है, हम अभी चलकर उनके दर्शन करेंगे।"

कलेक्टर साहब के हामी भरते ही कमिश्नर साहिबा के पीए और तमाम मुलाज़िम उनके हमराह चलने को और दनादन बाबा का प्रसाद पाने को उद्यत हो गए। परंतु कमिश्नर साहिबा चूँकि गाँव में ही थीं, लिहाज़ा कुछ अफ़सरों को वहीं रुकने की हिदायत दी गई। गोटीराम पटवारी को ख़ास तौर पर इस हिदायत के साथ कमिश्नर साहिबा के कक्ष के पास छोड़ा गया कि उनकी वापसी तक वह यहाँ से हिलेगा नहीं और जैसे ही मैडम कोई हुक्म देती हैं तो तत्काल इत्तिला करेगा। हिदायतों के साथ ही एक साथ कई गाड़ियाँ दनादन बाबा के आश्रम की ओर रवाना हो गईं।

हिंदुस्तानी संस्कृति के लिहाज़ से यूँ तो लात खाना सम्मानजनक कार्य नहीं समझा जाता परंतु यह गूगल गाँव था जहाँ लात खाना बड़े सौभाग्य की प्राप्ति का

सूचक होता था। लात भी हर ऐरे गैरे की नहीं, केवल दनादन बाबा की लात को वह सौभाग्य प्राप्त था जिसे पाने के लिए लोग बाबाजी की चिरौरी करते थे, उनके पैर दबाते थे और नाना प्रकार से अपने अल्प ज्ञान का प्रदर्शन कर ज्ञान और अध्यात्म की बातें कर दनादन बाबा को प्रभावित करने का प्रयास करते थे। उक्त अलौकिक लात खाने के लिए बाक़ायदा राशन दुकान की तरह क्यू लगती थी। जिसके भाग्य में दनादन बाबा की लात खाने का सौभाग्य लिखा होता था, वह दन्न से लात खाकर प्रसन्न हो जाता था। भावविभोर हो-होकर अपने पिछवाड़े पर प्राप्त प्रसाद के क़िस्से सुनाता था। जो लात का प्रसाद नहीं प्राप्त कर पाता था वह अपने पापों को दोष देता प्रायश्चित करता था।

ऐसा आम तौर पर प्रचारित था कि एक दनादन बाबा ही हैं, जिनकी लातें गूगल गाँव को तमाम विघ्न-बाधाओं से बचाए हुए हैं। लातों की यह ख्याति केवल गूगल गाँव तक नहीं थी, वरन दूर-दूर के क़स्बों और शहरों तक पहुँच चुकी थी। इस ख्याति के अनुसार दनादन बाबा की लात हर मर्ज़ की दवा थी। जो हारी-बीमारी तमाम दवाओं और महँगे अस्पतालों के बूते की बात न थी, उसका इलाज दनादन बाबा की लात थी। जिस कोख को हरी करने में अनिवार्य अंग थक-हारकर अधमरी हालत में चले गए हों, वहाँ कामयाबी का एकमात्र नुस्खा दनादन बाबा की चमत्कारी लात थी। भूतों-प्रेतों की छाया हो या साढ़े साती का चक्कर इन सब से निजात के लिए ग्रह नक्षत्रों की शांति नहीं, दनादन बाबा की लात काफ़ी थी। इश्क़-विश्क की माया, मनचाही शादी, वशीकरण, परीक्षा में सफलता, नौकरी, आदि-आदि के लिए किसी चमत्कारी अँगूठी की ज़रूरत नहीं थी। दनादन बाबा की लात यह सारे काम कर देती थी।

रास्ते में दनादन बाबा के इन तमाम चमत्कारों को सुनकर एक पल को कलेक्टर साहब ने विचार किया कि ऐसा भला कैसे संभव हो सकता है मगर फिर दिमाग़ में दूसरा विचार भी आया है कि हो सकता है, यह सच भी हो। आख़िर हमारा गौरवशाली इतिहास चमत्कारों के ऐसे सहस्त्रों आख्यानों से भरा पड़ा है। फिर बाबाओं, साधुओं पर शंका करना भी ठीक नहीं, क्या पता बाबाजी अंतर्यामी हों और मन की बात जान लें। उनकी सिद्धियों और अलौकिक शक्तियों पर शंका की जा रही है यह भाँपकर रुष्ट न हो जाएँ। ऐसी धृष्टता पर कहीं श्राप ही न दे डालें।

दनादन बाबा कहाँ से आए थे, कितनी उम्र के हैं, इस बाबत भाँति-भाँति की किंवदंतियाँ और दंतकथाएँ उनके साथ जुड़ी थीं। इन किंवदंतियों के मुताबिक दनादन बाबा की उम्र सौ वर्ष से अधिक थी। कुछ प्रचलित कथाओं की मानें तो दनादन बाबा सैकड़ों वर्ष हिमालय की कंदराओं में तपस्या कर चुके थे। यह भी ज़ोर-शोर से कहा जाता था कि उन्हें एक ही समय पर कई जगह देखा गया था।

यानी जिस वक़्त किसी भक्त ने गूगल गाँव स्थित आश्रम में उनकी लात का प्रसाद ग्रहण किया, उसी समय किसी अन्य भक्त ने हरिद्वार में तो किसी भक्त ने प्रयाग में गंगा के घाट पर स्नान करते-करते 'दिव्यम लातम, दियम् प्रसादम' का लाभ प्राप्त किया। यह बात और है कि दनादन बाबा को इस प्रकार प्रचारित और प्रसारित करने के पीछे उनकी एक लंबी तपस्या थी और इस तपस्या में सबसे महती योगदान उनके चेलों चपट्टों ने दिया था। इन चेलों ने आम जनता और भक्तों के बीच जा-जाकर बाबाजी के नाना प्रकार के क़िस्से सुनाकर उनके अलौकिक इतिहास का एक जादुई आभामंडल रचा था। इस आभामंडल का ही प्रताप था कि दनादन बाबा वर्ष में विभिन्न शहरों का भी दौरा करते थे। सिंहासन पर बैठकर जन्म, मरण, मोक्ष, कर्म, भूत, प्रेत, छाया और परछाईं जैसे तिलिस्मी शब्दों से संसार की व्याख्या करते थे। दान से बढ़कर कुछ नहीं, साथ कुछ नहीं जाएगा, सारा कमाया धमाया यहीं रह जाएगा, जैसी सदाबहार आध्यात्मिक अड़ीबाज़ी कर लोगों की जमापूँजी अपनी टाँट में रखते थे। यूँ तो दनादन बाबा की तपस्या अब भी जारी थी और वह इस बात को लेकर थी कि कब वह दिन आए जब प्रात: टीवी खोलते ही वह भी अन्य बाबाओं की तरह धर्मोपदेश देते नज़र आएँ और कब वह दिन आए जब एक न एक फ़िल्मी सितारा उनका अंधभक्त होकर उन्हें सिर आँखों पर बिठा ले।

गूगल गाँव से बाहर मरघट वाली रोड पार करते ही गाड़ियाँ उस सड़क पर मुड़ गईं जो सीधी दनादन बाबा के आश्रम पर जाकर ख़त्म होती थीं। हरे-भरे पेड़ों और झाड़ियों को पार करते ही लाल भगवा झंडे नज़र आने लगे जिससे पता चलने लगा कि आश्रम अब क़रीब ही है। कुछ आगे चलकर आश्रम स्पष्ट दिखने लगा।

जिस वक़्त ज़िला प्रशासन का अमला आश्रम की ओर भागा जा रहा था, संयोग की बात है कि वहाँ अन्य कोई भक्त नहीं था और दनादन बाबा अपने कक्ष में एकदम अकेले चिंतन की मुद्रा में बैठे थे। वह एक हाथ से अपनी दाढ़ी को सहला रहे थे और दूसरे हाथ से अपनी उस लात को जिसके ज़रिए वह भक्तों को महाप्रसाद दिया करते थे। सहलाने के इस क्षण में दनादन बाबा अपने अतीत को याद कर रहे थे और विचार कर रहे थे कि लातों से शुरू हुई यात्रा लातों के ही बूते कहाँ से कहाँ पहुँच गई। कैसे पैदा होने के बाद से उन्होंने अपने तथाकथित बाप की लातें खाईं, हर साल फेल होने पर सरकारी स्कूल में मास्टरों की लातें खाईं, मोहल्ले की कुछ कन्याओं को प्रेम की महत्ता समझाने के चक्कर में उनके पिता, प्रेमियों या भाइयों की लातें खाईं और फिर पापी पेट की ख़ातिर जेबकटी और चोरी-चपट्टी में पकड़े जाने पर पुलिस की लातें खाईं। समय के साथ-साथ वह अपराध विधा में पूर्ण रूप से पारंगत हो गए और पहले फरारी, फिर इश्तहारी और

अंत में दस हज़ार रुपए के इनामी बने। पकड़े जाने के डर से जटाजूट बढ़ाकर भागते रहे। न जाने किन-किन बाबाओं के यहाँ ठौर पाया। भागमभाग के इसी दौर में उनके जीवन का दनादन बाबा के रूप में नया अभ्युदय हुआ और उनकी गिद्ध दृष्टि सिद्ध दृष्टि में परिवर्तित हो गई। पिता की लातों से लेकर स्कूल के अध्यापकों, कन्याओं के भाइयों तथा अंत में पुलिस की जो लातें उन्होंने सहेजी थीं, उन्हें प्रसाद के रूप में इन्हीं बापों, भाइयों, प्रेमियों, दरोगाओं और अफ़सरों को लौटाने लगे। एक बार धर्म की दुकान जो चलनी शुरू हुई तो धंधे में दिन दूनी रात चौगुनी बढ़त हुई। देखते-देखते लातों की ख्याति ऐसी फैली कि आश्रम के कई उप आश्रम दूर-दूर के शहरों में बन गए। गूगल गाँव में पिद्दी सी मढ़िया से शुरू होकर दनादन बाबा की कुटिया आठ बरस में एक सर्वसुविधायुक्त आश्रम में तब्दील हो गई। क्या देहाती क्या शहराती, क्या नेता क्या अफ़सर, क्या वकील क्या मुवक्किल, सभी अपना भव सुधारने की आकांक्षा में उनकी लात खाने के लिए तत्पर थे। ऐसी ही तत्परता लिये कलेक्टर साहब की गाड़ी ने आश्रम में प्रवेश किया।

जिस वक़्त दनादन बाबा अतीत में खोए थे, उसी समय कई गाड़ियाँ आश्रम में आ गईं। दनादन बाबा के पीए स्वामी अनित्यानंद, जिन्हें लोग छंगे महाराज कहना अधिक पसंद करते थे, भागते हुए उनके पास पहुँचे और बोले, "महाराज, बहुत सारी गाड़ियाँ आई हैं लालबत्ती वाली..."

दनादन बाबा अभी अतीत से उबरे नहीं थे। यूँ तो लाल बत्ती गाड़ियाँ उनके लिए कोई नई बात नहीं थी, मगर एक साथ कई गाड़ियों की आमद सुनकर उनके चेहरे पर परेशानी के भाव उभरे, "कोई गड़बड़ी तो नहीं होने वाली? जल्दी बाहर जाकर देखो छंगे महाराज, बात क्या है?"

छंगे महाराज जिस हड़बड़ी के साथ ख़बर देने भीतर घुसे थे, उसी हड़बड़ी के साथ गड़बड़ी देखने की नीयत से बाहर निकल गए। बाहर आते ही वह तहसीलदार साहब से टकरा गए। उन्होंने जब तहसीलदार, बीडीओ और साथ में एसडीएम साहब के जाने-पहचाने चेहरे देखे तो उनकी जान में जान आ गई। तहसीलदार साहब, जो टकराने के बाद अपनी खोपड़ी सहला रहे थे छंगे महाराज को सामने देख एकदम से बोले, "महाराज, कलेक्टर साहब आए हैं बाबा जी के दर्शन करने के लिए।"

आशंकित होते छंगे महाराज की जान में जान आई। वह शंकमुद्रा से एकाएक संतमुद्रा में आ गए। उन्होंने कलेक्टर साहब को आशीर्वाद देते हुए उन्हें अंदर आने का इशारा किया।

बड़ा सा बरामदा...इसके बाद वह कक्ष था जिसमें बाबा विराजमान थे। अजीब सा सन्नाटा...कलेक्टर साहब सहमते हुए भीतर घुसे। न जाने बाबा कैसे होंगे। वैसे भी ज़्यादातर बाबा स्वभाव से क्रोधी ही होते हैं। न जाने उनके बारे में क्या बता दें।

उनकी किन्हीं ग़लतियों के बारे में कहीं मातहतों के सामने कुछ अंड-बंड न बोल दें। अंदर प्रवेश करते ही उन्होंने पाया कि दनादन बाबा न तो उनकी सोच के मुताबिक शरीर पर राख भभूत लपेटे हैं न ही उनकी लाल-लाल आँखें अंगारे उगल रही हैं। न तो उनके हाथों में मारने के लिए कोई चिमटा है न ही कोई त्रिशूल। बल्कि बाबा तो झक सफ़ेद वस्त्रों में सिंहासन पर विराजे हैं, एकदम पंचसितारा बाबाओं की तरह। उनके चेहरे पर औघड़ बाबाओं वाला कोई क्रोध नहीं है और चौड़ी फ्रेम के काले चश्मे के पीछे उनकी आँखें भी अदृश्य हैं। बाबाओं के प्रचलित स्वभाव के विपरीत वह बड़े ही शांत स्वभाव के प्रतीत होते हैं।

छंगे महाराज ने परिचय देते हुए कहा, "महाराज, कलेक्टर साहब आपसे आशीर्वाद लेने आए हैं।"

दनादन बाबा के माथे पर अभी-अभी चिंता की जो लकीरें थीं, वे एकाएक ग़ायब होकर गंभीरता की रेखाओं में बदल गईं। चेहरे पर साधुओं सी आभा फैल गई। वह छंगे महाराज को लगभग डपटते हुए बोले, "किसे बता रहे हो महाराज, क्या मुझे नहीं पता, यह कौन हैं।"

छंगे महाराज की जीभ आधी बाहर निकल आई। वह अपनी खोपड़ी पर स्वतः चपत लगाकर भूल हो जाना प्रदर्शन करते हुए बोले, "बाबाजी, आपसे क्या छिपा है। आप तो अंतर्यामी हैं।"

कलेक्टर साहब दनादन बाबा के ऐसे उलाहने पर पूरे भक्तिभाव से उनके चरणों में झुक गए। कलेक्टर साहब के झुकते ही एसडीएम साहब, तहसीलदार और बीडीओ साहब, उनके साथ आए सब इंजीनियर, सर्वेयर और बाबू साष्टांग दंडवत करने लगे। चूँकि ज़िले का सबसे बड़ा अफ़सर सामने था लिहाज़ा दनादन बाबा ने बाक़ी अफ़सरों को तवज्जो न देते हुए कलेक्टर साहब पर ही अपना ध्यान स्थापित किया। उन्होंने कलेक्टर साहब के पके बालों और चेहरे पर उभर रही झुर्रियों पर गहरी नज़र डाली और अनुभव के आधार पर शीघ्र अंदाज़ लगा लिया कि भक्त नौकरी में पक चुका है और इसके रिटायर होने में ज़्यादा समय शेष नहीं है। उन्होंने तय कर लिया कि उन्हें क्या बोलना है। गंभीर स्वर में बोले, "तेरे माथे पर बहुत तेज़ है बच्चा...बहुत आगे जाएगा। तेरे कमिश्नर बनने में देर नहीं है।"

कलेक्टर साहब ने जहाँ अपने प्रमोशन की भविष्यवाणी सुनी तो एकाएक कालीन की तरह बिछ गए और गद्‌गद्‌ स्वर में बोले, "बाबाजी, आशीर्वाद दीजिए, रिटायरमेंट के पहले आपकी बात सच हो जाए।"

"बिलकुल सच होगी, मेरा आशीर्वाद साथ लेता जा।" कहते हुए दनादन बाबा ने उन्हें पीछे घूमने का इशारा किया।

कलेक्टर साहब इशारा नहीं समझे तो एसडीएम और तहसीलदार दोनों उठकर एकदम से खड़े हो गए और कहा, "बाबाजी आशीर्वाद देना चाहते हैं लिहाज़ा

श्रीमान तनिक पीछे घूमिए।" कहते हुए एसडीएम और तहसीलदार स्वत: पीछे की ओर घूमे और सामूहिक ठुमका मारकर नितंब दनादन बाबा की ओर बढ़ा दिए। कलेक्टर साहब एक पल को झिझके मगर शीघ्र आशीर्वाद की चाह में वह मातहतों द्वारा बताए अनुसार पीछे घूम गए। ज्यों ही उन्होंने उसी ठुमके वाली मुद्रा में नितंब बाबाजी की ओर बढ़ाए, बाबाजी का दिव्य प्रसाद उन्हें प्राप्त हुआ और प्रसाद के तेज़ के प्रभाव से अगले ही पल उन्होंने स्वयं को कमरे से बाहर पाया।

एसडीएम और तहसीलदार कई बार बाबा का प्रसाद ग्रहण कर चुके थे। दनादन बाबा ने एक बार फिर उन्हें प्रसाद के लालच में ठुमका लगाते देखा तो मन-ही-मन मुसकराए और फिर दे दनादन शैली में जो प्रसाद देना शुरू किया तो अगले ही पल एसडीएम साहब, उनके पीछे तहसीलदार और पीछे-पीछे बाक़ी अफ़सर भी इसी प्रकार उड़ान भरते हुए बाहर आ गए। एक बार फिर सभी ने पलटकर बाबाजी के आश्रम को प्रणाम किया और गाड़ियाँ स्कूल में बने डेरे की ओर रवाना हो गईं।

गाड़ी में कलेक्टर साहब ख़ामोश बैठे थे। यूँ तो प्रमोशन को लेकर उनका मन प्रफुल्लित था, मगर मातहतों के सामने अजीबोग़रीब ढंग से प्रसाद ग्रहण करने पर वह लज्जित भी महसूस कर रहे थे। अभी तक शाम का अँधेरा झुटपुटाने लगा था। कलेक्टर साहब ने एक बार फिर 'अहा, ग्राम्य जीवन भी क्या है' विचारकर आनंद लेने की गरज से शीशे से बाहर झाँका। दुर्भाग्य से उन्हें आनंददायक कोई दृश्य नज़र नहीं आया, अलबत्ता उनकी निगाह सड़क के दोनों ओर दिशा मैदान से फ़ारिग होते लोगों पर पड़ी तो उन्हें वितृष्णा हो आई। सुबह क्या होगा, उनके दिमाग़ में यह यक्षप्रश्न कौंधा और एकाएक उनके चेहरे पर चिंता की लकीरें खिंच आईं।

स्कूल पहुँचकर उन्होंने कमिश्नर साहिबा के कक्ष का दरवाज़ा यथावत बंद पाया। गोटीराम ने बताया, मैडम ने डिनर रात्रि नौ बजे उनके कक्ष में ही भिजवाने का हुक्म दिया है और यह भी कहा है कि हुज़ूर चाहें तो उनके साथ डिनर ले सकते हैं। कलेक्टर साहब ने घड़ी पर नज़र डाली। डिनर में अभी डेढ़ घंटा बाक़ी था लिहाज़ा कुछ देर ज़रूरी काग़ज़ात देखने के उद्देश्य से वह भी अपने कमरे में चले गए।

दोनों अधिकारियों ने डिनर अपने-अपने कक्ष में ग्रहण किया। रात्रि विश्राम गाँव में होना पूर्व से तय हो चुका था। विश्राम के क्षणों में कमिश्नर साहिबा उन क्षणों को लेकर अत्यंत तनाव में थीं जो हरेक के जीवन में चौबीस घंटों के दरमियान एक या दो बार या कभी विशेष परिस्थितियों में इससे भी ज़्यादा बार आ जाते हैं। अगले दिन पौ फटने के साथ ही ऐसी समस्या उनके सामने आने वाली थी जिसका कोई रास्ता उन्हें सूझ नहीं रहा था। जिस समस्या से कमिश्नर साहिबा जूझ रही थीं, वह थी शौचालय को लेकर और वह तय नहीं कर पा रही थीं कि इस

समस्या का क्या उपाय सोचा जाए। महिला अफ़सर...कितनी भी कठोर और आधुनिक क्यों न हो, अधीनस्थों से इस विषय पर बात कैसे करे। संकोच का संकट बड़ा भयावह था। कैसी विडंबना थी, वह इस गाँव में अपने कक्ष में लेटी-लेटी इंटरनेट पर दुनिया भर के शौचालय खोज सकती थीं परंतु ख़ुद के लिए ऐसी कोई व्यवस्था नहीं कर सकती थीं। उनके महँगे स्मार्ट फ़ोन में भी ऐसा कोई एप्प नहीं था जो उन्हें इस मुसीबत का उपाय बताता या उनके लिए पश्चिमी न सही देसी संडास की ही व्यवस्था कर देता। उन्हें समझ आया कुछ काम ऐसे भी होते हैं जो कि ऑनलाइन संभव नहीं होते। विषय ऐसा था जिसके बारे में न तो वह अन्य किसी से चर्चा करने की स्थिति में थीं न ही इस स्थिति में थीं कि शासन से मार्गदर्शन माँग सकतीं। वह पसोपेश में थीं कि गाँव में ही रुककर अपनी छवि के अनुरूप कर्तव्यशीलता का परिचय दें या फिर उनके बाक़ी हमओहदा अफ़सरों की तरह रात गहराते ही वापस शहर को चल पड़ें। वह ख़ुद को बड़ा असहाय महसूस कर रही थीं और ख़ुद के सिद्धांतों से लड़ रही थीं।

इत्तफ़ाक़ की बात थी कि उधर अपने कमरे में कलेक्टर साहब भी इसी समस्या को लेकर करवटें बदल रहे थे। दनादन बाबा के आश्रम से लौटते वक़्त चिंता की जो लकीरें उनके चेहरे पर खिंची थीं, वे अब और गहरा गईं। वह मन-ही-मन व्यूह रचना बना रहे थे। मगर इस समस्या के चक्रव्यूह से निकलने का रास्ता उन्हें सूझ नहीं रहा था। फिर कमिश्नर साहिबा का क्या किया जाएगा, यह सवाल उन्हें इतना सताने लगा कि ज़िले की क़ानून व्यवस्था की समस्या भी इस समस्या के आगे छोटी पड़ गई। शौचालय की तो छोड़ो, इन बेवकूफ़ देहातियों के घरों में ढंग का एक गुसलख़ाना भी नहीं था। कलेक्टर साहब ने गाँव में देखा था, प्रायः हर घर में पन्नियों, टाट और लकड़ी के फट्टों का इस्तेमाल कर उन्हें गुसलखाने का रूप दे दिया गया था। कबाड़ का उपयोग तो कोई इन मूर्ख गाँव वालों से सीखे। टाट और फट्टों की बस चार फुट ऊँची दीवारें...ताकि हर कोई रास्ता चलता ताककर या झाँककर इस बात की तस्दीक कर सके कि इसके भीतर जो भी शख़्स है वह उसी हालत में पाया जा रहा है या नहीं, जैसा कि हमाम में पाया जाना चाहिए...'हुँह' उन्होंने सोचते हुए मुँह बिचकाया। 'स्साले देहाती खेती करेंगे ट्रैक्टर हार्वेस्टर से और हगने जाएँगे सड़कों पर।' उनको एकाएक खीझ हो आई।

वह बिस्तर पर पड़े-पड़े विचारने लगे कि क्यों न ऐसा किया जाए कि अलसुबह गाँववालों के जागने के पहले ही गाँव के बाहर चुपचाप जाकर हाज़त रफ़ा कर आएँ। मगर इसमें कई समस्याएँ थीं। कही मुँह अँधेरे उन्हें चोरों की तरह जाते किसी ने पहचान लिया तो! मान लिया कि रास्ते में देखे और पहचाने जाने से किसी प्रकार बच भी गए, तब मौक़ा-ए-हाज़त पर हज़रत को पहचान लिए जाने का पूरा डर था क्योंकि एक तो उन्हें कब्ज़ियत की ख़ानदानी बीमारी थी अतः फ़ारिग होते-

होते उजाला हो जाने की पूरी संभावना थी। फिर इसके अलावा ऐसे ओपन एयर हमाम में काम तमाम होने के तमाम ख़तरे और थे जिनके बारे में विचार कर लेना आवश्यक था। मसलन, उँकड़ू विराजमान होने की प्रक्रिया के दौरान कोई नुकीली घास या बबूल का काँटा कहीं ऐसी-वैसी जगह चुभ जाने का डर, साँप या बिच्छू द्वारा काट खाने का डर, अँधेरे में उन्हें कोई विचित्र प्राणी जानकर सियारों या कुत्तों की टोलियों द्वारा अचानक हमला कर देने का डर, या फिर चौतरफ़ा मँडराते उद्दंड सुअरों के दल द्वारा उन्हें धकियाकर पटक देने का डर। ऊपर से तुर्रा यह था कि इन सारी आफ़तों से उन्हें ख़ुद ही निबटना होगा क्योंकि ऐसे मौक़े पर उन्हें परछाईं की तरह साथ चिपके रहने वाले अपने गनमैन या हर पल पीछे चलने वाली सरकारी फ़ौज को छोड़कर जाना होगा और मोर्चे पर ख़ुद ही भिड़ना होगा...सोच-सोचकर कलेक्टर साहब को कंपकंपी आ गई। वह मन-ही-मन सरकार को कोसने लगे। ऐसा ग्राम-भ्रमण किस काम का कि उन्हें इस तरह मुँह अँधेरे भ्रमण करना पड़े। खुले मैदान में ख़ुद का अनावरण कर जीते जी मरणगति का वरण करना पड़े। उन्हें आत्मज्ञान सा प्राप्त हुआ और आँखें खुलने के इसी दौर में उन्हें बड़ा ही अफ़सोस हुआ कि स्कूलों के बड़े-बड़े भवन बनाने, आधुनिक पद्धतियों से शिक्षा देने के नाम पर तमाम तामझाम और करोड़ों रुपए पानी की तरह बहा दिए गए, मगर शौचालयों की इस बुनियादी ज़रूरत पर किसी ने विचार क्यों नहीं किया। वह चिंतित भाव से उठे और एक बार फिर बरामदे में आकर टहलने लगे।

इस समस्या पर कहीं और भी विचार चल रहा था। जिस जगह विचार चल रहा था, वह था पटवारी गोटीराम का दिमाग़। गोटीराम जानता था कि हर अफ़सर ने यह मानकर कि रात होते ही कमिश्नर साहिबा शहर के लिए फुर्र हो जाएँगी, इस महत्त्वपूर्ण विषय पर विचार ही नहीं किया था। उसे इस बात का पूर्वाभास हो गया था कि यदि कमिश्नर साहिबा रुकीं तो यह समस्या आकर रहेगी और गोटीराम के अलावा इसका इलाज किसी के पास नहीं होगा। वह मौक़े की तलाश में था और मौक़ा इतनी आसानी से मिल जाएगा, इसकी कल्पना उसने नहीं की थी। उसने कलेक्टर साहब को बरामदे में टहलते देखा तो भागकर उनके पास पहुँचा और हाथ जोड़कर बोला, ''श्रीमान जी, गुस्ताख़ी माफ़ हो तो एक बात कहूँ।''

''बोलो।'' कलेक्टर साहब बेरुख़ी से बोले।

गोटीराम को ऐसी बेरुख़ी की आदत थी सो आवाज़ में और भी ज़्यादा नरमी लाता हुआ बोला, ''श्रीमान जी, छोटा मुँह बड़ी बात...सुबह-सुबह आप जैसे बड़े अफ़सरों को गाँव में नहाना-धोना शोभा न देगा।''

कलेक्टर साहब हैरानी में पड़ गए। यह पटवारी है या जादूगर। उनके मन में भी तो यही चल रहा था। इसने मन को कैसे पढ़ लिया। वह हैरानी से बोले, ''तो फिर?''

गोटीराम फुसफुसाकर बोला, "श्रीमान जी, यहाँ से मात्र दस किलोमीटर दूरी पर जंगल विभाग का पुराना डाक बंगला है जहाँ नहाने-धोने की पूरी सुविधा उपलब्ध है।"

"अरे तुम एकदम बेवकूफ़ों जैसी बात कर रहे हो, तुम्हें पता नहीं सरकार का फरमान है कि बड़े अफ़सर रेस्ट हाउसों में नहीं रुकेंगे, गाँवों में ही रुकेंगे।" कलेक्टर साहब के स्वर में लाचारी अधिक थी।

"श्रीमान जी, सो तो आप गाँव में रुक ही रहे हैं। इतने बड़े अफ़सर होकर आप इतनी तकलीफ़ उठा रहे हैं, यही क्या कम है।"

"तुम साफ़-साफ़ बताओ, कहना क्या चाहते हो।" कलेक्टर साहब के मन में अभी भी आशा की एक किरण थी कि पटवारी पद का ताज धारण करने वाला यह जीव कुछ न कुछ रास्ता अवश्य निकालेगा और ऐसा हुआ भी।

गोटीराम अपना मुँह कुछ क़रीब लाता हुआ बोला, "श्रीमान जी, ऐसा पता लगा था कि कमिश्नर महोदया को बाघों और वन्य प्राणियों की घटती संख्या पर शासन को कोई रिपोर्ट देनी है।"

"हाँ, सो तो है, और उस कमेटी में तो मैं भी सदस्य हूँ।"

"वही तो मैं निवेदन कर रहा हूँ हुज़ूर कि चाहें तो जंगल में बचे-खुचे हिरण और नीलगाय देखने के बहाने डाक बंगले का भ्रमण तो कर ही सकते हैं और लगे हाथ यह नहाने-धोने का अति महत्त्वपूर्ण कार्य भी संपन्न कर सकते हैं।"

'पायो जी मैंने गोटीराम रतन धन पायो...' कलेक्टर साहब की आँखों में एकदम से चमक आ गई। चेहरे की मुर्दानी जाती रही। उन्हें हैरानी हुई कि यह पटवारी कलेक्टर क्यों नहीं बन सका। फिर भी उन्होंने ज़ाहिराना तौर पर अपनी प्रसन्नता छिपाते हुए कहा, "तुम कहते तो ठीक हो। मैं कमिश्नर साहिबा से बात करता हूँ।"

कलेक्टर साहब ने यह सोचकर कि इस वक़्त मैडम का दरवाज़ा खटखटाना अशिष्टता होगी, उनका मोबाइल डायल किया और उनके फ़ोन उठाते ही प्रातःकालीन संकट के निवारण हेतु प्रस्ताव समक्ष रख दिया। अंधा क्या चाहे, दो आँखें, यहाँ तो एक अदद शौचालय की चाह थी। गोटीराम का प्रस्ताव आकस्मिकता से जुड़ा था लिहाज़ा इससे पहले कि प्रस्ताव लाल फीते में बंधकर प्रेतात्माओं की तरह भटकता, पास हो गया और साथ ही साथ पटवारी गोटीराम भी अपनी अक्ल की परीक्षा में पास हो गया। यह तय हुआ कि अलसुबह वन भ्रमण के बहाने विश्रामगृह जाकर गुसल फ़रमाया जाएगा और फिर गूगल गाँव आक. ग्राम का भ्रमण और विकास कार्यों की समीक्षा की जाएगी।

दोनों कक्षों की बत्तियाँ बंद होते ही अधीनस्थ अधिकारियों ने आज का दिन सकुशल बीत जाने पर राहत की साँस लेते हुए ईश्वर को धन्यवाद दिया। मगर कल का काल अभी भी सबके सिर पर था। खुले बरामदे में यहाँ-वहाँ जगह पाकर लेटे

अफ़सर ईश्वर से मना रहे थे कि हे प्रभु, कोई ऐसा चमत्कार कर कि सुबह सवेरे ही बला उनके सिर से टल जाए और उनके अधर में लटके प्राण वापस आ जाएँ।

5

इधर पत्रकार लपकासिंह कुछ और ही सोच में थे। वह समझते थे कि 'जनता की सरकार जनता के द्वार' का ढोंग करने वाले ये चतुर अफ़सर मूर्ख जनता के सोने का इंतज़ार कर रहे हैं और जैसे ही सब लोग सोएँगे, ये चुपचाप खिसक लेंगे। जैसा कि होता आया है, काग़ज़ों पर बता देंगे कि रात भर गाँव में काटकर आए हैं। इस सोच से उनकी बाँछें खिलीं। दिमाग़ में स्टिंग आपरेशन का कीड़ा कुलबुलाने लगा और ख़बरें सनसनी बनकर खिलखिलाने लगीं।

रात कुछ गहराते ही ऑपरेशन नाइट रिट्रीट की शुरुआत हो गई। लपकासिंह कैमरा सँभालते स्कूल की बाउंड्रीवाल से लगे एक गोपनीय स्थान पर चुपचाप जम गए और इंतज़ार करने लगे कि कब अफ़सरों की गाड़ियाँ गुपचुप यहाँ से रवाना हों और वह इस ख़बर को रायते की तरह फैलाकर मीडिया जगत के हीरो बन सकें। जिस गोपनीय स्थान पर वह बंकर बनाए छिपे थे, वह पाराशर जी की गुमटी के चार मज़बूत स्तंभ थे। बल्कि यूँ कहें कि गुमटी की चारों टाँगों के बीच सँकरी जगह थी। गुमटी को कमिश्नर साहिबा देख न पाएँ, इस नीयत से फ्लेक्स के बैनर लगाकर उसे ढक दिया गया था और ऐसे बैनरों के कारण लपकासिंह को छिपने के लिए एकदम मुफ़ीद हालात थे। जल्द ही लपकासिंह ने महसूस किया कि उनका गोपनीय स्थान कुछ अधिक ही रमणीय है तथा कुछ तो सुअरों द्वारा यहाँ-वहाँ मल विसर्जित करने और कुछ ग्राम-भ्रमण के लिए आई सरकारी फ़ौज द्वारा गुमटियों और दीवार की आड़ पाकर पेशाब करने की वजह से वह यहाँ-वहाँ से कुछ अधिक ही गंधसागर में गोते लगाने लगे हैं। कोई और होता तो कभी का अपना इरादा वहीं पटककर कैमरा सँभालता चल देता, लेकिन यह लपकासिंह थे लिहाज़ा कठिनाइयों के बाद भी वह समर्पित भाव से जमे रहे। पोलखोल भावना के साथ उनकी खोज़ी नज़रें स्कूल पर टिकी थीं और बदले हुए दृश्य को देखकर चकित थीं।

कल तक जिन अँधेरे बरामदों में ढोर-मवेशी पैर पसारे जुगाली करते नज़र आते थे, उन्होंने पाया कि आज वहाँ रोशनी छाई है और तमाम अफ़सरों-कारिंदों का रूप धरकर सरकार इन्हीं बरामदों में तंबाकू और खैनी मुँह में भरे आड़ी तिरछी पड़ी है। भुनभुनाते मच्छरों के हमलों के बीच किसी प्रकार उँघते इन सरकारी कारिंदों की हालत पर लपकासिंह को सुखद अनुभूति हुई। जब तक वह इस अवर्णनीय सुख को तनिक अधिक गहराई से अनुभूत कर मन के कमीनेपन को

और पोषण प्रदान करते तभी उन्होंने बस्ती की ओर से एक साए को अपनी ओर आते देखा।

साया कौन था, कुछ साफ़ समझ नहीं आ रहा था मगर उसकी दबे पाँव चाल से समझा जा सकता था कि उसका भी इरादा कुछ गोपनीय ही होगा। जहाँ लपकासिंह एम्बुश लगाए छिपे थे, वहाँ कुष्ठ रोग को छिपाने की बजाय इलाज कराने संबंधी सरकारी योजना का बड़ा सा बैनर नीचे तक लटक रहा था जो इस वक़्त की परिस्थिति के लिहाज़ से एकदम मुफ़ीद था। लपकासिंह ने झट ख़ुद को बैनर में छिपा लिया एवं आँखों को बाहर निकालकर साए को पहचानने का प्रयास करने लगे। अब तक साया काफ़ी क़रीब आ गया था लिहाज़ा थोड़े प्रयास पर ही उन्होंने जान लिया कि यह साया और कोई नहीं, वैद्य मटुकनाथ ही हैं। यही नहीं, जिस गली की ओर उनका रुख है, वह सीधी गुलबियाबाई के घर ही पहुँचकर समाप्त होती है, यह समझते ही लपकासिंह के चेहरे पर वही कुटिल मुसकान फैल गई जो आम तौर पर ऐसे मौक़ों पर फैलती पाई जाती है। उन्होंने एक पल वैद्य जी को गुलबियाबाई की गली में मुड़ते देखा, फिर पलटकर स्कूल की ओर देखा। क्या किया जाए, वह एकदम से संभ्रम में पड़ गए।

जिस प्रकार हिंदी फ़िल्मों में प्रबुद्ध दर्शकों के मनोरंजन के लिए 'आइटम सांग' डालकर यह मान लिया जाता है कि इस भोले प्रयास से कैसी भी फ़िल्म सुपरहिट हो जाएगी, ऐसे ही इस उपन्यास में भी जब तक लपकासिंह अपने स्टिंग आपरेशन के लिए एम्बुश लगाए बैठे हैं, तब तक प्रबुद्ध पाठकों के मनोरंजन और साथ ही उपन्यास के हिट होने की खुशफ़हमी पालकर 'आइटम सांग' के रूप में गुलबियाबाई और वैद्य जी का हाईवोल्टेज ड्रामा प्रस्तुत है।

गुलबियाबाई गूगल गाँव की एकमात्र ऐसी स्त्री थीं जो उमर के लिहाज़ से यूँ तो चालीस के पार थीं मगर ऐसी आम शोहरत थी कि पुरुषों को उनके दर्शन मात्र से चार सौ चालीस वोल्ट का करेंट लगता है। इसी आम शोहरत के चलते वह गाँव में ख़ास थीं। वह सौंदर्य में स्वयं को मेनका, उर्वशी और रंभा से बढ़कर मानती थीं और लटकों-झटकों में आम्रपाली और वसंतसेना उनके आगे पानी भरती थीं। सकल घरेलू उत्पाद की दृष्टि से देखा जाए तो ग्रोथ का स्तर कुल मिलाकर ठीक-ठाक था और इसी के परिणामस्वरूप उनके कुल जमा आठ बच्चे थे। पाठकों की सुविधा के लिए बता देना ठीक होगा कि वह शादीशुदा भी थीं और उनके पतिधर्म निभाने का सौभाग्य प्राप्त करने वाले शख़्स का नाम भोलाराम था।

जैसे गुलबियाबाई नाम के अनुरूप गुलाब की भाँति खिली हुई थीं, वैसे ही उनके पतिदेव नाम के अनुरूप स्वभाव से एकदम भोले थे। वह शहर में ट्रक ड्राइवरी करते थे और साल के तीन सौ पैंसठ दिनों में तीन सौ साठ दिन अपने ट्रक की ही सवारी करते थे और जब कभी ट्रक की सवारी से अचानक ऊब जाते तो

गुलबियाबाई की सवारी के इरादे से गाँव आ जाते। हर बार वह पाते कि गुलबियाबाई जनसंख्या के विकास में जिस जोश के साथ योगदान दे रही हैं वैसा जोश उन्हें संपूर्ण भारत में देखने को नहीं मिला। जिस प्रकार अर्थशास्त्र के हिसाब से भारत की ग़रीबी का मुख्य कारण जनसंख्या में वृद्धि माना जाता है और जनसंख्या में वृद्धि का मुख्य कारण भारत में मनोरंजन के साधनों का अभाव सर्वत्र स्वीकार्य है, वैसे ही गूगल गाँव के समाजशास्त्र के हिसाब से यह तथ्य भी स्वीकार्य था कि गाँव के लोगों के समक्ष मनोरंजन के साधनों का जितना अभाव है, उतना ही अभाव गुलबियाबाई के समक्ष भी है। यही कारण है कि इस साल उनकी आठवीं संतान हुई थी और आगे भी शायद ऐसी ही कुछ तैयारी थी। यूँ तो उन्होंने भी इस वार्षिक कार्यक्रम पर शर्मिंदा होते हुए सरकार के नस संबंधी कार्यक्रम में क़िस्मत आजमाई थी, मगर जैसे कि दिल था कि मानता नहीं, वैसे भी नस थी कि मानती नहीं थी और दो बार शासकीय विधि विधान से नासपीटी नस को बंद करने के बाद भी नस मानने को तैयार नहीं थी।

वैद्य जी के जीवन में उनका प्रवेश कब और कैसे हुआ, इसके लिए फ्लैश बैक में जाना ज़रूरी है। वैद्य जी का पूरा नाम मटुकनाथ था। परंतु उनकी शोहरत वैद्य जी के रूप में ही अधिक थी। वह गूगल गाँव में पाए जाते हैं, इसका पता सलामतपुर से रवाना होते ही चल जाता था। जिस प्रकार हिंदुस्तानी क़स्बों की हर रेलवे लाइन के किनारे चहारदीवारियों पर और गली-मोहल्ले की बग़ैर पलस्तर वाली दीवारों पर चूने से पोतकर भिन्न-भिन्न रोगों, विशेष रूप से गुप्त रोगों के गारंटी के साथ इलाज का ऐलान होता पाया जाता है, उसी प्रकार गूगल गाँव के आसपास समस्त गाँवों की बिना पलस्तर वाली दीवारों पर पढ़कर बच्चा-बच्चा भी बता सकता था कि शरीर में कहाँ-कहाँ, किस-किस प्रकार के रोग होते हैं तथा ऐसे रोगों का शर्तिया इलाज करने वाले मटुकनाथ नाम के जो वैद्य हैं वह कहाँ पाए जाते हैं।

वैद्य जी नाड़ी देखते थे, आला लगाते थे। नाना प्रकार के चूरन, काढ़े, गोलियों और भस्मों को हथियार बनाकर उसी जोश के साथ भोले ग्रामीणों का इलाज करते थे जिस जोश के साथ देश के कोने कोने में झोलाछाप विशेषज्ञ इलाज के मैदान में अपना हाथ आज़माते थे। कमज़ोरी शादी के पहले की हो या शादी के बाद की, वे समान रूप से दोनों का शर्तिया इलाज करते थे। उन्होंने शहरी गुप्त रोग विशेषज्ञों की भाँति लंबी, झबरीली और लच्छेदार मूँछें रखने के लाख प्रयास किए, मगर दुर्भाग्य से तमाम चूरन भस्मों के सेवन और नाना प्रकार की मलहमों के मुसलसल लेपन के बाद भी उनकी मूँछों में कोई तनाव पैदा नहीं हुआ, लिहाज़ा उन्होंने मूँछें ही मुँड़वाकर इलाज करने की ठानी और उन्हें जानकर हैरानी हुई कि इसके बाद भी उनके अस्पताल में मरीज उसी भरोसे के साथ आते रहे। मरीज भी समझदार थे। जानते थे, सरकारी डॉक्टर सलामतपुर में मिलने से रहे। इलाज के लिए जाना पड़ेगा

शहर ही। वहाँ जाकर कौन अपनी फज़ीहत कराए। कमर और घुटने के दर्द के लिए टट्टी और पेशाब की जाँच कराए। बुखार के लिए रेडियोग्राफी, सोनोग्राफी और न जाने कौन-कौन सी ग्राफी कराकर अपनी जेब की ऐसी-तैसी कराए। सबसे सस्ते अपने वैद्य जी। बस नाड़ी दिखाओ, आला लगवाओ, आ.. आ.. चिल्लाकर टेंटुआ दिखाओ और दवा गोली लेकर घर चले आओ। ज़्यादा दिक़्क़त हो एकाध रात वहीं भरती भी हो जाओ। मुफ़्त में वैद्य जी के घर की चाय पियो और क़िस्मत में हुआ तो दो-चार टिक्कड़ भी तोड़ लो। हो गए चंगे।

एक लंबा सा, तीन कमरों वाला रेल के डिब्बेनुमा यह घर वैद्य जी का था। आगे वाला कमरा वैद्य जी का दवाख़ाना था। दवाख़ाने के बाहर मोटे सूती हरे रंग के परदे देखकर दूर से ही यह अंदाज़ लगाया जा सकता था कि परदे के उस पार जो भी बैठता है, वह हड्डी-पसली, मांस-मज्जा, नस और नाड़ियों के तिलिस्म पर विजय पा चुका है और इन सबसे संबंधित किसी भी बीमारी से वह चुटकियों में निपट सकता है।

दवाख़ाने नामक इस पवित्र स्थान की दीवारों पर लकड़ी की छोटी-बड़ी अलमारियाँ थीं। इन अलमारियों में अलग-अलग साइज के खाँचे बने थे जिनमें भिन्न-भिन्न प्रकार की गंध और रंगयुक्त दवाइयाँ शोभायमान थीं। एक टेबल कुरसी वैद्य जी के अपने इस्तेमाल के लिए थी जिस पर अंग्रेज़ी के कभी भी समझ में न आने वाले नामों की दवाइयाँ, आला, जिसे सही नाम से स्टेस्थेस्कोप कहने में वैद्य जी कभी सफल नहीं हो सके, ब्लडप्रेशर मापने की पुरानी खटारा मशीन जिसका पारा सेंसेक्स से भी ख़तरनाक रूप से उठता-गिरता था, बदरंग थर्मामीटर के साथ-साथ तमाम तरह के परचे भी सुशोभित थे। कुरसी के पास ही एक स्टूल भी था जो घूम तो नहीं सकता था, मगर मरीज के दाएँ-बाएँ घूमने पर उसे नीचे पटक अवश्य सकता था। बची हुई जगह में दीवार से सटाकर एक पुराना पलंग पड़ा था जिस पर मरीज को लिटाया जाता था। वक़्त पड़ने पर मरीज को भरती कर इसी कमरे को प्राइवेट वार्ड का रूप भी दे दिया जाता था जहाँ आवश्यकतानुसार ख़ास स्थानों पर इंजेक्शन आदि लगाने का कार्य भी वैद्य जी द्वारा ही संपन्न किया जाता था।

वैद्य जी गुलबियाबाई के घर की ओर यूँ दबे पाँव, लुकते-छिपते क्यों भागे जा रहे हैं, यह भी जान लिया जाए। यह क़िस्सा कुछ माह पूर्व का है। उस रोज़ गुलबियाबाई के दूधपीते बच्चे की तबीयत नासाज हुई थी। वह उसे लेकर वैद्य मटुकनाथ के दवाख़ाना पर पहुँची थीं जहाँ वैद्य जी मरीजों के अकाल को देखकर अकेले बैठे समय को कोस रहे थे और सोच रहे थे कि आजकल लोग भी कमबख़्त समझदार होते जा रहे हैं। सोच-समझकर खाने-पीने लग गए हैं सो न उलटी होती है न दस्त। वह अपनी लस्त होती माली हालत पर चिंतन कर रहे थे कि अचानक उन्होंने गुलबियाबाई को अपने दवाख़ाने की ओर आते देखा था। वैद्य जी गाँव की

ख़ास प्रकार की महिलाओं के प्रति ख़ास प्रकार की जानकारी रखते थे और उतने ही ख़ास प्रकार के विचार भी उनके प्रति अपने मन में रखते थे। गुलबियाबाई चूँकि इसी ख़ास वर्ग की थीं लिहाज़ा वह उन्हें सूरत से भी पहचानते थे और उनकी शोहरत से भी। मगर आज मौक़ा कुछ ख़ास था। उनके जीवन में आज तक ऐसा सुअवसर नहीं आया था जब गुलबियाबाई का उनसे आमना-सामना हुआ हो और वह भी अकेले में। उनके दिल की धड़कनें बढ़ गईं और वह प्रतीक्षा करने लगे कि कब गुलबियाबाई उनके ठीक पास मरीजों वाले स्टूल पर बैठे और वह उनकी नब्ज़ की नापजोख शुरू करें। उन्होंने अपने पीछे पड़ा हरे रंग का चीथड़ेनुमा बीमार परदा हटाया और फिर गरदन को पूरी अंदर तक भेजते झाँककर देखा। जब इस बात के प्रति पूर्णतः आश्वस्त हो गए कि उनकी धर्मपत्नी हरतालिका तीज होने से धर्मध्यान में एकदम व्यस्त हैं और फिलहाल घंटा-आधा घंटा कोई ख़तरा नहीं है तो उन्होंने गुलबियाबाई को ख़ास ध्यान से देखना शुरू किया।

गुलबियाबाई मुन्ने को गोद में लिये वैद्य जी के सामने वाली कुरसी पर बैठ गईं। वैद्य जी ने उन्हें पहली बार इतने पास से देखा था। छप्परफाड़ दर्शनों के प्राप्त होते ही उन्हें चार सौ चालीस वोल्ट का करेंट लगा और करेंट का यह वोल्टेज क्रमशः बढ़ता चला गया। वह एकदम चमत्कृत से हो गए और उन्हें ध्यान ही नहीं रहा कि वह अपने दवाख़ाने से निकलकर कहीं और खो गए हैं। उनकी नज़र जब बेशर्म होती दिखी तो गुलबियाबाई ने ज़ोर से खाँसकर बताना चाहा कि वैद्य जी कहाँ खोए हो। वैद्य जी जैसे सोते से जागे। हड़बड़ाकर बोले, "अरे, आपको तो पहले भी कहीं देखा है।"

"क्या वैद्य जी, हमें तो गाँव का बच्चा-बच्चा जानता है, आप नहीं जानते क्या?" गुलबियाबाई ने वैद्य जी की आँखों में आँखें डालकर कहा। वैद्य जी एक बार फिर हड़बड़ाए और हड़बड़ाहट छिपाने के लिए एक बार फिर उन्होंने परदे से पीछे झाँककर देखा। मुन्ने को अस्पताल से आती नाना प्रकार की दवाइयों की गंध और वहाँ का भयावह वातावरण बरदाश्त न हुआ तो उसने बुक्का फाड़कर पूरी ताक़त के साथ रोना प्रारंभ कर दिया।

गुलबियाबाई ने मुन्ने का मुँह आँचल में डालकर उसे चुप कराने का प्रयास किया मगर मुन्ने ने आँचल में मुँह नहीं धरा तो गुलबियाबाई वैद्य जी की ओर इशारा करती डपटकर बोली, "जल्दी पी ले वरना वैद्य जी पी जाएँगे।"

यह बात मुन्ने के लिए कही गई थी जिसे मुन्ने ने तो नहीं समझा मगर वैद्य जी के कानों ने इस ऑफर को पूरी गहराई के साथ ग्रहण किया। उन्होंने गुलबियाबाई को अपने पास पड़े स्टूल पर आने का इशारा किया फिर स्टूल पर उनके बैठते ही बच्चे के गाल पर चपत लगाते हुए गुलबियाबाई को तौलते हुए बोले, "अरे अरे, बड़ा प्यारा बालक है, एकदम आप पर ही गया है।" कहते हुए वैद्य जी ने बतलाना

चाहा कि वह भी उतनी ही प्यारी हैं जितना कि उनका बालक है, फिर एकाएक मुन्ने से मुख़ातिब होकर बोले, ''क्या नाम है मुन्ना तेरा?''

मुन्ना जब सवाल के उल्लूपन पर और ज़ोर से रोने लगा तो वैद्य जी ने गुलबियाबाई की ओर एक बार फिर घूमकर वैद्योचित गंभीरता से पूछा, ''क्या हो गया है इसे?''

''वैद्य जी, कल रात से बड़ा तेज़ बुखार आ रहा है।''

''अरे, रात से?'' रात शब्द पर वैद्य जी ने विशेष ज़ोर डालते हुए कहा, ''तो रात में ही ले आती।''

''अब हम अकेले आधी रात में कहाँ फिरते वैद्य जी, आप नहीं जानते क्या ज़ालिम ज़माने को?''

''कोई बात नहीं, तुम्हें आने की ज़रूरत नहीं है, हम ख़ुद ही आ जाया करेंगे।'' वैद्य जी ने भेद भरे शब्दों में कहा फिर मुन्ने को आला लगाते हुए बोले, ''बुखार बड़ा तेज़ मालूम होता है। इलाज जरा लंबा चलेगा।'' उन्होंने आला तो मुन्ने की छाती में लगाया मगर धड़कनें महसूस करने लगे थे गुलबियाबाई के दिल की।

वैद्य जी ने झट अलमारी में से दवा की शीशियाँ निकालकर चूरन की छह पुड़ियाँ बनाईं और बोले, ''यह लो, तीन पुड़ियाँ अभी और तीन रात में दे देना।'' फिर एक परची पर जल्दी-जल्दी क़लम घिसकर बोले, ''यह लो मेरा नंबर, आधी रात में भी ज़रूरत लगे तो बस एक मिस्ड कॉल मार देना।''

''परची की क्या ज़रूरत है वैद्य जी, नंबर तो हम ख़ुद ही मोबाइल में डाल सकते हैं।''

गुलबियाबाई ने परची में लिखा नंबर मोबाइल में सेव किया और डायल कर दिया। अपने मोबाइल पर गुलबियाबाई का नंबर आते ही वैद्य जी की बाँछें खिल गईं। उन्हें यह भी इल्म हुआ कि वह स्वयं नाड़ी देखने के मामले में जितने उस्ताद हैं, मोबाइल के मामले में उतने ही अनाड़ी हैं जबकि गुलबियाबाई काफ़ी चंट-फंट हैं और मोबाइल पर उनकी नाजुक उँगलियाँ बड़ी अदा के साथ दौड़ती हैं। गुलबियाबाई ने अनुभव किया कि वैद्य जी बड़ी प्रशंसा भरी नज़रों से उनकी ओर देख रहे हैं अतः दवा की पुड़ियों को आँचल में सुरक्षित स्थान पर सहेजते हुए उन्होंने बनावटी स्वर में पूछा, ''वैद्य जी, आपकी फ़ीस?''

''अरे, फ़ीस? आप ख़ामाख़ाँ क्यों तकल्लुफ़ करती हैं?'' वैद्य जी नफ़ीस अंदाज़ में लड़याकर बोले, ''फ़ीस की क्या बात है, कभी भी ले लेंगे ब्याज समेत।'' वैद्य जी ने ब्याज समेत शब्द कुछ ऐसे शरारतपूर्ण अंदाज़ में कहे कि शर्म और लाज तो मरी ही, उनकी एक आँख भी मरते-मरते बची। गुलबियाबाई अनुभवशुदा स्त्री थीं। शब्दों में छुपे भाव झट ताड़ लेती थीं। लाज ने किस मोड़ पर दम तोड़ा और आँख कहाँ मरते-मरते बची, उनसे बेहतर और कौन समझ सकता

था, लिहाज़ा वह वैद्य जी की ओर देखकर इतराए हुए अंदाज़ में मुसकराईं फिर स्वयं मुफ़्त दवा लेकर और वैद्य जी को दर्द देकर इठलाती हुई चली गईं। वैद्य जी उनके इठलाने और इतराने पर कुछ इस तरह लटपटाए कि तमाम फ़िल्मी तराने उनके जेहन में अँगड़ाइयाँ लेकर होंठों से बाहर आने लगे।

दिन-भर वैद्य जी का किसी काम में मन नहीं लगा। पहली बार उन्हें लगा कि दिल चोरी होने वाली बात फ़िल्मी नहीं है और ज़ुल्मी, ज़ालिम, क़यामत जैसे शब्द वास्तव में कुछ ख़ास ही होते हैं। उन्हें महसूस हुआ कि ज़ालिम गुलबियारानी सचमुच ही उनके दिल पर जुल्म ढाकर इठलाती हुई चली गई हैं।

रात जैसे-तैसे वैद्य जी ने करवटें बदलते हुए काटी। अगले दिन उनकी उम्मीद के विपरीत मोबाइल पर मिस्ड काल आया। वैद्य जी जानते थे कि बहुत से मुफ़्तखोर और मक्खीचूस मिस्ड काल मारकर प्रतीक्षा करते हैं कि सामने वाला फ़ोन लगाए। ऐसे मुफ़्तखोरों के सगे-संबंधियों के प्रति वैद्य जी अत्यंत सम्मानजनक भाव रखते थे और जी भरकर उनके प्रति यथोचित भावनाएँ व्यक्त करते थे। मगर आज वैद्य जी को इसी मिस्ड कॉल की प्रतीक्षा थी। मिस्ड कॉल करने वाली गुलबियाबाई ही थीं। उन्होंने चट से फ़ोन डायल करना हरा बटन दबाया और उधर से गुलबियाबाई की आवाज़ सुनते ही वैद्य जी की तबीयत भी हरी हो गई।

"क्या कर रहे हैं वैद्य जी, हमने आपको डीस्टर्ब तो नहीं कर दिया?" गुलबियाबाई ने डिस्टर्ब पर इतना ज़ोर दिया कि मात्रा छोटी से बड़ी हो गई।

"अरे नहीं नहीं..." वैद्य जी की आवाज़ काँपने लगी, "मुन्ने की तबीयत कैसी है?"

"आपकी दवा से कौन ठीक न होगा वैद्य जी, मुन्ने की तबीयत तो ठीक हो गई, मगर हमारी कुछ बिगड़ गई है।"

"अरे, क्या हो गया?" वैद्य जी का दिल धड़कने लगा।

"आप ख़ुद ही देख जाइए न।" गुलबियाबाई की आवाज़ में कशिश की दबिश कुछ ऐसी थी कि वैद्य जी फिसल पड़े। एमरजेंसी केस की भाँति वह एक पल में चारपाई पर से उठ खड़े हुए, दवा का बक्सा उठाया और तेज़ क़दमों से अपने इस ख़ास मरीज के इलाज की गरज से चल पड़े।

धड़कते दिल से उन्होंने गुलबियाबाई की चौखट पर क़दम रखा। गुलबियाबाई चारपाई पर लेटी थीं। वैद्य जी को देखते ही मरीजों की भाँति कूलने लगीं। वैद्य जी ने मरीज का हाथ अपने काँपते हुए हाथों में लेकर नाड़ी देखी, फिर हौले से माथा छुआ। परीक्षण की इस आम प्रक्रिया से उन्हें कई हज़ार वोल्ट का करेंट तो लगा मगर बुखार जैसा कुछ समझ में नहीं आया। वह बैक्टीरियल, वायरल, मलेरिया, टाइफाइड, चिकनगुनिया जैसे अनेक बुखारों का ताप पहचानते थे, मगर इस मरीज का ताप उनकी पकड़ में नहीं आया। एक प्रोफेशनल मेडिकल मैनेजर की भाँति

जाँच-परख में कोई कसर न रखते हुए उन्होंने गुलबियाबाई का पूरा मुँह खुलवाकर, जीभ बाहर निकलवाकर और गले के भीतर ऐन टेंटुए तक झाँककर हर संभव ढंग से मुआयना किया, यहाँ तक कि आँखों से ही शरीर के एक्स रे का बेशर्म प्रयत्न भी किया। इससे उन्हें ज़बर्दस्त आनंद की प्राप्ति हुई मगर तब भी मर्ज पकड़ न आया। अंत में आला और थर्मामीटर का सहारा लेने के बाद भी उन्होंने जब पाया कि सब कुछ ठीक है तब उनकी समझ में आया कि सब कुछ ठीक होते हुए भी कुछ ठीक नहीं है। इसका परिणाम यह हुआ कि कुछ न होने वाली, फिर भी कुछ-कुछ होने वाली इस बीमारी के संक्रमण से उनके अपने बदन में हरारत होने लगी। वह रोमांचित हो उठे। उन्हें आभास हुआ कि उनके क़दम ज़मीन पर नहीं पड़ रहे हैं लिहाज़ा अरमानों के पंख लगाकर लजाते, शरमाते वह घर की ओर उड़ चले और घर के बेजान हैलीपैड पर लैंड हो गए। उन्होंने पाया कि अब और कोई मरीज देखने का आज बिलकुल भी मन नहीं है, उनकी साँसें सामान्य से तेज़ चल रही हैं। बेचैनी और धड़कन भी कुछ ऐसी बढ़ी मालूम हो रही है जिसकी दवा न तो उनके अस्पताल में मिलने वाली है न ही कहीं और।

रात का अँधेरा घिरते ही वह अपने शयनकक्ष में चुपचाप लेट गए और शांत भाव किंतु अशांत मन से कमरे का मुआयना करने लगे। रेल के डिब्बों की तरह दस गुणा दस के क्षेत्रफल वाले तीन कमरों की शृंखला में यह दूसरे नंबर का कमरा था, जो सुबह के वक़्त पूजनकक्ष, दोपहर के वक़्त भोजन कक्ष, शाम के वक़्त कामिनी देवी के भजन कक्ष और वक़्त ज़रूरत बैठक कक्ष के रूप में उपयोग में लाया जाता था। अँधेरा घिरते ही यह कमरा उस शयनकक्ष में तब्दील हो जाता था जिसमें कामिनी देवी सोती थीं, मगर वैद्य जी के अरमान जिन्न की भाँति जागते थे और कुंठाओं में बदलकर सो जाते थे। वैद्य जी की नज़रें इस बहुद्देशीय कक्ष पर घूम रही थीं जिसे रात्रि होने के कारण इस वक़्त शयनकक्ष कहा जा सकता है।

इसका उधड़ा प्लास्टर किसी अदृश्य चुम्बकीय आकर्षण से दीवार से चिपका हुआ था। छत पर मिट्टी के कवेलू और उसके नीचे टाट की फट्टी...उससे झूलता, घिच-घिच की मंद सुर लहरियों के साथ घूमता पंखा...कक्ष में सुवासित मंद मादक गंध, जो किसी इत्र फुलेल या बेला, गुलाब या जूही चंपा के रूम फ्रेशनर की नहीं थी बल्कि टिंचर, आयोडीन, इंजेक्शनों और ऐसी ही नाना प्रकार की दवाइयों की मौजूदगी से शयनकक्ष को सुवासित किए थीं तथा ऐसा वातावरण उत्पन्न कर रही थी कि अच्छे भले व्यक्ति का या तो दम घुट जाए या फिर वह स्वतः ही अपना दम घोंट ले। अमावस्या से काले पीलिया से ग्रस्त मरीज की तरह पीली अधमरी रोशनी...ऐसे चुके हुए उत्तेजक वातावरण में वैद्य जी पलंग के एक छोर पर लेटे थे। बीस बरस पुरानी उस शैया के दूसरे छोर पर थीं उनकी ततैयातुल्य अर्द्धांगिनी कामिनी देवी। दोनों के बीच पसरा था शीतयुद्ध सा माहौल और वाघा बार्डर सा सन्नाटा।

वैद्यजी ने आँखें बंद कर छत की ओर ताका। वह रोज़ाना आँखें मूँदकर ऐसे ही ताक़ते थे जैसे देवताओं का आह्वान कर रहे हों। ऐसे आह्वान उपरांत एकमात्र देवता प्रकट होते थे जिन्हें हम आप होश सँभालते साथ ही मदनप्रिय, कंदर्पशिरोमणि, रसरंगरसिक कामदेव के नाम से पहचानते हैं। ऐसा मालूम होता था कि कामदेव दुनिया के समस्त मर्दों को छोड़कर एकमात्र वैद्य जी पर मेहरबान थे और उनके तरकश के सारे तीर 'मैन्यूफैक्चर्ड फॉर वैद्य जी आनली' के सील-सिक्के के साथ ही फैक्ट्री से बाहर आते थे। रोज़ाना की तरह आज भी कामदेव ने वैद्य जी की ओर तीरों की वर्षा प्रारंभ कर दी। इन तीरों में गुलबियाबाई का ज़हर बुझा था जो वैद्य जी के प्राण लेने पर तुला था। वैद्य जी ने तीरों को दिल में सहेजा और बहुतेरी हिम्मत जुटाकर वाघा बार्डर के कुछ क़रीब आए। उन्होंने शिलाजीत के जादुई असर से अपने हृदय को भरसक कड़ा कर कामिनी देवी की ओर मित्रता का हाथ बढ़ाया, "श...श...श...सो तो नहीं गईं?" उनकी आवाज़ में कुछ हद तक रिरियाहट और काफ़ी हद तक मिमियाहट थी।

"क्या है?" कामिनी देवी ने ऐसे स्वर में झिड़का जैसे अचानक किसी कोढ़ग्रस्त भिखारी ने उनके आगे हाथ फैला दिया हो।

वैद्य जी ने कामदेव के तीरों को कामिनी देवी की ओर मूलतः अग्रेषित करने का प्रयास करते हुए मरियल आवाज़ में कहा, "एक बार इधर तो..."

"तुम्हें कुछ पता है कि नहीं, आज भूतड़ी अमावस्या है...ऐसे में कुछ ऐसा-वैसा सोचना भी पाप है।" कहकर कामिनी देवी ने तीरों को झटका फिर तोड़-मरोड़कर इतने जोरों से वैद्य जी के मुँह पर मारा कि वैद्य जी को तो छोड़िए, सीलिंग फैन पर लटककर तीर छोड़ते कामदेव भी कामिनी देवी के ऐसे कोप को देखते ही अंतर्धान हो गए।

कामिनी देवी ने 'आज भूतड़ी अमावस्या है,' का इत्तिलानामा और 'असुविधा के लिए ख़ेद है,' का माफ़ीनामा वाघा बार्डर के बीचोबीच चस्पाँ किया और रोज़ाना की भाँति निद्रा में लीन हो गईं। पति और पत्नी एक ही गाड़ी के दो पहिए होते हैं, यह कहने वाला यदि वैद्य जी के हाथ लग जाता तो वह उसकी गरदन मरोड़ देते। उनकी गृहस्थी की गाड़ी का एक पहिया हमेशा इसी तरह पंचर होता आया था, अतः उनकी प्रबल मान्यता थी कि गृहस्थी चार पहिया या कम से कम तीन पहिया गाड़ी तो होनी ही चाहिए ताकि एक पहिया पंचर हो तो कम से कम दूसरा पहिया तो गाड़ी दौड़ाता रहे। वैद्य जी की नज़र से उनकी यह सोच जायज़ भी थी। चिकित्सा जगत के हीरो हैनीमैन, चरक और सुश्रुत के बाद उनके एकमात्र आराध्य यदि कोई थे तो वह थे कामदेव। इधर उनकी पत्नी यानी कामिनी देवी इसके एकदम उलट थीं, जो संसार के तैंतीस करोड़ देवी-देवताओं में बत्तीस करोड़ निन्यान्वे लाख निन्यान्वे हज़ार नौ सौ निन्यान्वे को पूजती थीं, एकमात्र कामदेव ही

थे जिन्हें भस्म कर एक बार में काम तमाम कर डालने की नीयत से उनकी आँखों में हमेशा आग धधकती रहती थी।

आज का वाकया नया नहीं था जो वैद्य जी को भूतड़ी अमावस्या का नोटिस चस्पाँ मिला था। यह हर रोज़ की बात थी। किसी रोज़ चतुर्थी की पूजा होती तो किसी रोज़ पंचमी का व्रत। कभी षष्ठी होती तो कभी सप्तमी, अष्टमी या नवमी का त्योहार। ऐसे ही दशमी, एकादशी, द्वादशी, त्रयोदशी और चतुर्दशी। साल भर का पंचांग कामिनी देवी के तकिए के नीचे होता जो वैद्य जी के अंग-अंग में मची हलचल को जंग लगा देता। कामिनी देवी प्राय: हर रात व्रत, जप और जाप का ऐसा फ़तवा जारी करतीं कि वैद्य जी के तन-मन का सारा ताप ठंडा पड़ जाता। ऐसे ही आज वैद्य जी के ताप पर गाज गिरी थी।

गाज के प्रभाव से वैद्य जी के अरमान क्रोधमिश्रित कुंठा में बदल गए। उन्हें पक्का यक़ीन हो गया कि कामिनी देवी का नाम कमीनी देवी होता तो कम से कम उनके साथ कुछ तो न्याय होता। इधर कामिनी देवी के खर्राटे दहाड़ों की ओर बढ़े, उधर दीवानगी की हद तक पहुँचे वैद्य जी के विचार दीवानी से शुरू होकर फ़ौजदारी तक दौड़ने लगे। उन्होंने कई तरह की बातें सोचीं, मसलन दहाड़ मारती अर्द्धांगिनी को तलाक़ दे दें, मगर इस उम्र में वह भी गाँव के देहाती माहौल में तलाक़-वलाक कुछ जमेगा नहीं, सोचकर उन्होंने दीवानी को वहीं खूँटी पर टाँगकर फ़ौजदारी तकनीकों की ओर दिमाग़ दौड़ाया। खर्राटों के स्वर तेज़ होते जा रहे थे। ऐसे में तिलमिलाए हुए वैद्य जी ने सोचा कि ऐसी जाहिल स्त्री को खींचकर एक लात मारें, या पलंग से नीचे ढकेल दें, चोंगे की तरह खुला उनका मुँह नोंच डालें या फिर गला ही मसककर एक बार में सारी कसक निकाल डालें, मगर वह ऐसा कुछ न कर पाए। हारकर उन्होंने खर्राटों को ही अपनी नियति मानकर उन्हें ध्यान से सुनना शुरू किया।

दिलचस्प बात यह थी कि कामिनी देवी जब खर्राटे भरना शुरू करती थीं तो उनके खर्राटों से एक विशिष्ट प्रकार का दहाड़मय संगीत उत्पन्न होता था। ऐसे में यदि अपने सिर के बाल नोचता या क़िस्मत को कोसता कविहृदय पिया अपनी समग्र कुंठाओं को समेटकर खर्राटों को काव्यमयी पंक्तियों में बाँधता तो दहाड़मय संगीत का भावार्थ कुछ इस प्रकार होता,

"तुम्हारी तुम जानो पिया,
तुम जाओ इसी वक़्त भाड़ में,
हमारा तो मस्त है जिया
अपनी ही दहाड़ में।"

वैद्य जी को प्रतीत हुआ कि कामिनी देवी के खर्राटे उन्हें चिढ़ा रहे हैं और उनके लिए कुछ ऐसा ही संदेश दे रहे हैं। जैसे-जैसे 'सॉरी फार इन्कन्वीनिएंस' का बोर्ड लगाकर कामिनी देवी की खर्राटागाड़ी दौड़नी शुरू हुई, वैद्य जी को अपना जीवन निस्सार,

नीरस, बेरंगा, बेढंगा प्रतीत होने लगा। उन्होंने भाड़ में जाने के लिए कुएँ में कूद जाने, पंखे से लटक जाने, आग लगा लेने और चूहामार दवा पी लेने जैसे ख़ुदकुशी के सदाबहार हिंदुस्तानी तरीक़ों पर विचार किया मगर हिम्मत इसकी भी नहीं जुटा सके।

अब उन्होंने आत्ममंथन प्रारंभ किया। वह 'काम' की खटिया से कूदकर एकाएक अध्यात्म की मृगछाल पर आ बैठे। जीवनदर्शन, आत्मा, आनंद और कर्म पर खोपड़ी को उन्होंने जी भरकर मथा। अर्धांगिनी के खर्राटों से बाहर आते संगीतमय संदेश को कर्म और आनंद की कसौटी पर कसा तो जैसे अचानक उन्हें आत्मज्ञान प्राप्त हुआ। अध्यात्म की खाई में गिरने से पहले ही उनके विचारों की नाव एक बार फिर काम के समंदर में गोते लगाने लगी और वह वैराग्य के वन में भटकने के बाद पुनः राग के राष्ट्रीय राजमार्ग पर लौट आए। कमनीय गुलबियाबाई उनके मनोमस्तिष्क पर दुर्दमनीय इच्छा बनकर सवार हो गईं। सवारी के इसी दौर में उनके मन में घृणा, ओज, वीर और शृंगार के कॉकटेली रस में डूबी एक कविता झरने की तरह फूटी और नवगीत के बोलों को स्वरबद्ध करते वह गुनगुनाते हुए उठ बैठे।

"तुम्हारी तुम जानो प्रिया
मरो तुम इसी दहाड़ में
हम तो चले डूबने,
गुलाबी हुस्न की बाढ़ में।"

भाड़, दहाड़ और बाढ़ की इस अकवितामयी तुकबंदी ने वैद्य जी के हाड़-हाड़ में हलचल मचा दी। उन्होंने एक बार फिर इस प्रेरणादायी तुकबंदी को दोहराया, उन्हें मज़ा आने लगा, लिहाज़ा उन्होंने कई-कई बार उसे दोहराया। इससे उन्हें विकट ऊर्जा मिली। उन्होंने अब तक जंग खा चुकी हिम्मत को बटोरा फिर ऊपर लटकते पंखे को ताका जिस पर कामदेव एक बार पुनः वापस आकर मुसकरा रहे थे और वैद्य जी को 'भाग मटुकवा भाग' की तर्ज पर भागने का इशारा दे रहे थे। वैद्य जी कामदेव के इस उकसावे पर पलंग से कूद पड़े और कामिनी देवी को खर्राटे मारता छोड़ फर्राटे से गुलबियाबाई के घर की ओर रवाना हो गए।

भूतड़ी अमावस्या की काली अँधेरी रात...दूर-दूर तक सन्नाटा। एकदम मरघट सा। कहीं-कहीं से कुत्तों के भौंकने की आवाज़ तो कभी अचानक सियारों की हुआ हुआ...वैद्य जी चोरों की तरह लुकते-छिपते दबे पाँव चले जा रहे थे। उन्हें प्रतीत हो रहा था कि कामदेव वेताल की तरह आज उनकी पीठ पर सवार हो गए हैं। लिहाज़ा न उन्हें चोरों का डर था न गश्त पर घूमती पुलिस का। न भूतों का न चुड़ैलों का। बेसबरी में उनका दिल इतने ज़ोरों से धड़क रहा था कि उनकी धड़कन को मापने आला लगाया जाता तो शायद आले में विस्फोट हो जाता।

स्कूल का आख़िरी छोर ख़त्म होते ही उनके क़दम उस गली की ओर मुड़ गए जो सीधे गुलबियाबाई के घर पर जाकर ख़त्म होती थी। उन्होंने गुलबियाबाई

के बरामदे में चोरों की तरह घुसकर मन में नृत्य करते मोरों पर एक नज़र डाली फिर बग़ल के कमरे में सो रहे गुलबियाबाई के बच्चों की शृंखला पर नज़र डाली। जब उन्होंने पाया कि सारी फ़ौज एकदम बेख़बर सो रही है तो अंत में उन्होंने खटिया पर कमरे में अकेले सोती गुलबियाबाई पर नज़र डाली। ऐसा करते ही मारे उमंग के उनका अपना चेहरा गुलाबी हो आया। उन्होंने आँख बंद कर ऊपर की ओर देखा जहाँ कामदेव उनका मार्गदर्शन करने के लिए पूरे जोश के साथ मौजूद थे। कामदेव ने पहले थम्स अप का इशारा कर वैद्य जी की हौसलाअफ़ज़ाई की फिर हरी झंडी लहराकर ज्यों ही उन्हें गैट सैट गो का इशारा किया, वैद्य जी पूरी बेशरमी, बेहयाई और ढिठाई के साथ गुलबियाबाई के कमरे में कूद गए।

इसके बाद क्या हुआ, यह सब खुलासा कर क़िस्से को ज़्यादा चटखारेदार बनाने की ज़रूरत नहीं है, लिहाज़ा पाठकों की समझ पर पूरा विश्वास रखते हुए और ऐसी क़ाबिले तारीफ़ समझ को भरपूर सम्मान प्रदान करते हुए आगे बढ़ते हैं। उस रोज़ भोर की किरण फूटने के पहले ही वैद्य जी पोर-पोर में आनंद समेटे विजयी योद्धा की तरह अपने शिविर में लौटे। उन्होंने पाया कि शयनकक्ष, जो कि पौ फटते ही पूजनकक्ष में बदलने वाला था, उसमें उनकी धर्मपत्नी के खर्राटों का झींगुरी और दहाड़मयी संगीत जारी था। रोम-रोम में फूटती स्वर लहरियों के बीच ऊपर वर्णित संगीत न जाने कहाँ लुप्त हो गया और वैद्य जी गहरी नींद में खो गए।

इस प्रकार वैद्य जी की अँधेरी रातों में आनंद का नया सूर्योदय हुआ. मिस्ड कॉल संदेश के नए माध्यम बन गए। अब तक जो उनके जीवन में मिस होता आया था, उसे मिस्ड कॉल ने पूरा कर दिया। लिहाज़ा वक़्त यह आया कि मौक़ा पाते ही वह हज़ार अश्वशक्ति की ताक़त वाले अरबी घोड़े की भाँति गुलबियाबाई के घर की ओर दौड़ते फिर अधमरे चूहे की भाँति लुकते-छिपते अपने बिल में आकर दुबक जाते। यह सिलसिला अनवरत जारी हो गया।

कुत्ते चूँकि हमारे देश के राष्ट्रीय पशु नहीं हैं, इसलिए हर गली-कूचों में बहुतायत से पाए जाते हैं। गूगल गाँव भी इसका अपवाद नहीं था और देसी कुत्तों की एक पूरी वेरायटी यहाँ पाई जाती थी। मनुष्य और कुत्तों के बीच भेद करें तो कुत्तों में एक क्वालिटी पाई जाती थी कि उनकी फ़ौज का एक सेनापति होता था और मामूली विरोध को छोड़ दें तो उसकी बात प्रायः मानी जाती थी। कुत्तों की यह फ़ौज दिन में जितनी शांत और शरीफ प्रतीत होती थी, रात होते ही अपने संपूर्ण कुत्तेपन पर उतर आती थी। हरेक को शंका की दृष्टि से देखती और भौंककर अपनी उपस्थिति दर्शाती थी। तीन चार रात गाँव के कुत्तों ने वैद्य जी को इस प्रकार चोरी छिपे गुलबियाबाई के घर की ओर दौड़ते और फिर मुँह अँधेरे लौटते देखा। कुत्तों के सरदार से रहा न गया। सरदार ने तत्काल ही गाँव के समस्त कुत्तों की एक आपातकालीन पंचायत बुलवाई। गाँव के समस्त अड़ियल, दढ़ियल,

सड़ियल, खजियल, कटियल और मरियल कुत्ते इस श्वान-पंचायत में शामिल हुए और विचारने लगे कि वैद्य जी की ऐसी हरकत पर किस तरह उनसे पेश आया जाए।

अड़ियल कुत्ते ने गुर्राकर कहा, ''वैद्य जी बड़ी ही कमीनी टाइप की हरकत कर रहे हैं। लिहाज़ा जब भी वह रात में चोरों की तरह निकलें, हमें उनका पाजामा फाड़ डालना चाहिए।''

एक कटियल कुत्ते ने, जिसका एकमात्र धर्म बात-बेबात काटना था, दाँत किटकिटाकर खापोचित उग्रता के साथ बोला, ''पाजामा फाड़ने से काम नहीं चलेगा, स्साले को इस हरकत पर काट डालना चाहिए।''

कुत्तों के इस चिंतन-शिविर में एक दढ़ियल कुत्ता भी था जो आम तौर पर साहित्यिक भाषा में भौंकता था तथा जिसे सीधे तौर पर बुद्धिजीवी समझा जाता था, अपनी दाढ़ी को अगले पंजों से सहलाता गंभीर स्वर में भौंका, ''ऐसा करना ठीक नहीं होगा। इससे हमारी छवि पर बड़ा ही विपरीत प्रभाव पड़ेगा, पहले ही हम लोग अपनी छवि के ख़राब होने से अत्यंत दुखी हैं।''

अब कुत्तों का सरदार बोला, ''हम वैद्य जी को लेकर इतना दुखी क्यों हैं जबकि हममें से अधिकांशतः वही करते हैं जो इस वक़्त वैद्य जी कर रहे हैं।''

सरदार कुत्ते की इस बात पर सड़ियल कुत्ते, जो हर बात पर केवल हाँ में हाँ मिलाना जानते थे, सिर हिलाते हुए बोले, ''हाँ...सरदार ठीक कहते हैं, आख़िर हम सब भी तो यही करते हैं जो वैद्य जी कर रहे हैं।''

खजियल कुत्तों ने भी पिछली टाँग से अपने शरीर के समस्त अंगों को खुजलाते हुए सरदार का समर्थन किया। संस्कृति और संस्कारों के इस चिंतनशिविर में अब राय व्यक्त करने की बारी उन मरियल कुत्तों की भी थी जिनकी अपनी कोई राय न थी तथा उन्होंने अब तक कटियल, अड़ियल, दढ़ियल सड़ियल और खजियल कुत्तों की राय का ही आँख मूँदकर समर्थन किया था, उन्होंने अपनी पिछली टाँगों के बीच अज्ञात भय से दुम घुसाते हुए कहा, ''हाँ-हाँ...हम सब भी यही करते हैं।''

''तो यह तय रहा कि वैद्य जी भी वही कर रहे हैं जो कि हम करते आए हैं।'' सरदार ने कहा।

''हाँ...एकदम ठीक बात है और इस प्रकार की हरकतें कर वैद्य जी यदि हम कुत्तों की बिरादरी में शामिल होना चाह रहे हैं तो हम सबको हिप हिप हुर्रे कर उनका स्वागत करना चाहिए।''

''हिप हिप हुर्रे...''

''हिप हिप हुर्रे...''

''हिप हिप हुर्रे...'' एकदम शोर सा मच गया।

समवेत स्वर में भौंककर हिप हिप हुर्रे करते हुए समस्त कुत्तों ने वैद्य जी का अपनी बिरादरी में खुले दिल से स्वागत किया। सभी कुत्तों ने पंजा उठाकर प्रण किया कि जब भी वैद्य जी कुकुरत्व भाव से यहाँ आएँगे, उन्हें श्वान-पंचायत द्वारा पूरा संरक्षण दिया जाएगा।

वैद्य जी को इस बात का पूरा भरोसा था कि उनकी इस हरकत को कामदेव के अलावा और कोई नहीं देख रहा है। तभी उनकी अंतरात्मा से आवाज़ आई, ''वैद्य जी, आप ठीक नहीं कर रहे हैं, भगवान से कुछ छिपा नहीं है। वह सब देखता है।'' वैद्य जी घबरा गए। मगर उनके विवेक का रिमोट उनके प्रेरणास्त्रोत और भ्रष्ट पथ-प्रदर्शक कामदेव सँभाले थे। कामदेव ने उन्हें तुरंत यह बताकर संकट से उबारा कि आज तक कामिनी देवी ने उनके साथ जो जुल्म किए, वह भी तो भगवान देख रहा था और समझ भी रहा था। तब तो भगवान चुप बैठे रहे और अब बड़े आए भगवन तुम बीच में टाँग अड़ाने। वैद्य जी इस निष्कर्ष पर पहुँचे कि भगवान ठीक ढंग से अपना रोल नहीं अदा कर रहे और उनसे जानबूझकर पक्षपात बरत रहे हैं। लिहाज़ा उन्होंने अपनी अंतर्आत्मा के पिछवाड़े पर एक लात जमाई और कामदेव को सृष्टि से ऊपर मानते हुए उनके आदर्शों पर चलने का प्रण कर लिया। इसका प्रभाव यह हुआ कि आए दिन, रात गहराते ही वैद्य जी के मोबाइल पर मिस्ड कॉल आता और वैद्य जी अपनी खर्राटिणी अर्द्धांगिनी को छोड़ विरहणी प्रेयसी के घर हिरण की तरह कुलाँचे मारते हुए पहुँच जाते। उन्हें आश्चर्य होता कि गाँव के कुत्ते जो कि आधी रात में चाहे जिसकी खाल उधेड़ने के लिए तत्पर रहते थे, वे उन्हें देखकर काटना या खदेड़ना तो दूर, उनके सम्मान में दुम हिला रहे हैं, यहाँ तक कि कई तो लड़ियाते हुए उनके क़दमों में ही लोट रहे हैं। कई बार उनके मन में ख़याल आता कि काश, वह कुत्तों से बात कर पाते तो उनसे पूछते ज़रूर कि भइया, मुझमें ऐसी क्या बात देखी तुम लोगों ने जो अपना स्वभाव ही भुला बैठे हो।

आज भी वैद्य जी के मोबाइल पर मिस्ड कॉल आया था। वह पसोपेश में पड़ गए। जनता की सरकार आज गाँव की जनता के द्वार पर मौजूद थी और पकड़े जाने पर किसी भी क्षण उनका भांडा फूट जाने का अंदेशा था। वैद्य जी के साथ एक सुभीता यह जुड़ा था कि पसोपेश की अवस्था में जब भी वह आँखें खोलकर स्वतंत्र रूप से निर्णय लेने का प्रयत्न करते थे, कामदेव झट उनकी आँखों पर परदा डालकर पसोपेश का पटाक्षेप कर देते थे। आज भी कामदेव ने उनकी आँखों पर परदा टाँगकर उन्हें अनिर्णय की स्थिति से उबार लिया और वैद्य जी गुलबियाबाई के घर की ओर रवाना हो गए।

स्कूल की ओर रोशनी फैली थी। यद्यपि उसके सामने से गुज़रने वाली सड़क पर लगभग अँधेरा ही था। बाउंड्रीवाल के उस ओर स्कूल परिसर में तमाम अफ़सरों की गाड़ियाँ, मैदान और बरामदों में यहाँ-वहाँ टाँग फैलाकर सोती सरकारी फ़ौज को देखकर यद्यपि वह ठिठके, मगर आँखों पर पड़े पर्दे और दर्दे जिगर के प्रभाव से उनके क़दम आप से आप गुलबियाबाई के घर की ओर बढ़ने लगे। बस यहीं से गड़बड़ी शुरू हुई जब अफ़सरों के स्टिंग आपरेशन की तैयारी में छिपे लपकासिंह ने उन्हें सम्मोहित मुद्रा में ऐसे दबे पाँव बढ़ते देखा था।

लपकासिंह भ्रम में पड़े थे। अफ़सरों का कच्चा चिट्ठा खोलने के लिए स्टिंग आपरेशन जारी रखें या फिर वैद्य जी का पीछा करें। उन्होंने घड़ी पर नज़र डाली। रात के साढ़े बारह बज चुके थे। अब तक अफ़सरों के कमरों की लाइटें बंद हो चुकी थीं और अब उनके गूगल गाँव से चोरी छिपे शहर लौट जाने की संभावनाएँ न के बराबर थीं। लिहाज़ा आपरेशन नाइट रिट्रीट स्थगित कर वह ऑपरेशन नाइट थंडर के लिए तैयार हो गए और दबे पाँव वैद्य जी के पीछे-पीछे चलने लगे। उनका अंदाज़ा ग़लत नहीं था। गुलबियाबाई का घर नजदीक था और वैद्य जी के क़दम ख़ुद ब ख़ुद उसी ओर उठ रहे थे। लपकासिंह चूँकि स्वभावगत कमीने थे लिहाज़ा उनकी आँखों में कमीनेपन भरी चमक और ओंठों पर उतने ही कमीनेपन भरी मुसकराहट छा गई। उनका अंग-अंग कमीनेपन से आच्छादित हो गया और वह मुदित होते हुए कैमरे को तैयार करने लगे।

अभी वैद्य जी गुलबियाबाई की गली में प्रविष्ट होने को ही थे और सुरक्षित दूरी बनाकर चलते लपकासिंह अपनी पोजीशन लेने को थे कि कुत्तों के झुंड ने एकाएक प्रकट होकर लपकासिंह को चारों ओर से घेर लिया। लपकासिंह ने क़दम आगे बढ़ाना चाहा मगर कुत्ते उनकी पैंट खींचकर उनकी इज़्ज़त लूटने पर आमादा हो गए। ऐसी विकट और विपरीत परिस्थितियों में लपकासिंह ने मैदान छोड़ना उचित समझा और यह ऑपरेशन भी स्थगित कर दिया। उन्होंने इस ऑपरेशन की नाकामयाबी पर हिम्मत नहीं हारी और यह प्रण किया कि वह वैद्य जी के रोग का पता लगाकर ही रहेंगे और उनका यथोचित इलाज भी वक़्त आने पर करेंगे। फ़िलहाल उनके दिमाग़ में आया कि उन्हें सुबह से सरकार के ग्राम-भ्रमण का कवरेज भी करना है अतः वह अपने घर की ओर लौट चले।

6

गूगलगाँव की अगली सुबह...रात में तयशुदा एजेंडे के मुताबिक मोटरसाइकिल पर पटवारी गोटीराम आगे-आगे पायलेटिंग करते चले और पीछे-पीछे कारों में

वन्य जीवन की रक्षा संबंधी योजना निर्माण हेतु दोनों अधिकारी जंगल के लिए रवाना हो गए। उनके पीछे-पीछे एसडीएम, तहसीलदार एवं बीडीओ कमिश्नर साहिबा के पीए को अपने साथ जीप में बिठाए चल पड़े।

हाजत एक ऐसी शै है, जिसकी निवृति में जरा सी भी चूक अथवा विलंब की दशा में भयंकर दुर्घटना और पब्लिक के मुफ़्त मनोरंजन की सौ फ़ीसदी गारंटी होती है। वन्य विश्राम गृह पहुँचकर ऐसे ही अपरिहार्य कारणों से सुखपूर्वक निवृत होने के पश्चात कमिश्नर साहिबा अपने स्वभाव के विपरीत ऐसे हल्के मूड में आ गईं मानो सरकारी दौरे की जगह पिकनिक पर आई हों। कलेक्टर साहब ने भी स्वयं को अत्यंत तनावमुक्त महसूस किया। वह कमरे से बाहर आए तो पाया कि कमिश्नर साहिबा पहले ही बाहर आ चुकी हैं और महीन पारदर्शी ट्रैक सूट में बड़ी बेतकल्लुफ़ी में टहल रही हैं।

जंगल में मंगल किसे कहते हैं, कमिश्नर साहिबा अभी-अभी अनुभव कर चुकी थीं, लिहाज़ा उनके चेहरे पर प्रसन्नता एवं संतुष्टि के भाव थे। कलेक्टर साहब को बाहर आते देखकर चुटकी लेने की गरज से उन्होंने कलेक्टर साहब की तोंद पर उँगली उठाई, ''क्या कलेक्टर साहब, लगता है आप फिजिकल फिटनेस की ओर ध्यान नहीं देते हैं।''

कलेक्टर साहब ने अपनी तोंद पर बेचारगी से एक नज़र डाली फिर कछुए की भाँति तोंद को पेट के भीतर छिपाने का असफल प्रयास किया। उन्होंने यह भी छिपाते हुए कि एक ख़ूबसूरत महिला की इस व्यंग्योक्ति पर वह किस प्रकार झेंप चुके हैं, खीसें निपोर दिए। फिर हें-हें करते बोले, ''मैडम, काम के मारे समय कहाँ मिल पाता है।''

''ये तो बहाना है कलेक्टर साहब,'' मैडम ने अपने फिगर की ओर गर्व से इशारा कर कहा, ''मुझे देखिए, मैं भी दिन रात काम में व्यस्त रहती हूँ, मगर फिर भी फिट हूँ। जानते हैं, इस फिटनेस का राज ?''

कलेक्टर महोदय के दिमाग़ की बगिया एकदम से खिल गई। जब-जब वह घर पहुँचते ही अपनी चिर थुलथुल अर्द्धांगिनी की ओर देखते थे तो मन मसोस कर रह जाते थे। तब उनकी आँखों के सामने कमिश्नर साहिबा का साँचे में ढला फिगर प्रकट होता था और मन में सवाल भी पैदा होता था कि आख़िर इस फिटनेस का राज क्या है! मगर वरिष्ठ अधिकारी से पूछा कैसे जाए, अनुशासन का सवाल था। अब जब कमिश्नर साहिबा ख़ुद ही राज खोल रही थीं तो कलेक्टर तो कलेक्टर, उन्हीं की तरह के घरेलू अनुभव एवं जिज्ञासा रखने वाले एसडीएम साहब, तहसीलदार, बीडीओ, पटवारी सभी के कान खड़े हो गए। कमिश्नर साहिबा रहस्य से परदा उठाकर बोलीं, ''इस फिटनेस का राज़ है योगा एवं प्राणायाम।''

"बिलकुल सही फ़रमाया श्रीमान।" हाँ में हाँ का समवेत स्वर एक बार फिर उभरा। इस पर खुश होकर कमिश्नर साहिबा ने पूछा, "आप में से किसी को आता है योगाभ्यास करना?"

"नो मैडम।"

"आप लोग देखना चाहेंगे?"

"यस मैडम, क्यों नहीं।" सभी ने एक सुर में ऐसे जवाब दिया जैसे अंग्रेज़ी स्कूल के बच्चे जादू या कलाबाजियों का कोई खेल दिखाने के आफर पर खुशी प्रकट कर रहे हों। मातहतों में उनके प्रदर्शन को लेकर ज़बर्दस्त उत्सुकता है, यह देखते ही कमिश्नर साहिबा प्रसन्न हो उठीं और पल-भर में वहाँ का दृश्य ही नहीं, आबो हवा भी बदल गई। डाक बंगले के लॉन में एक चटाई लाकर बिछा दी गई। कमिश्नर साहिबा की कार में से उन्हीं की तरह स्मार्ट और इकहरे बदन का गुलाबी जिस्म वाला लैपटॉप लाकर स्टूल पर रख दिया गया। कमिश्नर साहिबा चटाई पर वज्रासन मुद्रा में बैठ गईं। उनकी देखादेखी बाक़ी अफ़सर भी घास पर अच्छे बच्चों की भाँति वज्रासन में विराजमान हो गए। कलेक्टर साहब ने एक दृष्टि अपनी तोंद पर डाली और वज्रासन में बैठने का प्रयास किया मगर जब उन्हें सफलता नहीं मिली तो झेंपते हुए पैर फैलाकर एक ऐसे आसन में बैठ गए जिसे विचित्रासन कहा जा सकता है।

वन्य जीवों के शिकार और कटते पेड़ों की फाइल को कमोड के हवाले कर लैपटॉप पर योगाभ्यास की फाइल खोली गई। सितार की टुनटुनाहट और बाँसुरी की तुरतुराहट के बीच स्क्रीन पर दाढ़ी वाले एक योगी बाबा प्रकट हुए। कमिश्नर साहिबा ने श्रद्धा के साथ उन्हें प्रणाम किया और सूर्य नमस्कार के साथ योग की कक्षा का प्रारंभ हुआ। ताड़ासन, द्विपादासन, उर्ध्वासन, भुजंगासन और नाना प्रकार के आसनों के बाद शवासन प्रारंभ हुआ। लैपटॉप पर बाबाजी के निर्देश जारी थे..."आँखों को बंद करिए...शरीर को एकदम ढीला छोड़िए...श्वास पर ध्यान केंद्रित कीजिए...अब कल्पना कीजिए, आपके चारों ओर हरियाली फैली है...मंद मंद हवा चल रही है...रंग-बिरंगे फूलों पर तितलियाँ मँडरा रही हैं और भौंरे गुंजन कर रहे हैं..." अफ़सरों ने शरीर को एकदम ढीला छोड़ दिया, ठीक वैसे ही जैसे अक्सर दफ़्तर में छोड़ देते हैं। उन्होंने श्वास से अधिक इस बात पर ध्यान केंद्रित किया कि कमिश्नर साहिबा उन्हें गंभीरता से ऐसा करते देख रही हैं या नहीं। एक शख़्स था जो ध्यान कहीं और केंद्रित किया हुआ था। यह शख़्स था कमिश्नर साहिबा का पीए जो अपनी चुंधी-चुँधी आँखों का पूरा फ़ायदा उठाते हुए कमिश्नर साहिबा के रंग-बिरंगे फूलों की डिजायन वाले पारदर्शी ट्रैकसूट पर इस प्रकार ध्यान केंद्रित किया था कि किसी का ध्यान ही न जा सके। पीए साहब का मन भँवरे की तरह गुंजन करता अपनी ही अफ़सर के ऊपर निर्लज्जता से

मँडरा रहा था। शवासन के इस स्वर्गिक आनंद के बीच कलेक्टर साहब सो चुके थे और बाक़ी अफ़सर भी सोने की तैयारी में थे कि कमिश्नर साहिबा एकदम से उठ खड़ी हुईं और वापस अपने मूल रूप में आ गईं। हरियाली, ख़ुशबू, रंग-बिरंगे फूल और पत्तियाँ, तितली और भंवरों का गुंजन सब ख़त्म हो गया और माहौल के एक बार फिर सरकारी होते ही चारों ओर अनुशासन की कंटीली झाड़ियाँ उग आईं।

''फिनिश्ड। अब चला जाए।'' कमिश्नर साहिबा ने जितनी तेज़ी से कहा उतनी ही तेज़ी से कमरे में चली गईं। पाँच मिनट बाद ही वह लो वेस्ट जींस और कॉलरदार टी शर्ट में बाहर आईं और शूटिंग पैक अप की तरह सब कुछ समेटकर कारवाँ वापस गूगल गाँव के लिए रवाना हो गया।

जिस वक़्त क़ाफ़िला गूगल गाँव के लिए रवाना हुआ, लपकासिंह अपने कमरे में मात्र एक जाँघिए धारण किए नींद में बेसुध थे। एकाएक मोबाइल की तीखी घंटी सुनकर वह हड़बड़ाकर उठ बैठे। अधखुली आँखों से देखा, उनके ख़बरी का फ़ोन था।

''कहाँ हो लपका भइया, कब से फ़ोन लगा रहा हूँ।''

''हम तो सो रहे थे, नींद ही नहीं खुली। मगर हुआ क्या है?''

''अरे क्या नहीं हुआ, ये पूछो। स्कूल से कमिश्नर मैडम और बाक़ी अफ़सर ग़ायब हैं।''

''ग़ायब हैं?'' लपकासिंह चारपाई से कूदकर खड़े हो गए. 'इसका मतलब है, वही हुआ जो हमने सोचा था।' लपकासिंह बुदबुदाए। उन्हें ख़ुद पर बड़ा गुस्सा आया। खामख़्वाह वैद्य जी के चक्कर में पड़कर अच्छे भले ऑपरेशन नाइट थंडर की ऐसी-तैसी कर दी। फिर भी तस्दीक करने के इरादे से उन्होंने पूछा, ''क्या रात में ही चले गए?''

''अरे नहीं, बड़े सबेरे निकले हैं।''

''किस तरफ़?''

''जंगल तरफ़।''

''जंगल तरफ़? मगर वहाँ क्या करने गए हैं?''

''यह तो पता नहीं, मगर स्कूल में लोग बता रहे हैं, जंगल की कटाई और शेर, चीतों के ऊपर कोई जानकारी जुटाने गए हैं।''

लपकासिंह को एक बार फिर अफ़सोस हो आया। क्यों वह ऐसे बेसुध होकर सो गए, सोचकर उन्होंने अपने हाल पर नज़र डाली। ख़ुद को मात्र जाँघिए में पाकर स्वयं पर शर्मिंदा होते वह खूंटी पर से जींस उठाकर पहनने लगे। 'अभी भी कुछ नहीं बिगड़ा है,' उनका एक मन बोला। तभी उन्हें अपनी साधनहीनता का बोध हुआ। 'मगर जंगल में जाऊँगा कैसे? वहाँ तो कोई जीप-टैक्सी भी नहीं जाती,'

अपनी बेचारगी पर लपकासिंह ने सिर पकड़ लिया। उनकी घरेलू अर्थव्यवस्था के हालात इतने सुदृढ़ नहीं हुए थे कि वह एक मोटरसाइकिल ख़रीद पाते। किसी के भी साथ चिपककर या लटककर उनका कवरेज कार्य सुचारू रूप से चल रहा था, मगर जंगल का एक ऐसा रास्ता था जिसके लिए न तो वह किसी के साथ चिपक सकते थे न ही लटक सकते थे। उन्हें एक अच्छा मौक़ा हाथ से जाता महसूस हुआ। मोटरसाइकिल उनके कर्तव्य-पथ पर बाधा बनकर खड़ी हो गई। इस मोटरसाइकिल के लिए ही तो वे कब से कैमरे के दम पर लोगों पर अड़ी डालते आ रहे हैं। यूँ तो वे इतने निर्लज्ज थे कि सब कुछ ठीक होता तो वे अपनी ससुराल पर अड़ी डालने में भी नहीं चूकते और धमकी देते कि या तो दहेज में मोटरसाइकिल लाओ या फिर अपनी लड़की को ले जाओ। मगर यहाँ कुछ भी ठीक नहीं था और हालात दूसरे थे। मोटरसाइकिल से शुरू हुए सपने एक अदद शौचालय पर आकर अटक गए थे। उनकी प्राथमिकताओं में उतनी ही तेज़ी से बदलाव हुआ था जितना प्राय: सरकार बदलने पर पाया जाता है।

लपकासिंह ने एक बेबस नज़र चारपाई पर सो रही अपनी पत्नी पर डाली जो उन्हें बड़ी मुश्किल से नसीब हुई थी और जो मायके जाने की, दहेज में फँसा देने की और आत्महत्या तक कर लेने की धमकी दे देकर रोज़ाना उन्हें मुश्किल में डालती रहती थी। लपकासिंह ने बाल सँवारने की नीयत से कंघा उठाया जिसमें उनकी पत्नी के बालों का एक पूरा गुच्छा हमेशा की तरह फँसा उन्हें मुँह चिढ़ा रहा था। उन्होंने खीझते हुए उलझे बालों को जैसे-तैसे बाहर खींचा फिर कंघे से बाल काढ़ते आइने के सामने पहुँचे और आइने में शक्ल देखते ही वह एकाएक भूतकाल के कुएँ में गिर गए।

एक पुराना सा मकान...निचली मंज़िल पर दो कमरे और ऊपरी मंज़िल पर छोटी सी बालकनी वाला एक कमरा...कमरे की खिड़की, जिससे दूर तक फैले मैदान को देखा जा सकता है, इस खिड़की के ऐन बग़ल से शक्ल सँवारने के लिए लगा एक आइना...आइने के सामने खड़ा चालीस बरस की उम्र का एक लड़का...यह लड़का आइने में ख़ुद को निहारता नॉरसियस की भाँति अपने हुस्न पर अभिभूत हो रहा था। उसकी गरदन तक फैली केशराशि पीछे से देखे जाने पर उसके ख़ूबसूरत होने का ज़बर्दस्त भ्रम पैदा करती थी मगर सामने से देखने पर गलतफ़हमी तत्काल दूर हो जाती थी। खोपड़ी पर अठखेलियाँ करता चाँद, कनपटियों पर दूर तलक सफ़ेदी के रूप में उतर आई शुभ्र चाँदनी, और चौखटे पर चेचक का तारामंडल उनके हुस्न की चुगली करता था साथ ही इस बात का ऐलान भी करता था कि रूप की ऐसी छप्परफाड़ बारिश के बाद भी यदि यह लड़का बार-बार अपने हुस्न पर अभिभूत हो रहा है तो उससे बड़ा आत्मविश्वासी और जीवट वाला इंसान दूसरा नहीं हो सकता।

यह लड़का न विधुर था न तलाकशुदा...न छोड़ा हुआ, न छेड़ा हुआ। यह विशुद्ध कुंवारा था। चूँकि शादी के बंधन में बंधकर 'आदमी' के रूप में स्थापित नहीं हो सका था लिहाज़ा उसे हिंदुस्तानी बोलचाल के हिसाब से लड़का कहा जा सकता था। यह बाँका, साँवला, सजीला, सुदर्शन और सलोना लड़का प्रतिदिन आइने के सम्मुख इसी प्रकार बरसों से ख़ुद को निहारता अभिभूत होता था और इस बात पर हैरानी प्रकट करता था कि उसमें कमी कहाँ रह गई जो शादी करने के लिए उसे एक लड़की मयस्सर नहीं हुई। उसकी दिली ख़्वाहिश थी कि जिस प्रकार क़लम, कैमरा एवं क़ानून उसके जीवन में ख़ास अहमियत रखते हैं, उसी प्रकार कश्मीर की कली की तरह खिली, रमणीय, कमलनयनी और कमनीय काया वाली किसी कंचन कामिनी कन्या को वह फाँस सकें तथा विवाहितों के फटे में अपनी लंबी टाँगें फँसाकर वह भी 'आदमी' के रूप में स्थापित हो सके। यह बात अलहदा थी कि उनकी ख्वाहिश अधूरी थी और वह गाँव-गाँव के उन सैकड़ों कुँवारों की तरह ख़ुद को उसी कतार में खड़े पाते थे जो लड़कियों के अभाव में अधेड़ हो रहे थे।

पाठक समझ गए होंगे कि यह शख़्स और कोई नहीं, पत्रकार लपकासिंह ही थे जो पिछले बारह बरस से इसी प्रकार उस शुभ दिन की प्रतीक्षा कर रहे थे जिस दिन वह भी घोड़े की पीठ पर चढ़कर अपने सपनों को ऐड़ लगा सकें। वह शादियों बारातों में फोटो खींचते थे और दूल्हे की जगह ख़ुद के होने की कल्पना करते थे, दूल्हे की क़िस्मत पर मन-ही-मन रश्क करते थे। जलन का ताप कई बार इतना बढ़ जाता था कि अक्सर उनका मन हो आता था कि लात मारकर दूल्हे को घोड़े से नीचे पटक दें और स्वयं उसकी जगह चढ़ बैठें। लेकिन इससे उनकी अपनी रोज़ी पर लात पड़ने का पूरा ख़तरा था और इसीलिए वह ऐसे ख़तरनाक ख़याल को तत्काल दिमाग़ से निकाल देते थे। उनकी क़िस्मत मेहरबान हुई थी मात्र साल भर पहले जब सलामतपुर में एक शादी में फोटो खींचते समय उनके नैनों से दुल्हन की सहेली एकाएक उनकी ओर खिंच आई थी और लंबे-लंबे वायदों को खींचकर लपकासिंह उसे सुहाग सेज तक खींचने में कामयाब हो गए। मगर पहली रात के बाद की पहली सुबह...पहली गड़बड़ी हुई और लपकासिंह एक ऐसे भय में पड़ गए जिसका अंत निकट न था।

पहली रात के बाद की पहली सुबह...नई नवेली दुल्हन की नींद टूटी। उसने दूर आसमान तलक हाथ उठाकर एक फ़िल्मी अँगड़ाई ली फिर उनींदी आँखों से बग़ल में सपनों के राजकुमार को टटोला। बिस्तर खाली देख वह किंचित आश्चर्य में पड़ी और चकित हिरणी की भाँति यहाँ-वहाँ देखने लगी। बड़ी अदा के साथ लहराकर उठने के बाद उसने अलसाए हुए हाथों से खिड़की का परदा हटाया और उम्मीद की कि बाहर लाल गुलाबी फूल उसे देखकर मुसकराएँगे, टहनियाँ उसका अभिवादन करेंगी और ख़ुशबू का झोंका उसे उमंगों से सराबोर कर डालेगा। लेकिन ऐसा कुछ

नहीं हुआ। फूलों की जगह कँटीली बाड़ ने उसे मुँह चिढ़ाया। टहनियों की बजाय नीचे बँधी भैंसों ने पूँछ हिलाकर उसका अभिवादन किया। बाड़ के पास पड़े गोबर के ढेर से आती दुर्गंध ने उसे नाक बंद करने पर विवश कर दिया। अब उसने दूर तक फैले मैदान को देखा फिर कल्पना की, कि उसके सपनों का राजकुमार जो अब उसका पति बन चुका है, हाथ में सुनहरी तलवार लिये सफ़ेद घोड़े पर वीरतापूर्वक युद्ध के मैदान से स्लोमोशन में आता दिखेगा मगर ऐसा भी नहीं हुआ। बल्कि उसे बड़ी निराशा हुई जब उसने पाया कि उसके सपनों का राजकुमार सफ़ेद घोड़े पर नहीं, बल्कि अपनी ही दुबली पतली और लंबी टाँगों पर सवार है, उसके हाथ में सुनहरी तलवार नहीं बल्कि पीतल का एक बदरंग लोटा है। इस लोटे को मज़बूती से थामे वह वीरतापूर्वक युद्ध के मैदान से नहीं आ रहा बल्कि दिशा-मैदान के लिए अधीरतापूर्वक जा रहा है। वह स्लोमोशन में नहीं आ रहा है, बल्कि मोशन के हाईप्रेशर में दुलकी चाल से मैदान की ओर भागा जा रहा है। यहीं से नई दुल्हन पर तुषारापात हुआ, सपने कड़वी हक़ीक़त में बदल गए, उमंगें हवा में उड़ गईं और सुहाग शैया के बीच शौचालय यक्षप्रश्न बनकर खड़ा हो गया। सात जन्मों तक पति का साथ निभाने वाली सात फेरों की शर्तें बदल गईं और इस जिद पर आ गईं कि जब तक घर में शौचालय नहीं बनेगा, वह गूगल गाँव में नहीं रहेगी। वह रूठकर मायके चली गई। अगले दस माह तक लपकासिंह शादीशुदा होकर भी कुँवारों की तरह रहे। रिश्तेदारों की मान-मनौव्वल के बीच दुल्हन वापस आई। तय हुआ कि लपकासिंह जितना जल्दी होगा, शौचालय बनवाने की माँग पूरी करेंगे तब तक दुल्हन भी मेहँदी लगे हाथों में लोटे को थामकर उसी शर्म को सहती रहेगी जो गाँव की शेष बहुएँ मूक रहकर सहती आ रही हैं। लपकासिंह अजीबोग़रीब स्थिति में फँस गए। एक तरफ़ सुहाग का कमरा तो दूसरी तरफ़ शौचालय। रात जितनी रंगीन होती, बदरंग सुबह उतनी संगीन हो जाती। दुल्हन जो, दो माह बीत जाने पर लोटे को अपनी क़िस्मत मान चुकी थीं, अब लपकासिंह के सिर पर सवार रहती थी। हर दिन सुबह सवेरे उन्हें मायके चले जाने, दहेज में फँसा डालने, कुएँ में कूद जाने, आग लगाकर मर जाने जैसी सदाबहार हिंदुस्तानी धमकियाँ देती। कभी-कभी लोटा ही लपकासिंह के ऊपर फेंककर मार दिया जाता और वह मात्र मिमियाकर रह जाते। वह तय नहीं कर पा रहे थे कि थोड़ा बहुत पैसा जुटे तो मोटरसाइकिल ख़रीदकर काम-धंधा बढ़ाया जाए या सारा कमाया-धमाया शौचालय में स्वाहा कर दिया जाए।

एक बार फिर मोबाइल पर विशिष्ट आवाज़ वाली घंटी बजी। लपकासिंह भूतकाल से एकाएक वर्तमान में लौट आए। उनका ख़ास ख़बरी पल-पल की ख़बर बता रहा था, ''लपका भइया, अब जाने का कोई फ़ायदा नहीं, तहसीलदार साहब बता रहे हैं कि जंगल का दौरा पूरा कर अफ़सर लोग वापस रवाना हो गए हैं और कुछ ही देर में गाँव आ जाएँगे।''

लपकासिंह ने निराश मन से फ़ोन काट दिया। शौचालय के निर्दयी ख़यालों ने पहले ही उनके पेट में गुड़मगुड़म मचा दी थी लिहाज़ा बाक़ी काम बाद में, पहले दिशा मैदान, सोचकर उन्होंने लोटा उठाया और तेज़ रफ़्तार से रवाना हो गए।

उधर वन्य विश्राम गृह से रवाना होने के बाद अफ़सरों का क़ाफ़िला वापस गूगल गाँव के रास्ते पर था। इस बार भी कमिश्नर साहिबा अपनी कार में आगे थीं और कलेक्टर साहब उनके पीछे चल रही गाड़ी में। उनके ठीक पीछे एसडीएम और तहसीलदार जीप में थे और गोटीराम पटवारी पूर्व की भाँति मोटरसाइकिल पर सबसे आगे पायलेटिंग करते चल रहे थे।

कमिश्नर साहिबा ने गाड़ी के शीशे उतारकर सुबह की ताज़ी हवा को नथुनों से भीतर तक खींचा। इससे उन्हें अत्यंत प्रसन्नता का अनुभव हुआ। प्रसन्नता के ऐसे खुशनुमा वातावरण में गाड़ी हिचकोले खाती गूगल गाँव की ओर बढ़ रही थी। अभी गाँव आधा किलोमीटर बचा था कि सड़क के दोनों ओर लहलहाते खेत, मुसकराती झाड़ियाँ और इनके बीच से बहकर आती मादक हवा से प्रभावित होकर अचानक कमिश्नर साहिबा ने गाड़ी रुकवा दी और गेट खोलकर उतर पड़ीं। वह उतरीं तो कलेक्टर साहब भी उतर पड़े। एसडीएम और तहसीलदार साहब भागे-भागे उनकी ओर आए। गोटीराम भी मोटरसाइकिल एक ओर खड़ी कर दौड़े कि अचानक क्या बात हो गई।

"यहाँ से हम गाँव तक पैदल जाएँगे।" कमिश्नर साहिबा ने घोषणा की। इस घोषणा पर कलेक्टर साहब ने बुरा-सा मुँह बनाया, मगर सुबह-सुबह अफ़सर को नाराज कौन करे, सोचकर चुप रह गए। एसडीएम साहब और तहसीलदार के सामने सिवाय सहमति में सिर हिलाने के और कोई विकल्प था नहीं, सो उन्होंने झट सिर हिला दिया।

इस घोषणा से पूरी तरह असहमत कोई था तो वह था पटवारी गोटीराम। वह हाथ जोड़कर बोला, "हुजूर, यहाँ पैदल चलना ठीक नहीं है।"

"शट अप," कलेक्टर साहब मैडम का पक्ष प्रदर्शित करते हुए ज़ोर से बोले, "क्या ठीक नहीं है, मैडम ठीक कह रही हैं, हम लोग आगे चलते हैं, जिसे पैदल चलना हो, वह पीछे आए।"

गोटीराम चुप हो गया। एसडीएम साहब ने उसकी गुस्ताख़ी पर आँखें तरेरीं तो वह भागकर भीगी बिल्ली-सा क़ाफ़िले के सबसे पीछे छिप गया।

कमिश्नर साहिबा गाँव की मिट्टी और उसकी सोंधी महक के प्रभाव से अत्यंत उल्लास से भरी हुई थीं और तेज़ चाल से चल रही थीं। कलेक्टर साहब स्वयं पीछे न छूट जाएँ, इस चिंता में मजबूरन तेज़-तेज़ दौड़ रहे थे। अचानक एक जगह कमिश्नर साहिबा ठिठकीं और बोलीं, "कुछ सुना आपने?"

"कहाँ?" कलेक्टर साहब ने यहाँ-वहाँ देखकर अपने कंधे उचकाए।

"उधर...उधर," कमिश्नर साहिबा ने बाईं ओर की झाड़ी की ओर इशारा कर कहा, "ध्यान से सुनिए, किसी बेबी के रोने की आवाज़ है।"

कलेक्टर साहब ने कान उधर लगाए फिर एकदम से बोले, "यह तो सचमुच किसी बच्चे के रोने की आवाज़ है।"

"लगता है अपना पाप छिपाने के लिए किसी निर्दयी माँ ने नवजात बच्चे को वहाँ झाड़ियों में फेंक दिया है।" तहसीलदार साहब ने अपने अनुमान को साहित्यिक पैजामा पहनाते हुए कहा।

उनके अनुमान पर सहमत होती हुई कमिश्नर साहिबा एकदम से ममता से भर उठीं और रोने की आवाज़ की दिशा में दौड़ीं। सब उनके पीछे दौड़े मगर न जाने क्यों, गोटीराम गाड़ियों के पीछे छिप गया।

बच्चे के रोने की आवाज़ तेज़ हो गई थी। इससे पहले कि कमिश्नर साहिबा स्वयं झाड़ियों में घुसतीं, उनका गनमैन आगे हो गया और बोला, "आप ठहरिए मैडम, मैं देखता हूँ।"

गनमैन झाड़ियों में घुसा और नाक पर हाथ धरे तुरंत थू-थू करता वापस पलट पड़ा।

"अरे, क्या हुआ?" सबने उत्सुकता से पूछा।

"मैडम, वहाँ तो एक आदमी लोटा लेकर बैठा है।" गनमैन बोला।

"अरे, मगर बच्चे के रोने की आवाज?" कलेक्टर साहब के मन में अभी भी संशय था।

"वह तो उस हगने वाले का मोबाइल बज रहा है," गनमैन चिढ़कर ठेठ स्वर में बोला। अब तक झाड़ियों के पीछे से वह व्यक्ति इस अकस्मात हमले पर झेंपता हुआ खड़ा हो गया था और जल्दबाजी में पैंट पहनने का प्रयास करने लगा था।

"अरे, लपकासिंह तुम?" तहसीलदार साहब ने अचानक उसे पहचानते हुए कहा। लपकासिंह पहले ही इस अकस्मात् घटनाक्रम पर अचंभित थे। पहचान लिए जाने पर वह और भी बुरी तरह झेंप गए और लोटा हाथ में उठाकर फुर्ती से झाड़ियों में गुम हो गए। कमिश्नर साहिबा ने माथा पीट लिया। वह भी लपकासिंह की भाँति ही झेंप चुकी थीं लिहाज़ा भुनभुनाती हुई बोलीं, "गाँवों में लोग कैसी-कैसी रिंग टोंस डलवाकर रखते हैं। ये ईडियट्स मोबाइल्स रख सकते हैं, मगर घर में शौचालय नहीं बनवा सकते।"

तहसीलदार साहब, जिनके मुँह से इस मनोरंजक वाकये पर ठहाका निकलते बचा था, बड़ी मुश्किल से हँसी रोकते हुए बोले, "श्रीमान एकदम सही फ़रमा रहे हैं, एक सर्वे में पाया भी गया है कि भारत में मोबाइलों की संख्या शौचालयों से ज़्यादा है।"

कमिश्नर साहिबा एकदम से चिढ़ गईं और ग़ुस्से से बोलीं, ''तो आप लोग क्या घास छीलते रहते हैं, लोगों को प्रेरित क्यों नहीं करते, बताइए, अभी तक आपने इस संबंध में क्या प्रयास किया है?''

तहसीलदार साहब एकदम से चुप हो गए और झेंपने वालों की कतार में वह भी शामिल हो गए। यद्यपि कमिश्नर साहिबा का मन कुछ खिन्न हो गया था, मगर उन्होंने पैदल चलना जारी रखा। ज्यों-ज्यों वह गाँव की ओर बढ़ रही थीं, गोटीराम गाड़ियों के पीछे और छिपता जा रहा था। थोड़ा आगे चलते ही सड़क के दोनों ओर ऐसा प्रतीत हुआ जैसे बहुत सारे राष्ट्रीय पक्षी दाना चुगने की मुद्रा में एक कतार में बैठे हुए हैं। क़ाफ़िला आगे बढ़ा। मगर एक बार फिर गड़बड़ी हो गई। पैदल आते क़ाफ़िले को पास पहुँचता देखते ही वे सारी मोरें शर्म से एकाएक खड़ी होकर गाँव की औरतों में तब्दील हो गईं। माजरा समझकर कमिश्नर साहिबा एकदम से पलट पड़ीं। कलेक्टर साहब और बाक़ी लोग भी तुरंत पीछे मुड़ की मुद्रा में आ गए।

कमिश्नर साहिबा ग़ुस्से से बोलीं, ''देखिए, ये हाल है गाँवों का। यहाँ लोग अच्छी गाड़ियों में घूम सकते हैं, ज़मीन-जायदाद ख़रीद सकते हैं मगर घर में शौचालय नहीं बनवा सकते। बहू-बेटियों की इज़्ज़त के लिए क़त्लेआम कर सकते हैं, लेकिन इस तरह उन्हें खुले में भेजते शर्म से मरते नहीं। वी मस्ट डू समथिंग फॉर दिस कलेक्टर साहब।''

कलेक्टर साहब ने सहमति में सिर हिलाया। उनकी देखा-देखी एसडीएम साहब ने भी सहमति में सिर हिलाया। तहसीलदार ने फिर ज्ञान का पिटारा खोलते हुए बताना चाहा कि हुज़ूर, गूगल गाँव अकेला नहीं है, हमारे देश की सवा सौ करोड़ आबादी में 66 करोड़ जनता ऐसे ही खुले में शौच करती है, मगर वह चुप रहे। उन्होंने समझ लिया था कि ऐसी विचित्रचित्त अफ़सर का कोई भरोसा नहीं। हो सकता है इस बात का ठीकरा भी उन्हीं के सिर पर फोड़ दें कि हिंदुस्तान भर के ये 66 करोड़ लोग खुले में ही जाकर क्यों हगते हैं।

कमिश्नर साहिबा ने इधर-उधर देखते हुए पूछा, ''वेयर इज योर पटवारी?''

''गोटीराम?'' एसडीएम साहब ने आवाज़ दी।

''गोटीराम?'' तहसीलदार साहब भी गाड़ियों की ओर देखते उसी आवाज़ में चिल्लाए।

''गोटीराम?''

''गोटीराम?'' एकदम शोर-सा मच गया। गोटीराम जानता था कि गाँवों के बाहर और जंगल के रास्तों पर राष्ट्रीय पक्षी नहीं, राष्ट्रीय शर्म पाई जाती है और कमिश्नर साहिबा को इसका इल्म होते ही उसके ऊपर गाज गिरने वाली है। इसी गाज से बचने के लिए वह जीप के पीछे छिप गया था। मगर पुकारे जाते ही वह डरता हुआ सामने आया और मिमियाए स्वर में बोला, ''जी हुज़ूर।''

कमिश्नर साहिबा ग़ुस्से से बोलीं, "ईडियट, तुमने बताया क्यों नहीं कि इस रास्ते पर लोग शौच के लिए आते हैं?"

गोटीराम सकपकाकर बोला, "हुज़ूर, वही तो अर्ज़ करना चाहता था।"

"शटअप।" कलेक्टर साहब फिर भड़क उठे।

गोटीराम सिटपिटाकर रह गया। वह करे तो क्या करे! बताने ही तो जा रहा था कि इस रास्ते पर क्या, गाँवों के तो हर रास्तों पर एक-सा हाल है, मगर उसे बोलने कहाँ दिया गया। ये बड़े अफ़सर शटअप शटअप बहुत करते हैं और अपने अलावा सबको ईडियट ही समझते हैं।

पाठकों को स्मरण होगा कि अंधे क़त्ल के दौरान लाश से निकली आत्मा को पटवारी के ओहदे से ज़बर्दस्त प्यार हो गया था और तब से यह दीवानी आत्मा बावली होकर गोटीराम के ऊपर ऊपर अभी तक उड़ रही थी। आत्मा ने पटवारी को यूँ बात बेबात डाँट खाते देखा तो एकाएक दुखी हो गई। उसे पटवारी पर दया आने लगी। बड़ा ही बेकार ओहदा है। करो तो डाँट खाओ और न करो तो डाँट खाओ। उसने पटवारी के शरीर में प्रवेश का स्वप्न त्याग दिया और अपनी मूर्खता पर अफ़सोस करती वह वापस पीपल पर उल्टी लटककर सुस्ताने लगी।

इधर अफ़सरों ने पैदल भ्रमण का विचार एकदम से त्याग दिया। चुपचाप गाड़ियों में बैठ गए। यहाँ तक कि काँच भी ऊपर तक चढ़ा लिए। सड़क किनारे बैठी विवश महिलाएँ शर्म से भरी थीं और गाड़ियों में बैठे अफ़सर भी। क़ाफ़िला तेज़ी से गाँव की ओर बढ़ चला।

7

गाँव में कमिश्नर साहिबा के प्रवेश करते ही एक बार फिर देहाती वातावरण में ताज़गी छा गई। हरियाली के नाम पर बचे-खुचे पेड़ों के ठूँठों और पत्तियों में बहार आ गई। कोंपलें महक उठीं, फूल खिलखिला पड़े, स्वागत करती चिड़ियाँ चहकने लगीं, कोयलों ने प्रसन्नतापूर्वक "अहोभाग्य हमारा श्रीमान जो आप हमारे गाँव पधारे..." का मंगलगान प्रारंभ कर दिया। गाँव की मिट्टी, जो जंगल की ओर हरियाली की तलाश हेतु जाने वाले मवेशियों के गोबर एवं लेंड़ियों से मिश्रित होकर नाक बंद करने को विवश करती थी, सोंधी महक देने लगी।

इन सब दैवीय चमत्कारों के बीच अंगरेज़ अफ़सर की ममी अर्थात मैडम कमिश्नर एक बार फिर गूगल गाँव की ज़मीं पर अवतरित हुईं और आते ही सीधे स्कूल के अपने कमरे में दाख़िल हो गईं। गाँव की महिलाओं की बेचारगी देखकर उनका मूड कुछ उखड़ गया था। उन्होंने घड़ी पर नज़र डाली। ग्राम-भ्रमण में अभी समय था मगर मन खिन्न था। लिहाज़ा स्कूल के आसपास के खुशनुमा वातावरण

का लाभ लेकर मूड ठीक करने की गरज से वह बाहर आकर टहलने लगीं। स्कूल के सामने की ओर गाँववाले मैडम के गाँव में निकलने की बेसब्री के साथ प्रतीक्षा कर रहे थे। आज क्या होगा, इसको लेकर निचले अफ़सर काँप रहे थे। बाबू और चपरासी फाइलों को समेटते हाँफ रहे थे...मैम साहब यूँ ही टहलते-टहलते न जाने कहाँ जाएँगी, किसकी क्या-क्या ग़लतियाँ पकड़ेंगी, किस किसको लटकाएँगी, किस किसको टपकाएँगी...इसको लेकर जहाँ विभिन्न विभागों के अफ़सर और कर्मचारी भयभीत थे, वहीं लपकासिंह अच्छा मसाला मिलने की प्रत्याशा में अत्यंत उत्साहित थे। छुटभैये नेता, जो अपने संपर्कों के दम पर छोटे-मोटे ठेके प्राप्त कर बड़े ठेकेदार बनने की दौड़ में थे, इस आशंका से परेशान थे कि मैडम क्या-क्या गोरखधंधे पकड़ेंगी।

मैडम का टहलना जारी था। अनायास वह टहलती हुई स्कूल के पिछले हिस्से की ओर मुड़ गईं। वहाँ की साफ़-सफ़ाई देख उनका मन प्रसन्न हो उठा। होता भी क्यों न, उन्हें अप्रसन्नता से बचाने के लिए ही तो ग्राम्य-भ्रमण की इत्तला पाते ही अल्प समय में स्कूल का कायाकल्प किया गया था। हर पल पेशाब के दलदल की दुर्गंध से महकने वाले उस स्थल पर चूना और मुरम डालकर लाल परेड मैदान की तरह चकाचक किया गया था और अब कोई पहचान भी नहीं सकता था कि यह स्कूल का वही हिस्सा है जहाँ आने के लिए सोचना पड़ता था। मगर, कहते हैं न, सोचो कुछ मगर होता कुछ और है। स्कूल का कायाकल्प किया गया था मैम साहिबा को अप्रसन्नता से बचाने के लिए मगर अल्प समय में वहाँ कुछ ऐसा घट गया जिसने सुबह-सुबह मैडम को ख़ासा अप्रसन्न कर दिया।

टहलते-टहलते मैम साहिबा उत्सुकतावश उस स्थल की ओर पहुँच गईं जिसका उपयोग नई बिल्डिंग के शिलान्यास के लिए किया गया था। यह बात दीगर थी कि नई बिल्डिंग तो बन नहीं पाई थी अलबत्ता शिलान्यास के बाद से यह पवित्र स्थल पेशाब के दलदल में तब्दील हो चुका था। इसकी संगमरमर की पट्टिका, जो यह घोषणा करती थी कि किन-किन महानुभावों की मौजूदगी में यहाँ कौन से भवन के निर्माण का वायदा करता खूँटा गाड़ा गया, कभी का ध्वस्त हो चुका था। इसकी दीवार वह सब लिखने के लिए बदनाम हो चुकी थी जिसका ज़िक्र पूर्व में किया जा चुका है। मैम साहिबा की नज़र जैसे ही दीवार पर पड़ी, उनके मुँह से चीख निकल गई। चीख भी ऐसी-वैसी नहीं, बड़ी भयंकर थी। माना कि न वहाँ रात का समय था न ही सन्नाटा, मगर चूँकि चीख कमिश्नर साहिबा की थी लिहाज़ा उसकी गूँज बड़ी भयंकर थी।

जैसे ही कमिश्नर साहिबा की चीख सबके कानों में पड़ी, वे चीख की दिशा में दौड़े और वहाँ पहुँचे जहाँ दीवार को देख-देखकर मैम साहिबा क्रोध के मारे काँप रही थीं। चूँकि मैम साहिबा की नज़रें जहाँ थीं, माजरा वहाँ नज़र डालने पर

ही समझ आ सकता था लिहाज़ा सभी की नज़र उस जगह पड़ी। नज़र पड़ने के साथ ही कुछ भौगोलिक, कुछ भौतिक एवं कुछ रासायनिक परिवर्तन एक साथ हुए। भौगोलिक परिवर्तन यह हुआ कि एसडीएम साहब के पैरों तले की ज़मीन खिसक गई। भौतिक परिवर्तन यह हुआ कि तहसीलदार साहब के हाथों के तोते पंख फड़फड़ाकर फुर्र से उड़ गए और रासायनिक परिवर्तन यह हुआ कि बीडीओ साहब और पाराशर जी के चेहरे का रंग एकदम से उड़ गया।

दीवार इस समय किसी आर्ट गैलरी सा भ्रम पैदा कर रही थी। ताज़े चूने से पुती इस दीवार की छाती पर कोयले की मदद से एक नारी चित्रांकित की गई थी। चित्रांकन की शैली कोणार्क और खजुराहो शैली से किसी प्रकार से कम नहीं थी अर्थात चित्र में वह सब था जो कि आम तौर पर नहीं पाया जाता। यही नहीं, दर्शक एवं पाठक भ्रमित न हों, इस असुविधा से बचाने हेतु कलाकार द्वारा कोढ़ में खाज की तरह चित्र के ऐन नीचे मैम साहिबा का नाम भी टूटी-फूटी हिंदी के बड़े एवं सुस्पष्ट अक्षरों में लिखा गया था।

यहाँ दर्शनशास्त्र का कोई ज्ञाता होता तो अपनी दाढ़ी खुजाकर, चश्मे को नाक तक सरकाकर कोई न कोई वाद की भैंस यहाँ हाँक सकता था। वह साफ़ बता सकता था कि सत्य के अलग-अलग रूप होते हैं। अर्थात किसी तथ्य को अलग-अलग चश्मे से देखा जाए तो सत्य के रूप भी भिन्न-भिन्न होते हैं। ऐसा ही स्याद्वाद यहाँ भी खोजा जा सकता था। मसलन, यदि यह चित्रांकन राजधानी की किसी आर्ट गैलरी में किसी खिचड़ी दाढ़ी वाले खद्दरछाप कलाकार द्वारा तैयार किया गया होता तो कदाचित बुद्धिजीवियों द्वारा सराहा जाकर कला के अद्भुत नमूने के तौर पर पुरस्कृत किया जाता। यह भी संभव था कि विभिन्न टीवी चैनलों पर इसे लेकर एक महाबहस छिड़ जाती। बहसजीवियों और मुद्दाप्रेमियों के लिए मुफ़्त में मुँह चलाने के लिए मसाला मिल जाता कि यह कला है या अश्लीलता। भारतीय संस्कृति का भोला विस्तार है या अपसंस्कृति का शातिर प्रयास। सत्य के यही विविध रूप यहाँ भी प्रकट हो रहे थे। लेकिन चूँकि यह शहर नहीं था, ठेठ गाँव था और कला का मंतव्य सीधे तौर पर कमिश्नर साहिबा की शान से जुड़ा था अत: सत्य को यहाँ सिर्फ़ एक ही चश्मे से देखा गया।

"किस बास्टर्ड की करतूत है ये?" कमिश्नर साहिबा चीखीं। उनका चेहरा अपमान और शर्म से बुरी तरह तमतमा रहा था और आवाज़ क्रोध से काँप रही थी।

कलेक्टर साहब, जो इस आपदा पर अभी-अभी भागते हुए वहाँ पहुँचे थे तहसीलदार की ओर देखकर चिल्लाए, "यहाँ कौन था ड्यूटी पर?" उन्होंने यह सवाल घुटे हुए प्रशासनिक अंदाज़ में पूछा ताकि मैडम के सामने ही ड्यूटी पर तैनात कर्मचारी की बलि देकर देवी के आसन्न कोप और संकट से बचा जा सके। सभी की निगाहें कोटवार हल्केसिंह पर आकर टिक गईं मगर किसी के

मुँह से बोल नहीं फूटा तो हल्केसिंह ख़ुद ही सहमा हुआ प्रकट हुआ और घिघियाता हुआ बोला।

"हुज़ूर, हम थे यहाँ ड्यूटी पर..."

"यही चौकीदारी कर रहे थे तुम?" कलेक्टर साहब ने जान-बूझकर दाँतों को इतना पीसा कि बेचारा कोटवार क्रोध के अंदाज़ मात्र से ही पिस जाए।

"हुज़ूर, हम तो रात भर यहीं जागकर पहरा देते रहे, बस दस मिनट को लोटा लेकर दिशा-मैदान को गए थे, इसी बीच..."

"सस्पेंडेड...यू आर सस्पेंडेड," इससे पहले कि कलेक्टर साहब यह हुक्म सुनाते, कमिश्नर साहिबा शेरनी की तरह गुर्राईं। कोटवार को सस्पेंड तो कलेक्टर साहब करना चाह रहे थे मगर उनके आदेश को मुँह से निकलने के पूर्व ही कमिश्नर साहिबा ने पतंग की तरह काट दिया। कलेक्टर साहब का यह दाँव खाली गया तो वह दरोगा लोटनप्रसाद की ओर घूमकर कड़क स्वर में बोले, "दरोगा जी, पता लगाइए कौन है इस हरकत के पीछे।"

"श्रीमान चिंता न करें। हम कहीं से भी उसे खोज निकालेंगे।" लोटनप्रसाद ने ऐसे आत्मविश्वास के साथ जवाब दिया मानो उनके पास कोई जादुई चिराग़ हो।

अब तक हरेक के मन में यह प्रश्न कुलबुलाने लगा था कि आख़िर किसने ऐसी हरकत की, बल्कि यूँ कहें कि किसने ऐसी हिम्मत, हिमाकत और गुस्ताख़ी की।

तहसीलदार साहब ने उचककर सुझाव दिया, "दरोगा जी, बदमाश ने मैडम का नाम भी लिखा है। हैंडराइटिंग से सब पता चल जाएगा।"

दरोगा लोटनप्रसाद ने तहसीलदार की बुद्धि पर तरस खाते हुए कहा, "ज़नाब, यह तो मुमकिन नहीं होगा।"

"क्यों मुमकिन नहीं होगा?"

"क्योंकि यह दीवार उखाड़कर परीक्षण के लिए नहीं भेजी जा सकती।" लोटनप्रसाद ने स्पष्ट किया।

इस वार्तालाप को असफलता की ओर जाता देखकर कलेक्टर साहब ने अपराधशास्त्र के महान ज्ञाता की तरह कहा, "अपराधी कितना भी होशियार क्यों न हो, कोई न कोई सबूत अवश्य छोड़कर जाता है।"

उनके इतना कहते ही भीड़ में शामिल हर व्यक्ति अचानक जासूस बन उठा और एक साथ कई शरलॉक होम्स, जेम्स बांड, हर्क्यूल पायरट, करमचंद, व्योमकेश बख़्शी और फेलूदा जैसे महान जासूस गूगल गाँव के उस मौक़ा-ए-वारदात पर विचरण करने लगे। हर कोई प्रकट करने लगा कि शरलक होम्स और करमचंद उनकी ही सलाह पर सुरागरसी कर पाए हैं और अब मुलज़िम का पता लगेगा तो केवल उनकी ऐयारी की कला के बूते पर ही।

कलेक्टर साहब के सुझाव को एसडीएम साहब ने चरणामृत की तरह भक्तिभाव से ग्रहण किया और वह भी ऐयारी की जंग में कूद गए। वह दीदे ज़मीन में गाड़ते हुए बोले, ''देखो, गीली मिट्टी पर बदमाश के पैरों के निशान हैं।''

उनका इतना कहते ही सभी लोग उनकी ओर लपके। भीड़ में पैरों के निशान एक नज़र देख लेने को मारकाट सी मच गई।

''सही कह रहे हैं साहब, पैरों के निशान हैं, एकदम सही है।''

''पैरों का साइज देखकर साफ़ पता चलता है कि बदमाश की उमर ज़्यादा नहीं है।'' बीडीओ साहब ने अपने मोटे चश्मे के बाहर आँखें काढ़कर सीधे पैरों के निशान पर चिपकाते हुए कहा।

''एकदम ठीक बात है।'' कई लोगों ने एक साथ कहा।

''हाँ, एक बात और, बदमाश बिना चप्पलों के आया था।'' तहसीलदार साहब, जो पिछले अनुभव के आधार पर मुँह सिले बैठे थे, अचानक सिलाई उधेड़ते हुए बोले।

''बिलकुल सही, एकदम नंगे पैर आया था।'' कई लोगों ने उनके अक्लमंदी से भरे इस मशविरे पर प्रसन्नता ज़ाहिर की।

''नंगे पैरों वाला बदमाश...''

''नंगे पैरों वाला बदमाश...''

''हाँ, नंगे पैरों वाला बदमाश।'' भीड़ में से आवाज़ें आने लगीं और कुछ ही पलों में नंगे पाँव वाला बदमाश चारों ओर ऐसे फैल गया जैसे मुम्बई में मंकीमैन या कानपुर में कनपटीमार का आतंक फैला हो। दरोगा लोटनप्रसाद ने चिढ़कर तहसीलदार साहब के कानों में कहा, ''ये सब फ़ालतू की बातें हैं, बदमाश ऐसे नहीं पकड़े जाते।''

कमिश्नर साहिबा ने देखा कि लोटनप्रसाद और मुंशी गयाप्रसाद एक ओर खड़े हैं। न सिर्फ़ खड़े हैं बल्कि टटपूंजिया क़िस्म के जासूसी सुझावों पर व्यंग्य से मुसकरा भी रहे हैं तो वह चिढ़कर बोलीं, ''दरोगा जी, आप भी तो कुछ दिमाग़ लगाइए कि जनता ही सब कुछ कर डालेगी।''

दरोगा जी ने कहना चाहा कि हुज़ूर ये सब नादान हैं और वही मूर्खतापूर्ण मशविरे दे रहे हैं जो कि लुगदीछाप जासूसी उपन्यासों में पढ़ते या फ़िल्मों और टीवी सीरियलों में देखते आए हैं। उन्होंने यह भी बताना चाहा कि मुलज़िम की गरदन तक पहुँचने के लिए ऐसी कपोल कल्पनाओं का नहीं वरन ख़ास पुलिसिया योग्यताओं का होना आवश्यक है। मगर अफ़सर के आगे कुछ बोलने की बजाय उन्होंने चुप रहने में ही भलाई समझी।

उनकी भलाई पर कमिश्नर साहिबा और भी बुरा मान गईं और आदेशात्मक स्वर में बोलीं, ''आप इसी वक़्त ऐसे बदमाश के ऊपर मुक़दमा क़ायम कीजिए। जितनी दफ़ाएँ हों, सब लगा दीजिए।''

दरोगा लोटनप्रसाद की खोपड़ी घूमने लगी। ऐसे विचित्र अपराधी को ताज़ी रात ए हिंद या ज़ाब्ता फ़ौजदारी की कौन सी दफ़ा में लपेटा जाए! वह सोच में पड़ गए। उनकी उँगली दफ़ा की तलाश में नाक में जाने को हुई कि कमिश्नर साहिबा उन्हें अचानक संकट से उबारती हुई बोलीं, "आईपीसी की दफ़ा 292 के साथ ही इंडिसेंट रिप्रजेंटेशन ऑफ वीमन एक्ट भी लगाना साथ में...समझे न?"

"जी हुज़ूर, समझ गया," लोटनप्रसाद ने खुश होकर कहा। उन्होंने पाकेट से छोटी सी डायरी निकाली और दफाएँ ठीक वैसे ही तन्मयता से नोट करने लगे जैसे किसी रेस्टोरेंट में बटर पनीर और मटर मलाई का आर्डर नोट किया जाता है। मुंशी गयाप्रसाद साथ में थे और सारे वाकये पर बड़ी तीखी नज़र रखे थे। उनका अनुभव था कि बदमाश घटना कारित करने के बाद प्राय: भीड़ में शामिल होकर पुलिस की गतिविधियों पर नज़र रखता है अत: वह भीड़ के हर व्यक्ति को शंका की नज़र से देखते उसके चेहरे के हाव-भावों को पढ़ रहे थे। जैसे ही एफआईआर की बात आई, वह चट से बोले, "हुज़ूर, रिपोर्ट किसकी ओर से लिखवाई जाएगी?"

"मतलब?" एसडीएम साहब ने घूरकर पूछा।

"मतलब हुज़ूर, प्रकरण का फ़रियादी कौन बनेगा? बिना किसी की फ़रियाद के, मुक़दमा किसकी ओर से क़ायम किया जा सकेगा?"

"फ़रियादी कौन बन सकता है?" तहसीलदार ने पूछा।

"कोई भी हुज़ूर, या तो श्रीमान कमिश्नर साहिबा ख़ुद या फिर कोई भी चशमदीद या वाकयाती गवाह जिसे वारदात की जानकारी हो।"

इस पर कमिश्नर साहिबा ने कलेक्टर साहब की ओर देखा। कलेक्टर साहब ने एसडीएम को। एसडीएम साहब ने कहा, "घटना तो इस पूरी भीड़ ने देखी है। किसी से भी रिपोर्ट लिखवा लो।"

उनके इतना कहते ही मानो दूध में नीबू निचोड़ दिया गया हो, तमाशबीन बनी भीड़ एकदम छँटने लग गई। कौन गवाही के झंझट में पड़े और कोर्ट-कचहरी के चक्कर काटे, सोचकर सारे चशमदीद वहाँ से यूँ ग़ायब हो गए जैसे कभी गधे के सिर से सींग ग़ायब हुए होंगे। अब वहाँ केवल सरकारी मुलाज़िम बचे थे। कलेक्टर साहब ने मन-ही-मन भीड़ को गाली दी। उनके मन में आया कि इन मूर्ख गाँववालों पर लाठीचार्ज करा देना चाहिए। मगर उन्हें ख़याल आया कि अभी वह ज़िला कलेक्टर की हैसियत से सरकार के प्रतिनिधि के रूप में जन-कल्याण के लिए आए हैं न कि उन पर लाठियाँ चलवाकर स्वयं की ऐसी-तैसी करवाने के लिए। दरोगा लोटनप्रसाद जनता की ऐसी बेवफ़ाई के आदी थे। बड़े-बड़े अपराधों में लोग चशमदीद होकर भी तोताचश्म हो जाते हैं, फिर यह तो छोटी सी बात है। तहसीलदार साहब ने गोटीराम को इशारा किया। इशारा पाते ही

गोटीराम ने चारों ओर निगाह दौड़ाई। उनकी निगाह कोटवार हल्केसिंह पर आकर रुक गई। लिहाज़ा उसने हल्केसिंह को आगे धकेला।

''हुजूर, इससे अच्छा फ़रियादी तो हो ही नहीं सकता। यही तो ड्यूटी पर भी था।''

''एक्जैक्टली!'' कमिश्नर साहिबा और कलेक्टर साहब ने पटवारी की बुद्धि पर दाद देकर कहा।

मुंशी गयाप्रसाद ने फ़रियादी के मिलते ही उसे काँख में दबाया और एफआईआर दर्ज़ करने सीधे थाने के लिए रवाना हो गए। दरोगा लोटनप्रसाद के खाते में पहले ही अंधे क़त्ल के दो, अदमपता लूट के तीन और अंधी नक़बज़नियों के तमाम मामले खुलासे के इंतज़ार में पड़े थे। अब यह नया मामला अंधा तो था ही, कमिश्नर साहिबा से जुड़ा होने के कारण बड़ा ही गंभीर और हाई प्रोफाइल भी हो गया था। लिहाज़ा अंधे क़त्ल, लूटों और नक़बज़नियों को उन्होंने अँधेरी सुरंग में धकेलते हुए इस नए मामले की पतारसी का बीड़ा उठा लिया। नंगे पैरों वाले बदमाश की सुरागरसी एकाएक महत्त्वपूर्ण हो उठी। उन्होंने गाँव के चप्पे-चप्पे में यानी दसों दिशाओं में मुख़बिरों का जाल फैला दिया और प्रतीक्षा करने लगे कि कब उनका कोई मुख़बिर आए और नंगे पैरों वाले बदमाश को सीधे तश्तरी में रखकर उनके सामने परोस दे।

मुंशी गयाप्रसाद ने कोटवार हल्केसिंह की फ़रियाद पर मुक़दमा क़ायम कर लिया और तफ़्तीश प्रारंभ कर दी। एक हुक्मनामे के ज़रिए उन्होंने स्कूल के सारे शिक्षकों को एक साथ थाने पर तलब कर लिया और उन्हें सख़्त हिदायत दे दी कि इस मामले की तफ़्तीश में उन सब के बयान दर्ज़ किए जाने हैं और चूँकि वह और दरोगा जी कमिश्नर साहिबा के हमराह देहात भ्रमण में जा रहे हैं लिहाज़ा उनके वापस आने तक ख़बरदार जो कोई थाने से हिला। इस प्रकार सारे गुरुजियों को थाने में नज़रबंद करने के बाद मुंशी जी ने कमिश्नर साहिबा के हमराह ड्यूटी पर जाने की रवानगी डाल दी।

सुबह के ठीक दस बजे कमिश्नर साहिबा गाँव के पैदल भ्रमण पर रवाना हो गईं। उनके पीछे-पीछे डर, हैरानी, उत्सुकता, जिज्ञासा, उत्साह, उत्तेजना और इस प्रकार के जो भी भाव हिंदी साहित्य में हो सकते हैं, हरेक के चेहरे पर सवार होकर मैडम के पीछे-पीछे चलने लगे।

जो कभी भी वातानुकूलित गाड़ियों से नीचे क़दम नहीं रखते, उनके लिए गाँव की गलियों में पैदल चलना अत्यंत दुरूह और तनावभरा होता है। आसपास की गंदगी और बिखरी कंटीली झाड़ियों के अलावा अचानक आपके साथ कुछ ऐसा वैसा घट जाने का सौ फीसदी भय होता है। मसलन, किसी भी गली में मँडराते सुअरों का पूरा गिरोह घबड़ाकर आपकी टाँगों के नीचे से निकल सकता है, कटखने

कुत्ते कभी भी टाँग को पकड़कर चख सकते हैं, रास्ता चलते विकराल बैल अपने सींग आपकी ओर लक्ष्य कर आपको धूल चटा सकते हैं, अभी-अभी मडबाथ कर बाहर आती भैंसें पूँछ फटकारकर आपके चौखटे का कीचड़ से फेशियल कर सकती हैं। भय के इन सारे प्रकारों पर विजय प्राप्त कर कमिश्नर साहिबा वीरतापूर्वक बढ़ी जा रही थीं।

गली में यहाँ-वहाँ, जहाँ-तहाँ पड़े गोबर, बच्चों द्वारा घरों के बाहर, सड़क किनारे कहीं भी बैठकर शंकाओं के विसर्जन से फैली गंदगी...लगभग उधड़ चुकी सड़क पर हर ओर से उभरती, झाँकती, मुसकराती हुई गिट्टी...दुम में घुसपैठिए पिस्सुओं से पीछा छुड़ाने की गरज से मुँह में दुम पकड़कर गोल-गोल घूमते देसी खजियल कुत्तों...नालियों में स्वर्ग का अहसास कर लोटते सुअरों...इन सब से किसी तरह बचते शेष अफ़सर और कर्मचारी तेज़ चाल में चलती कमिश्नर साहिबा के पीछे भागे जा रहे थे।

मैडम जितना आगे चल रही थीं, उनका उत्साह कहीं आगे चल रहा था। कोई भी यह अंदाज़ नहीं लगा पा रहा था कि वह किस गली में मुड़ जाएँगी। उनके ठीक पीछे एके 47 कंधे पर टाँगे उनका गनमैन था जो चौकन्नी चाल से उनके ठीक पीछे चल रहा था। हालाँकि उसकी चौकन्नी चाल से साफ़ ज़ाहिर होता था कि वह गली में फैले मल-मूत्र और गंदगी से ख़ुद के जूतों को बचाने के प्रति अधिक चौकन्ना था। कलेक्टर साहब, जो कि प्रशासन के विभिन्न पदों पर तीस वर्ष सवारी गाँठ चुके थे और मात्र डेढ़ वर्ष बाद रिटायर होने वाले थे, इस पूरे ग्राम-भ्रमण को एकदम फिजूल मान रहे थे और सोच रहे थे कि इस सब से कोई लाभ नहीं मिलने वाला। लिहाज़ा उनके मन में वह उत्साह और चाल में वह चुस्ती नहीं थी जो कमिश्नर साहिबा की चाल में थी। एसडीएम और तहसीलदार साहब बार-बार आगे आने का प्रयास कर रहे थे मगर भीड़ के धक्के में हर बार पीछे रह जाते थे। क़ाफ़िले में सरकारी अफ़सर और कर्मचारी तो थे ही, लोकनाथ, वैद्य जी, अनोखीबाबू, राणा क्षुद्रप्रताप के साथ-साथ गाँव के छुटभइया नेता और ढेर सारे तमाशबीन भी थे...यही नहीं, जुलूस का मज़ा लेने की नीयत से नंगधड़ंग बच्चों की एक पूरी फ़ौज भी साथ थी जो पीछे-पीछे शोर मचाती चल रही थी और हर शोर के बाद उनमें से कोई बच्चा किसी-न-किसी बड़े का थप्पड़ खा रहा था मगर बच्चों के उत्साह में कोई कमी आती नहीं दिख रही थी।

कमिश्नर साहिबा के पीए साहब अनुभव के आधार पर मैडम के ठीक बाएँ बाजू एक निश्चित दूरी बनाकर चल रहे थे। पीए साहब की मारक क्षमता को ध्यान में रखते हुए रात्रि में ही अंग्रेज़ी पेय के माध्यम से बीडीओ साहब की टीम द्वारा उनकी यथोचित ख़िदमत की जा चुकी थी ताकि वह कुछ ऐसी वैसी लिखा-पढ़ी न करने लग जाएँ। उस विशिष्ट पेय और ख़िदमत के विशिष्ट प्रभाव के

फलस्वरूप अब उन्हें सब कुछ हरा-हरा दिख रहा था और उनकी आक्रामकता भी कमज़ोर पड़ गई थी।

इस यात्रा में सबके लिए कुछ न कुछ नया और रोमांचकारी था। ख़ास तौर पर उनके लिए, जिनके लिए जीवन प्राय: एक सा चलता था। ऐसा प्रतीत हुआ मानो जुलूस के स्वागत में गाँव के कुत्ते खुशी के मारे भौंकने लगे हों, कुछ कुत्ते अपना मुँह जितना ऊँचा कर सकते थे, उतना ऊँचा करके मारे खुशी के रोने लगे थे, इनमें से एक को बीडीओ साहब ने अपशगुन मानकर एक करारी लात जड़ दी थी जिसके प्रभाव से वह किकियाता हुआ स्वागतकर्ताओं की पार्टी छोड़कर भाग खड़ा हुआ था।

कमिश्नर साहिबा सबसे पहले जिस स्थान पर आकर रुकीं, वह था गोबरधन का तबेला। कंटीली झाड़ियों की बाड़...इसके बाद लकड़ी का एक टूटा सा फाटक। इसके उस पार से शुरू होता था गोबरधन का गोबरलोक, जहाँ दसों दिशाओं में गोबर का ढेर था, गोबर के प्रागैतिहासिक से प्रतीत होने वाले पहाड़ थे, गोबर के मैदान थे, दीवारों पर, पेड़ की तनों पर थोपे गए कंडे थे, उपले थे, सूखा गोबर था, ताज़ा गोबर था। गोबर की गंध थी, गोबर की सुगंध थी, गोबर की ही दुर्गंध थी।

दु:स्वप्न से प्रतीत होने वाले इस गोबरलोक में तीन भैंसें गोबर का ही उबटन लगाए संतुष्टि के भावों के साथ जुगाली कर रही थीं। कुल मिलाकर प्राकृतिक चिकित्सा के किसी आरोग्यधाम सा दृश्य वहाँ नज़र आ रहा था। इस विलक्षण दृश्य के बीच गोबरधन खटिया पर मस्ती से पड़ा गाँजे की चिलम लगा रहा था।

राणा क्षुद्रप्रताप उर्फ़ हवेली राजा मौक़ा पाते ही आगे निकल आए थे। वह अपनी कल की चोटों को सहलाते उस आनंदमग्न ज़ाहिल प्राणी की ओर लगभग ग़ुस्से से बढ़े और उसे झँझोड़कर उठाते हुए बोले, "अबे उठ, देखता नहीं है, बड़े साहब लोग आए हैं।"

कमिश्नर साहिबा को अचरज हुआ। उनके ग्राम-भ्रमण का प्रभाव सभी पर पड़ा था। गाँव की कीचड़, मिट्टी, उखड़ी सड़क की गिट्टी, सूखे ठूँठों की हरियाली, कँटीली झाड़ियों की सरसराहट, चिड़ियों की चहचहाहट, कोयलों के कूकने, कुत्तों के भूँकने, गधों के रेंकने, यहाँ तक कि सुअरों के लोटने तक में अंतर आया था मगर मानव योनि के इस विचित्र गोबरमयी जीव पर कोई प्रभाव कैसे नहीं पड़ा!

हवेली राजा के झंझोड़ने से विचित्र जीव जाग्रत हुआ। गोबरधन खटिया पर से उठ बैठा और अकस्मात आ पहुँची इस बारात को देख किंकर्तव्यविमूढ़-सी स्थिति में हाथ जोड़कर खड़ा हो गया।

कमिश्नर साहिबा ने अपना जर्मन गागल ऊपर चढ़ाया फिर पूछा, "क्या नाम है आपका ?"

"हुज़ूर...गोबरधन नाम है।"

"गोबरधन... ?" कमिश्नर साहिबा ने व्यंग्य से कहा और गोबर के विशाल धन पर नज़र डालकर धनी के नाम का आसपास के सुरम्य वातावरण से तादात्म्य बिठाया।

"सर, इसका नाम गोवर्धन है," हवेली राजा, जो स्वयं भाषायी विध्वंस यानी अपभ्रंस के शिकार होकर रुद्रप्रताप से क्षुद्रप्रताप बना दिए गए थे, उन्होंने गोबरधन की व्याकरणिक और शाब्दिक मरम्मत करते हुए कहा।

कमिश्नर साहिबा मुसकराई और बोलीं, "मगर जिस हिसाब से इन्होंने गोबर इकट्ठा कर रखा है, उस हिसाब से तो नाम गोबरधन ही सही है।"

"हा...हा...हा...।" चारों ओर से ठहाकों की आवाज़ें आईं।

"हुज़ूर एकदम सही फ़रमा रही हैं।" लोकनाथ ठहाका मारकर बोले। कलेक्टर साहब आँखों में मुसकरा दिए, एसडीएम साहब ओठों में मुसकराए, तहसीलदार साहब मूँछों में मुसकराए तो चारों ओर मुसकराहट फैल गई। तनाव का माहौल एकाएक हल्का हो गया।

मैम साहिबा का अगला सवाल था, "कितनी भैंसें हैं तुम्हारे पास ?"

"हुज़ूर कुल मिलाकर बीस ही हैं।"

"बीस ?" कमिश्नर साहिबा ने तीनों भैंसों की ओर देखा फिर पूछा, "बीस भैंसें हैं तो बाक़ी कहाँ गईं ?"

"हुज़ूर, उ तो सुबह से चरने चली गईं।"

"फिर ये तीन यहाँ कैसे रह गईं ?"

"ई तो हुज़ूर सरकारी भैंसें हैं, साढ़े दस बजे से पहले थोड़ी चरने जाएँगी।" गोवर्धन ने दाँत निपोरकर कहा। भीड़ में एक बार फिर ठहाकों की आवाज़ें आईं।

कमिश्नर साहिबा ने झेंपकर कहा, "सरकारी भैंसें...मतलब ?"

उनके सवाल पर तहसीलदार साहब आगे आकर सरकारी भाषा में समझाते हुए बोले, "दरअसल श्रीमान, ये भैंसें इंटीगरेटेड रूरल प्लान के तहत प्रदान की गई हैं।"

"ओह," कमिश्नर साहिबा बोलीं। अचानक उनका ध्यान इस बात पर गया कि इस आदमी के पास कुल जमा बीस भैंसें हैं यानी गोबर के धन के अलावा इस धनी के पास पर्याप्त पशुधन भी है, फिर यह शासकीय योजना के अंतर्गत हितग्राही भला कैसे हुआ! उनके दिमाग़ में अफ़सरी का अन्वेषीय अणु रेंगा। लिहाज़ा उन्होंने अगाथा क्रिस्टी के पात्रों की तरह रहस्यमय आवाज़ में दरयाफ़्त शुरू की, "तुमने अपना पूरा नाम क्या बताया था ?" उन्होंने हितग्राही की जाति जानने ख़ास तौर पर इस प्रकार सवाल किया।

एक ही सवाल के दोबारा पूछे जाने पर गोवर्धन कुछ सकपकाया। कुछ पूछे गए सवाल के अंदाज़ पर सकपकाया। वह हकलाकर बोला, '' ज...जी...गोबरधन यादव...''

''अरे, यादव तो मैं भी हूँ, इसका मतलब है तुम ओबीसी में आते हो, फिर तुम भला इस योजना के हितग्राही कैसे हो गए, जबकि केवल एससी एसटी को ही भैंसें दिए जाने का प्रावधान है?'' कहकर मैडम ने अपने पीछे खड़ी सरकारी फ़ौज को घूरा।

परगना स्तर की सरकारी फ़ौज के सेनापति यानी एसडीएम साहब, उप सेनापति और सहायक सेनापति यानी जनपद और ग्रामीण विकास विभाग के अफ़सरों से लेकर भैंसें सप्लाई करने वाले ठेकेदारों तक के चेहरों पर हवाइयाँ उड़ने लगीं। यह गड़बड़ी कैसे हुई। दस बीस भैंसों, दो चार ट्रैक्टरों, सफारी या स्कार्पियो जैसी लक्जरी गाड़ियों और छोटे-मोटे फार्महाउस की हैसियत रखने वालों के नाम ग़रीबी रेखा से नीचे पाए जाने के चमत्कार तो आम थे, मगर अपात्र को योजना का लाभ कैसे मिल गया! कहीं इस अपात्र हितग्राही के चक्कर में अहित न हो जाए, सोच-सोचकर सबको पसीना आने लगा।

इससे पहले कि योजना से जुड़े अफ़सर निलंबन का ठीकरा फूटने के भय से मूर्च्छित अवस्था की ओर प्रस्थान करते, गोबरधन ने उनके प्राणों में प्राण और जान में जान लाकर कहा, ''ये भैंसें हमारी थोड़े ही हैं हुज़ूर, ये तो कंछेदी हरिजन की हैं।''

''कंछेदी हरिजन की हैं तो तुम्हारे यहाँ क्यों बँधी हैं?'' इस बार ग़ुस्सा कलेक्टर साहब को आया था।

''हुज़ूर कंछेदी मज़दूरी करने परदेस गया है न इसीलिए हमारे पास देख-रेख के लिए अपनी भैंसे छोड़ गया है।''

''लेकिन जब उसे सरकार की ओर से अपना धंधा चलाने के लिए भैंसें प्रदान की गई थीं तो मज़दूरी के लिए गाँव से बाहर जाने की क्या ज़रूरत थी, इसका मतलब है लोग रोज़गार के अभाव में पलायन कर रहे हैं?'' कमिश्नर साहिबा ने सवाल कर एसडीएम साहब को घूरा। एसडीएम साहब, जो भीड़ के धक्के में वहाँ एकत्र घूरे पर गिरने से किसी प्रकार ख़ुद को बचाने हेतु प्रयासरत थे, अपने ऊपर हमला होते देख बचाव में उलटे गोबरधन की ओर आक्रामक मुद्रा में आकर बोले, ''हाँ, साहब सही कह रही हैं, बताओ, ऐसा क्यों हुआ?''

कमिश्नर साहिबा ने उनकी ओर आँखें तरेरकर कहा, ''उससे क्या पूछते हैं, आप बताइए...क्यों तहसीलदार साहब, आप लोग क्या देखते हैं?'' अब वह तहसीलदार साहब की ओर घूमीं।

तहसीलदार साहब के चेहरे पर राख फैल गई। क्या बताते कि वह क्या देखते हैं। दफ़्तर में बैठकर काग़ज़ों पर ग्राम्य जीवन का जो सुरम्य दृश्य देखने को मिलता है, उसे छोड़कर अनावश्यक धूल और धूप में भटकने की क्या ज़रूरत। उन्होंने

याचक दृष्टि से गोटीराम की आँखों में देखा। गोटीराम के बारे में सभी को पूर्ण विश्वास था कि यदि महाभारत के दौरान उसकी भरती पटवारी के पद पर हो गई होती तो वह निश्चित तौर पर अभिमन्यु को चक्रव्यूह से ख़ुद के दम पर निकाल ले जाता। तहसीलदार साहब को पूरा भरोसा था कि उनका संकटमोचक उन्हें इस चक्रव्यूह से भी अवश्य बचाएगा। संकटमोचक ने दिमाग़ को दौड़ाया फिर चट से बोला, "हुज़ूर, गोबरधन झूठ बोलता है। कंछेदी तो दो महीना पहले ही चोरी के मामले में रँगे हाथों पकड़ा गया है। तब से जेल में है, इसीलिए उसकी भैंसों को गोबरधन पाल रहा है, वरना बेचारी भूखी मर जातीं।"

"ओह...चोरी में पकड़ा गया है, क्यों दरोगा जी ?" कहकर उन्होंने लोटनप्रसाद की ओर सवालिया निगाहों से देखा।

"ज...जी...जी।" दरोगा लोटनप्रसाद चक्कर में पड़ गए। उन्होंने अपनी खोपड़ी पर बहुतेरा ज़ोर डाला मगर आज तक की नौकरी में कोई चोर उन्होंने रंगे हाथों पकड़ा हो, उन्हें याद न पड़ा। वह समझ गए कि कमबख़्त गोटीराम साफ़ झूठ बोल रहा है। उन्होंने खा जाने वाली निगाहों से गोटीराम की ओर देखा जिसने एक झटके में टोपी तहसीलदार साहब के सिर से उतारकर उनकी खोपड़ी पर चस्पाँ कर दी थी। इसके बाद उन्होंने उसी याचना भरी दृष्टि 'तुम तो मेरी राखो लाज हरि' से मुंशी गयाप्रसाद की ओर देखा जिससे अभी-अभी तहसीलदार साहब ने गोटीराम को देखा था।

दिमाग़ दौड़ाने में मुंशी गयाप्रसाद भी पीछे नहीं थे। अभियोजन की ओर से उन्होंने ऐसी-ऐसी कहानियों की रचना की थी जिनके आगे बड़े-बड़े कहानीकार पानी भरें। वह तड़ से खुलासा करते हुए बोले, "हुज़ूर अपने यहाँ नहीं, शहर कोतवाली वाले ले गए थे पकड़कर स्साले को...रहता यहाँ था और चोरियाँ शहर में करता था स्साला हराम...," मुंशी जी आदत के फलस्वरूप गालियों को और भी साहित्यिक रूप से विस्तारित करते अगर अचानक उन्हें याद न आ जाता कि सामने कमिश्नर और कलेक्टर खड़े हैं जो कभी भी उनकी नौकरी पर ग्रहण लगा सकते हैं।

जवाब से कमिश्नर साहिबा पूर्णतः संतुष्ट हो गईं। न केवल संतुष्ट हुईं, बल्कि मन-ही-मन पटवारी और मुंशी जी की क़ाबिलीयत को लेकर उनकी तारीफ़ भी की, कि इलाक़े की कितनी गहरी जानकारी शासन के इन प्रहरियों को है।

'पायो जी मैंने गोटीराम रतन धन पायो...,' तहसीलदार साहब ने बला सकुशल टल जाने पर गोटीराम की ओर आभार भरी नज़रों से देखा। लोटनप्रसाद की इज़्ज़त की लुटिया भी डूबते-डूबते बची थी लिहाज़ा उन्होंने भी राग आभार को नज़रों से प्रकट किया 'मेरो तो गयाप्रसाद, दूजो न कोई...' गयाप्रसाद समझ गए बल्कि कुछ हद तक लजा भी गए।

लपकासिंह जानते थे कि झूठ के पाँव नहीं होते। मगर यहाँ तो झूठ का हाथीपाँव ही खड़ा हो गया था। वह भी ऐसी सफ़ाई से कि कोई अविश्वास ही न कर सके। उन्हें पता था कि कंछेदी कितने साल से दिल्ली में मज़दूरी कर रहा है फिर भी उसके नाम पर राशन जारी होता है, रोज़गार बँटता है और भी न जाने क्या-क्या होता है। वह पोलखोल भावना के साथ जैसे ही रायता फैलाने लपके, मुंशी गयाप्रसाद ने उनका पाँव ज़ोर से दबाकर मुँह बंद रखने का इशारा किया। लपकासिंह एकदम से पीछे हट गए। वह पुलिस से बैर नहीं ले सकते थे। उनकी पत्नी जो कुछ भी कर लेने पर आमादा थीं, किसी भी दिन उनके ख़िलाफ़ शिकायत कर सकती थीं और उसके आगे की कल्पना मात्र से लपकासिंह के होश फाख़्ता होते थे। लिहाज़ा झूठ के हाथीपाँव को वहीं स्थापित कर कारवाँ आगे बढ़ गया।

गोबरकांड के बाद यात्रा गाँव के बाहरी रास्ते पर आ गई। कुछ दूरी पर पीतल के बरतन और प्लास्टिक के केन सिर पर ढोकर लाती महिलाएँ इसी ओर आती दिखीं।

पास आने पर कमिश्नर साहिबा ने रोककर पूछा, "क्या पानी ला रही हो?"

"और क्या"

"पीने का?"

"और क्या।" फिर उसी रुखे स्वर में जवाब मिला।

"कितनी दूर से पानी ला रही हो?"

"चलो हमारे साथ, हम बताते हैं। सुबह से निकले हैं तब जाकर अभी लौट पाए हैं।" एक महिला ने दो उँगलियों की मदद से घूँघट में से दीदे निकालते हुए चिढ़े स्वर में कहा। कमिश्नर साहिबा को यद्यपि उसके इस जवाब पर बुरा लगा मगर जानने के उद्देश्य से उन्होंने पूछा,

"फिर भी, ऐसे ही दूरी तो बता दो..."

"एक कोस से कम नहीं है।"

"एक कोस...!" कमिश्नर साहिबा ने दूरी का सही अनुमान न लगा पाने पर तहसीलदार साहब की ओर देखा।

गोटीराम तुरंत बोला, "हुज़ूर तीन किलोमीटर।"

"तीन किलोमीटर? इतनी दूर से पानी लाती हो?"

"और क्या करें।" चिढ़ी महिला उसी सुर में बोली।

"गाँव में हैंडपंप नहीं हैं क्या?"

इस प्रश्न पर लपकासिंह एकाएक सक्रिय हो गए। कंछेदीपुराण के बाद से वह अभी तक चुपचाप थे मगर अब उनसे रहा नहीं गया। वह कमिश्नर साहिबा के सामने कूदकर बोले, "हैं क्यों नहीं साहब, मगर सब ख़राब पड़े हैं।"

"अरे, तो नए नहीं लगवाए गए क्या?"

"लगे थे साहब, मगर काग़ज़ पर।"

"काग़ज़ पर! भला कैसे?"

हैंडपंपों का ज़िक्र आते ही जनपद और ग्रामीण जल आपूर्ति विभाग से जुड़े अफ़सर कर्मचारियों के हलक सूखने लगे। लपकासिंह उत्साह में भरकर बोले, "चलिए मैडम, एक हैंडपंप तो यहीं पास ही है, लगे हाथ आप भी मुआयना कर ही लें।"

अब आगे-आगे लपकासिंह थे और पीछे-पीछे बाक़ी सब। सौ क़दम चलकर ही वह एक खेत की ओर इशारा करते हुए बोले, "वह देखिए...हैंडपंप।"

सभी ने गौर से देखा। हैंडपंप होता तो दिखता। कमिश्नर साहिबा ने चिढ़कर कहा, "अरे, क्या मज़ाक़ करते हो? कहाँ है हैंडपंप?"

लपकासिंह भागकर खेत में गए और एक जगह खड़े होकर बोले, "यही तो है, हैंडपंप पर ही तो खड़ा हूँ। क्यों बीडीओ साहब है न यहीं?" बीडीओ साहब को काटो तो ख़ून नहीं। जब उनके मुँह से बोल नहीं फूटा तो लपकासिंह फिर उन पर चढ़ बैठे, "बोलिए न बीडीओ साहब, कहिए तो पानी भी निकालकर पिलाऊँ।" कहकर लपकासिंह आगे की ओर झुके और एक हाथ से पंप चलाने और दूसरे हाथों से पसीना पोंछने का ऐसे अभिनय करने लगे मानो सचमुच का हैंडपंप चला रहे हों।

अब कलेक्टर साहब, जो पहले ही ग़ुस्से से भरे बैठे थे, गुर्राए, "क्या नाटक करते हो...तुम्हें पता नहीं किससे मज़ाक़ कर रहे हो।"

"मेरी क्या औक़ात हुज़ूर जो आप लोगों से मज़ाक़ करूँगा, मैं तो जो कहूँगा, सच ही कहूँगा, सच के सिवा कुछ नहीं कहूँगा।"

कमिश्नर साहिबा ने कलेक्टर साहब को टोकते हुए ग़ुस्से से कहा, "सच ही तो कह रहा है यह। इसे क्यों रोकते हैं? बोलने दीजिए।"

कमिश्नर साहिबा की शह पाकर लपकासिंह के उत्साह को मानो पंख लग गए। वह नए जोश के साथ बोले, "हुज़ूर, हुकुम करें तो लगे हाथ दो-चार कुएँ भी देख लें।"

"कुएँ?"

"हाँ हुज़ूर, गाँव में कुएँ भी तो खुदे थे, चलिए दिखाता हूँ।" कहकर लपकासिंह हिरण की तरह कुलाँचे भरते आगे बढ़ने लगे। क़ाफ़िला पीछे-पीछे बढ़ चला। जल आपूर्ति विभाग और जनपद के अफ़सरों की चाल ऐसी हो गई मानो गले में फंदा डालकर कसाई के पास घसीटा जा रहा हो। दो सौ क़दम बढ़ते ही लपकासिंह ने एक ओर खेत की तरफ़ इशारा किया। "वो देखिए हुज़ूर, कुआँ।"

कमिश्नर साहिबा ने गॉगल को ठीक से आँखों पर चढ़ाते हुए इंगित की गई दिशा में देखा। खेत में सीमेंट की मुँडेर बनी देखकर उन्होंने राहत की साँस ली, चलो, मुँडेर है तो कुआँ होगा ही।

लपकासिंह दौड़कर कुएँ तक पहुँचे और बोले, "हुज़ूर, आप कहें तो कुएँ में कूदकर दिखाऊँ।" कहकर वह कुएँ में कूदने का उपक्रम करने लगे।

कमिश्नर साहिबा घबड़ाकर बोलीं, "अरे...अरे...क्या पागलपन करते हो, डूब जाओगे।"

मगर उनके रोकते-रोकते लपकासिंह कुएँ में कूद चुके थे और मज़े की बात है, कुएँ में वह गले तक भी नहीं डूबे थे। मुँडेर के भीतर सूखे कुएँ में वह ऐसे खड़े थे जैसे जादू हो गया हो, बिना डूबे, बिना भीगे।

लपकासिंह कुएँ के भीतर से ठहाका मारते हुए बोले, "कलेक्टर साहब, मज़ाक़ तो जनपद वालों ने किया है, आप काग़ज़ तो देखिए।" कहते हुए लपकासिंह लपककर बाहर आ गए।

कमिश्नर साहिबा ने बीडीओ साहब की ओर देखकर कहा, "लाइए, दिखाइए पेपर्स।"

बीडीओ साहब बग़लें झाँकने लगे और बग़ल में खड़े अपने मातहतों का मुँह ताकने लगे। मातहतों ने बस्ता खोला और काँपते हाथों से काग़ज़ के ढेर पलटाते हुए फाइलें ऐसे खोजने लगे मानो उन्हें कुछ पता न हो। उनकी दयनीय हालत पर तरस खाकर लपकासिंह बोले, "रहने दीजिए, आप लोग कष्ट मत करिए। मेरे पास सारे काग़ज़ हैं जो मैंने सूचना के अधिकार से प्राप्त किए हैं।" कहकर उन्होंने अपने बैग में से काग़ज़ों का पुलिंदा निकाला। इन काग़ज़ों पर नज़र पड़ते ही बीडीओ साहब को गश आने लगा। उन्हें पछतावा हुआ, जब से लपकासिंह ने ये काग़ज़ प्राप्त किए थे, तब से कुछ प्राप्ति की प्रत्याशा में उनकी ओर आशा-भरी नज़रों से देख रहे थे मगर उन्होंने लपकासिंह के हल्केपन को और भी हल्के ढंग से ले लिया। 'काश, इस कमीने को तभी कुछ दे देता तो आज यह भारी नहीं पड़ता।'

लपकासिंह को इस वक़्त बदला लेने के लिए भरपूर मौक़ा हाथ लग गया था। उन्होंने काग़ज़ात को और नक़्शे को लंबा फहराते हुए एक स्थान पर उँगली रखी फिर कहा, "यह देखिए, यह है वह ज़मीन जहाँ आप और हम खड़े हैं और यह रहा वह कुआँ जिसमें अभी-अभी हम कूदकर आत्महत्या कर चुके हैं।" इसके बाद उन्होंने कार्य की प्रोग्रेस रिपोर्ट की कॉपी निकालकर सामने रखी और बोले, "यह देखिए साहब चमत्कार, एक ऐसा कुआँ जो खुदा ही नहीं मगर समय-समय पर सब इंजीनियर साहब ने निरीक्षण भी कर लिया और प्रोग्रेस भी बराबर भेजकर पैसा भी निकालते रहे।"

कमिश्नर साहिबा आगबबूला हो उठीं। वह लंबे-लंबे डग भरकर कुछ क़दम चलीं फिर एकदम से पलटकर पुनः उसी दिशा में चलने लगीं। बिलकुल शोले सा नज़ारा प्रकट होने लगा।

"कितने आदमी थे?" उन्होंने एसडीएम साहब से मुख़ातिब होकर घोटाले में लिप्त अफ़सरों के बारे में जानना चाहा।

एसडीएम साहब ने उँगलियों पर हिसाब लगाया फिर घबड़ाकर बोले, "हुज़ूर... चार।" कहकर उन्होंने बीडीओ ठाकुर साहब, सब इंजीनियर जैन साहब, ग्रामसेवक परमानंद और पंचायत सचिव सक्सेना की ओर इशारा किया।

कमिश्नर साहिबा ने ग़ुस्से में भरकर इन चारों पर एक गहरी नज़र डाली। नज़र की गहराई ऐसी थी कि वास्तव में यदि वहाँ कुआँ खुदा होता तो वे सब बचने के लिए उसमें छलांग लगा देते, मगर ऐसा कुछ न हो सका। कमिश्नर साहिबा ने चारों को एक लाइन में खड़े होने का इशारा किया फिर दाँत पीसती हुई बोलीं, "आप लोगों को पता है आपने क्या किया है? यू हैव चीटेड द गवर्नमेंट, फ्रॉड किया है आप लोगों ने सरकार और जनता के साथ। सरकार कितनी मेहनत से योजनाएँ बनाती है ताकि आम जनता को बेसिक सुविधाएँ मिल सकें, ये बेचारे दबे-कुचले लोग आगे बढ़ सकें और आप लोग उसका यह हाल करते हैं। सरकार कितना भी पैसा ख़र्च करे, आप लोगों के कारण सब ढाक के तीन पात हो जाता है...देखा आप लोगों ने, आपकी वजह से बेचारी महिलाएँ मीलों दूर से पानी भरकर ला रही हैं, शिट..." कमिश्नर साहिबा का चेहरा तमतमा रहा था। उनके तेवर सुबह-सुबह सभी लोग भलीभाँति देख चुके थे। कोटवार के बाद अब तलवार बीडीओ ठाकुर साहब, सब इंजीनियर जैन साहब, ग्रामसेवक परमानंद और पंचायत सचिव सक्सेना की ओर लपकने को थी। अब वह जानी-पहचानी घड़ी आ गई थी जिससे बचने के लिए वे सब कल से मनौती मना रहे थे। अभी मैडम चीखेंगी, "ये नौकरी मुझे दे दे ठाकुर..." और सब खल्लास। खेल ख़त्म।

"यू आल आर सस्पेंडेड...।" कमिश्नर साहिबा ने अपना वह प्रिय वाक्य बोला जो ऐसे नमकहराम अफ़सरों के लिए वह अक्सर प्रयोग में लाती थीं। इसके साथ ही अब तक छप्पन की तरह उनके द्वारा निपटाए गए दुर्दांत अफ़सरों की संख्या एक सौ छप्पन हो गई।

कमिश्नर साहिबा ने आदेश देकर संतुष्टि का अनुभव किया। कुछ इसी प्रकार की संतुष्टि का अनुभव लपकासिंह ने भी किया। लपकासिंह ने एक व्यंग्य भरी निगाह इन चारों पर डाली मानो जताना चाह रहे हों कि देखा, कैसा मज़ा चखाया। चारों ख़ून का घूँट पीकर रह गए और मन-ही-मन बड़बड़ाए कि सरकारी योजनाओं को ढाक के तीन पात करने में तुम्हारा भी कोई कम दोष थोड़े ही है।

इधर, अनोखीबाबू पर निलंबन के इस हुक्मनामे का कुछ अलग ही प्रभाव पड़ा। चूँकि वह स्वयं सरकारी बाबू रहे थे लिहाज़ा निलंबन शब्द उनके सेवा अभिलेख में तभी से स्थान पा गया था जब वह नौकरी में भरती हुए ही थे और साल भर की नौकरी के बाद ही बाइज़्ज़त निलंबित हो गए थे। तब से इतनी बार

निलंबित और इतनी बार बहाल हो चुके थे कि उन्हें स्वत: याद नहीं पड़ता था कि इस बार किस बात को लेकर निलंबित हुए हैं और पिछली बार किस बात को लेकर हुए थे।

आज एक साथ कई लोगों का निलंबन होते देख वह भावुक हो उठे। निलंबनों की ऐसी पावन वेला में अचानक वह खड़े-खड़े स्वप्न देखने लगें। उन्हें लगा, उनका कद एकाएक ऊँचा हो रहा है और ऊँचे होते-होते वह प्रदेश स्तर की राजनीति तक पहुँचकर मंत्री बन गए हैं। उन्होंने स्वयं को मंत्री के रूप में देखा और इसका यह तात्कालिक प्रभाव हुआ कि उनकी खोपड़ी पर लालबत्ती घूमने लगी। कानों में सायरन की आवाज़ें गूँजने लगीं। उन्होंने अनुभव किया कि उनके हाथ में अधिकारों से भरी वह पारसमणि लग गई है जिसे छुआते ही वह जब चाहें, जहाँ चाहें, जिसे चाहें निलंबित कर सकते हैं। संयोग की बात, जब वह पारसमणि छुआने के लिए शिकार को खोज रहे थे, उस समय सामने दरोगा लोटनप्रसाद मौजूद थे। अनोखीबाबू ने दिमाग़ पर बहुत ज़ोर डाला कि दरोगा जी को किस बात के लिए निलंबित किया जाए मगर जब कुछ समझ नहीं आया तो उन्होंने दरोगा लोटनप्रसाद को सिर्फ़ इसी बात पर निलंबित कर दिया कि आज तक उन्होंने कोई ऐसा कोई काम क्यों नहीं किया जिसके लिए उन्हें निलंबित किया जा सके। देखिए निलंबन का चमत्कारी प्रभाव...निलंबित होते ही अब लोटनप्रसाद न केवल सादी वेशभूषा में पाए जाने लगे, वरन अनोखीबाबू के आगे बहाली के लिए चिरौरी करते नज़र आने लगे। इसके बाद अनोखीबाबू ने खड़े-खड़े तहसीलदार और एसडीएम को टपकाया जिनकी वजह से वह कई बार निलंबित हुए थे। इसके बाद ज्यों ही उन्होंने निलंबन की तलवार से कलेक्टर साहब की गरदन उड़ानी चाही, भीड़ की धक्का-मुक्की में कलेक्टर साहब के गनमैन का पैर इतने ज़ोरों से उनके पैर पर पडा़ कि उनकी चीख निकल गई और इस अकस्मात हमले से वह स्वप्नलोक से वापस यथार्थ में आ गए। दरोगा जी वापस बहाल होकर वर्दी में दिखने लगे और बाक़ी अफ़सर भी बहाल होकर उसी हाल में आ गए जैसे निलंबित किए जाने के पहले थे। वह खिसिया गए और जब नोचने के लिए ख़ुद के बालों के सिवा कुछ न समझ आया तो एकाएक जुलूस के आगे से हटकर पीछे की तरफ़ खिसक गए।

ग्राम-भ्रमण के दौरान दरोगा लोटनप्रसाद और मुंशी गयाप्रसाद यूँ तो कमिश्नर साहिबा के हमराह थे, मगर अदमपता चित्रकार की सुराग़रसी पूरे दम के साथ ज़ारी थी। यह दिव्य शक्ति केवल हिंदुस्तानी पुलिस को प्राप्त थी कि मुट्ठी भर बल के दम पर वह न केवल अपने से सैकड़ों गुना जनता की रक्षा कर सकती थी, साथ ही चौबीस घंटों में अपराधों की पतारसी, चोर बदमाशों की धरपकड़, वारंटों की तामीली, वीआईपियों की सुरक्षा और ऐसे न जाने कितने काम सफलतापूर्वक संपन्न कर सकती थी जो यूँ तो उसके अधिकार क्षेत्र से बाहर थे, मगर केवल

विश्वास के दम पर उसे सौंप दिए गए थे। इस तरह एक साथ कई कामों को पूरी कामयाबी के साथ निपटाना केवल पुलिस के लिए मुमकिन था और यही अभियान अभी भी ज़ारी था। स्कूली बच्चों के बीच जो मुख़बिर फैलाए गए थे उन्होंने उस बदमाश को खोज निकाला जिसकी गुस्ताख़ हरकत ने सुबह–सुबह हाय–तौबा मचा दी थी।

क़ाफ़िला गाँव का भ्रमण करता लोकनाथ के ओटले तक आ गया था। लोकनाथ ने उत्साहित होकर यहाँ–वहाँ से कुरसियाँ खींचकर जमा दीं और अफ़सरों के इस्तक़बाल की मुद्रा में खड़ा हो गया। कमिश्नर साहिबा लोकनाथ की ओर देखकर मुसकराईं और कुछ देर सुस्ताने की गरज से कुरसी खींचकर बैठ गईं।

इससे पूर्व मुंशी गयाप्रसाद क़ाफ़िले से अचानक कल्टी मारकर गाँव के एक मोहल्ले के लिए निकल गए थे। कुछ ही देर बाद वह एक स्कूली लड़के को बनियान के बल पकड़कर क़ाफ़िले की ओर आते दिखे। जो लड़का बनियान के सहारे से इस प्रकार पकड़कर लाया जा रहा था, उसकी बनियान विचित्र ढंग से ऊपर उठ गई थी। लड़का ख़ुद नहीं चल रहा था, इसलिए उसके क़दम लगभग घिसटते हुए चल रहे थे। जितनी तेज़ी से उसे क़ाफ़िले की ओर लाया जा रहा था, उससे कहीं तेज़ी से वह लड़का रो और घिघिया रहा था। मुंशी जी लड़के को पकड़े हुए सीधे कमिश्नर साहिबा के पास पहुँचे। मुंशी जी के चेहरे पर विजय के ऐसे भाव थे जैसे रेड कार्नर नोटिस ज़ारी किसी बदमाश को विदेश से पकड़ लाए हों।

''अरे अरे...क्यों इसे ऐसे पकड़े हो, क्या तमाशा है यह? छोड़ो इसे।'' कमिश्नर साहिबा लगभग डपटती हुई बोलीं।

''छोड़ कैसे दें हुज़ूर, यही तो आपका मुलज़िम है।'' गयाप्रसाद जोश में आकर बोले। बोलने के साथ ही उन्होंने अपनी गिरफ़्त में फँसे मुलज़िम को थप्पड़ भी दिखाया। यद्यपि थप्पड़ का प्रयोग मारने के लिए न किया जाकर केवल डराने के लिए किया गया मगर इससे लड़के के रोने की आवाज़ और तेज़ हो गई।

अब दरोगा लोटनप्रसाद कमिश्नर साहिबा से बोले, ''श्रीमान जी, हमने उस बदमाश का पता लगा लिया है जिसने सुबह गंदी तस्वीर बनाई थी। यही है वह बदमाश।''

''क्या?'' कमिश्नर साहिबा का मुँह खुला का खुला रह गया। उन्होंने घूरकर उस लड़के को देखा। उमर कोई चौदह साल...शक्ल से निपट देहाती...स्कूल ड्रेस की ख़ाकी पैंट, जिसके पुट्ठे घिसकर लगभग फट गए थे, ऊपर अधफटी बनियान जो मुंशी जी की गिरफ़्त में आकर कुछ और फट गई थी...बिखरी उँगलियों वाले पैरों में रबर की सस्ती चप्पलें...

''अरे तो यही है वह नंगे पैरों वाला बदमाश!''

''हे भगवान, यह है वह बदमाश?''

"विश्वास ही नहीं होता।"

"मगर दरोगा जी कह रहे हैं तो सच ही होगा।" एक साथ अनेक आवाज़ें गूँजीं। सभी ने उसके पैरों की ओर नज़रें डालीं। अब तक लपकासिंह अपना कैमरा तैयार कर पोजीशन ले चुके थे।

"क्यों लड़के, क्या नाम है तुम्हारा?" कलेक्टर साहब ने डपटकर पूछा।

लड़का बोला कुछ नहीं, उलटे ज़ोर-ज़ोर से रोने लगा।

कमिश्नर साहिबा जो अभी भी मुलज़िम की सच्चाई को लेकर शंकित थीं, बोलीं, "सच-सच बताओ, स्कूल की दीवार पर गंदी तस्वीर तुमने बनाई थी?"

"हाँ मैडम...हमें मारना मत, ग़लती हो गई...हमीं ने आपकी तस्वीर बनाई थी।" लड़का घिघियाने लगा।

कमिश्नर साहिबा मारे ग़ुस्से के पुनः काँपने लगीं। उनके मन में अगला सवाल यह था कि इस गुस्ताख़ के साथ कैसा सलूक किया जाए। मौक़े पर मौजूद लोगों के मन में ऐसे उद्दंड बालक को दिए जाने वाले दंड के लिए तरह-तरह के आदिम ख़याल जन्म ले रहे थे। किसी की सोच थी कि इसे खंभे से बाँधकर पीटा जाए, किसी का सोचना था कि गाड़ी में बाँधकर घसीटा जाए। जो लोग अपेक्षाकृत हल्के दंड के पक्षधर थे, उनका मानना था कि इसे कम से कम मुर्गा तो बना ही दिया जाए या फिर मुँह काला कर गधे पर बिठाकर गाँव में घुमाया जाए।

ऐसे ही अवसर वे महत्त्वपूर्ण मौक़े होते थे जिन्हें लपकने के लिए लपकासिंह सपने में भी एक टाँग पर खड़े रहते थे। उनके दिमाग़ में क़ानून का कीड़ा रेंगा। बालक के साथ अत्याचार! उन्होंने दिमाग़ में क़ानून और हाथों में कैमरा, दोनों को एक साथ सम्हाल लिया और उत्साह में भरकर उस क्षण की प्रतीक्षा करने लगे जबकि बालक को उसकी ग़लती के लिए ऐसी कोई आदिम सज़ा बस शुरू की जाए और उनकी एक ऐसी एक्सक्लूसिव स्टोरी तैयार हो जाए जो ख़बरों की दुनिया फाड़कर रख दे। उन्होंने राष्ट्रीय चैनलों पर आने के लिए अब तक न जाने क्या-क्या पापड़ बेले थे, स्वयं को स्थापित करने के संघर्ष में कहाँ-कहाँ की खाक छानी थी। एक बार पुनः अतीत के कुएँ में वह गिर पड़े।

यह वह दौर था जब टीवी पर नित नए शुरू होने वाले चैनल अपनी टीआरपी बढ़ाने नित नए मसाले खोज रहे थे। लपकासिंह जिस चैनल से जुड़े थे, उस चैनल के द्वारा महीना भर पहले सभी स्ट्रिंगरों को परवाना ज़ारी किया गया और बताया गया था कि हिंदुस्तानी जनता लाख आधुनिक हो जाए, कंप्यूटर को बिछा ले, कंप्यूटर को ही ओढ़ ले, मगर जहाँ तक मनोरंजन का सवाल है, आज भी उसे भूत, पिशाच, जिन्न पलीत, डायन चुड़ैलें, भुतही हवेलियाँ, पुनर्जन्म, नाग-नागिन के प्रणय तथा प्रतिशोध के क़िस्से बहुत भाते हैं, लिहाज़ा इन्हीं सारे मुद्दों पर कोई स्टोरी भेजी जाए।

गूगल गाँव में भूत, पिशाच, डायन चुड़ैलें क़िस्सों में ही पाई गई थीं। ऐसी अतिविशिष्ट हस्तियाँ कहानी–क़िस्सों के अलावा कहीं फ़्रीली घूमती देखी नहीं गई थीं न ही ऐसा कोई जिन्न या पलीत पाया गया था जो कि सार्वजनिक रूप से सक्रिय हो। अतः अब नाग–नागिन ही बच रहे थे जो लपकासिंह की मदद कर सकते थे। लपकासिंह ने अनुभव किया कि क़िस्मत साथ दे तो वह नाग–नागिन को ही सीढ़ी बनाकर मीडिया जगत के शिखर का स्पर्श कर सकते हैं। लिहाज़ा उन्होंने इलाक़े के नदी–नाले, खान–खंतियाँ, झाड़ और झाड़ियों को छानना शुरू किया कि कहीं नाग–नागिन नृत्य करते या प्रणय करते मिल जाएँ। इत्तफ़ाक़ की बात है कि उन्हें नाग–नागिन तो प्रणय करते या नृत्य करते नहीं मिले, बल्कि गाँव के कई नौनिहाल जोड़े, अधेड़ पुरुष और ब्याहता पराई नारियाँ इन झाड़ों के इर्द–गिर्द गोपनीय तौर पर नृत्य करते अथवा अति गोपनीय तौर पर झाड़ियों में प्रणय करते अवश्य मिल गए जिसके कारण कई बार लपकासिंह को मौक़े पर ही पिटने तक की नौबत आ गई। निराश हो चुके लपकासिंह ने तब क़िस्मत पर छोड़ दिया और एक दिन उनकी सोई हुई क़िस्मत आश्चर्यजनक तौर पर जाग गई जब लपकासिंह पर रहम खाकर नाग–नागिन खान–खंतियों, झाड़ और झाड़ियों को छोड़कर गूगल गाँव तक चले आए थे और नचबलिए स्टाइल में लहरा–लहराकर उन्होंने बीच गाँव में ही नृत्य प्रारंभ कर दिया था।

लपकासिंह ने इस अनोखी घटना पर फटाफट एक स्टोरी तैयार कर चैनल को भेजी मगर क़िस्मत ने फिर उन्हें निराश किया था। पता चला था कि देश के कोने–कोने से स्ट्रिंगरों ने नाग–नागिनों के इतने शॉट्स भेज दिए थे कि भ्रम होने लगा था, हमारा देश वास्तव में नाग–नागिनों का ही देश है। इतना ही नहीं, नाग–नागिन भी ऐसे हैं जिन्हें प्यार करने और लहरा–लहराकर नाचने के अलावा कोई काम नहीं है। काटने और फुफकारने में कोई स्कोप नहीं बचा सो बस नृत्य करो और प्रणय करो। चैनल के दफ़्तर में यह भी महसूस किया गया था कि नाग–नागिन पर भी मीडिया का कुछ ख़ास असर पड़ा है और कैमरे को सामने देखते ही वे भी कुछ ज़्यादा ही उत्साह में आ जाते हैं। जैसे कैमरे को सामने पाकर अच्छे भले नेता सुध–बुध खोकर कुछ भी आँय–बाँय–शाँय बकने लग जाते हैं, आम जनता लंगूरों की तरह हरकतें करने लगती है, उसी तरह नाग–नागिन भी कैमरा देखते ही नृत्य करने लग जाते हैं।

इस तरह लपकासिंह की नाग–नागिन स्टोरी फ़्लॉप रही थी। आज जो होने जा रहा था, उसे लेकर उनके मन में हद दर्जे की उम्मीद बँधी थी। इस ख़बर के बूते पर वह देश–भर में छा जाने वाले थे। लपकासिंह यूँ तो अनोखीबाबू की तरह स्वप्न नहीं देखते थे मगर जहाँ उम्मीद बँधती है वहाँ ख़्वाबों की खटिया भी बिछ ही जाती है। लपकासिंह अचानक उत्तेजित होकर ख़यालों में खो गए। राष्ट्रीय टीवी चैनल

पर एक मासूम पर कमिश्नर के अत्याचार की उनकी एक्सक्लूसिव ख़बर चल रही है और अंत में वह अपनी इंच भर की छाती ताने समापन वाक्य बोल रहे हैं, 'अभी तक के लिए गूगल गाँव से मैं रिपोर्टर लपकासिंह।'

दंड के लिए जितने मुँह थे, उतने सुझाव थे। मगर कमिश्नर साहिबा इस निष्कर्ष पर पहुँचीं कि आरोपी स्कूली लड़का है, लिहाज़ा कान पकड़वाकर उठक-बैठक लगवाना पर्याप्त दंड होगा। ज्यों ही उन्होंने सज़ा का ऐलान करने का सोचा, पटवारी गोटीराम की छठी इंद्रिय सक्रिय हो उठी। इस बार उसने थ्रू प्रॉपर चैनल के अनुशासन को छोड़ दिया। न तो एसडीएम साहब के पास पहुँचा न ही कलेक्टर साहब के पास। वह हिम्मत जुटाकर सीधा कमिश्नर साहिबा के पास आया और उनके कानों में फुसफुसाकर बोला, "हुज़ूर, छोटा मुँह बड़ी बात कर रहा हूँ। मेरी मानिए तो इस लड़के को ऐसे ही जाने दीजिए। विधानसभा शुरू होने वाली है और ये कैमरावाला तिल का ताड़ बना देगा।"

कमिश्नर साहिबा ने लपकासिंह को देखा जो कैमरे को लपलपाते हुए बेसब्री से उनके दंडादेश की प्रतीक्षा कर रहे थे। उन्हें ऐसा लगा मानो गोटीराम ने किसी बड़ी मुसीबत से बचा लिया हो वरना उन्होंने तो भयंकर साबित होने वाली इस मूर्खता के परिणाम के बारे में सोचा ही नहीं था। एक मासूम से दिखने वाले स्कूली बच्चे से कमिश्नर द्वारा सरेआम उठक-बैठक लगवाने का दृश्य मीडिया वाले सारा दिन देश भर में दिखाते और शाम होते न होते निलंबन की तलवार उल्टी घूमकर उन्हीं की गरदन उड़ा देती।

उन्होंने ऐसी आत्मघाती मूर्खता से बाल-बाल बचने पर पहले राहत की साँस ली फिर गोटीराम को कृतज्ञता की दृष्टि से देखा। 'पायो जी मैंने, गोटीराम रतनधन पायो...' कमिश्नर साहिबा के मन में भी राग आभार की तान छिड़ उठी।

गुस्ताख़ और बदमाश बालक दंडादेश की प्रतीक्षा में थर-थर काँप रहा था। कमिश्नर साहिबा ने अपने भीतर धधक रही क्रोधाग्नि को कैमरे से भरपूर छिपाते हुए लड़के के सिर पर प्यार से हाथ फेरा और यथासंभव मुलायम स्वर में कहा, "बेटा, अब ऐसी ग़लती मत करना और पढ़ाई में मन लगाना।" कहते हुए उन्होंने उसे जाने का इशारा किया।

लड़का खुश हो गया। वह स्वतंत्र होते ही भागने को हुआ कि तहसीलदार साहब, जिन्होंने भरपूर दिमाग़ खपाने के बाद बदमाश के नंगे पैर वाला होने की घोषणा की थी, हकलाकर पूछा, "क्यों रे, तू तो चप्पलें पहनता है, मौक़े पर नंगे पैर गया था क्या?"

लड़का चूँकि अभयदान प्राप्त कर चुका था लिहाज़ा उसकी हिम्मत लौट आई थी। उसने खीसे निपोरकर कहा, "साहब, चप्पलें तो मैं हमेशा पहनता हूँ, सुबह भी पहना था, मगर गीली मिट्टी में ख़राब न हों इसलिए चप्पलें थोड़ी दूर पर उतारकर

फिर तस्वीर बनाई थी।'' इतना कहकर उसने ऐसी दौड़ लगाई कि पीछे पलटकर नहीं देखा।

तहसीलदार साहब मुँह बाए उसे भागते देखते रहे तो दरोगा लोटनप्रसाद ने धीरे से फुसफुसाकर उनके कानों में कहा, ''क्यों तहसीलदार साहब, मैंने कहा था न बदमाश ऐसे नहीं पकड़े जाते।'' कहते हुए लोटनप्रसाद ने गर्व की ऐसी अनुभूति की कि उनका सीना तो चौड़ा न हुआ अलबत्ता सीना फुलाने की कोशिश में तोंद थोड़ी बहुत पिचक गई। तहसीलदार साहब निरुत्तर हो गए और एक बार फिर अपनी अय्यारी की क्षमताओं पर पुनर्विचार करने लगे।

लपकासिंह के साथ एक बार फिर चोट हो गई थी। चोट भी साधारण नहीं, एकदम दिल को चीर देने वाली। घटनाक्रम के ऐसे करुण अंत पर लपकासिंह के सारे अरमान टूटकर बिखर गए और अनजाने में तैयार होने वाली एक्सक्लूसिव स्टोरी चूर-चूर हो गई। इसी तरह भीड़ में शामिल हर व्यक्ति के मुँह लटक गए जो लड़के को मिलने वाली सज़ा की कल्पना कर मुफ़्त मिलने वाले मनोरंजन की प्रतीक्षा कर रहे थे।

इस नाटकीय घटनाक्रम के बाद जुलूस पुनः प्रारंभ हुआ। यद्यपि मैडम का मूड अचानक बदल गया था मगर जुलूस में चल रहे अफ़सरों की चाल मातमी हो गई थी। क्या पता कमिश्नर साहिबा एक सौ छप्पन के आगे का तो कोई टारगेट लेकर नहीं पधारी हैं, न जाने अब किसकी गरदन पर प्याज कटे। भलाई इसी में थी कि किसी भी प्रकार से दौरे का समापन हो। ऐसे में कमिश्नर साहिबा के पीए साहब ही तारणहार हो सकते थे।

जिन शासकीय स्वयंसेवकों ने गई रात पीए साहब की यथोचित ख़िदमत की थी, उन्होंने आँखों ही आँखों में पीए साहब से मिन्नत की कि कल की सेवाटहल का कुछ तो ख़याल करें। उन्होंने यह संदेशा भी पीए साहब तक पहुँचाया कि मैडम साहिबा यदि घंटे दो घंटे और गाँव में इसी प्रकार टहलती रहीं तो न जाने कौन-कौन से कर्मचारी और अफ़सर नौकरी से टहलते नज़र आएँगे।

पीए साहब पुराने, अनुभवी और खेले खाए व्यक्ति थे। उनके गोल चिकने चेहरे और उसमें बटन की तरह चुँधी हुई आँखों से उनका व्यक्तित्व झलकता था और यह चुगली करता था कि वह किस सीमा तक खेले और किस सीमा तक खाए हैं। पीए साहब यह भी जानते थे कि गूगल गाँव अकेला नहीं है जहाँ कई अफ़सरों और मुलाज़िमों ने अच्छी-भली सरकारी योजनाओं का यूँ बँटाधार कर विकास के नाम पर ढाक के तीन पात कर रखा है। वह समझ गए कि मैडम की क़ातिल निगाहें आज जहाँ-जहाँ पड़ेंगी, वहाँ अमले के लोग तिल-तिल कर मरते नज़र आएँगे। लिहाज़ा वह धीरे से कमिश्नर साहिबा के क़रीब पहुँचे और फुसफुसाकर बोले, ''मैडम, विधान सभा शुरू होने के पहले कल चीफ सेक्रेटरी महोदय ने संभाग की

जानकारी तैयार कर भेजने के लिए बताया था। इसके अलावा विलेज विजिट के संबंध में शाम को पीसी भी है...''

निशाना एकदम सटीक बैठा, ''ओह शिट, तुम्हें मुझे पहले रिमाइंड कराना था न...'' कमिश्नर साहिबा ने माथे पर हाथ मारते हुए कहा। वह अपने कर्तव्य के प्रति चाहे जितनी ईमानदार और समर्पित हों, जब तक प्रेस कांफ्रेंस में बखान न कर दिया जाए, उन्हें परम आनंद की प्राप्ति नहीं होती। उन्होंने वापस जाने के लिए कार में बैठते हुए कलेक्टर साहब से कहा, ''मुझे अर्जेंट जाना है, बाक़ी आप देख लीजिएगा और हाँ, जिन लोगों ने गड़बड़ियाँ की हैं, उनके विरुद्ध प्रिलिमिनरी इनक्वायरी रिपोर्ट मुझे तीन दिन में चाहिए। दे मस्ट बी हैंग्ड।''

''जी मैडम, आप बिलकुल निश्चिंत रहें।'' कलेक्टर साहब ने मैडम के बैठते ही अपने कर-कमलों से कार का गेट बंद करते हुए कहा। तहसीलदार साहब, जो पहले ही मैडम की रवानगी का मंत्रजाप कर रहे थे, कूदकर जीप में जा बैठे। खड़खड़ाकर उनकी जीप स्टार्ट हुई और सायरन बजने के साथ ही बीटिंग द रिट्रीट का संगीत प्रारंभ हो गया।

कार कमिश्नर साहिबा को लेकर वापस रवाना हो गई और इसके साथ ही सुनामी का कहर शांत हो गया। राहत की एक साथ कई साँसें ली गईं। जो बच गए थे, उन्होंने आसमान की ओर देखकर भगवान का धन्यवाद किया। जो निलंबन की गोली से हलाक हो चुके थे, उन्होंने सारे क़त्लेआम के लिए लपकासिंह को ज़िम्मेदार मान लिया और प्रण कर लिया कि जब तक लपकासिंह के हल्केपन को उनके ही हलक में डालकर उन्हें हलाक नहीं कर डालेंगे, तब तक अन्न-जल ग्रहण नहीं करेंगे।

यूँ तो कलेक्टर साहब को बाक़ी का काम देखने का आदेश दिया गया था लेकिन मैडम के जाते ही उन्हें भी याद आया कि अर्जेंट कामों की कमी उनके पास भी नहीं है सो एसडीएम साहब के सिर पर ग्राम-भ्रमण का ठीकरा रखकर वह भी ज़िले के लिए रवाना हो गए।

अब गाँव में एसडीएम साहब और निचले अफ़सर बचे थे। इन सबने सोचा कि हम तो आए दिन गाँव देहात की धूल खाते ही रहते हैं। अब ज़बर्दस्ती रुकने का क्या फ़ायदा सो जैसे ही कलेक्टर साहब की गाड़ी की धूल दिखनी बंद हुई, वे भी धूल उड़ाते पतली गली से निकल लिए और इस तरह जनता की सरकार, जनता के द्वार से अपने-अपने शहरों की ओर कूच कर गई।

8

जो पाठक यह समझ रहे हैं कि कमिश्नर साहिबा के जाने के साथ ही क़िस्सा ख़त्म, उनके लिए यही बताना ज़रूरी होगा कि पिक्चर अभी बाक़ी है मेरे दोस्त। दरअसल

कमिश्नर साहिबा के जाने के बाद तो क़िस्सों की शुरुआत हुई और क़िस्से किंवदंतियों में तब्दील होने लगे। ऐसे क़िस्सों के लिए लोकनाथ के ओटले से अच्छी कौन सी जगह थी गूगल गाँव में।

लोकनाथ का ओटला...गाँव भर में यही एक ऐसा स्थान था जहाँ पतीली में हर वक़्त चाय भी खौलती मिलती थी और बतरस के लिए दुनिया भर के मुद्दे भी। सुबह-सुबह शहर से आने वाली पहली बस से अख़बार सबसे पहले लोकनाथ के ओटले पर ही उतरता था। लोग कितना ही ख़बरिया टीवी चैनलों पर आँखें फोड़ते रहें, जब तक अख़बार न बाँच लें और फिर ख़बरों का विश्लेषण न कर लें, तब तक चाय का स्वाद भी फीका-फीका था और बीड़ी में भी वो बात नहीं थी। दिन भर के कामों से फ़ारिग होने के बाद अँधेरा घिरते ही एक बार फिर यहाँ महफ़िल जमती जहाँ बड़े-बड़े मुद्दों पर महाबहस की भाँति चर्चा होती। जितने वक़्ता होते, उससे कहीं अधिक श्रोता स्वाभाविक तौर पर जुड़ जाते। इनमें से कोई मात्र चाय पीने की गरज से यहाँ आया होता तो कोई लोकनाथ की परचूनी से आटा, दाल या साबुन तेल लेने, पर होता यह कि वह कुछ देर सब भूलकर यहीं मन रमा बैठता और बहस में अपना कोई न कोई योगदान देने के बाद ही वहाँ से रवाना होता।

दोपहर बीतते ही वैद्य जी, अनोखीबाबू, और पाराशर जी ओटले पर आ डटे। बीड़ी का नया बंडल निकाला गया और फिर उसमें से बीड़ियों को निकालकर बड़े सम्मान के साथ सुलगाया गया।

लोकनाथ एक हाथ से स्टोव पर चाय की पतीली चढ़ा रहे थे, दूसरे हाथ से सुलगती बीड़ी को थामे थे। ज़ाहिर है, आज का ताज़ा मुद्दा कमिश्नर साहिबा का दौरा था और सभी की राय यहाँ आमंत्रित थी।

लोकनाथ बहस शुरू करने की गरज से बीड़ी का लंबा सुटटा खेंचकर बोले, "अफ़सर हो तो ऐसी।"

"बिलकुल सही बात है, एकदम कड़क..." पाराशर जी ने उनका समर्थन किया और इस बात पर मन-ही-मन खैर मनाई कि मैडम के कड़क मिजाज़ की जद में आने से वह साफ़ बच गए और उनके ऊपर कोई आँच नहीं आई। अनोखीबाबू पाराशर जी के क्रियाकलापों से भलीभाँति परिचित थे। उन्हें बड़ा रंज था कि पाराशर जी कैसे निलंबित होने के आनंद से महरूम रह गए। लिहाज़ा वह एक और विशेषण जोड़ते हुए बोले, "केवल कड़क ही नहीं, ईमानदार भी बहुत निकलीं मैडम।"

"बिलकुल सही बात है, वरना इतना ऊँचा कोई अफ़सर ठेठ देहात में ऐसे रात भर रुकता है क्या।" वैद्य जी ने कहा। उन्हें भी इस बात का बड़ा सुकून था कि रात में उनकी भी चोरी पकड़े जाते बची थी।

"लेकिन, बीडीओ साहब पर बुरी बीती...अब न जाने कब बहाल होंगे।" एक देहाती जो वहाँ से निकल रहा था और मात्र बीड़ी का एक सुट्टा खींचने के लालच में वहाँ रुक गया था, अफ़सोस प्रकट करता बोला।

लोकनाथ ने एक नज़र उनके ओटले के सामने दिख रहे उस इकलौते हैंडपंप पर डाली जहाँ गाँव की महिलाओं के बीच पहले पानी भरने को लेकर मनोरंजक युद्ध छिड़ा था और वार्तालाप पर तनिक कान लगाकर ध्यान दिया जाए तो ज्ञात होता था कि गालियाँ देने में महिलाएँ भी कहीं कम नहीं बैठतीं। लोकनाथ ने इस देहाती डब्ल्यू डब्ल्यू एफ की ओर इशारा करते हुए कहा, "मगर बीडीओ साहब इतने भी ख़राब नहीं, मान लो, गाँव में जगह-जगह कुएँ ख़ुद जाते और हैंडपंप लग जाते तो ऐसा शानदार दृश्य कहाँ देखने को मिलता भला।"

"सो तो है।" पाराशर जी ने कहा।

अब वैद्य जी बोले, "एक बात तो सही है यदि सारे अफ़सर और कर्मचारी मैडम की तरह ईमानदार हो जाएँ तो गाँव-देहातों का नक़्शा ही बदल जाए।"

"बात तो सही है वैद्य जी, मगर सब ईमानदार हो जाएँ और अपनी ड्यूटी ठीक से करने लग जाएँ तो आप और हम सब नपे-नपे फिरेंगे।" पाराशर जी ने कहा।

"क्यों पाराशर जी, हमने किसी का क्या बिगाड़ा है जो नपे-नपे फिरेंगे?" वैद्य जी चिढ़कर बोले।

"बुरा न मानो वैद्य जी, सारे डॉक्टर यदि अपनी ड्यूटी ठीक से करने लगें तो ज़िले से चीफ मेडीकल सुपरिंटेंडेंट भी हमारे गाँव मुआयना करने आएँगे। अब एक मिनट को मान लो कि आपने अपनी जो डिगरियाँ बोर्ड पर लिख रखी हैं, उनकी तस्दीक करने बैठ जाएँ तो आप अपना झोला ढूँढ़ते रह जाएँगे, मगर डिगरियाँ होंगी तभी तो बता पाएँगे न।" पाराशर जी ने अपने शब्दों में व्यंग्य घोलते हुए यह भी वैद्य जी को जतलाना चाहा कि वह कितने ही बड़े वैद्य होने का दंभ भरें, हैं तो वह झोलाछाप ही।

वैद्य जी एक पल को चुप रह गए। पाराशर जी ठीक ही कह रहे हैं। यदि सही में डिगरियाँ और सनदें चैक होने लग जाएँ तो गाँव-गाँव में प्रलय आ जाए। उनके जैसे हज़ारों डॉक्टर, वैद्य और हकीम जेल चले जाएँ। लेकिन इस वक़्त चूँकि वहाँ कई लोग एकत्र हो चुके थे और उनकी निगाहें वैद्य जी के अगले पैंतरे की तरफ़ थीं लिहाज़ा वैद्य जी ने पाराशर जी को भी उनकी औक़ात बताते हुए कहा, "पाराशर जी, अकेले हमारे लिए थोड़े ही संकट है, आप भी तो सरकारी नौकरी कम करते हो, दुकानदारी ज़्यादा। फिर स्कूली बच्चों के भोजन में से क्या-क्या बचाते हो, यह किसी से छिपा भी तो नहीं है।"

पाराशर जी एक पल को चुप लगा गए फिर लोकनाथ की ओर इशारा कर बोले, "बच्चों के खाने के लिए राशन तो यहीं से जाता है, अब जैसा आटा दाल मिलेगा, वैसा ही तो खिलाया जाएगा।"

पाराशर जी के इशारे पर लोकनाथ एकदम चुप हो गए। कहाँ से कहाँ वह ईमानदारी की चर्चा ले बैठे। अब राशन यदि घटिया क़िस्म का जाता है तो इसमें पूरा दोष उनका अकेले का तो नहीं है न। ग़रीबों को बाँटा जाने वाला राशन ग़रीबों तक पहुँचता ही कहाँ है, फूड वाले बाबू राशन दुकान में बाँटने की बजाय पहले ही उनके यहाँ बेच जाते हैं। चूँकि ग़रीबों का राशन ग़रीबों को ही जाए, इसी सद्भावना के कारण तो वह स्कूल के लिए यह राशन भेज देते हैं। हालाँकि, लोकनाथ ने यह भी सोचा कि ये पाराशर का बच्चा चाहे तो उत्तम क़िस्म का राशन भी बच्चों के लिए ले जा सकता है। मगर असल चोर तो यही है। माँग और पूर्ति का सीधा सिद्धांत है कि जैसी माँग होगी, वैसी ही तो पूर्ति होगी, सोचकर लोकनाथ ने स्वयं को बेईमानी के आरोप से बरी कर लिया।

ओटले के किनारे पर एक खटिया पड़ी थी। इस खटिया पर लोकनाथ के वयोवृद्ध पिता जिन्हें दद्दा के नाम से पुकारा जाता था, स्थायी रूप से सूखते हुए पाए जाते थे। यूँ तो वह लंबे समय से ख़ुद के ठंडे होने की बाट जोह रहे थे मगर दिमाग़ उनका हमेशा गर्म पाया जाता था। आम तौर पर वह रोज़ाना चलने वाले इन वार्तालापों में हस्तक्षेप न कर निर्लिप्त भाव से दुनिया भर की बातें सुनते थे मगर जब बीच में पड़कर बोलते थे तो कड़वा ही बोलते थे और चूँकि बोला गया कड़वा होता था इसलिए ज़ाहिर है, सच ही होता था। इस बहस को सुनने के बाद उनसे रहा नहीं गया और अपनी आदत के मुताबिक वह सच की कड़वाहट उँडेलते हुए बोले, ''बेटा, कुल जमा बात यह है कि तुम सब एक जैसे हो। चोर, लुच्चे...एकदम बेईमान, हमाम में सारे नंगे ही नंगे हैं। यदि कहीं लोग सारा काम ईमानदारी से करने लगें तो आधा देश जेल में ही दिखेगा और तुम लोग भी जेल में ही चक्की पीसोगे।''

वार्ताकारों के मुँह से बोल न फूटा। सामाजिक तौर वे सभी शरीफ़ थे। शराफ़त के साथ रहते थे। मगर शराफ़त के पैजामे में कई छेद भी थे और ईमानदारी इन्हीं छेदों से निकल भागती थी। पता ही नहीं चलता था, ईमानदारी कहाँ पर फिसल गई तथा बेईमानी कब और कैसे, छेदों से भीतर आ गई।

अभी यह वार्तालाप आगे बढ़ने के लिए विषयांतर खोज रहा था कि अपनी स्कार्पियो गाड़ी से धूल और कीचड़ दोनों ही उछालते गड्ढे भइया आ पहुँचे।

''लो, ये भी आ गए...'' अनोखीबाबू प्रसन्नता से बोले।

''ये भी चोर है चोर...नंबर एक का घपलेबाज...बस इसी की कमी थी।'' दद्दा ने गड्ढे भइया का भी प्रशस्तिगान करते हुए कहा। लेकिन चूँकि दद्दा की इस आदत से सभी वाक़िफ़ थे लिहाज़ा किसी ने भी उनकी बात का बुरा नहीं माना।

''आओ...आओ गड्ढे भइया, तुम भी खूब आए।'' वैद्य जी चहककर बोले। गड्ढे भइया गाड़ी से उतरे और धोती सँभालते कुरसी पर जा बैठे। लोकनाथ के

हाथ से बीड़ी लेकर उन्होंने ज़ोर का एक सुट्टा लगाया फिर ख़ामोश भाव से सड़क की ओर ताकने लगे।

गड्ढे भइया बड़े ठेकेदार थे। आधा समय गूगल गाँव में पाए जाते थे तो आधा समय शहरी नेताओं के घर और सरकारी दफ़्तरों में। जैसा कि बताया, वह बड़े ठेकेदार थे। समाज के ठेकेदार भी थे और निर्माण के भी। निर्माण के लिए उन्होंने प्रत्यक्ष एवं अप्रत्यक्ष तौर पर नाना प्रकार से अपना योगदान दिया था। वह उत्कृष्ट चारित्रिक गुणों से युक्त समाज निर्माण के सूत्रधार थे। यह और बात है कि उनका योगदान प्रत्यक्षत: एक एवं अप्रत्यक्षत: अनेक उन्मुक्त विवाहों का था जिनके माध्यम से उन्होंने अपने गुणसूत्र दान करते हुए समाज निर्माण में उल्लेखनीय योगदान दिया था। ज़ाहिरा तौर पर सड़कों के निर्माण में भी उनका योगदान अद्वितीय था। यह उनके संपर्कों का फल ही था कि गूगल गाँव से सलामतपुर के लिए जाने वाली और वहाँ से वापस गूगल गाँव तक आने वाली सड़क के निर्माण का ठेका हमेशा उन्हें ही प्राप्त हुआ होता आया था। सलामतपुर से आने वाली और सलामतपुर के लिए वापस जाने वाली सड़क से तात्पर्य उसी एक सड़क से है जिसके निर्माण के लिए दो बार ठेके उन्हें प्राप्त होते थे। एक बार आने वाली सड़क के लिए और जब वह काग़ज़ों पर बनकर पूरी तरह अपनी छाती को रौंदे जाने के लिए तैयार हो जाती थी तो फिर दूसरा ठेका उन्हें प्राप्त होता था, वापस जाने वाली सड़क के निर्माण के लिए।

सड़क निर्माण की ठेकेदारी में पहली ही बारिश में सड़क के शर्तिया मिट जाने का उनका दावा था। यह तय करना मुश्किल था उन्हें ठेका सड़क निर्माण का मिला है या गड्ढों के निर्माण का। उन्होंने बड़ी तपस्या के उपरांत गिट्टी की जगह मिट्टी और डामर की जगह जले आइल के उपयोग से सड़क निर्माण और गड्ढों के विनिर्माण का गूढ़ मंत्र हासिल किया था। इसी मंत्र ने उनके अर्थतंत्र को नित नई ऊँचाइयाँ और गड्ढों को नित नई गहराइयाँ प्रदान की थीं।

लोकनाथ ने उनके गड्ढों से भरे मुखारविंद पर हैरान होते हुए कहा, ''क्या हुआ गड्ढे भइया, बड़े चिंतित दिखाई दे रहे हो?''

''अब क्या बताएँ, दिन ही ठीक नहीं चल रहे हैं।''

''क्यों भइया, ऐसा क्या हो गया?''

गड्ढे भइया ने खुलासा किया, ''कमिश्नर मैडम को हमारे बनाए गड्ढे रास ही नहीं आए। यहाँ से लौटते समय कलेक्टर साहब को हुक्म कर गई हैं कि जाँच बिठवाई जाए, अमानत की रक़म ज़ब्त कराई जाए और ठेकेदार के ख़िलाफ़ भी कार्यवाही करवाई जाए।''

''यह तो बड़ा ग़ज़ब हुआ, जाँच कमिश्नर साहिबा ने बिठाई है तो बिना मारे तो छोड़ने वाली नहीं हैं।'' अनोखीबाबू ने अनुभव के आधार पर गड्ढे भइया की चिंतावृद्धि में योगदान देते हुए कहा।

गड्ढे भइया ने बीड़ी को पैरों के तले कुचला फिर चिंतित स्वर में बोले, ''अगर ईमानदारी से सड़कें बनने लगीं तो गड्ढों का क्या होगा! गड्ढे हमारी राष्ट्रीय धरोहर हैं और उनका संरक्षण हमारा परम कर्तव्य है।''

सभी ने गड्ढे भइया की ओर अचरज से देखकर मुँह बाया तो गड्ढे भइया अपनी बात पर वजन डालते हुए बोले, ''मैं तो कहता हूँ, गड्ढों से हमारे देश की अर्थव्यवस्था को मज़बूती प्राप्त होती है।''

लोकनाथ ने इस बात पर अपना सिर खुजलाया फिर कहा, ''पर गड्ढे भइया, ये बात हमारे पल्ले नहीं पड़ी कि गड्ढों से भला देश की अर्थव्यवस्था कैसे मज़बूत होगी?''

गड्ढे भइया समझाते हए बोले, ''यह बताओ, गड्ढों की वजह से गाड़ियाँ पंचर होती हैं कि नहीं?''

''होती तो हैं।''

''और कमानियों के पट्टे, नट बोल्ट, पुरजे टूटते-फूटते हैं या नहीं?''

''बिलकुल टूटते हैं।'' पाराशर जी तड़ से बोले मानो नट-बोल्ट के तड़ से टूटने का उनका अनुभव एकदम निजी और ताज़ा हो। इन दोनों की सहमति का गड्ढे भइया पर सकारात्मक प्रभाव पड़ा। उन्होंने उत्साह के साथ अर्थव्यवस्था की मज़बूती का राज खोला, ''इन्हीं गड्ढों के कारण क़दम-क़दम पर गाड़ियों के टायर फटने, उनकी कमानियों का दम फूलने और नट-बोल्ट गिरने-टूटने से कल पुरजों की डिमांड बढ़ती है, उनके उत्पादन के नए अवसर पैदा होते हैं लिहाज़ा नए-नए उद्योगों की स्थापना होती है।''

''बात तो आपकी एकदम सही है गड्ढे भइया।'' वैद्य जी ने गड्ढे भइया के दर्शन पर सिर हिलाया और उनकी ओर बीड़ी बढ़ाई। गड्ढे भइया ने बीड़ी लेकर एक सुट्टा लगाया फिर पुन: अपना दर्शन प्रारंभ किया, ''यह बताओ, हमारे देश में बेरोज़गारी की समस्या है या नहीं?''

''है है...बिलकुल है।''

गड्ढे भइया ने अपने फंडों की रेलगाड़ी को धक्का लगाया, ''इन्हीं गड्ढों की बदौलत न जाने कितने ग़रीबों को रोज़गार मिला है। पंचर जोड़ने की दुकानें खुलीं, टूट-फूट सुधारने के लिए हर क़दम पर मिस्त्री-मैकेनिकों की दुकानें खुलीं...बोलो, सही बात है या नहीं?''

''बिलकुल सही बात है गड्ढे भइया, अपने गाँव से सलामतपुर के रास्ते में ही पचासों दुकानें हैं।''

गड्ढे भइया अपनी बात को बल मिलता देख पुन: जोश में आकर बोले, ''जहाँ-जहाँ टूट-फूट सुधारने की दुकानें खुलीं, बताओ भला, वहाँ चाय-समोसों की दुकानें और होटल-ढाबे खुले या नहीं?''

"एकदम सही बात।"

"तो सोचो, इन गड्ढों की बदौलत गाँव में खाली बैठकर खाली-पीली ठलुआगिरी करने वाले कितने लोगों को रोज़गार का अवसर मिल गया। अब बताओ गड्ढों से देश का विकास होता है या नहीं?"

"वाह गड्ढे भइया मान गए आपको। गड्ढों के बारे में ऐसे विचार तो कभी हमारे दिमाग़ में आए ही नहीं।" लोकनाथ प्रशंसा भरे स्वर में बोले।

गड्ढे भइया का गड्ढागान अभी पूरा नहीं हुआ था सो फिर उसी गर्वीले भाव से उन्होंने अपनी गड्ढास्तुति आगे बढ़ाई, "गड्ढों के कारण ही अनगिनत गर्भवतियों को सड़कों पर प्रसव की सुविधा सुलभ होती है वरना शहर ले जाकर महँगे अस्पतालों में भरती करो और फिर हज़ारों रुपए ख़र्च करो। अब बोलो, इससे राष्ट्रीय बचत हुई या नहीं?"

"बिलकुल हुई गड्ढे भइया बिलकुल हुई। अपनी गुलबियाबाई तो एक नहीं तीन-तीन बार गड्ढों की वजह से ही अस्पताल जाते-जाते बचीं और बिना एक धेला ख़र्च किए सड़क पर ही जचगी निपटाकर घर आ गईं।" लोकनाथ ने चर्चा को रंगीन बनाने की गरज से अर्थशास्त्र को समाजशास्त्र की ओर धकियाने का प्रयत्न किया। उनके प्रयत्न से समाजशास्त्र का तो प्रारंभ नहीं हुआ, अलबत्ता रसायनशास्त्र अवश्य बीच में कूद पड़ा और गुलबियाबाई का ज़िक्र आते ही वैद्य जी का चेहरा लाज से एकदम फिनॉल्फथेलिन की भाँति गुलाबी हो आया। उनके दिल की धड़कनें एकाएक बढ़ गईं और मन शंकित होने लगा कि ऐसा न हो, अर्थशास्त्र अनर्थशास्त्र में बदल जाए। उनका भाग्य अच्छा था जो गड्ढे भइया के चेहरे का रंग देखकर चर्चा गुलाबी रंग पकड़ने से बच गई। गड्ढे भइया ने तूफ़ानी तर्क देकर सभा में तहलका अवश्य मचा दिया, मगर उनका चेहरा दुखभरे गड्ढों से यथावत गमज़दा रहा, "समाज के भले के लिए गड्ढों से बढ़कर कुछ हो सकता है क्या? अब जाँच बैठ गई तो न रहेंगे गड्ढे और न रहेंगे तुम्हारे गड्ढे भइया।" वह एकदम आर्त स्वर में बोले और दुख के समुद्र में डूब गए।

चर्चा अचानक स्थगन मोड में आ गई। गड्ढे भइया को दुख में डुबकियाँ लगाते देख सभी शांत भाव से विचार करने लगे कि अब विषयांतर कैसे किया जाए ताकि कम से कम अपना मूड ख़राब कर तो घर न लौटें।

एकाएक पाराशर जी ने विषय का स्टियरिंग थामा और उसे उन गऊ-माताओं की ओर घुमा दिया जो ऊबड़-खाबड़ सड़क को अपने ताज़े गोबर से शृंगारित करती बगटुट-बगटुट चली आ रही थीं। उन्होंने हाथ जोड़कर नमन किया और बोले, "अहा, तृणं चरंति च अमृतं यच्छंति।"

"अर्थात?" वैद्य जी यूँ तो संस्कृत पर टूटा-फूटा अधिकार रखते थे परंतु वेद-पुराण के श्लोक उनके लिए उतने ही दुरूह थे जितने कि ऐलोपैथी चिकित्सा

के तिलिस्मी भाषा वाले रोग। पाराशर जी उसी अंदाज़ में बोले, जैसे कि कक्षा में संस्कृत का अध्यापन कर रहे हों, ''अर्थात, जो तिनके चरती हैं और बदले में हमें अमृत देती हैं, वह हैं गऊ-माता, ऐसा ऋगवेद में लिखा है।''

उनका शब्दार्थ वैद्य जी के समझ में आया हो न आया हो, कदाचित उनके क़रीब से गुज़रती गायों ने भावार्थ अवश्य समझ लिया और गऊपूजा को उद्यत इन भक्तों की ओर व्यंग्य से देखते हुए मन में कहा, ''हुँह, बड़े आए गऊ-माता वाले, इधर हम माताएँ दूध का अमृत देना बंद करेंगी, उधर हमें मृत करने और डिब्बाबंद कर विदेश भेजने की सोचने लगना।''

वे सभी समझदार मनुष्य थे अत: गायों के मन की भाषा किसी के समझ न आई। गोधूलि वेला में सभी ने गऊ-माताओं को प्रणाम किया और अपने-अपने घरों की ओर चल पड़े।

गऊ-माताओं के मन की बात सिर्फ़ एक व्यक्ति समझ सकता था और वह था लपटन, जो गऊओं के इस रेवड़ के पीछे-पीछे हाथ में लकड़ी की पतली सी संटी को एके सैंतालीस की तरह थामे चला आ रहा था। हमेशा गाँव के ढोरों के साथ रहने से उसके धूल में सने उलझे बाल, कुपोषित-सा दिखने वाला कलूटा बदन, आधे फटे हुए पट्टेदार अंडरवियर और जगह-जगह से उधड़ी बंडी को देखकर समझ आ जाता था कि वह केवल इसीलिए ढोर नहीं हो सका क्योंकि वह दो पैरों पर चलने वाला है। उसके पास दोपाया होकर भी पेट भरने के लिए कोई उपाय नहीं हुआ तो वह चरवाहा बनकर ढोरों में ही रम गया। ढोरों के बीच लपटन रहा भी एकदम ढोर की तरह। अनपढ़ और गँवार। न किसी के अर्थशास्त्र से कोई वास्ता न किसी के समाजशास्त्र से कोई सरोकार। ढोर ही जिसका अर्थ और ढोर ही जिसका समाज। हैरानी की बात, ऐसा व्यक्ति भी कल्पनाएँ करता था और कल्पना भी ऐसी-वैसी नहीं, देश का राजा बनने की और यह भी कि केवल अपनी संटी के दम पर सब कुछ ठीक कर डालेगा।

उसे पता था कि हर महीने शहर से एक पिक-अप गाड़ी आती है और गाँव-गाँव से बेज़ुबान ढोरों को पटककर ले जाती है। गाँव-गाँव में दो पैरों वाले ऐसे भी जानवर हैं जो बूढ़े और बीमार ढोर-मवेशियों को सिर्फ़ इसलिए बेच देते हैं कि अब वे दूध नहीं दे सकते। नीयत और लालच की इस निर्लज्ज इंसानियत पर रोना केवल लपटन को आता था। वह ढोरों के मन की भाषा पढ़ना जानता था, बस इंसान के मन की भाषा नहीं समझ पाता था।

रात घिरते उसकी नींद टूटी। कानों में फिर वही आवाज़ पड़ी थी...खड़खड़...घड़घड़...धड़धड़...यानी आ गई फिर वही गाड़ी...'आज न जाने किसकी बारी है'...वह एकदम से उठ बैठा और आवाज़ की दिशा में दौड़ पड़ा। धौंकनी-सी चलती साँसों को जैसे-तैसे समेटकर झाड़ियों के पीछे छिपा और चाँदनी रात में

देखने का प्रयास करने लगा...एक पिकअप गाड़ी...इस तरह से टीले से सटाकर रखी गई कि आसानी से उसमें 'माल' भरा जा सके...फिर गाँव से हाँककर लाए जा रहे उसके संगी। एक-एक कर दो मवेशियों को पिकअप में धकेला गया। बँधे मुँह से निकली जानी-पहचानी आवाज़ ने उसके हाथ-पैर सुन्न कर दिए। दिमाग़ भी सुन्न हो गया। एक बार संटी को दोनों हाथों से तौला और उसे अहसास हुआ कि आज यह किसी काम की नहीं। इन जानवरों के लिए तो कुछ और ही चाहिए, लिहाज़ा ज़मीन पर पड़े पत्थर हथियार बने और उसके सिर पर ख़ून सवार हो गया। लपटन पगला गया। क्रेताओं और विक्रेता पर गुरिल्लाओं की तरह अचानक हमला हुआ और तरबूज की तरह फूटी तीन इंसानी खोपड़ियाँ धराशायी हो गईं। इतने पर भी काम ख़त्म नहीं हुआ। रोबिनहुड की तरह वह कूदकर पिक-अप में चढ़ा और अपने संगियों को आज़ाद कर बाहर धकेल दिया। इधर आज़ाद मवेशियों ने प्राण बचते ही अँधेरे में दौड़ लगाई और उधर लपटन ने इस शान के साथ अपने झोपड़े की ओर कूच किया मानो बहुत बड़ी जंग जीत ली हो।

पौ फटते ही इन तीनों की फूटी खोपड़ियाँ देखकर गाँव भर में मानो भूचाल आ गया। इतना ख़ून...बाप रे बाप...।

9

बरगद का बूढ़ा वृक्ष...उसके बाद लकड़ी का एक टूटा फाटक...फाटक के उस ओर का बड़ा इलाक़ा इस ओर के अंतर्गत आता था। उस ओर ख़ैरियत मनाने वाला आदमी इस ओर आते ही ख़ुद को ख़ैरियत में पाता था। ख़ैरियत बाँटने वाला यह स्थान गूगल गाँव का पुलिस थाना था जहाँ आकर आदमी ख़ुद को सुरक्षित महसूस करता था। ऐसे ही ख़ैरियत वितरण केंद्र में सुबह का वक़्त...थाने का वायरलैस सेट जो चौबीस घंटे जागता था...वायरलैस पर राग ख़ैरियत का प्रभातकालीन आलाप। ज़िले से हर थाने का नाम पुकारकर ख़ैरियत पूछी जा रही थी और ज़िले भर के थानों के मुंशी साहबान चौबीस घंटों में घटे अपराधों की तफ़सील ज़िले के कंट्रोल रूम को अपने-अपने अंदाज़ में नोट करा रहे थे।

कुछ साज ऐसे होते हैं जो कि आमतौर पर पुलिस के ही आर्केस्ट्रा में पाए जाते हैं, मसलन अफ़सरों का हुकुम बजाना, चौबीस घंटे ड्यूटी बजाना, वक़्त ज़रूरत लाठी बजाना। मगर एक साज है जो बजाना उन्हें नसीब नहीं होता, वह है चैन की बंसी। दरोगा लोटनप्रसाद को आधी रात में किसी रपट या ऐसी-वैसी घटना की ख़बर पर जागना नहीं पड़ा था। उनकी पिछली रात बिना किसी झंझट के बीती थी। लिहाज़ा उन्होंने चैन की बंसी उठाकर अभी-अभी बजाना प्रारंभ

किया था। मुंशी गयाप्रसाद अपराधों के ब्यौरे दर्ज़ करने के लिए अपने मोटे चश्मे के भीतर से क़लम की तलाश यहाँ-वहाँ दराजों और खलतों में कर रहे थे। कंट्रोल रूम से थानों के नाम पुकारे जाना प्रारंभ हुआ और चैन की बंसी बजाते लोटनप्रसाद बड़े रुचिकर भाव के साथ ख़ैरियतगान का श्रवण करने लगे। अब जरा वायरलैस सेट पर ध्यान दें, ज़िले के कंट्रोल रूम से पुकारा गया, "थाना नंबर एक... ख़ैरियत रिपोर्ट बताओ।"

नंबर एक थाने से मुंशी की आवाज़ आई, "एक क़त्ल और दो मार-पीट...बाक़ी ख़ैरियत है श्रीमान।"

"थाना नंबर दो..."

"एक बलात्कार और एक छेड़छाड़...बाक़ी ख़ैरियत है श्रीमान।"

लोटनप्रसाद एकाएक सीधे होकर बैठ गए। यूँ तो वह पुलिस के दरोगा थे लेकिन कविता उनके मन में भी फूटती थी। चौबीस घंटे हत्या, लूट, डकैती, गुंडे, मवाली, लाठी, गोली, फ़रियादी और आरोपी जैसे लफ़्ज़ों में जीवन बिताने वाले दरोगा जी के मन में भी कविता जन्म लेती थी। आम कवियों की भाँति उनकी कविता कल-कल बहने वाली नदी, दूध की भाँति दिखने वाले झरनों, हरे-भरे जंगलों, ऊँचे-ऊँचे पहाड़ों, रंग-बिरंगे फूलों और तितलियों से जन्म नहीं लेती थी, बल्कि लाठी, डंडे, मुकदमे, रोज़नामचे, हवालात कहीं से भी फूट पड़ती थी। ऐसा ही कुछ एकाएक इस वक़्त उनके साथ होने को हुआ, जब 'सब ख़ैरियत है श्रीमान' वाली ख़ैरियत रिपोर्ट को उन्होंने कविता का कच्छा पहनाया।

"थाना नंबर तीन..."

"एक चाकूबाज और एक अड़ीबाजी...बाक़ी ख़ैरियत है श्रीमान।"

"थाना नंबर चार..."

दरोगा जी कवित्त भावना से ओत-प्रोत हो गए। उनका चित्त वायरलैस के ऐरियल से उड़कर सीधे साहित्य की डाल पर जा बैठा। उन्होंने ख़ैरियत गान को स्वरों में लयबद्ध कर लिखना प्रारंभ किया,

सब ख़ैरियत है श्रीमान
ख़ैरियत ही ख़ैरियत है श्रीमान...

दरोगा जी ने एक बार पुनः अपनी रचना को मन में गुना और प्रसन्नता से उछलकर बोले, "अरे मुंशी जी, जल्दी से इधर आओ।" फिर सिपाही मुरारी को सामने न पाकर चिल्लाए, "अरे मुरारी के बच्चे कहाँ मर गया? जल्दी यहाँ आ।"

मुरारी, जो रोज़ की तरह रोज़नामचा पलट रहा था, टोपी सँभालते हुए दरोगा जी की ओर दौड़ा। मुंशी जी वायरलैस को उसके हाल पर छोड़कर लुंगी सँभालते भागे, "क्या हुआ श्रीमान, सब ख़ैरियत तो है?"

"एकदम ख़ैरियत है श्रीमान, ख़ैरियत ही ख़ैरियत है श्रीमान।"

"सुबह-सुबह आपको क्या हो गया श्रीमान?"

"हमने कविता बनाई है श्रीमान," दरोगा जी चहककर बोले, "सुनो ध्यान से।" कहकर उन्होंने मंचीय कवि के जोश के साथ काव्य पाठ प्रारंभ किया,

सब ख़ैरियत है श्रीमान
ख़ैरियत ही ख़ैरियत है श्रीमान
एक क़त्ल और तीन हैं बलवे,
क़ातिल अंदर, अपने जलवे
बाक़ी ख़ैरियत है श्रीमान
एक ने छेड़ा दो ने पीटा,
सबको हमने पकड़ घसीटा
बाक़ी ख़ैरियत है श्रीमान
एक जगह चले हैं चाकू
पकड़े गए हैं दो और डाकू
बाक़ी ख़ैरियत है श्रीमान
एक लूट और एक डकैती,
गुंडों की कर दी ऐसी-तैसी
बाक़ी ख़ैरियत है श्रीमान
चहुँ ओर क़त्ल, लूट डकैती,
चला तमंचा, छुरा लठैती
फिर भी ख़ैरियत है श्रीमान
ख़ैरियत ही ख़ैरियत है श्रीमान
जय श्रीमान हे जय श्रीमान।"

"वाह श्रीमान, क्या बात कही है," मुंशी गयाप्रसाद और सिपाही मुरारी प्रशंसा करते कविता में डूब गए, "सब ख़ैरियत है श्रीमान...ख़ैरियत ही ख़ैरियत है श्रीमान...जय श्रीमान हे जय श्रीमान...मान गए आपको हे श्रीमान।"

इससे पहले कि संगीतमय श्रीमानगान में समूहनृत्य का भी समावेश होता, कोटवार हल्केसिंह फाटक से भीतर भागता हुआ आया। वह सीधा दरोगा जी के सामने आ खड़ा हुआ और हाँफता हुआ बोला, "ग़ज़ब हो गया श्रीमान, ग़ज़ब हो गया।"

"क्या हुआ रे, चिल्ला क्यों रहा है? सब ख़ैरियत तो है?" दरोगा जी और मुंशी जी, जो अभी भी कवि और श्रोता की योनि से बाहर नहीं निकले थे, चिढ़कर बोले।

"ख़ैरियत ही तो नहीं है श्रीमान...क़त्ल ही क़त्ल...लाशें ही लाशें।"

क़त्ल की बात सुनते ही साहित्य की डाल पर कूकता दरोगा जी का चित्त एकदम से कूदकर ड्यूटी पर आ गया। चैन की बंसी और ख़ैरियत का गान मंच समेत ग़ायब हो गए। लोटनप्रसाद अपने सिर को पीटते और तोंद को समेटते खड़े हो गए। मुंशी गयाप्रसाद भी लुंगी सँभालते मटकचाल से अपने क्वार्टर की ओर दौड़े और अगले ही पल वर्दी कसकर चटकचाल से वापस आ गए। थाने की जीप मात्र चंद धक्कों में स्टार्ट हो गई और कविता के स्थान पर कर्तव्य भावना से ओत-प्रोत होकर पुलिस मौक़ा-ए-वारदात के लिए रवाना हो गई।

ज्यों-ज्यों पौ फट रही थी भीड़ बढ़ती जा रही थी। एकाएक सायरन की आवाज़ सुनकर पौ की तरह भीड़ भी फटी और पुलिस की जीप भीड़ को चीरते मौक़ा-ए-वारदात पर आ खड़ी हुई। जैसे पौ फटते वक़्त सूरज धीरे-धीरे गोले के रूप में प्रकट होता है ऐसे ही जीप का दरवाज़ा खोलते ही एक गोला-सा बाहर आता प्रकट हुआ। यह गोला सूरज नहीं था, दरोगा लोटनप्रसाद की तोंद थी। सबसे पहले इसी तोंद ने मौक़े पर आमद दी। उसके पीछे-पीछे दरोगा जी बाहर आ गए। मुंशी गयाप्रसाद और सिपाही मुरारी के उतरते ही मौक़े पर पुलिस ही पुलिस दिखाई देने लगी।

चारों ओर फैला ख़ून...कुल मिलाकर तीन लोग। मुंशी जी ने नब्ज़ टटोली। दो अदम शिनाख़्त थे। दोनों के शरीर गर्म थे और साँसें चल रही थीं। एक जो ठंडा हो चुका था, वह गूगल गाँव के भागीरथ के रूप में पहचाना गया। बाक़ी दो कौन हैं, कहाँ से आए...क्यों आए! यह सवाल सबके सामने खड़ा हो गया। जो लोग उन्हें पहचानते थे, वे मौक़े से तत्काल खिसक लिए।

जितने मुँह, उतनी बातें...कुछ लोग इस खोपड़ीफोड़ घटना को भूतों द्वारा किए जाने का कयास लगा रहे थे। कुछ आपसी रंजिश का। जिनके दिमाग़ में जासूसी का कीड़ा पाया जाता था, उन्होंने मत व्यक्त किया कि जर, जोरू और ज़मीन के अलावा क़त्ल का और कोई कारण हो ही नहीं सकता।

दरोगा जी ने भीड़ की ओर देखा जो एकदम उनकी छाती पर चढ़ आई थी और अपने पैरों के तले सारे सबूत कुचले जा रही थी। लोटनप्रसाद गला फाड़कर चिल्लाए, "सारे सबूतों की ऐसी-तैसी कर दी। हटाओ सबको यहाँ से..."

आदेश मिलते ही मुंशी गयाप्रसाद के लट्ठ एवं सिपाही मुरारी की लातों को मानो पंख लग गए। ढिशुम-ढिशुम...फट्ट-फट्ट...हवा में उनकी लाठी और लातें ऐसी चलीं जो लगीं किसी को नहीं, लेकिन उसका असर बराबर हुआ। अगले ही पल एक लाठी और दो लातों के अचूक हथियारों से भीड़ ऐसे खदेड़ी जा चुकी थी मानो आँसू गैस के गोले बरसाए गए हों। लोग वहाँ से भागकर सुरक्षित स्थान पर इकट्ठा हो गए और अचरज से तफ़्तीश की कार्यवाही देखने लगे।

सबसे पहले दोनों घायलों को जीप में लादकर इलाज के लिए सलामतपुर के सरकारी अस्पताल रवाना किया गया। तफ़्तीश शुरू हुई। मौक़ा और उसके

आसपास जुड़ी चीज़ों का सरसरी और बारीकी से मुआयना शुरू किया गया। जिस पिकअप में क़तील आना पाए गए थे, उसके नंबरों का मुआयना करने पर गाड़ी बिना नंबर की पाई गई। ऐसी स्थिति में मुंशी जी ने अपने मोटे चश्मे की मदद लेकर गाड़ी के इंजन नंबर और चेसिस नंबर के आधार पर शिनाख़्त करना चाही मगर उक्त दोनों नंबर भी पूर्व से घिसकर मिटा दिया जाना पाया गया जिससे इस शंका को बल मिला कि गाड़ी हो न हो, चोरी की हुई है। अब पैरों के निशान के आधार पर पतारसी की कोशिश की गई मगर पाया गया कि सारे निशानात तमाशबीन भीड़ द्वारा पहले ही अपने क़दमों तले रौंदे जा चुके हैं। मौक़े पर अब आलाक़त्ल के रूप में प्रयोग किए गए एक ख़ूनआलूदा पत्थर के सिवाय कुछ न था।

मुरारी ने सिर खुजलाया फिर सलाह देते हुए कहा, "श्रीमान, इस पत्थर की जाँच करा ली जाए, उँगलियों के निशान तो ज़रूर मिलेंगे।"

दरोगा जी को मुरारी की मूर्खता पर पूरा भरोसा था लिहाज़ा उन्होंने डपटते हुए कहा, "तुम्हारी खोपड़ी में बस पत्थर ही भरे हैं। पत्थरों पर भी कहीं फिंगर प्रिंट आते हैं क्या?"

"श्रीमान जी, पत्थर पर उँगलियों के निशान आएँ या न आएँ, मुलज़िम के कपड़ों पर तो ख़ून के दाग आएँगे ही।"

लोटनप्रसाद को ताज्जुब हुआ, मुरारी में अक्लमंदी कहाँ से आ गई! वह खुश होकर बोले, "बिलकुल सही है। क्रिमिनोलॉजी का सिद्धांत है, ऐसी घटनाओं में फिजिकल एविडेंस का विनिमय अवश्य होता है।"

मुरारी एकाएक जोश में आ गया, "तो श्रीमान, आप हुक्म करें तो गाँव के एक-एक घर में तलाशी ले डालूँ। किसी-न-किसी के कपड़ों पर तो ख़ून मिल ही जाएगा।" लोटनप्रसाद ने मुरारी को ख़ून पी जाने वाली नज़रों से देखा। मुरारी सिटपिटाकर चुप हो गया।

मुंशी गयाप्रसाद चिंता में डूबे थे। यूँ तो उनका दिमाग़ गोटीराम के कंप्यूटर से तेज़ चलने वाले दिमाग़ से भी तेज़ चलता था मगर ऐसा प्रतीत हो रहा था कि इस वक़्त उनके दिमाग़ का सर्वर भी उनके चेहरे की तरह ही डाउन था। लोटनप्रसाद अपने सुपर कंप्यूटर को इस प्रकार हैंग होते देख बोले, "चिंता मत करो मुंशी जी, मैंने ज़िला हेडक्वार्टर में इत्तिला कर दी है। थोड़ी देर में कुत्ता पहुँच रहा है फिर देखना कैसे क़ातिल की गर्दन हाथ में आती है।"

ज़िले से पुलिस का कुत्ता पहुँच रहा है, दरोगा जी के इस ऐलान ने भीड़ में नई जान फूँक दी। कुत्ते के आने की ख़बर जंगल में आग की तरह फैली। जो लोग मुंशी गयाप्रसाद के हवाई लट्ठ और मुरारी की कभी न पड़ने वाली लातों का प्रसाद ग्रहण कर पलायन का मन बना चुके थे, कुत्ते के आने की ख़बर सुनते ही थम गए।

पहले ही पलायन कर चुके लोग उल्टे पाँव लौट पड़े। हर किसी को कुत्ते के आने का इंतज़ार था मानो कोई अति विशिष्ट व्यक्ति या फ़िल्मी सितारा गाँव की भूमि पर क़दम रखने वाला हो।

पुलिस के कुत्ते को लेकर लोगों के मन में जितनी भी उत्सुकताएँ, उत्कंठाएँ, जिज्ञासाएँ, कल्पनाएँ, भ्रांतियाँ एवं ग्रंथियाँ हो सकती थीं, वह सभी के बीच अब अलग-अलग गुटों में बहस का मुददा बनकर प्रकट होने लगीं। उकड़ूँ बैठा एक गुट...उसमें शहर की हवा खा चुका एक देहाती बोला, ''कभी देखा है पुलिस का कुत्ता?''

सभी ने न में खोपड़ियाँ हिला दीं। अब बताने वाले के पास ज्ञान बघारने के लिए खुला मैदान था और पुलिस के कुत्ते के संबंध में जो भी कल्पनाएँ वह कर चुका था, उसमें प्रशंसा के साथ अतिरंजना घोलकर उसने बताना शुरू किया, ''पुलिस का कुत्ता सब कुछ सूँघ सकता है।''

''अच्छा...मगर सूँघ तो हम लोग भी लेते हैं।'' एक ने टाँग अड़ाई।

''तुम एकदम मूरख हो, सूँघने अकेले से क्या होता है। तुम सूँघकर चोर-बदमाश पकड़ सकते हो क्या?''

''अरे हम कोई कुत्ता थोड़े ही हैं।'' उसने उतनी ही ढिठाई के साथ प्रतिवाद किया।

''तो फिर कुत्तों की तरह बीच में भौं-भौं मत करो। चुपचाप सुनो जो बता रहे हैं।'' ज्ञानी देहाती उसके अज्ञान पर चिढ़कर बोला।

गुट के सदस्य फिर धैर्यपूर्वक उसे सुनने का प्रयास करने लगे। ज्ञानी वक़्ता ने अनुकूल वातावरण देखा फिर कहा, ''चाहे जैसी चोरी हो, कुत्ता यदि एक बार सूँघ ले तो फिर गंध भूलता नहीं है। तिजोरी सूंघी और फिर जो दन्न से चोर पकड़ने भागता है तो फिर रुकता नहीं है। चाहे जितना दूर हो, चोर की टँगड़ी पकड़कर ही दम लेता है।''

जिन लोगों ने गाँव के मरियल, सड़ियल और खजियल कुत्तों के अलावा दूसरा कुत्ता नहीं देखा था, उनके लिए ऐसा जादुई कुत्ता बड़ा अजूबा हो गया। उनकी निगाहें बेसब्री से शहर से आने वाले रास्ते पर टिक गईं कि कब कुत्ता यहाँ पहुँचे और वे उसकी जादुई जासूसी शक्ति के चश्मदीद साक्षी बनें।

अब दूसरे गुट की सुनें, जो पहले गुट से थोड़ा दूरी बनाकर बैठा था मगर ज्ञानी और अज्ञानी उसमें भी समान रूप से पाए जा रहे थे। इस गुट के ज्ञानी वक़्ता ने गुट के बाक़ी सदस्यों को पूर्णतः अज्ञानी मानते हुए आत्मविश्वास के साथ बताना शुरू किया, ''हम लोग तो रोज़ मज़दूरी कर कमाते-खाते हैं मगर जानते हो, पुलिस के कुत्ते को हर महीने तनख्वाह मिलती है।''

''ऐसा कैसे? आदमी को मज़दूरी और कुत्ते को तनख्वाह?''

"अपनी औक़ात मत भूलो, मज़दूर हो मज़दूर...चले हो तनख्वाह की सोचने। वो कुत्ता ज़रूर है पर हमारी तुम्हारी तरह मेहनत मज़दूरी नहीं करता। उसका ओहदा भी थानेदार और डीएसपी के बराबर होता है।"

"अच्छा, तब का उ वर्दी भी पहनता होगा?" एक निपट देहाती की मूखर्तापूर्ण जिज्ञासाओं का अंत न था।

"अबे हट गधा, वर्दी पहनने के लिए हमारे दरोगा जी कम हैं का? देखो कैसे जानदार नज़र आ रहे हैं।" गुट के अस्थाई अध्यक्ष ने लोटनप्रसाद की ओर प्रशंसा भरी निगाहों से देखते हुए कहा।

समय बीतता जा रहा था। ऐसा लग रहा था, सारा गाँव कुत्ते की एक झलक पाने के लिए उमड़ पड़ा था। गुटों की संख्या बढ़ती जा रही थी, मगर बात पुलिस के कुत्ते और उसकी शान पर ही अटकी थी। हर व्यक्ति अपने दृष्टिकोण से पुलिस के कुत्ते का चरित्र-चित्रण करने में मसरूफ़ था।

दो घंटा इंतज़ार के बाद पुलिस की एक गाड़ी धूल उड़ाती उस ओर आती दिखी। 'कुत्ता आ गया...कुत्ता आ गया', भीड़ में एकदम से शोर मच गया। बच्चों के यहाँ-वहाँ फैले गुटों में खुशी के मारे तालियाँ बजनी शुरू हो गईं। तालियों की इन्हीं गड़गड़ाहट के बीच पुलिस की गाड़ी मौक़ा-ए-वारदात पर आकर रुक गई। सैनिक मुरारी की लातों और मुंशी गयाप्रसाद के हवाई लाठीचार्ज की परवाह न करते हुए भीड़ कुत्ते को देखने की गरज से एक बार फिर मौक़ा-ए-वारदात को घेरकर खड़ी हो गई।

कुत्ता गाड़ी में जिस सीट पर बैठा था वह ख़ास उसके लिए बनाई गई दिख रही थी। ऐसे में मौक़े पर मौजूद वे सभी लोग कुत्ते के भाग्य से ईर्ष्या कर सकते थे जो बसों में खड़े-खड़े और जीप-टैक्सियों में सीधे या उलटे लटककर, हाथ या पैर को कहीं भी किसी तरह फँसाकर यात्रा कर लेते थे।

मौक़ा-ए-वारदात पर पहुँचते ही कुत्ते ने खिड़की से सिर निकालकर बाहर के नजारे पर एक निगाह डाली और मुसकराया। उसने लगभग सैकड़ा भर देहातियों को सड़क के किनारे, खेत की मेंड़ पर और सूखी घास पर उकड़ूँ बैठे देखा। यहाँ तक कि पेड़ की डाल पर भी लटकते देखा। उसकी नज़र मरियल, खजियल, सड़ियल देशी-कुत्ते और देहाती कुतियों पर भी पड़ी...'ये सब मेरे ही इंतज़ार में बैठे हैं,' सोचकर पुलिस के कुत्ते का सीना गर्व से फूला। वह इतराते हुए किसी सैलिब्रिटी की तरह झट्ट से नीचे कूद पड़ा। उसकी भीमकाय भेड़िया-सी काया, लपलपाती जीभ और झबरीली लंबी पूँछ देखकर भीड़ अपने आप दस क़दम पीछे उलट पड़ी।

कुत्ते की इस अदा के कई उल्लेखनीय प्रभाव पड़े। मसलन गाँव के दबंग कुत्ते, जिन्हें पूर्व में अड़ियल और कटियल उपाधियों से सम्मानित किया जा चुका है, और जो अब तक ख़ुद को गबरू बाँका मानकर दबंगई दिखाते घूमते थे, पुलिस

के कुत्ते को देखते ही भयंकर हीनभावना से ग्रसित हो गए। उनकी अकड़ती दुमें, जो कि ध्वजा की भाँति फहराती दिखती थीं, पिछली टाँगों के बीच कुछ इस प्रकार जा छुपीं कि वे ख़ुद ही कन्फ्यूज हो गए, अब इसे हिलाकर दोस्ती का हाथ बढ़ाएँ या यूँ ही टाँगों के बीच छिपाए रखकर एक ओर दुबके रहें। इतना ही नहीं, गाँव की कुतियाँ तक बौरा गईं। जो कुतियाँ अब तक ख़ुद को अप्सरा मानकर इतराती थीं और चार-छह कुत्तों की दुमहिलाती टोलियाँ अपने पीछे घूमती देख अभिभूत और गौरवांवित होती थीं, पुलिस के कुत्ते को एक नज़र देखते ही अपनी सुध-बुध खो बैठीं। अति तो तब हुई जब पहली नज़र के प्यार में दीवानी हुई एक कुतिया नीमबेहोशी की हालत में एक गाँववाले का मुँह चाट बैठी। इसका नतीज़ा यह हुआ कि ऐसे नाजायज़ प्रेम की क़ीमत उसे उस देहाती की लात खाकर चुकानी पड़ी। उसे लात पड़ते ही कई कुत्तों को भी लातें खानी पड़ीं। बहरहाल, द शो मस्ट गो ऑन की तर्ज पर शो आफ इंवेस्टिगेशन शुरू हो गया।

कुत्ते के साथ उसका हैंडलर भी आया था जो डॉग मास्टर के नाम से तनख्वाह पाता था। उसने अनुशासन का पालन करते हुए दरोगा लोटनप्रसाद को सलूट किया फिर अंग्रेज़ी में कुत्ते को आदेश दिया। आदेश पाते ही कुत्ता अपनी अगली टाँगों को पूरा लंबा कर सलामी देने की मुद्रा में झुक गया। दूसरे गुट का अस्थायी अध्यक्ष बोला, ''देखो कुत्ता दरोगा जी को सलूट कर रहा है। मैं न कहता था कि कुत्ते का भी ओहदा होता है।''

दूसरे ने दिमाग़ के इस्तेमाल में पूरी ईमानदारी बरतते हुए कहा, ''कुत्ता दरोगा जी को सेल्यूट कर रहा है इसका मतलब इसका ओहदा छोटे दरोगा के बराबर हुआ।''

''हाँ...सही बात है अब ज़्यादा बातें न करो। चुपचाप देखो नहीं तो कुत्ता तुम्हारे ऊपर ही चढ़ बैठेगा।'' दूसरे ने डपटा। जिज्ञासु श्रोता झेंपकर चुप हो गया।

डॉग मास्टर ने फिर कुत्ते को अंग्रेज़ी में आदेश दिया। जबाव में कुत्ता ज़ोर से भौंका। इससे लोगों ने जाना कि कुत्ता अंग्रेज़ी भी समझता है। कुत्ता इस जानकारी के साथ ही उन सभी की नज़रों में हीरो बन गया जिन्हें लाख कोशिशों पर भी अंग्रेज़ी की ए बी सी डी पल्ले नहीं पड़ी थी। कुत्ते ने अंग्रेज़ी में आदेश प्राप्त होते ही अपनी ड्यूटी शुरू की। उसने लाश को सूँघा। ऊपर सूँघा, नीचे सूँघा, ख़ून से सने पत्थर को सूँघा फिर मौक़ा-ए-वारदात पर चक्कर काटा...उसकी अदाएँ देख भीड़ की साँसें थम गईं।

''देखी इसकी समझदारी, तुमसे ज़्यादा दिमाग़ रखता है, इसीलिए तनख्वाह पाता है।'' कुत्ते के हद दर्जे तक भक्त दूसरे गुट के ज्ञानी ने मज़दूर को उसकी औक़ात बताते हुए कुत्ते की प्रशंसा की।

पहले गुट के ज्ञानी ने कुत्ते की शान में कहा, ''सीआईडी कुत्ता है। आज तो हत्यारे को पकड़कर ही दम लेगा, अब देखना, कैसे दौड़ता है।''

उसके इतना कहते ही कुत्ते ने गाँव की ओर दौड़ लगा दी। सबकी साँसें थम गईं। कुत्ते के पीछे डॉग मास्टर दौड़ा। डॉग मास्टर के पीछे सैनिक मुरारी दौड़ा और इन सबके पीछे तमाशबीन भीड़ दौड़ पड़ी।

लोटनप्रसाद दौड़ने को हुए कि मुंशी गयाप्रसाद ने उन्हें रोक लिया, "कहाँ जा रहे हैं श्रीमान।"

"अरे, देखते नहीं, कुत्ता गाँव की ओर दौड़ गया है।"

"छोटे मुँह बड़ी बात कर रहा हूँ हुज़ूर, एक तो श्रीमान इलाक़े के दरोगा हैं, लिहाज़ा कुत्ते के पीछे-पीछे इस तरह दौड़ना आपको शोभा न देगा, दूसरे, श्रीमान चाहेंगे भी तो आपकी हर पल शोभायमान होने वाली तोंद आपको दौड़ायमान नहीं होने देगी।"

लोटनप्रसाद को ग़लती का अहसास हुआ। उन्हें इस बात का भी इल्म हो आया कि उन्हें इस प्रकार तोंद को बाँहों में समेटकर दौड़ते देखना लोगों के लिए कितना मनोरंजक होता। अपना मान अपने हाथ, लिहाज़ा वह चुपचाप खड़े हो गए और कुत्ते के लौटने की प्रतीक्षा करने लगे।

10

कमिश्नर साहिबा की रवानगी के साथ ही गूगल गाँव में सब कुछ यथावत् हो चुका था। जिस प्रकार लोक कल्याण शिविर के तत्काल बाद टेंट हाउस वालों के द्वारा अद्भुत शीघ्रता का प्रदर्शन करते हुए मंच से कुरसी-टेबलें और पंडाल से दरी-फर्श समेट लिए गए थे, उसी शीघ्रता से सरकारी विज्ञापनों के बैनर-पोस्टर जीपों में भरकर वापस सलामतपुर ले जाया जाना तय हो गया। चूँकि तय होने पर भी जीपों को रवाना करने में यथोचित शीघ्रता नहीं पाई गई, लिहाज़ा इन सरकारी जीपों के पहुँचने के पहले ही बैनर-पोस्टर गाँव वालों द्वारा ख़ुद ही खींच लिए गए। इन बहुद्देशीय योजनाओं के पोस्टरों का बहुद्देशीय सदुपयोग किया गया। मद्यपान निषेध के बैनर किसी रसोई की छत को टपकने से बचाने के काम आ गए। स्तनपान के बैनर गुसलख़ाने की आड़ बनाने में इस्तेमाल कर लिए गए। सबके लिए शिक्षा और परिवार कल्याण के बड़े-बड़े बैनर उल्टे कर कच्चे फर्श पर बैठने के लिए बिछा दिए गए तो उन्नत नस्ल के साँड़ों की उपयोगिता बताने वाले बैनर मवेशियों के बाड़ों और मुर्गियों के दड़बों में बाँध दिए गए। वहीं यूँ ही फेंक दिए गए कई अनुपयोगी पोस्टरों पर गाँव के कुत्तों ने लोट लगाकर उत्सव मना लिया।

सुबह का वक़्त बुरी ख़बरों का था। गाँव के बाहर क़त्ल की ऐसी बुरी ख़बर केवल दरोगा लोटनप्रसाद को ही नहीं मिली थी, पाराशर जी को भी सुबह-सुबह

ऐसी ही एक बुरी ख़बर मिली जो कि केवल उनके लिए बुरी थी। ख़बर उनके सुकून और आज़ादी के क़त्ल की थी और ख़बर यह थी कि उनसे स्कूल के प्रिंसिपल का प्रभार छिनने जा रहा था। ज़िले से नए प्रिंसिपल को गूगल गाँव स्कूल का ज़िम्मा तत्काल प्रभाव से सँभालने के लिए रवानगी दे दी गई थी। आने वाले प्रिंसिपल का नाम उन्हें भवानीशंकर ज्ञात हुआ और यह भी ज्ञात हुआ कि ज़नाब के ख़ून में ईमानदारी के जीवाणुओं का ज़बर्दस्त संक्रमण पाया जाता है।

सुबह-सुबह ऐसी ख़बर से पाराशर जी का चेहरा उतर गया। नया प्रिंसिपल ईमानदार होने के कारण न जाने उनके किस-किस काम में अड़चन डाले। ईमानदार लोगों के साथ सबसे बड़ी मुसीबत यह होती है कि वे ख़ुद को ईमानदार मानते हैं तो बाक़ी सबको अव्वल दरजे का बेईमान समझते हैं। पाराशर जी स्वयं को ईमानदार नहीं मानते थे मगर ख़ुद को बेईमान मानने को भी उनका मन तैयार नहीं होता था। उनका मानना था कि वह उसी आम पुनीत कर्तव्य को निभा रहे थे जो इक्के-दुक्के ईमानदारों को छोड़कर शेष सभी लोग निभाते पाए जाते हैं। नया प्रिंसिपल कहीं स्कूल में अच्छी भली चलती उनकी दुकान न बढ़ा दे। मध्यान्ह भोजन के अच्छे भले चले आ रहे प्रभार में टाँग न अड़ा दे, पुराने गड़े मुर्दे उखाड़कर उन्हें कठघरे में न खड़ा कर दे, ऐसे अनेक ख़याल उनके मन में आने लगे।

इसी दौरान उन्हें ख़याल आया कि कमिश्नर साहिबा के दौरे को लेकर स्कूल में रसोईघर की छत पर पन्नी लगवाने में सरकारी व्यय के साथ-साथ उनकी स्वयं की भी बहुत ऊर्जा व्यय हुई है। उन्होंने विचार किया कि एक तो ऊर्जा के इस प्रकार अपव्यय का अब कोई औचित्य नहीं है। दूसरे, नए प्रिंसिपल के आ जाने से हालात भी कष्टमय होने की पूरी संभावना है, लिहाज़ा वह भागते हुए स्कूल जा पहुँचे। उन्हें देखकर प्रसन्नता हुई कि रसोईघर में पाक कला का ख़तरनाक प्रदर्शन कर भोजन तैयार करने वाली महिलाएँ अभी तक नहीं आई हैं और मैदान एकदम साफ़ है। इतना ही नहीं, 'एक्यूट सिंसियरिटी सिंड्रोम' नामक दुर्लभ बीमारी से ग्रसित कुछ सेवाभावी छात्र भी हमेशा की तरह समय से पहले स्कूल पहुँचकर आदेश की प्रतीक्षा में खड़े हैं। शुभ काम में देरी न हो अत: पाराशर जी द्वारा ऐसे अच्छे बच्चों से तत्काल सीढ़ी बुलवाकर उन्हें रसोईघर में ऊपर चढ़ा दिया गया। उन्होंने बच्चों को सावधानी से सीढ़ी पर चढ़ने और हाथ पैर तुड़वा न बैठने की हिदायत देने की बजाय इस बात की हिदायत देना अधिक उचित माना कि छप्पर में बँधी पन्नी को सावधानी के साथ खोला जाए ताकि वह कहीं से फट न जाए। अंतत: पन्नी को बिना कोई नुक़सान के सफलतापूर्वक निकलवा लेने और बच्चों के भी बिना किसी नुक़सान के सकुशल उतर आने के बाद उन्होंने उन्हीं बच्चों की सेवा ग्रहण करते हुए पन्नी को अपने घर के छप्पर में बंधवा लिया। इस प्रकार गुरु की सेवा करने वाले अच्छे बच्चे जहाँ पाराशर जी का आशीर्वाद पाकर धन्य हुए

वहीं श्रमदान के माध्यम से उन्होंने यह नैतिक शिक्षा भी ग्रहण की कि शासकीय संपत्ति चूँकि अपनी है, लिहाज़ा हमें इसे अपना ही समझना चाहिए और जब भी मौक़ा मिले, इसे अपना भी लेना चाहिए।

रसोईघर की छत से पन्नी के हटते ही भोजन निर्माण संबंधी स्वच्छता आंदोलन अपने पारंपरिक स्वरूप को प्राप्त हो गया। रसोई की भयावहता यथास्थिति में लौट आई। लकड़ी की घुन लगी शहतीरों में से कालिख मुसकराने लगी। जालों में लटकी बड़ी-बड़ी मकड़ियाँ अठखेलियाँ करने लगीं। छोटे से एक सरकारी ब्रेक के बाद छिपकली, तिलचट्टों, काकरोचों और कीड़े-मकोड़ों ने शहादत के लिए फिर कमर कस ली और खाने की खौलती देगची पतीलियों में कूदने के लिए तैयार हो गए।

वैद्य जी को जब ज्ञात हुआ कि नए प्रिंसिपल की तैनाती के द्वारा पाराशर जी पर गाज गिरा दी गई है तो वह सोच में पड़ गए कि कमिश्नर साहिबा की ग़ज़ब कार्यशैली है। न जाने उनकी कितनी आँखें हैं जो सब कुछ देख लेती हैं। उनके पता नहीं कितने हाथ हैं जो न जाने कितनी तलवारें थामे हैं। इन तलवारों से गाँव में मौजूद रहने और गाँव से जाने के बाद भी वह मार-काट मचा रही हैं। पहले सरपंचपति को चार सौ बीसी में हवालात की हवा खिलवाई, फिर बीडीओ साहब, सब इंजीनियर और पंचायत सचिव को निलंबित कर निपटा दिया, गड्ढे भइया की ठेकेदारी निरस्त कर जाँच बिठा दी। अब पाराशर जी का प्रभार भी छिन गया। उन्हें एक पल भय हो आया कि मैडम की नज़र उनके दवाख़ाने पर भी न पड़ गई हो। ऐसा न हो कहीं उनका भी नंबर आ जाए और शहर से कोई मेडिकल सुपरिंटेंडेंट उनके झोले में हाथ डालकर डिगरियों की असलियत टटोलने लग जाए। यूँ भी वह गई रात अपने कुकर्मों का रायता फैलने से बाल-बाल बच गए थे। यद्यपि उन्हें हद दरजे तक यह विश्वास था कि उनकी हरकतों की गाँव में किसी को भनक नहीं है। लेकिन उनका विश्वास सही नहीं था और वह इस बात को भूल रहे थे कि इश्क़ और मुश्क छिपाए नहीं छिपते। उन्हें इस बात का भी इल्म नहीं था कि शनैः-शनैः वह गँवई गॉसिप्स के स्टार बनते जा रहे हैं और दबी जुबानें अब उनकी शान में और भी लपलपाकर कसीदे काढ़ने लगी हैं।

ऐसी ही एक जगह...स्कूल की रसोई...जहाँ दाल और दलिए के बीच वैद्य जी की खिचड़ी के क़िस्से भी पकने लगे। सुबह के दस बजे का वक़्त...रसोई में तपेलियों, पतीलियों और देगचियों का संगीत प्रारंभ हो गया था। रोज़ाना की भाँति भोजन पकाने वाले समूह की सदस्या रलियाबाई, छोटीबाई और लालबाई रसोई में बड़े-बड़े चमचों, कलछुरों तथा चाकू-बेलनों के हथियार धारण कर इस पाक-रण में कूद चुकी थीं।

रलियाबाई एक बड़ी पतीली में दूध खौलाकर दलिया तैयार कर रही थी। छोटीबाई रोटी बनाने का कार्य संपन्न कर रही थी वहीं लालबाई पतीले में दाल

और सब्जी तैयार कर रही थी। एक तो हवा का स्रोत न होने से उमस, ऊपर से चूल्हे की तपन...इन तीनों के शरीर के विभिन्न स्रोतों से बहता हुआ पसीना यहाँ-वहाँ टपक रहा था और साड़ी के पल्लू या रसोई के तौलिए से पोंछे जाने के बाद भी रुकने का नाम नहीं ले रहा था। यूँ तो रसोई में पाए जाने वाले ये मैले तौलिए गर्म पतीलों को चूल्हे से उतारने और गंदे बरतनों को पोंछने आदि के काम में लिए जाते थे, मगर पसीने और मसालों के तड़के की वजह से बहती हुई नाक को इन्हीं बहुउद्देशीय तौलियों की मदद से अत्यंत सहजता के साथ पोंछ भी लिया जाता था। 'स्वच्छता' नाम की चिड़िया गंदगी में कैसे छटपटाकर जान देती है, इसका बेहतरीन नमूना इस रसोईघर में कभी भी देखा जा सकता था।

इस वक़्त कटी हुई लौकी और लापरवाही से छीले गए आलू फर्श पर बिछे एक धूल भरे अख़बार पर विश्राम कर रहे थे। रोटियाँ बड़े से चकले पर बेली जा रही थीं और इस प्रकार उछालकर तवे की ओर प्रेषित की जा रही थीं मानो सर्कस में जगलरी का मुज़ाहिरा किया जा रहा हो। यह बात दीगर थी कि इस खेल में अनेक रोटियाँ तवे तक न पहुँचकर दाएँ-बाएँ छलाँग लगा रही थीं और धूल राख कोयले से शृंगारित होती जा रही थीं। इस प्रकार कच्ची रोटियों पर नाना प्रकार के पदार्थ चिपक रहे थे और बिना झाड़ें-पोंछे रोटियों को पुनः उसी कलात्मक जगलरी के साथ वापस तवे की ओर फेंका जा रहा था।

छोटीबाई, जो रोटियों की जगलरी करते-करते ऊब चुकी थी, चकला-बेलन को तनिक विश्राम देते हुए रलियाबाई से मुख़ातिब हुई और फुसफुसाकर बोली, "क्यों मौसी, वैद्य जी के बारे में कुछ सुना?"

छोटीबाई ने कुछ इस तरह से फुसफुसाकर कहा था कि उसे रलियाबाई ने भी सुना और लालबाई ने भी। रलियाबाई का दिमाग़ दलिया बनाते-बनाते सो गया था जो वैद्य जी का ज़िक्र आते ही एकदम बिस्तर से कूद पड़ा। उनके दिमाग़ की बत्ती जल उठी और कान श्रवणरस की लालसा में लपलपाने लगे। यूँ तो वैद्य जी के बारे में उन्होंने भी दबी ज़ुबान से कुछ ऐसा-वैसा सुन रखा था मगर ऐसे मौक़ों पर यदि अनजान बन जाओ तो कुछ ज़्यादा जानकारियाँ मिलने की पूरी संभावना होती है। फिर यदि सुनी हुई बात भी दोबारा सुनने को मिले तो उसमें भी अलग ही रस की प्राप्ति होती है, अतः वह एकदम अनजान बनती हुई बोलीं, "वैद्य जी के बारे में? नहीं तो।"

लालबाई दाल में तड़का मारने की तैयारी में बैठी थी। उसने छोटीबाई की फुसफुसाहट पर पूरा गौर किया और दोनों के बीच प्रारंभ हुए इस तड़केदार वार्तालाप में कूदकर बोली, "अरे, सुना तो हमने भी है कि वैद्य जी की चोरी-छिपे खिचड़ी पक रही है।"

"खिचड़ी... ?" रलियाबाई ने पतीली में भीतर तक झाँका फिर आश्वस्त होकर कि पतीली में खिचड़ी नहीं दलिया ही पक रहा है, सवालिया निगाहों से पूछा।

"तुम्हें नहीं पता मौसी इस खिचड़ी का?"

"नहीं तो..."

"अरे फिर तो मौसी तुम बस बनाती रहो दलिया...वैद्य जी आजकल छलिया बने गुलबियाबाई के साथ गुलछर्रे उड़ा रहे हैं गुलछर्रे...तुम्हें कुछ पता भी है?"

रलियाबाई यथावत अनजान बनी रही, "कैसे गुलछर्रे?"

"अरे मौसी, तुम तो सचमुच बुढ़ा गई हो...तुम्हें नहीं पता, गुलछर्रे कैसे उड़ाए जाते हैं?"

"चुप बेशरम," रलियाबाई पल्लू से चौखटे पर उभरी लाली को छिपाते हुए हँसी। "मगर, तुम्हें कैसे पता?"

छोटीबाई बोली, "मैंने अपनी आँखों से देखा है। अपने घर के सामने से वैद्य जी को चोरी-छिपे निकलते और गुलबियाबाई के घर घुसते।"

"मगर, रात में तुम जाग क्यों रही थी?" लालबाई ने चुटकी लेने की गरज से कहा।

"कोई ऐसी-वैसी बात मत सोचो, दस्त लगे थे सो लोटा लेकर रात भर खेतों में दौड़ती रही थी। तभी देखा था वैद्य जी कैसे चोरों की तरह लुकते-छुपते चले जा रहे थे।"

"मगर गुलबियाबाई के घर क्या करने जा रहे थे... ?" रलियाबाई सुनने के लिए आतुर थी।

"अरे इलाज करने और क्या!" लालबाई मुँह में पल्लू ठूँसकर बोली।

"क्यों वैद्य जी की घरवाली नहीं है क्या इलाज को?"

"उनका इलाज करते-करते वैद्य जी ऊब गए होंगे, तभी तो शरम-लाज सब छोड़कर गुलबियाबाई का इलाज करने लगे।" छोटी बाई इतराकर बोली।

इस पर लालबाई शर्म से लाल पड़ती बोली, "वैद्य जी तो हैं ही बड़े लंपट। मरीज को देखने के बहाने न जाने कहाँ-कहाँ आला लगाते हैं।"

वार्तालाप में रस बढ़ता जा रहा था सो रलियाबाई को जोश आ गया। अपनी पकी उम्र का होश भूलकर वह झट से लालबाई की पीठ पर धौल मारती हुई बोली, "कहीं तुम्हारा भी इलाज तो नहीं कर दिया ससुरे ने?"

"छिः मौसी तुम भी बस..." लालबाई ऐसी लजाई कि लाजवंती भी पानी भरने लगी।

जिस समय लाज और इलाज का यह रसमय वार्तालाप चल रहा था, उसी समय ऊपर खपरैलों के बीच एक छिपकली सरफ़रोशी की तमन्ना लिये ख़ामोशी

से बैठी थी और अपने अगले क़दम के लिए उल्टी गिनती गिन रही थी। इधर खिलखिलाती और लड़ियाती महिलाएँ आपस में धौल-धप्पे कर रही थीं, उधर आत्महत्या पर उतारू छिपकली धप्प से सब्जी के पतीले में कूद पड़ी। कूदते ही परलोक सिधार गई। इस सबसे अनजान महिलाओं के बीच काम के साथ 'काम' पर गोष्ठी जारी रही और सब्जी का काम तमाम हो गया।

छिपकली की शहादत कतई व्यर्थ नहीं गई। भोजन की घंटी बजते ही बच्चों में रसोई की ओर दौड़ने की होड़ मच गई। कॉपी, किताबें और बस्ते यहाँ-वहाँ फेंककर बच्चे रसोई की ओर ताबड़तोड़ दौड़ पड़े। थालियों, कटोरियों की आवाजों से स्कूल गूँजने लगा। धक्का-मुक्की के बीच शुद्ध, सात्विक और पौष्टिक माना जाने वाला भोजन परोसा जाने लगा।

दाल, सब्जी, रोटी और दलिया...यही तो वह आकर्षण था जो देश के हज़ारों बच्चों को स्कूल की ओर खींच रहा था और पढ़ाई से दूर भागने वाले बच्चे खेल खेल में साक्षर हो रहे थे। बच्चों ने आनंद के साथ भोजन करना प्रारंभ किया मगर चंद पलों में ही मानो भूचाल आ गया। जिस छात्रा की कटोरी में छिपकली नज़र आई वह थाली छोड़कर ऐसे कूदी मानो कटोरी में करेंट फैल गया हो।

"छिपकली...छिपकली"

"छिपकली...कहाँ?"

"सब्जी में..."

"छिपकली?...सब्जी में?"

"सब्जी में छिपकली..."

"सब्जी में छिपकली..."

"सब्जी में छिपकली..." चारों ओर शोर मच गया। यूँ तो ऐसी घटना कोई पहली बार नहीं घटी थी और हिंदुस्तान के शेष स्कूलों की तरह गूगल गाँव का इस क्षेत्र में अपना समृद्ध इतिहास था, मगर घटना तो घटना थी जो ख़बर के पंख लगाकर स्कूल से बाहर फुर्र हो गई और पूरे गाँव में उड़कर च्याँव-च्याँव करने लगी। जो लोग क़त्ल के मौक़ा-ए-वारदात पर पहुँचने में चूक गए थे, वे इस नई ख़बर पर च्याँव-च्याँव में अपना योगदान देने स्कूल की ओर दौड़ पड़े।

उधर लपकासिंह क़त्ल के मौक़ा-ए-वारदात पर मौजूद थे। उनके दिमाग़ में क्राइम की एक सनसनाती स्टोरी अंगड़ाइयाँ ले रही थी और इसीलिए वह लाश की ऐसे-ऐसे कोणों से फोटो खींच ले रहे थे कि स्वयं लाश भी उनका उत्साह देखकर हैरान हो रही थी। पुलिस के चमत्कारी कुत्ते का इंतज़ार लंबा होता जा रहा था और इसी दौरान लपकासिंह को स्कूल के भोजन में छिपकली मिलने की सूचना मिली थी। सनसनी के लिहाज़ से इस ख़बर में भी दम कम नहीं था, लिहाज़ा चंद पलों में ही लपकासिंह भी अपना कैमरा, क़लम और क़ानून सँभालते स्कूल में आ पहुँचे थे।

स्कूल का अहाता आरोपों का अखाड़ा बन गया। पूर्व में जिन समूहों के हाथों से भोजन बनाने का कार्य छिन गया था, वे बाँहें चढ़ाकर ताल ठोंकने लगे। इतिहास की परतें उघाड़ी जाने लगीं। अब तक चूहों, छिपकलियों, मेढकों और गिरगिटों की जिन शहादतों को मुख़्तलिफ़ कारणों से रफ़ा-दफ़ा कर दिया गया था, वे क़िस्सों के माध्यम से कब्र से बाहर आ गईं।

पाराशर जी प्रातःकाल लोकनाथ के ओटले पर पहुँचकर सबसे पहले अख़बार का चौथा पन्ना पलटते थे जिसमें आज का पंचाग छपता था। उन्हें न परदेश में कहीं तख्ते के पलटने से कोई सरोकार था न स्वदेश में रुपए के उठने-गिरने से कोई वास्ता। न सुनामी की लहर उन्हें बहा पाती थी न फ़िल्मी दुनिया की चकाचौंध उन्हें लुभा पाती थी। उनकी दुनिया अपनी कक्षा, अपनी दुकान और अपने स्वार्थों तक सीमित थी। अख़बार के चार नम्बर पन्ने पर आने वाला राशिफल ही तय करता था कि उनका दिन आज अच्छा बीतने वाला है या बुरा। उन्होंने आज भी अपना राशिफल पढ़ा था जिसमें दिन अत्यंत शुभ रहने, अचानक मेहमान के आने, कोई अप्रत्याशित लाभ मिलने की भविष्यवाणी पढ़कर उन्होंने घर आते ही गऊ-माता को प्रणाम कर अपने हाथों से रोटी खिलाई थी। यह दीगर बात है कि इसी दौरान उन्हें अचानक मेहमान के आने की बजाय स्कूल में नए प्रिंसिपल के आने की बुरी ख़बर मिली थी और इसके परिणामस्वरूप उनके चरणों में श्रद्धाभाव से लोटते एक कुत्ते को उनकी खुन्नस भरी लात खानी पड़ी थी।

अप्रत्याशित लाभ की संभावना को सुबह-सुबह पलीता लग गया था और ऊपर से यह नई मुसीबत सामने आ गई। उन्हें अफसोस हो आया। ख़्वामख़्वाह ही लालच में पड़ गए। लगी रहने देते पन्नी को रसोई घर में, कम से कम यह झंझट तो नहीं होती। अब खाने में मेढक निकले या छिपकली, ठीकरा उनके सिर पर ही फूटना है। वैसे भी पिछली घटनाओं में बीईओ साहब की किस प्रकार लल्लो-चप्पो और सेवा-टहल कर उन्होंने जाँच अपने हक में कराई थी यह वही जानते हैं। पाराशर जी इतने शोरगुल के बीच भी भूत में खो गए।

ज़्यादा समय नहीं बीता। छह माह पहले भी ऐसा ही हुआ था। इसी रसोईघर के पतीले में तब मेढक ने प्राणोत्सर्ग किए थे। गाँव वालों को काँव-काँव करने के अलावा कोई काम नहीं सो उस दिन भी ऐसी ही हाय-तौबा मचा दी थी । जाँच के लिए सलामतपुर से बीईओ साहब आए थे। पाराशर जी बीईओ साहब की तार्किक शक्ति के मुरीद हो गए थे जब बीईओ साहब ने जाँच कमेटी के अध्यक्ष की हैसियत से दरयाफ़्त शुरू की थी।

"यह किसने देखा कि सब्जी में मेढक ही था?"

"हुज़ूर हमने देखा था।" एक चश्मदीद साक्षी ने भीड़ को चीरकर कहा।

"अच्छा कैसे कह सकते हो कि वह मेढक ही था?"

"हुज़ूर मेढक तो मेढक होता है। इसमें कैसे कहने वाली कौन सी बात है।" बीईओ साहब ने विचार किया कि गवाह कदाचित भूल गया है कि वह मात्र एक दो कौड़ी का गवाह है और इसीलिए जाँच कमेटी से बहस की जुर्रत करने लगा है। अतः वह दोगुने दबाव के साथ बोले, "मेरा कहना है कि वह छिपकली, झींगुर, चूहा या गिरगिट भी तो हो सकता था। बोलो हो सकता था या नहीं?"

"हुज़ूर छिपकली, झींगुर, चूहा या गिरगिट होता तब यही बात होती न?"

"अरे, ऐसे कैसे एक ही बात होती? हम सब्जी में मेढक निकलने की जाँच करने आए हैं या चूहा, छिपकली की?" बीईओ साहब की आवाज़ ऐसी उखड़ी हुई थी कि चश्मदीद गवाह के पैर उखड़ने लगे।

"हुज़ूर हम यही तो कह रहे हैं कि सब्जी में चूहा, छिपकली नहीं, बल्कि मेढक ही था।"

"बड़े होशियार बनते हो। लगता है तुम्हें सिखा-पढ़ाकर भेजा गया है। ऐसे नक़ली गवाहों की वजह से ही मामले बिगड़ते हैं।" कहते हुए बीईओ साहब ने उसकी गवाही खारिज़ कर दी। इसके बाद उन्होंने वहाँ खड़ी भीड़ पर एक नज़र डाली और उसमें से एक बच्चे को बुलाकर पूछा, "तुम बताओ, तुमने देखा था सब्जी में मेढक था या कुछ और?"

बच्चा स्वयं को एकाएक इस प्रकार जाँच में घसीट लिए जाने पर सकपका गया और हकलाकर बोला, "ज..जी सर, यहाँ तो खाने में छिपकली, मेढक निकलते ही रहते हैं।"

बीईओ साहब ने ज़ोर से डपटकर कहा, "फाल्तू की बातें मत करो। जितना पूछा जाए उतना ही बोलो। यह बताओ जो निकला था वह छिपकली थी या मेढक?"

बच्चा घबराकर रोने लगा। अब उसका पिता सामने आकर बोला, "हुज़ूर बच्चे ने हमें भी बताया था, इन्हीं दोनों में से कुछ निकला था।"

बीईओ साहब की आँखों में चमक आ गई। 'आख़िर पैदा हो ही गई शंका।' वह उत्तेजित स्वर में बोले, "यानी जो मिला था, मेढक नहीं था, बल्कि या तो मेढक था और यदि मेढक नहीं था तो छिपकली थी। सही बात है न?"

शब्दों की बाजीगरी में गवाह एकदम से लटपटा गया और कुछ समझ में न आने पर सिर हिलाकर बोला, "सही है हुज़ूर।"

"वही तो हम कह रहे हैं कि स्पष्ट रूप से कोई भी नहीं बता सकता कि जो निकला था वो वास्तव में क्या था। इसका मतलब सभी मात्र कपोल कल्पनाओं पर गवाही दे रहे हैं।"

पहले वाले चश्मदीद गवाह ने एक बार फिर हिम्मत जुटाकर कहा, "हुज़ूर, हम कह तो रहे हैं कि हमने ख़ुद देखा था वह मेढक ही था।"

बीईओ साहब ने ग़ुस्से से उसकी ओर देखा और ऐसे ही ग़ुस्से का प्रदर्शन करते हुए कुरसी से एकदम उठकर खड़े हो गए। फिर काग़ज़ों की पुंगी बनाकर बोले, ''जाँच में खाली बयान नहीं, सबूत भी देखे जाते हैं। लाओ मुझे बताओ यदि मेढक निकला था तो कहाँ है?''

''वह तो हुज़ूर तभी नाली में फेंक दिया था।''

''तो फिर मेरा समय क्यों ख़राब करने के लिए खड़े हो।'' बीईओ साहब ने डपटकर कहा। पाराशर जी बीईओ साहब की बहसबुद्धि पर भाव-विभोर हो गए और उम्र में उनसे बड़े होते हुए भी उनके चरणों में नतमस्तक हो गए।

बीईओ साहब अनुभवी अफ़सर थे और माह दो माह में अपने इलाक़े की ऐसी तमाम जाँचें चुटकियों में निपटाते भी रहते थे। वह सीधे-सीधे इस निष्कर्ष पर पहुँच चुके थे कि खाली-पीली कपोल कल्पनाओं वाले बयानों के अलावा कोई भी ठोस सबूत पेश नहीं किए जा सके और यह सिद्ध नहीं किया जा सका कि सब्जी में जो जीव पाया गया था वह मेढक ही था। बल्कि वह चूहा या छिपकली भी हो सकता था। ऐसी दशा में किसी को भी दोषी ठहराना एकदम ग़लत होगा।

'जाँच हो तो ऐसी', पाराशर जी अभी भी विगत में खोए हुए मन-ही-मन बीईओ साहब की बुद्धि की दाद दे रहे थे कि अचानक एक मोटरसाइकिल उनके ऐन क़रीब आकर रुकी और वह वर्तमान में लौट आए। मेढक से जुड़ा अतीत छलाँग मारकर ग़ायब हो गया।

'मोटरसाइकिल यदि स्कूल के भीतर तक आकर रुकी है तो वह कोई ऐरा-गैरा तो नहीं होगा।' पाराशर जी ने विचार करते हुए पहले मोटरसाइकिल के चालक फिर उसके पीछे ठाठ से तनकर बैठे आदमी को आपादमस्तक देखा। मोटरसाइकिल चलाने वाला नई उम्र का था जबकि पीछे बैठने वाले सज्जन पकी उम्र के थे। उनकी उम्र ज़रूर पकी थी मगर ऊँची कद-काठी, सफ़ेद धोती-कुरते और तेज़ से चमकते चेहरे, चश्मे के पीछे से झाँकती दबंग निगाहों से समझ आता था कि यह सज्जन ऐसे ही तनकर नहीं बैठे हैं बल्कि इनकी रीढ़ में भी ख़ासा दम दिखाई देता है।

पाराशर जी उनके व्यक्तित्व का विश्लेषण कर ही रहे थे कि सज्जन मोटरसाइकिल से उतर गए और सीधे उनसे ही मुख़ातिब होकर बोले, ''मैं भवानीशंकर, यहाँ प्रिंसिपल के पद पर तैनात हुआ हूँ।''

पाराशर जी के हाथों के तोते पंख फड़फड़ाकर उड़ गए। उन्हें समझ में नहीं आया कि ख़ाली हो चुके हाथों से नमस्कार करें या बोल न फूटते मुँह से स्वागत का कोई औपचारिक संवाद कहें।

माहौल बिगड़ा हुआ था। लोग चिल्लपों मचा रहे थे। नेता बनने को आतुर एक युवक छिपकली को हाथ में उल्टा लटकाए प्रचार का परचम थामे था और ज़ोर-ज़ोर से छिपकली का प्रदर्शन करते भीड़ एकत्र कर रहा था। लपकासिंह चूँकि

अपनी लंबी टाँगों पर लपकते हुए आ चुके थे लिहाज़ा वह कैमरा थामे छिपकली की लाश का उसी प्रकार अलग-अलग कोणों से वीडियो बना रहे थे जैसे कुछ देर पूर्व क़त्ल के मौक़े पर लाश का वीडियो बना रहे थे।

यह ज्ञात होते ही, कि नए प्रिंसिपल साहब आ चुके हैं और जो उनके सामने इस वक़्त मौजूद हैं, वही प्रिंसिपल साहब हैं, लोगों ने उन्हें घेर लिया और एक साथ आरोपों की बारिश करने लगे। जिस बालिका की थाली में छिपकली निकली थी उसे धकेलकर प्रिंसिपल साहब के सामने ले आया गया। इस प्रकार सिर मुँडाते ही ओले पड़े और प्रिंसिपल साहब अनचाहे ही इस युद्ध के मैदान में घसीट लिए गए।

"प्रिंसिपल साहब, यही बच्ची है जिसके खाने में छिपकली निकली है।" एक पालक ने बालिका की ओर इशारा कर कहा।

प्रिसिंपल साहब ने प्यार से बालिका के सिर पर हाथ फेरकर पूछा, "क्या नाम है बेटी तुम्हारा?"

"सर...रजनी।"

"अच्छा...किस क्लास में पढ़ती हो?"

"जी सर.. छठवीं में।"

लपकासिंह, जो इस गुरु-शिष्या संवाद को कैमरे में रिकार्ड कर रहे थे, बालिका के आगे माइक लगाते हुए बोले, "बेटी, बताओ तुम्हें थाली में छिपकली के निकलने से कैसा लग रहा है?"

बालिका काँपती हुई बोली, "बड़ा डर लग रहा है।"

लपकासिंह का अगला सवाल था, "किससे? छिपकली से?"

"नहीं...पाराशर गुरुजी से।" बालिका ने पाराशर जी की ओर इशारा किया। पाराशर जी के चेहरे का रंग उड़ गया। उन्होंने घूरकर बालिका की ओर देखा। प्रिंसिपल साहब हैरानी से बोले, "अरे बेटी, थाली में तो छिपकली निकली है मगर डर रही हो पाराशर जी से...ऐसा क्यों?"

कैमरा पाराशर जी की ओर घूमा। पाराशर जी, जो कि बालिका की ओर खा जाने वाली नज़रों से देख रहे थे, कैमरा अपनी ओर घूमता देख रंग बदलकर बोले, "अरे बेटी मुझसे क्या डरना, जो भी कहना है निर्भीक होकर कहो।"

पाराशर जी की नज़र बालिका से अधिक कैमरे पर थी जो इस वक़्त उन्हें शनि महाराज का दूसरा रूप प्रतीत हो रहा था। जैसे ही कैमरा वापस बालिका की ओर घूमा उन्होंने एक बार पुनः गिरगिट की तरह रंग बदलते हुए बालिका को घूरा। बालिका घबराकर बोली, "पाराशर गुरुजी ने कहा है कि कोई भी पूछे तो सही बात मत बताना वरना मार-मारकर तुम्हें भी मेढकी बना देंगे।"

"यह तो बड़ी ग़लत बात है पाराशर जी, आप लोग इस तरह के गड़बड़ घोटाले करते हैं।" प्रिंसिपल साहब तल्ख स्वर में बोले। पाराशर जी बग़लें झाँकने

लगे। इसी दौरान पाराशर जी के चेहरे पर उड़ती हवाइयों को देखकर छिपकली हाथ में थामकर भीड़ को उकसाने वाला नेता बोला, "प्रिंसिपल साहब, यहाँ बड़े-बड़े घोटाले होते हैं। आप नए आए हैं, आपको क्या पता...पिछली बार ये लोग सिर्फ़ इसलिए बच गए थे कि मेढक को हमने सुरक्षित नहीं रखा था और नाली में फेंक दिया था। इसीलिए हम इस छिपकली को तब तक सहेजकर रखेंगे जब तक दूध का दूध और पानी का पानी नहीं हो जाता।"

प्रिंसिपल साहब ने उसे ठोस कार्यवाही का आश्वासन देना चाहा कि अचानक एक ओर से 'छू...छू...हो हो...पकड़ो पकड़ो...' का ज़ोरदार शोर उठा। धूल के गुबार के बीच जीभ लपलपाकर एक विदेशी कुत्ता उस ओर दौड़कर आता दिखा। उसके पीछे-पीछे 'ट्रैक...ट्रैक...' चिल्लाकर दौड़ता डॉग मास्टर और 'छू...छू...हो हो...पकड़ो पकड़ो...' चिल्लाती भीड़ का रेला भी आता दिखा। एक पल को सब गड्ड मड्ड हो गया। जब धूल का गुबार छँटा तब प्रिंसिपल साहब ने पाया कि मैदान खाली हो चुका है। उनके आसपास शोर मचाती भीड़ सब कुछ भूलकर कुत्ते के पीछे-पीछे दौड़ गई है यहाँ तक कि कैमरा लिए लपकासिंह भी कुत्ते के पीछे दौड़ गए हैं। धक्का-मुक्की में नेताजी के हाथ से छूटी छिपकली का भीड़ के पैरों तले कुचले जाने से कीमा बन गया है। इस बात पर खिसियाए हुए नेता जी एक ऐसी गाली, जो कि संपूर्ण भारत वर्ष में अनेकता में एकता का ऐलान कर करीबी रिश्तेदारियों से संबंध स्थापित करती पाई जाती है, का पाठ करते हुए स्वयं भी कुत्ते के पीछे दौड़ गए हैं।

इस अप्रत्याशित घटनाक्रम पर प्रिंसिपल साहब मानव के मनोविज्ञान पर व्यंग्य से मुसकरा उठे। मगर पाराशर जी हैरान होने के साथ-साथ ग्रहों के अकस्मात् परिवर्तन पर प्रसन्न हो गए और उनके मन में पुनः चार नंबर पन्ने के प्रति विश्वास जाग उठा। उन्होंने चैन की साँस ली ओर प्रिंसिपल साहब को प्रभार सौंपने की गरज से अपने कक्ष की ओर बढ़ गए। उन्हें भरोसा था, भले ही प्रिंसिपल कितना ही ईमानदार या ख़ब्ती क्यों न आ जाए, जाँच तो उनके क़ाबिल बीईओ साहब ही करेंगे और जैसे भी होगा इस बार भी उन्हें बचा लेंगे।

स्कूल का मैदान पार कर कुत्ता गलियों में दौड़ा। खेतों में दौड़ा। यहाँ दौड़ा, वहाँ दौड़ा, दाएँ दौड़ा, बाएँ दौड़ा, दौड़ते-दौड़ते दम फूल गया मगर कुत्ता यहाँ से वहाँ, वहाँ से यहाँ दौड़ता ही रहा और उसके पीछे 'छू...छू...हो हो...पकड़ो पकड़ो...' का हाँका लगाती भीड़ भी दौड़ती रही। कैमरा हाथ में थामे लपकासिंह भी दौड़ते रहे और छिपकली को सहेजकर रखने के लिए कृत-संकल्पित नेताजी भी इस ख़ुशफहमी के साथ दौड़ते रहे कि कुत्ता इतना दौड़ रहा है तो क़ातिल को पकड़ ही लेगा और क़ातिल के इस प्रकार पकड़े जाने का लाइव सीन देखना कितना आनंददायक होगा। मगर न तो वापस मौक़ा-ए-वारदात पहुँचने तक कुत्ता रुका और न ही

क़ातिल को पकड़ने का एक्सक्लूसिव दृश्य लोगों को नसीब हुआ। सारे गाँव की परिक्रमा के बाद कुत्ता लाश के पास आकर खड़ा हो गया। 'एक्सक्यूज मी...एक्सक्यूज मी' के अंदाज़ में उसकी जीभ हलक से बाहर निकलकर ज़मीन को छूने लगी और हाँफने की आवाज़ एक नया विस्मय पैदा करने लगी।

"देखा, मैं कहता था न पुलिस का कुत्ता कितना भागता है।" दूसरे गुट का ज्ञानी, जो दौड़ते-दौड़ते स्वयं भी बुरी तरह हाँफ रहा था और हाँफने के मामले में कुत्ते से कतई पीछे नहीं दिखता था, प्रशंसा में कसीदा काढ़ता हुआ बोला।

"दौड़ा बहुत, मगर पकड़ा तो किसी को नहीं।" निपट देहाती के मन में कुत्ते की योग्यता के प्रति पर्याप्त शंका थी जिसे प्रकट किए बिना उसके पेट की गैस बाहर नहीं आई।

ज्ञानी को कुछ उत्तर न सूझा। तब तक डॉग मास्टर भी हाँफता हुआ आ गया और लोटनप्रसाद को सेल्यूट कर बोला, "सारी मेहनत बेकार हो गई श्रीमान। इतनी भीड़ के कारण डॉग डिस्टर्ब हो गया।"

नाकामी का सारा ठीकरा भीड़ के सिर पर फूट गया। दरोगा जी ने ग़ुस्से से भीड़ की ओर देखा जो कुत्ते के पीछे दौड़ते-दौड़ते अभी भी जीभ निकाले हाँफ रही थी, फिर गाली देकर दफ़ा एक सौ चवालीस का ऐलान करते चीखे, "सब इन हरामख़ोरों की वजह से हुआ, एक तो पुलिस के आने के पहले ही पूरे मौक़ा-ए-वारदात की ऐसी-तैसी कर दी, फिर कुत्ते की छाती पर भी चढ़कर सब मटियामेट कर दिया। हटाओ स्सालों को यहाँ से।"

आदेश मिलते ही एक बार फिर मुंशी गयाप्रसाद और सिपाही मुरारी को पंख लग गए। एक बार फिर हवा में ढिशुम ढिशुम...फट्ट फट्ट...शुरू हो गई और अगले ही पल वहाँ क़र्फ्यू-सा लग गया। लपकासिंह का मानना था कि हाथ में कैमरा होने की वजह से वह ऐसी हर परिस्थिति में सुरक्षित रहेंगे लेकिन भीड़ की भगदड़ में उनकी हालत भी छिपकली से कम ख़राब नहीं रही। यूँ तो पुलिस के हवाई लाठीचार्ज ने किसी को चोट नहीं पहुँचाई लेकिन भगदड़ में न जाने किन-किन लोगों ने मौक़े का फ़ायदा उठाकर लपकासिंह को पीट दिया और वह कैमरे समेत धूल में लेटमलाट हो गए। मैदान २खाली होने और धूल का गुबार छँटने पर दरोगा लोटनप्रसाद ने उनकी यह हालत देखी तो अफ़सोस प्रकट करते हुए उन्हें बाइज़्ज़त उठाकर बिठा दिया। मुंशी गयाप्रसाद रूमाल से हवा करते उनके ग़ायब हुए होश वापस लाने की कोशिश करने लगे।

चमत्कारी कुत्ते ने मुँह लटकाकर फ्लाप फ़िल्म के हीरो की तरह अपनी वैनिटी वैन में प्रवेश किया। गाड़ी वापस शहर की ओर चली गई। जो लोग कुत्ते की प्रशंसा करते नहीं थक रहे थे, वे अब भी उसकी क़ाबिलीयत पर किसी प्रकार की शंका न करते हुए दरोगा जी की बात से पूरा इत्तेफ़ाक रख रहे थे और ख़ुद की मूर्खता को

दोषी ठहरा रहे थे। ख़ामख़्वाह कुत्ते के पीछे दौड़ते रहे। सही बात है, जैसे शोरगुल में बड़े लोग डिस्टर्ब हो जाते हैं, ऐसे ही कुत्ता भी डिस्टर्ब हो गया होगा। आख़िर तनख़्वाह जो पाता है।

कुत्ते के इस प्रकार लौट जाने से दरोगा लोटनप्रसाद निराश हो गए। उन्हें अपनी क़ाबिलीयत से ज़्यादा कुत्ते की क़ाबिलीयत पर भरोसा था। यह वही कुत्ता था जो पल भर में रेत में से सुई खोज लाता था। मगर आज सब गड़बड़ हो गया। उन्होंने बुझे मन से लाश का पंचनामा भरा और उसे चीर-फाड़ के लिए रवाना कर वापस थाना लौट आए। यही थाना, जहाँ आकर आम जनता के लोग सुकून महसूस करते थे, लोटनप्रसाद के लिए मुसीबत का सबब बन गया। अब एक और अंधा क़त्ल उनके खाते में था जिसका ख़ुलासा करना उनके लिए चुनौती था।

ऐसा नहीं था कि चुनौती केवल दरोगा जी के सामने थी। मुंशी गयाप्रसाद के हाथ भी क़ातिल को दबोचने के लिए उतने ही फड़फड़ा रहे थे। उन्होंने गाँव भर में मुख़बिर मामूर कर डाले थे और उम्मीद कर रहे थे कि जल्द ही कोई मामूरा मुख़बिर देवदूत की भाँति प्रकट होगा और फिर गिरेबाँ ए क़ातिल उनके हाथों में होगी। मुरारी यूँ तो मामूली सिपाही था मगर क़ातिल की दस्तयाबी के लिए गुणाभाग वह भी लगा रहा था। उसके दिमाग़ में एकाएक ख़याल आया। वह लोटनप्रसाद के पास पहुँचकर बोला, "श्रीमान जी, आदेश करें तो एक सलाह दूँ।"

लोटनप्रसाद ने उम्मीद भरी नज़रों से उसकी ओर देखा तो मुरारी बोला, "श्रीमान जी, पास के गाँव में कलेजी नाम के गुनिया महाराज रहते हैं, आप कहें तो उनकी मदद लूँ।"

लोटनप्रसाद ने ग़ुस्से से मुरारी को घूरा और भड़ककर कहा, "जब देखो, उलटी-सीधी सलाहें देता है। इन ओझा गुनियों के दम पर मुलज़िम नहीं पकड़े जाते। यदि ऐसा होता तो तेरी जगह ओझा गुनिया ही पुलिस में भरती किए जाते।"

मुरारी चुप हो गया मगर उसका मन नहीं माना। एक अंधा क़त्ल और दो लोगों पर क़ातिलाना हमला कोई हँसी खेल नहीं था। थाने की इज़्ज़त का सवाल था। इज़्ज़त बचाने के लिए सभी अपने-अपने स्तर पर प्रयास कर रहे थे।

क़त्ल की ख़बर लगते ही अंग्रेज़ों के ज़माने के निगरानी बदमाश चट्टानसिंह अपना पिलपिलाया बदन लेकर थाने के वटवृक्ष तले जम गए थे और प्रतीक्षा कर रहे थे कि पुलिस किन्हीं संदेहियों को तो उठाकर लाए, उनको चारपाई पर लटकाकर पृथ्वीलोक की सैर कराए, हवाई जहाज बनाकर आकाशलोक की सैर कराए। वह 'हाय दैया...बचा लो मैया' की कर्णप्रिय आवाज़ें बरसों बाद सुन सकें और फिर चैन से अंतिम साँसें ले सकें। लेकिन जब वटवृक्ष के नीचे घंटों तपस्या करने के बाद चट्टानसिंह को यह ज्ञान प्राप्त हुआ कि वाकई अब ज़माना बदल गया है। हरदम जूता हाथ में लेकर स्वागत के लिए तत्पर रहने वाली अंग्रेज़ पुलिस भी पहले

से एकदम बदल गई है। पूछताछ और पतारसी के तरीक़े बदल गए हैं और पूछताछ महोत्सव का जैसा दिवास्वप्न वह देख रहे हैं, वह अब कभी सच नहीं होने वाला तो वह निराशा से भर गए। एक बार उन्होंने ऊपर आसमान की ओर देखा और आसमान में कभी न दिखने वाले से याचना की कि "प्रभु, अब यह सब नहीं देखा जाता, अब तो उठा ले।" कहते हुए चट्टानसिंह मन मसोसकर उठे और मरे क़दमों से वापस चल दिए।

थाने की इज़्ज़त का सवाल था। क़ातिलाना हमले के शिकार दोनों घायलों में से एक भी अभी तक होश में नहीं आया था कि मुजरिम के संबंध में उनसे दरयाफ़्त की जा सके। दरोगा लोटनप्रसाद ने मुरारी को गुनिया ओझा प्रसंग पर हड़काने के बाद एक ठंडी साँस ली। अचानक उन्हें दनादन बाबा का स्मरण हो आया। यूँ तो तफ़्तीश के मामले में वह ओझा बाबाओं पर ज़रा भी यक़ीन नहीं रखते थे लेकिन यह सोचकर कि दनादन बाबा से आशीर्वाद लेने में हर्ज क्या है, मानसिक शांति तो मिलेगी, सोचकर वह एकदम गोपनीय दबिश का ऐलान कर सीधे दनादन बाबा के आश्रम की ओर रवाना हो गए। क़त्ल का परदाफ़ाश करने के लिए बेचैन मुरारी ने देखा कि अभी मौक़ा ठीक है तो वह भी मामूरा मुख़बिरों से अपडेट लेने का ऐलान कर कलेजी महाराज से मिलने चल पड़ा।

गूगल गाँव से आठ किलोमीटर दूर यह दूसरा गाँव...इस गाँव के आख़िरी छोर पर कलेजी गुनिया का घर। कलेजी के घर से कुछ दूरी पर पहुँचकर मुरारी ने देखा कि काली लुंगी और लाल बंडी पहने कलेजी महाराज अपने अहाते में तेज़-तेज़ टहलते अजीबोग़रीब ढंग से हाथ हिला रहे हैं। मोटरसाइकिल की आवाज़ पर इस अजीबोग़रीब ढंग से टहलने में कोई व्यवधान न हो जाए और जादू-टोना उन्हें ही न लपेट लें, इस सोच से घबराकर मुरारी ने मोटरसाइकिल कुछ दूर ही रोक दी। इसके बाद वह दबे पाँव अहाते की ओर बढ़ चला। उसे बड़ा आश्चर्य हुआ कि गुनिया महाराज खाली खाना पचाने की गरज से नहीं टहल रहे हैं, बल्कि वह ज़ोर-ज़ोर से अगड़म-बगड़म कोई मंत्र भी पढ़ रहे हैं। उसे तब और भी आश्चर्य हुआ जब उसने पाया कि उक्त सारे मंत्र मोबाइल पर पढ़े जा रहे हैं। कलेजी महाराज एक हाथ में मोबाइल थामे मंत्र पढ़ रहे हैं और दूसरे हाथ में जलती हुई अगरबत्तियाँ पकड़े हैं जिन्हें हर थोड़ी देर में वह ज़ोर से घुमा रहे हैं और बीच-बीच में उतनी ही तेज़ी से फूँक मारकर धुआँ भी उड़ाते जा रहे हैं।

मुरारी को झाड़-फूँक के इस आधुनिक तरीक़े पर मज़ा आने लगा। वह पेड़ की ओट में छिपकर इस अभूतपूर्व दृश्य का अवलोकन करने लगा। संयोग की बात, मोबाइल का स्पीकर खुला था लिहाज़ा उतने ही मज़े के साथ वह इस हैरतअंगेज़ वार्तालाप का श्रवण करने लगा।

कलेजी महाराज ने एक बार ज़ोर से अगरबत्तियों के गुच्छे में फूँक मारी फिर बोले, "मुर्गी को गरदन से पकड़ और उसकी चोंच उस जगह रख जहाँ साँप ने डसा है।"

दूसरी ओर से यक़ीनन ऐसा ही किया गया और ऐसा करने वाले ने तत्काल पालन प्रतिवेदन देते हुए कहा, "रख दिया महाराज।"

"अब उस पर चावल के पाँच दाने छिड़क।"

"छिड़क दिया महाराज।"

"बस अब चुपचाप देखता जा," कलेजी गुनिया ने इतने आत्मविश्वास के साथ कहा मानो मरीज अभी उठकर तन डोले मेरा मन डोले नृत्य करने लगेगा। उन्होंने फ़ोन काटकर अगरबत्तियों को तुलसी के चौरे में दबाया तभी उनकी नज़र मुरारी पर पड़ी जो वार्तालाप के समाप्त होते ही पेड़ की ओट से बाहर निकल आया था। वह आश्चर्य से बोले, "अरे, हमारे दरवाज़े पर पुलिस?"

"बस महाराज ऐसे ही चला आया था। मगर आप मोबाइल पर मंतर जंतर... ? कुछ समझ नहीं आया महाराज!" मुरारी विस्मय से बोला।

कलेजी महाराज ने ज़ोर से ठहाका लगाया और बोले, "ज़माना बदल गया है। ज़माने के साथ तो चलना पड़ेगा न, काम इतना है कि इस बूढ़ी उमर में कहाँ-कहाँ दौड़ता फिरूँ। जिसे देखो कलेजी महाराज की ज़रूरत है। यही मोबाइल है जो काम आता है।"

"मगर महाराज, आप इससे कैसे काम निपटाते हो?"

"कुछ चेले छोड़ रखे हैं मैंने असिस्टेंट बनाकर। उन्हें ही भेजता हूँ। मंतर ही तो पढ़ना रहता है सो इधर मोबाइल पर मंतर पढ़कर झाड़-फूँक करता रहता हूँ और उधर चेले बाक़ी अनुष्ठान निपटा देते हैं।"

"धन्य हैं महाराज, मान गए आपको।" मुरारी ने अभिभूत होकर कलेजी के चरणों में साष्टांग दंडवत किया फिर बोला, "महाराज, आप इस उमर में ज़माने के साथ चल रहे हो, हमारे यहाँ तो कोई मुंशी दरोगा कंप्यूटरों को छूना नहीं चाहता।"

"क्यों?"

"सरकार नए-नए काम कर रही है...आनलाइन शिकायत निवारण केंद्र... आनलाइन लोक-सुनवाई केंद्र...कंप्यूटर पर कंप्यूटर चले आ रहे हैं, मगर कोई रुचि ही नहीं लेता। सब कहते हैं रिटायर होने जा रहे हैं, अब क्या करेंगे ये सब सीखकर। हमारे थाने में ही तमाम कंप्यूटर पड़े धूल खा रहे हैं।" कहते हुए मुरारी एकदम से भावुक हो गया और न जाने उसे क्या प्रेरणा मिली, उसने तभी तय कर लिया कि आज ही वह कंप्यूटरों की धूल झाड़कर उनके आगे अगरबत्ती जलाएगा और कलेजी महाराज का दृष्टांत देकर सबको कंप्यूटर सिखवाएगा।

कलेजी महाराज ने एकाएक आनलाइन शब्द को पकड़ लिया और उत्सुकता के साथ कहा, "यह आनलाइन मतलब क्या होता है?"

"आनलाइन मतलब बग़ैर सामने आए काम हो जाए। अब तो सैकड़ों मील दूर से घर बैठे रिपोर्ट कराओ और काम पूरा पाओ।"

"मतलब?" कलेजी महाराज ने सिर खुजलाया।

मुरारी ने एक पल विचार किया। कैसे समझाया जाए, अचानक उसे ध्यान आया। वह उचककर बोला, "जैसे महाराज, आप मोबाइल पर झाड़-फूँक कर साँप का ज़हर उतार रहे थे।"

कलेजी महाराज एकदम प्रसन्न हो उठे, "आनलाइन झाड़-फूँक...सही है न?"

"एकदम सही महाराज," मुरारी खुश होकर बोला। उसके दिमाग़ में अचानक एक शानदार आइडिया आया, "महाराज, मेरी मानो तो आप भी अपने घर के बाहर एक बड़ा सा बोर्ड टँगवाओ और उस पर लिखवाओ आनलाइन झाड़-फूँक केंद्र।"

"आनलाइन झाड़-फूँक केंद्र!"

"बिलकुल सही महाराज, आप देखना, मज़ा ही आ जाएगा।" मुरारी उत्साहित स्वर में बोला। कलेजी महाराज को भी सुझाव एकदम पसंद आ गया। उन्होंने कुछ देर तक आँखें मूँदकर उस दृश्य की कल्पना की। गाँव से बाहर उनका बड़ा सा अहाता...अहाते में पीपल का पेड़ और पेड़ के मोटे तने पर लटका 'आनलाइन झाड़-फूँक केंद्र' का बड़ा सा बोर्ड। कुछ देर वह प्रसन्न मुद्रा में ऐसे ही आँखें मूँदे रहे फिर आँखें खोलकर पूछा, "तेरी बात जम गई मुझे। अब यह बता बच्चा, मेरे पास क्या जानने आया है?"

"महाराज, गाँव में क़त्ल हो गया है। एकदम अंधा कत्ल...कुछ उपाय करो ताकि नाक बची रहे।"

कलेजी महाराज व्यंग्य से मुसकराकर बोले, "तुम लोग नहीं सुधरोगे, जादू-टोने से कहीं नाक बचती है क्या?"

मुरारी ने उनके चरण पकड़ लिए और बोला, "महाराज, मज़ाक़ मत करो, बड़ी उम्मीद से आया हूँ।"

कलेजी महाराज भीतर गए और टोने-टोटके के कुछ ज़रूरी इंतज़ामात लेकर बाहर आए फिर बोले, "जा बच्चा, अब मुझे काम करने दे।"

मुरारी खुश होकर तेज़ी से मोटरसाइकिल की ओर दौड़ा और उतनी ही तेज़ी से वापस थाना आ गया।

जिस वक़्त मुरारी ने थाने के फाटक से भीतर प्रवेश किया, उस वक़्त तक दरोगा जी दनादन बाबा के आश्रम से प्रसाद गहण कर वापस आ चुके थे। उन्हें दनादन बाबा के दर्शन से कुछ सीमा तक मानसिक शांति तो मिली थी मगर वापसी के वक़्त ही ज़िले से कप्तान साहब के फ़ोन ने उनके दिमाग़ की बत्ती फिर गुल कर दी थी। वह थाने के बरामदे में चिंतनासन में बैठे थे और नाक में उँगली

डालकर सूराख करते हुए किसी नए सुराग के बारे में चिंतन कर रहे थे। उनके दिमाग़ में एकदम नंगाड़े से बजने लगे, 'मर्डर के आगे दो मर्डर...मर्डर के पीछे दो मर्डर...मर्डर...मर्डर...मर्डर।' उन्हें लगा, उनके जीवन के चैन ओ आराम सभी का मर्डर कर दिया गया है और जल्द ही खुलासा नहीं हुआ तो उनके दिमाग़ में बज रहे नगाड़े स्वयं उनका मर्डर कर देंगे।

पाठक सोच रहे होंगे कि थाने के सारे ज़िम्मेदार लोग अपने-अपने स्तर पर क़ातिल का पता लगाने के लिए हलकान हैं। दरोगा जी अपने तरीक़े से सुरागरसी कर रहे हैं, मुरारी अपने तरीक़े से, मगर मुंशी गयाप्रसाद कहाँ हैं और क्या कर रहे हैं इसकी कानोकान ख़बर नहीं! जैसा कि पहले बताया गया, मुंशी गयाप्रसाद घटना के बाद से ही भूख प्यास को त्यागकर गिरेबाँ-ए-क़ातिल पकड़ने की आस में ज़मीन आसमान एक किए थे। उन्होंने सारे इलाक़े का सघन दौरा कर चप्पे-चप्पे पर अपने मुख़बिरों को सक्रिय कर दिया था और इसी दौरान उन्हें मालूम पड़ा था कि मरने वाला मवेशियों को अवैध रूप से ख़रीदने-बेचने का धंधा करता था। एक जो घायल था, उसी का साथी था। और दूसरा घायल, जो गूगल गाँव का होने से पहले ही पहचाना जा चुका था, उस रात अपने बीमार हो चुके मवेशियों को चुपचाप ठिकाने लगाने की गरज से इन दोनों से मिला था। अब खाली यह पता करना था कि इनसे किसी की क्या रंजिश थी या रात में मौक़ा-ए-वारदात पर ऐसा क्या हुआ जो इतनी बड़ी घटना का सबब बना। उनका मुख़बिर तंत्र सक्रिय था और जल्द ही इंतज़ार समाप्त हो गया।

दरोगा लोटनप्रसाद के दिमाग़ में राग मर्डर जारी था तभी शीतल हवा का झोंका उनसे टकराया और सावन की बयार की तरह मुंशी गयाप्रसाद का मामूरा मुख़बिर थाने में प्रकट हुआ। पुलिस के शब्दकोष में मुख़बिर वह छड़ी होता है जिसे हिलाने से जादू होता है। मुख़बिर वह चिराग़ होता है जिसे घिसने से क़त्ल, लूट, डकैती के मुलज़िम चट से मिल जाते हैं। जुआ, सट्टा, गाँजा, भाँग, शराब, शबाब का धंधा करने वाले मुलज़िम, इश्तहारी, फरारी, इनामी, वारंटी कोई भी हों, मुख़बिर की एक इत्तिला पर दच्च से ऐसे दबोच लिए जाते हैं कि गले से चीं भी न निकाल पाए।

लोटनप्रसाद की नज़र मुंशी जी के चिराग़ अर्थात जादू की छड़ी अर्थात मुख़बिर पर पड़ी। मुख़बिर के चेहरे पर आते सब कुछ शीघ्रता से बक देने वाले भाव ताड़ते ही लोटनप्रसाद के दिमाग़ में गूँजते राग मर्डर का इंतकाल हो गया। उनके मुखमंडल से उम्मीद की किरणें ऐसे प्रस्फुटित होने लगीं कि स्वतः मुख़बिर की आँखें चौंधियाने लगीं।

"क्या हुआ रे ख़बरीसिंह...बड़ी तेज़ी में भागा आ रहा है?" लोटनप्रसाद एकदम से कमर सीधी कर बैठ गए। एकदम से सीधे बैठने का परिणाम यह हुआ कि असंतुलित होकर उनकी तोंद नीचे गिरते-गिरते बची।

मुख़बिर की उत्तेजना बता रही थी कि अगर उसने क़ातिल का नाम बताने में थोड़ी देर और लगाई तो क़ातिल उनकी क़मीज़ या पैजामा फाड़कर बाहर निकल आएगा। वह उत्तेजना की गठरी एकदम से पटकता हुआ बोला, "श्रीमान जी, कर दिया आपका काम।"

"मतलब?"

"मतलब-वतलब क्या श्रीमान जी, आपके क़ातिल का पता चल गया।"

"मेरे क़ातिल का? अबे बेवकूफ़, मैं तो ज़िंदा बैठा हूँ।"

"माफ़ी चाहता हूँ श्रीमान जी," मुख़बिर ने अपनी खोपड़ी पर चपत लगाते हुए कहा, "मैं तो उस रात वाले क़त्ल की बात कर रहा हूँ।"

"अच्छा? कौन है क़ातिल?"

"श्रीमान जी, कहीं और का नहीं, इसी गाँव का है।"

"तुम्हें कैसे पता चला?"

"श्रीमान जी, बंदे को ख़बरीसिंह ऐसे ही थोड़े कहते हैं," मुख़बिर यानी ख़बरी सिंह ने गर्व से कहा फिर दरोगा जी के कान के पास आकर फुसफुसाया, "उस रात जब क़त्ल किया जा रहा था, तब वहीं झाड़ियों में अपना एक आदमी लोटा लेकर बैठा था।"

"इतनी रात में वह वहाँ क्या रहा था?"

"श्रीमान जी, लोटा लेकर क्या किया जाता है?" मुख़बिर ढिठाई से हँसा।

जवाब में लोटनप्रसाद भी हँसे तो मुख़बिर बोला, "अपने आदमी ने झाड़ियों के पीछे से सारा वाकया देखा है, ख़ुद अपनी आँखों से।"

"अच्छा?" लोटनप्रसाद को लगा कि वह खुशी से गिर पड़ेंगे। उन्होंने प्रसन्नता को पान की गिलौरी की भाँति भीतर धकेला फिर आनन-फानन में एक दबिश पार्टी बनाकर मुख़बिर द्वारा बताए स्थान पर रवाना कर दी।

उधर क़त्ल की वारदात के बाद लपटन अपने झोपड़े से बाहर नहीं निकले थे बल्कि यूँ कहें, चारपाई के नीचे दम साधे पड़े थे। क़ानून के लंबे हाथ इस तरह चारपाई के नीचे पहुँचकर उनकी गरदन दबोच लेंगे, ऐसी कल्पना उन्होंने नहीं की थी, सो दबिश पड़ते ही वह उठकर खड़े हो गए।

"मुझे गिरफ़्तार कर लो साहब।" उन्होंने अद्‌भुत रफ़्तार के साथ उक्त फ़िल्मी शब्द कहते हुए हथकड़ी लगाने के लिए स्वतः अपने दुबले-पतले हाथ आगे बढ़ा दिए, उन्हें बाक़ायदा गिरफ़्तारी के कारणों से अवगत कराते हुए हथकड़ी लगाई गई लेकिन दुबले हाथों की वजह से जब हथकड़ी बार-बार फिसलकर बाहर आ गई तो उन्हें ऐसे ही गिरेबान से पकड़कर थाने पर ले आया गया।

हवालात में दाख़िल करने के दौरान सिपाही मुरारी ऐन हवालात के दरवाज़े पर खड़ा हो गया। उसने एयर इंडिया सी किंगनुमा मुसकान दिखाकर लपटन का

इस्तक़बाल किया फिर अदब के साथ उन्हें हवालात में दाख़िल कर दिया। लपटन ऐसे इस्तक़बाल पर अभिभूत हो गए और शान से हवालात में प्रवेश कर एक कोने में उकड़ूँ बैठ गए। उन्हें बताया गया कि कल उन्हें सलामतपुर की अदालत में पेश किया जाएगा और फिर जेल जाना तय है। लपटन यह पहले से जानते थे सो करीने से बिछे कंबल पर टाँग फैलाकर मज़े से सो गए।

11

वैद्य जी आशंकित थे। उनकी रंगीन रातें रँगे हाथों पकड़े जाने की आशंका में बीतती ही थीं, दिन भी इसी प्रकार बीतते रहे। लेकिन, जब शहर से कोई छापामार मेडीकल टीम उनका झोला टटोलने नहीं पहुँची तो उनके मन से भय जाता रहा और वह आश्वस्त हो गए कि कमिश्नर साहिबा की तलवार अब ठंडी पड़ गई है। यह बात और है कि रात वाली आशंका बरकरार रहने के बावजूद भी उनके मन के अरमान ठंडे नहीं पड़े। उनका गुलबियाबाई से अपनी फीस मय ब्याज के वसूलना मुसल्सल जारी रहा।

एक रात जब वैद्य जी ब्याज वसूली की गरज से गुलबियाबाई के घर पहुँचे तो उन्होंने गुलबियाबाई के चेहरे का रंग और उनके इस्तक़बाल का ढंग एकदम अलहदा पाया। गुलबियाबाई अड़ गईं और रूठे स्वर में बोलीं, "वैद्य जी, तुम्हारे आगे तो अच्छे-अच्छे साहूकार पानी भरें। ब्याज तो तुमने हमसे खूब वसूल लिया मगर हमारे बारे में नहीं सोचा, हमारा खरचा-पानी कैसे चले।"

वैद्य जी उनका इरादा भाँप गए। फिर भी अनजान बनकर बोले, "हें...हें...हें गुलाबो, ब्याज की बात तो मज़ाक़ थी। यह खरचा-पानी कहाँ से बीच में आ गया?"

गुलबियाबाई उनके प्रेम-भरे गुलाबों की चाशनी में डूबे बग़ैर बोलीं, "इतने अनजान मत बनो वैद्य जी, तुमसे क्या छिपा है? मेरा आदमी महीनों घर नहीं आता। जब आता है, एक बच्चा थमाकर फिर चला जाता है। इन आठ-आठ बच्चों को कहाँ से पालूँ। आजकल हाथ बड़ा तंग है। कुछ हज़ार पाँच सौ रुपए पड़े हों तो..."

"हज़ार पाँच सौ!" वैद्य जी के पैरों तले की ज़मीन खिसकी। हज़ार रुपए कमाने के लिए उन्हें कितने मरीज देखने होंगे, उन्होंने मन में हिसाब लगाया फिर बड़े ही अनमने ढंग से पैजामे की जेब में हाथ डाला। बहुत टटोलने के बाद अत्यंत सफ़ाई से कुछ नोट जेब में ही छोड़ने के बाद उन्होंने चंद नोट मुट्ठी में कसकर बाहर निकाले जो इस वक़्त उन्हीं की तरह गुड़ी-मुड़ी हो रहे थे। इस प्रकार नोट निकालने के दो प्रकार के प्रभाव हुए। पहला प्रभाव तात्कालिक था और दूसरा

दूरगामी। तात्कालिक प्रभाव यह हुआ कि रुपए देखते ही गुलबियाबाई के कोप का एकदम से लोप हो गया। उन्होंने बड़े प्यार से वैद्य जी की मुट्ठी को खोला और गुड़ी-मुड़ी नोटों को यथासंभव कड़कदार बनाने का प्रयास करते हुए गिनना प्रारंभ किया। इस दौरान वैद्य जी के चेहरे पर आने वाले भाव अभूतपूर्व थे। बल्कि यूँ कहा जाए कि उनके चेहरे पर भाव मेढक की भाँति छलाँगें मार रहे थे। वह हँसने वाले भावों को पकड़ने का प्रयास करते तो वे उनके हाथ में आने से पहले ही छलाँग मार जाते। वह न स्वयं को हँसने वाले भावों में पा रहे थे, न रोने वाले। मुसकराने के बहुतेरे प्रयास करने के बाद भी उनके चेहरे पर जब रुलाई ही पाँव जमाए रही तो उन्होंने हथियार डालकर उन नोटों को देखा जो तीन दिन में तमाम मरीजों को देखने के बाद कमाए थे। उन्हें तब और भी अफ़सोस हुआ जब रुपयों को ब्लाउज के हवाले करती गुलबियाबाई इतराकर बोलीं, ''वैद्य जी, ढाई सौ रुपल्ली से क्या होगा, दो-तीन सौ रुपए का और इंतज़ाम कर देते तो ठीक होता।''

वैद्य जी सिर्फ़ हें...हें...कर सके। इस हें...हें का फ़ायदा यह था कि इससे और तीन सौ रुपए का इंतज़ाम करने के लिए उनकी इत्तफ़ाक़ी या नाइत्तफ़ाक़ी का अंदाज़ा अपने अनुसार लगाया जा सकता था। ऐसे ही मन में हें...हें...करते वह घर पहुँचे। यूँ तो वह घर पहुँचते ही निढाल होकर सो जाते थे मगर आज उन्हें बड़े प्रयास करने पर भी नींद नहीं आई।

अब आते हैं दूरगामी प्रभाव पर। वैद्य जी ने गुलबियाबाई को ढाई सौ रुपए क्या दिए, यहीं से गड़बड़ी शुरू हो गई। साहूकार उलटा क़र्ज़दार बन गया। गुलबियाबाई घड़ी-घड़ी उन पर अड़ी डालकर उलटा ब्याज वसूलने लगी। वैद्य जी का दिल चौकड़ी भरना भूल गया। कभी सौ रुपए, कभी पचास...वैद्य जी की गृहस्थी, आटा, दाल, राशन शनैः-शनैः सब गुलबियाबाई की शैया के हवाले होने लगे। वैद्य जी ने पाया कि कामदेव कितने बेवफ़ा हैं, उन्हें पहले तो गुलबियाबाई की ओर धकेलते हैं और जब वह ख़ुद को एकदम असहाय, अकेला और लाचार पाते हैं तो न जाने कितनी सफ़ाई से अंतर्ध्यान हो जाते हैं। वैद्य जी तनाव के शिकार हो गए।

ऐसा नहीं है कि कमिश्नर साहिबा के आने से केवल मारकाट ही मची हो। बल्कि उनके दौरे से गाँव में विकास का नया सूर्योदय हुआ। ख़ास बात यह थी कि विकास का सूर्य पूरी ईमानदारी के साथ उदित हो रहा था। गड्ढे भइया को अनुबंध में लिखी शर्तों के मुताबिक सड़कें दोबारा बनाने के लिए विवश होना पड़ा। वह भी गड्ढों के बिना। गाँव में नए हैंडपंप लगाने के लिए बोरिंग होना प्रारंभ हो गया। जो कुएँ काग़ज़ों पर खोदे गए थे, वे सचमुच खोदे जाने लगे। जिन

लोगों ने रुचि ली, उन्हें किफ़ायती क़र्ज़ के साथ घरों में शौचालय बनाने की सुविधा मिली। लपकासिंह इस मामले में ख़ासे ख़ुशक़िस्मत रहे। गाँव के सबसे पहले शौचालय का उद्‌घाटन उन्हीं के ग़रीबखाने में हुआ। लपकासिंह ने यह शौचालय घर के प्रवेश-द्वार के ऐन बग़ल में बनवाया। वह शौचालय में तभी प्रवेश करते जब आसपास के दस लोग उन्हें ऐसा करते देख लें और लपकासिंह के भाग्य से रश्क करने लगें। इस शौचालय के बनते ही लपकासिंह ने पाया कि वह स्वर्ग में आ गए हैं और शौचालय ने उनकी ज़िंदगी ही बदल दी है। उनकी इकलौती पत्नी जो रात-दिन शौचालय की माँग को लेकर फाँसी का फंदा गले में डाले रहती थी, अब सुखपूर्वक उनके साथ रहकर पत्नीधर्म का निर्वहन करने लगी। गिले-शिकवे सब एक शौचालय ने दूर कर दिए। केवल लपकासिंह ही नहीं, उनकी देखा-देखी गाँव के ऐसे कई दंपतियों का वैवाहिक जीवन सुखमय हो गया। गाँव के कई अधेड़ एक अदद शौचालय के बन जाने से रंडुए ही रहकर बूढ़े होने से बच गए। उनके भी रिश्ते पक्के हुए और उनके सूखे जीवन में भी हरियाली आ गई। नई-नवेली वधुएँ ख़ुदकुशी के दूसरे कारण खोजने लगीं तब लोगों की समझ में आया कि शौचालय की क्या अहमियत है और अपनी बहू-बेटियों से अब तक उन्होंने कितना महत्त्वपूर्ण मौलिक अधिकार छीन रखा था। 'धिक्कार है हमें और धन्य हैं कमिश्नर साहिबा जो मात्र कुछ घंटे ईमानदारी से गाँव में बिताकर हम लोगों को जीवन जीना सिखा गईं।' इस बात को कई ऐसे लोगों ने सोचा जो ऐसे अवसरों पर सोचने लायक सोच रखते थे। जो ऐसी कोई सोच नहीं रखते थे, उन्होंने कुछ भी नहीं सोचा। गाँव में कमिश्नर साहिबा की इस ईमानदार पहल के बाद कोई रामराज आ गया हो ऐसा भी नहीं हुआ। अभी भी गाँव का एक बड़ा वर्ग ऐसा था जो स्थितप्रज्ञ था और लोटा हाथ में लेकर सड़कें और मैदान गंदे करने के लिए अभी भी उसी निर्लज्जता के साथ उद्यत था।

लपकासिंह कितने ही अहसानफ़रामोश क्यों न हों, कमिश्नर साहिबा का अहसान वह भी मानते थे। शौचालय ने उनकी गृहस्थी को तो पटरी पर ला दिया था, मगर एक बड़ी हसरत और मन में बाक़ी थी। वह हसरत थी एक अदद मोटरसाइकिल की जिसके लिए पैसा ज़रूरी था। सरकारी क़र्ज़ की सुविधा यहाँ नहीं थी और ग़ैर-सरकारी क़र्ज़ ऐसे थे जो बातें बड़ी लुभावनी करते थे मगर लोगों की ज़मीन-जायदादें बिकवा कर छोड़ते थे। लपकासिंह अपना मकान और अपना शौचालय किसी हालत में इस हालात में नहीं लाना चाहते थे। बिना क़र्ज़ लिए अपनी यह हसरत पूरी करने के लिए सवाल पैसे का था और लपकासिंह इसके लिए क़र्ज़ लेने को छोड़कर कुछ भी करने को तत्पर थे।

लपकासिंह ने वैद्य जी को उसी रात गुलबियाबाई के घर घुसते देख लिया था जिस रात कमिश्नर साहिबा गाँव में रुकी थीं। उस रात उनका 'आपरेशन नाइट

थंडर' कामयाब नहीं हो सका लेकिन लपकासिंह ने हिम्मत नहीं हारी। आधी रात होते वैद्य जी मोर की भाँति नृत्य करते और चोर की भाँति लुकते-छिपते कहाँ जाते हैं और रात भर में किसके ओर-छोर नापकर अलसभोर वापस आते हैं, इसकी जानकारी जुटाने में लपकासिंह ने कोई कोर-कसर नहीं छोड़ी। उनका मानना था कि जैसे दाई से पेट नहीं छिपता, ऐसे ही कैमरे की आई से कुछ नहीं छिप सकता। वह कैमरे की उसी प्रकार आराधना करते थे जैसे साहूकार तिजोरी की, सुरों के सरदार तानपूरे की और गुंडागिरि के पैरोकार तमंचे और तलवार की। यद्यपि लपकासिंह अभी तक वैद्य जी की हरकत को कैमरे में नहीं क़ैद कर सके थे लेकिन वैद्य जी पर अड़ी डालने के लिए उनके पास इफ़रात इल्ज़ामात थे। एक रोज़ अड़ीबाजी के इसी पावनकार्य को संपन्न करने की नीयत से सुबह-सुबह लपकासिंह ने वैद्य जी का स्मरण किया और उनके इलाज हेतु रवाना हो गए।

मौसम ठीक-ठाक था। ऐसा मौसम जिसमें लोग उल्टा-सीधा, सड़ा-गला, फेंका फफूँदा कुछ भी खाएँ, सारा हजम हो जाता है। न किसी को पानी का संक्रमण होता है न उल्टी-दस्त, हैजा किसी का बाल बाँका नहीं कर पाते हैं। डॉक्टरों, वैद्यों, हकीमों और ओझाओं के लिए यह मंदी का कष्टभरा मौसम होता है। कष्ट के इस मौसम में वैद्य जी सुबह-सुबह मरीजों की प्रतीक्षा में दवाख़ाने में बैठे थे। कल का दिन मरीजविहीन बीता था और आज भी किसी मरीज के नज़र न आने पर वह मौसम के कमीनेपन को कोस रहे थे। उन्होंने लपकासिंह को उस ओर आते देखा। लपकासिंह कहीं और नहीं जा रहे बल्कि उन्हीं के दवाख़ाने की ओर आ रहे हैं, यह आश्वस्ति होते ही उनकी बाँछें एकदम से खिल गईं। लपकासिंह के भीतर आते ही उन्होंने बाँछों की खिलखिलाहट को काँखों के पीछे छिपाया फिर मुख पर वैद्योचित गंभीरता बिछाते हुए बोले, "अरे भाई लपकासिंह, सुबह सुबह...सब ठीक तो है?"

"ठीक ही है...," लपकासिंह ने वैद्य जी के सामने वाली कुरसी खींचते हुए जवाब दिया। वह पसोपेश में थे कि बात कैसे शुरू की जाए। वैद्य जी ने उनका पसोपेश एकदम से दूर कर दिया। मर्ज को नजदीक से जानने की गरज से उन्होंने लपकासिंह को अपने बग़ल में पड़े मरीजों वाले स्टूल पर आने का इशारा किया।

बाँछें खिलने का यह ग़ज़ब इत्तफ़ाक़ था। वैद्य जी और लपकासिंह दोनों की बाँछें गोपनीय रूप से खिली हुई थीं और उतनी ही गोपनीयता के साथ दोनों के मन में लड्डू फूट रहे थे। वैद्य जी मंदी के मौसम में सुबह-सुबह आए मरीज से मिलने वाली चिकित्सा शुल्क की प्रत्याशा में प्रसन्न थे तो लपकासिंह वैद्य जी से प्राप्त होने वाली गोपनीयता शुल्क की प्रत्याशा में। प्रसन्नता के ऐसे साझे वातावरण में लपकासिंह खुलकर अपनी बात कहने के उद्देश्य से लपककर वैद्य जी के ऐन बग़ल में स्टूल पर आ विराजे।

लपकासिंह ने एक बार आगे-पीछे, दाएँ-बाएँ झाँककर देखा। वैद्य जी उनकी हरकत पर मुसकराए और बोले, ''निश्चिंत रहो, कोई भी नहीं है।''

स्टूल पर बैठने के बाद लपकासिंह उनके क़रीब अवश्य आ गए थे मगर एक तो वैद्य जी गाँव के इज़्ज़तदार नागरिकों में गिने जाते थे, दूसरे, भविष्य में इलाज की ज़रूरत पड़ने पर वैद्य जी का ही सहारा लेना पड़ेगा अत: बात कहाँ से और कैसे शुरू की जाए, इसको लेकर लपकासिंह के मन में बड़ी झेंप थी।

वैद्य जी झेंपविद्या के ज्ञाता थे और झेंपों की गूढ़भाषा भली-भाँति समझते थे। आए दिन भाँति-भाँति के मरीज भाँति-भाँति की झेंपों के साथ इसी स्टूल पर विराजमान होते थे और फिर झेंप ही झेंप में अपने उस रोग का उपचार चाहते थे जिसका बयान सामान्य तौर पर बिना झेंपे नहीं किया जा सकता। अपने दीर्घ अनुभव के आधार पर वैद्य जी ने लपकासिंह की झेंप का मन-ही-मन आकलन किया फिर उनके शरीर का हवाई मुआयना करते बोले, ''कहाँ समस्या है?''

लपकासिंह यथावत् मौन रहे तो वैद्य जी ने यथासंभव पुचकारकर कहा, ''भला डॉक्टर से कोई रोग छिपाता है? शरमाओ मत, जो भी बीमारी है, बता डालो, तभी तो इलाज शुरू होगा।''

लपकासिंह ने व्यक्तित्व विकास के गुर पढ़ रखे थे। उन्हें स्मरण हो आया कि झेंप, झिझक, हया, दया, भय और संकोच सफलता की राह में सबसे बड़ी बाधाएँ हैं और यही सारी चीज़ें व्यक्तित्व को लुंज-पुंज बनाती हैं। यदि जीवन में चारों ओर कामयाबी का आभापुंज चाहते हो तो जितना जल्दी हो सके, इन कमज़ोरियों से निजात पा लो। लिहाज़ा उन्होंने एक झटके में उक्त सभी कमज़ोरियों को मन से झटका और बोले, ''वैद्य जी, मैं तो आपकी बीमारी के इलाज के लिए आया हूँ।''

''मेरी बीमारी का इलाज?'' वैद्य जी लपकासिंह के व्यक्तित्व एवं व्यवहार में एकदम से लपककर आए इस परिवर्तन पर चकित होते हुए बोले, ''मगर, मुझे तो कोई बीमारी है ही नहीं।''

''है कैसे नहीं वैद्य जी, हमने तो आपको आधी रात में चलते देखा है।''

वैद्य जी का चेहरा सफ़ेद पड़ गया। झेंप की चमगादड़, जो अभी-अभी लपकासिंह के चेहरे से फुर्र हुई थी, अब वैद्य जी के चौखटे पर अपने पूरे पंख पसारकर चिपक गई। वैद्य जी ने एक पल परदा हटाकर भीतर झाँका। यह आश्वस्त होकर कि उनकी पत्नी पूजा-पाठ में मशरूफ़ हैं, लपकासिंह को चलता करने के इरादे से कहा, ''अब उम्र का असर तो होगा ही बेटा, इसलिए कभी-कभी नींद में चलने की बीमारी ज़रूर हो जाती है।''

लपकासिंह चलता होने के इरादे से नहीं आए थे। व्यंग्य के साथ बोले, ''सो तो उम्र का असर दिख ही रहा है वैद्य जी, मगर एक बात समझ में नहीं आई,

आदमी नींद में चले और चलता-चलता हमेशा एक ही गली में पहुँच जाए, ऐसी कौन सी बीमारी होती है।''

''ल...लपका भइया, बीमारी तो बीमारी है। शरीर तो व्याधियों का घर होता है। न जाने आजकल कैसी-कैसी बीमारियाँ होने लगी हैं।'' वैद्य जी हकलाने लगे।

''सो तो है वैद्य जी, नई-नई बीमारियाँ हैं ही ऐसी कि अच्छे-अच्छे डॉक्टर न पकड़ पाएँ।'' लपकासिंह की सहमति पर एक पल को वैद्य जी का ढाढ़स बँधा मगर अगले ही पल लपकासिंह ने कुछ ऐसा झटका मारा कि ढाढ़स का नाड़ा एकदम से खुल गया। लपकासिंह उनकी आँखों में आँखें डालकर शरारत से बोले, ''मगर आपकी बीमारी तो अजीब है, नींद में चलने की...एक ही गली में जाने की...एक ही घर में जाने की और बड़ी सुबह जागते हुए वापस आने की। है न वैद्य जी ?''

वैद्य जी का हलक सूख गया। कुछ देर पहले खिलखिलाने वाली बाँछें पिलपिला चुकी थीं और इतनी पिलपिला गई थीं कि अब बाँछों से, बाँहों से और यहाँ-वहाँ से पसीना छूटने लगा था। उन्होंने पलटकर भीतर झाँका, ऐसा न हो, कामिनी देवी दीवार की ओट से डॉक्टर और मरीज का गोपनीय वार्तालाप सुन रही हों। वह जानते थे कि उन्हें पता लगते ही क़यामत आ जाएगी। वैद्य जी ने चिकित्सा के फटे में अपनी टाँग फँसाने के बाद सैकड़ों प्रकार के काढ़े, चूरनों और गोलियाँ का प्रयोग किया था मगर एक भी काढ़ा या चूरन ऐसा नहीं खोज पाए थे जिसकी मदद लेकर वह अपनी बाघिन सी अर्द्धांगिनी को गौरी गइया में बदल दें।

लपकासिंह स्टूल को और क़रीब खिसकाते हुए बोले, ''वैद्य जी, आपको तो पता है कि अख़बार में लोग ऐसी बीमारी वाली ख़बरों को कितना रस लेकर पढ़ते हैं और अख़बार की ख़बर कितनी दूर जाती है यह भी तो आपको पता है न ?''

वैद्य जी जानते थे कि लपकासिंह कितने शरीफ़ हैं और इस वक़्त आए हैं तो उन्हें लटकाने की पूरी तैयारी के साथ आए हैं। वह रिरियाते हुए बोले, ''भइया लपकासिंह, मैं तुम्हारे पैर पड़ता हूँ, अब आगे से ऐसी ग़लती बिलकुल नहीं होगी। तुम बस अख़बार में नहीं छापना, न किसी को बताना, मैं तुम्हारा अहसान जीवन-भर मानूँगा।''

''वैद्य जी, अहसान-वहसान तो ठीक है मगर आप यह भी तो जानते हैं, खाली अहसान से पेट नहीं भरा जाता। आप तो समझदार हैं।''

वैद्य जी ने किसी प्रकार मामला सुलटाने की नीयत से आकर्षक मेडीक्लेम आफर की पेशकश करते हुए कहा, ''खाली अहसान नहीं भइया, मैं आजीवन तुम्हारा मुफ़्त इलाज करूँगा और दवाइयाँ भी एकदम फ्री दूँगा।''

''वो तो वैद्य जी जब हम बीमार पड़ेंगे तब देखी जाएगी, अभी तो आप कुछ महँगाई का ख़याल करो तो हम भी सोचें कि हमें नींद में चलने की बीमारी न सही, भूलने की बीमारी तो है।'' कहकर उन्होंने प्यार से अपने कैमरे को पुचकारा।

वैद्य जी समझ गए कि लपकासिंह मानने वाले नहीं हैं। वह मन में बड़बड़ाए, 'यूँ तो हमने लाख कमीने देखे हैं, तुम सा नहीं देखा,' फिर इसी प्रकार मन में बड़बड़ाहट का पाठ करते हुए उन्होंने टेबल की दराज़ खींची। दराज़ में सौ का एक अधफटा नोट और दम तोड़ चुकी दो चवन्नियों ने उन्हें मुँह चिढ़ाया। उन्होंने बड़े कष्ट के साथ नोट निकालकर लपकासिंह की ओर बढ़ा दिया। सौ रुपए का नोट देखते ही लपकासिंह का पारा चढ़ गया। वह स्वयं कितने ही हल्के हों, उनकी बाँछें इतनी हल्की नहीं थीं कि ऐसे वज़नदार मामले में सौ रुपल्ली देखकर खिल जाएँ।

वैद्य जी लपकासिंह के हावभाव देखकर पुनः भयग्रस्त हो उठे और मोलभाव की भाषा में गिड़गिड़ाकर बोले, ''लपका भइया, तुम तो जानते हो मौसम एकदम ठंडा है और धंधा एकदम बंद। अभी इतने ही रख लो, बाद में सीजन आते ही तुम जो बोलोगे सो दूँगा।''

सुबह का वक़्त था। बोहनी का वक़्त। बोहनी के वक़्त पर आती हुई लक्ष्मी को ठुकराना लपकासिंह लक्ष्मी का अपमान मानते थे सो बेमन से नोट को जेब के हवाले करते हुए बोले, ''ठीक है वैद्य जी, आपकी बात मान ली, मगर भूलना मत कि हमें भूलने की बीमारी है।''

वैद्य जी ने हाथ जोड़कर अपने कान पकड़े और यह प्रदर्शित करना चाहा कि उनकी ऐसी औक़ात कहाँ कि भूल जाएँ। लपकासिंह उठकर खड़े हो गए और लंबे-लंबे डग भरते हुए रवाना हो गए।

वैद्यजी भली-भाँति समझते थे कि लपकासिंह चले तो अवश्य गए हैं, पर वह सौ रुपल्ली में मानने वाले नहीं हैं और बहुत जल्द वह फिर उनकी छाती पर मूँग दलने आ धमकेंगे। वैद्य जी लपकासिंह को जाते हुए देखते रहे। उन्हें वह गहरा गड्ढा दिखा जो हैंडपंप लगाने के लिए खोदा गया था और बिना ढके ऐसे ही खुला छोड़ दिया गया था जैसे हिंदुस्तान में लाखों बोरवैल खुले छोड़े जाते हैं। 'काश, लपकासिंह इस बोरवैल में गिर पड़ें,' वैद्य जी ने कामना की मगर जब लपकासिंह अपनी लंबी टाँगों की मदद से मेढक की भाँति उछलकर बोरवैल में बिना गिरे आगे बढ़ गए तो वैद्य जी ने सोचा, 'काश, इस कमीने इंसान पर पेड़ की डाल टूटकर गिर जाए। साँड़ उठाकर पटक दे या गाय सींग घोंप दे, पागल कुत्ता काट ले और ऐसा कुछ नहीं हो सके तो इसे इतने विकट दस्त लग जाएँ कि अपने शौचालय में पड़े पड़े ही प्राण त्याग दे।'

हताश वैद्य जी कामना तो कर रहे थे मगर जानते थे, वह पूरी नहीं होगी। अब तक कामिनी देवी पूजन कार्य संपन्न कर उठ चुकी थीं और पूजा-कक्ष रसोईघर में बदलने लगा था। वह तय नहीं कर पा रहे थे। क्या करें क्या न करें। एक तरफ़ उनकी धर्मपत्नी कामिनी देवी थीं जो धर्म के अजीर्ण में स्वतः जीर्ण हो रही थीं।

दूसरी ओर गुलबियाबाई थीं जो भले ही बेशर्म थीं, परंतु वैद्य जी के मर्म को उन्होंने ही समझा था।

लपकासिंह लालची हैं, यह वैद्य जी जानते थे। कभी न कभी वह औक़ात पर आएँगे ही तब क्या होगा, सोच-सोचकर वैद्य जी तनाव में घिरने लगे। उन्हें इतना अधिक तनाव होने लगा कि उन्हें महसूस होने लगा, उनके मस्तिष्क में ही कोई गुप्त रोग हो गया है जिसकी वजह से वह एक क़दम गुलबियाबाई की ओर बढ़ाते हैं और दो क़दम पीछे लौटते हैं। कामिनी देवी...गुलबियाबाई...लपकासिंह...कामिनी देवी...गुलबियाबाई...लपकासिंह...उनका दिमाग़ चक्कर खाने लगा। उन्होंने बहुत विचारा, मगर कोई ऐसी जड़ी, गोली, काढ़ा या चूरन नहीं तलाश सके जिसे फाँककर वह इस दिमाग़ी गुप्त रोग से मुक्ति पा सकें। वह किससे समस्या का ज़िक्र करें...किससे समाधान माँगें...जिसे पता लगेगा, वह उन्हें धिक्कारेगा, उन्हें लात मारेगा।

वैद्य जी को हर ओर से लानतें और दनादन लातें आती नज़र आने लगीं। लातों ही लातों के बीच उन्हें उम्मीद की किरण नज़र आई, दनादन बाबा के रूप में और वह उत्साहित भाव से दनादन बाबा के आश्रम के लिए रवाना हो गए।

वैद्य जी ने आश्रम के फाटक से उचककर देखा। दनादन बाबा हैं या प्रवास पर हैं। बाबा जी की लक्जरी एस.यू.वी. खड़ी देखकर उन्होंने राहत की साँस ली, चलो बाबा आश्रम में मौजूद हैं। उन्होंने एस.यू.वी. को हसरत भरी निगाहों से देखा जिसके बोनट पर बाबा के पट्टेदार अंडरवीयर और आधी बाँहों वाली बनियान सूखते हुए गाड़ी की शोभा में चार चाँद लगा रहे थे। दनादन बाबा के पीए अर्थात छंगे महाराज आश्रम के बरामदे में बैठे अख़बार का वाचन कर रहे थे और चार नंबर पन्ने पर पाराशर जी की भाँति ही आज का राशिफल देखकर जानने का प्रयास का रहे थे कि उनका आज का दिन कैसा बीतने वाला है। वैद्य जी को देखकर छंगे महाराज ने इशारों ही इशारों में जानना चाहा कि इस वक़्त वह किस उद्देश्य से आए हैं। वैद्य जी ने यह विचार कर कि संभवत: छंगे महाराज मौन धारण किए हैं, इशारों में ही बताया कि वे दनादन बाबा से तत्काल मिलने की इच्छा रखते हैं। छंगे महाराज वैद्य जी से भली-भाँति परिचित थे, लिहाज़ा उन्होंने वैद्य जी को भीतर जाने का इशारा किया। हरी झंडी पाते ही वैद्य जी बाबा के कक्ष की ओर बढ़ गए।

उन्होंने पहले हौले से भीतर झाँककर तस्दीक करनी चाही कि बाबाजी अकेले हैं या नहीं। वैद्य जी की स्थिति ठीक उस मरीज के जैसी थी जो पहले देखता था कि कि वैद्य जी दवाख़ाने में अकेले बैठें हैं या नहीं फिर आश्वस्त होकर झेंप से दबा हुआ भीतर प्रवेश करता था। वैद्य जी ने यह जानकर राहत की साँस ली कि दनादन बाबा एकदम अकेले हैं और इस वक़्त भी अपने ऊँचे आसन पर बैठे गाँजे की चिलम लगा रहे हैं। वैद्य जी गुप्तरोगी की भाँति झेंपते हुए दनादन बाबा के पास पहुँचे और चरण छूकर पास ही बैठ गए।

"अरे वैद्य जी, कहो सब ठीक तो है?" दनादन बाबा अपनी दाढ़ी में हाथ फिराकर बोले।

"ठीक ही है महाराज।" वैद्य जी ने मरी आवाज़ में उत्तर दिया।

"ठीक तो नहीं है वैद्य जी, बाबा सब जानता है।"

"ठीक कहते हैं महाराज। ठीक नहीं है।"

"तो कहो क्या ठीक नहीं है। हम सब ठीक कर देंगे।" दनादन बाबा आत्मविश्वास से अपनी लात पर हाथ फेरते हुए बोले। वैद्य जी ने आशाभरी नज़रों से बाबा जी की लात को देखा। वह दनादन बाबा के थोड़ा और क़रीब खिसक आए। परंतु जितना क़रीब आए झेंप उतनी ही बढ़ गई।

यूँ तो वैद्य जी स्वयं भी अनुभव के आधार पर झेंपविद्या के ज्ञाता थे, परंतु दनादन बाबा तो झेंपविद्या के गूढ़ ज्ञाता थे। अर्थात यदि वैद्य जी झेंपविद्या में एमए थे तो दनादन बाबा पीएचडी थे। लिहाज़ा वैद्य जी की झेंप से ही उन्होंने अनुमान लगा लिया कि झेंप के पीछे कहीं न कहीं दिल की फेंकमफेंक है। वैद्य जी भले झोलाछाप डॉक्टर हों, मगर इतना जानते थे कि जिस तरह डॉक्टर और वकील से कुछ छिपाना नहीं चाहिए, उसी प्रकार संत और बाबाओं से तो और भी नहीं छिपाना चाहिए, वरना ये तो वैसे ही भीतर झाँककर सब निकाल लेते हैं, चेहरे को पढ़ लेते हैं। त्रिकालदर्शी जो ठहरे। वैद्य जी ने तय कर लिया कि वह दनादन बाबा से कुछ नहीं छिपाएँगे और आद्योपांत अपने जीवन की कष्टमय कथा बाबा के सम्मुख प्रस्तुत करेंगे। उन्होंने पहले झेंपते हुए फिर खुलकर अपने विवाह उपरांत समस्त शयन-इतिहास एवं वर्तमान दनादन बाबा के समक्ष बयान कर दिया।

दनादन बाबा ने चिलम को बड़े ज़ोर से खींचा। इतने ज़ोर से कि वैद्य जी डर गए। इसके बाद दनादन बाबा ने वैद्य जी को उतनी ही ज़ोर से घूरा। फिर उन्होंने वैद्य जी के कंधे पर हाथ रखकर कहा, "खड़े हो जाओ वैद्य जी।"

वैद्य जी झट से खड़े हो गए और बोले, "आशीर्वाद तो मिलेगा न महाराज?"

"हाँ-हाँ, क्यों नहीं, पहले उस तरफ़ घूमो।" कहते हुए दनादन बाबा ने उन्हें पीछे मुड़ने का इशारा किया।

वैद्य मटुकनाथ चट से मटककर पीछे मुड़ गए। उन्होंने ठुमका लगाकर शालभंजिका की भाँति कूल्हा निकाला फिर आशीर्वाद पाने की आकांक्षा से नितंब दनादन बाबा की ओर अग्रसर किए। दनादन बाबा यों तो प्रायः अपने आसन पर बैठे-बैठे धीरे से लात छुआकर भक्तों को आशीर्वाद प्रदान करते थे, मगर वैद्य जी की कथा सुनकर उन्हें लगा, उनका स्वयं का भूत कब्र में से जाग गया है। उन्हें स्वयं का इतिहास स्मरण हो आया। वह झटके से सीधे हुए और एक भरपूर लात जो वैद्य जी के पुट्‌ठे पर रसीद की, वैद्य जी चार फुट उछलकर मुँह के बल ज़मीन पर लंबवत हो गए। उनका मुँह राख के कुंड में पड़कर काला हो गया और आँखों के

आगे अँधेरा छा गया। अँधेरा छँटते ही वह वर्तमान में लौटे और मुँह की राख झाड़ते, पुट्ठे सहलाते उठ खड़े हुए।

''यह क्या महाराज? यह कैसा आशीर्वाद है?''

''तेरे लिए यही आशीर्वाद है दुष्ट...नाड़ी देखने की बजाय नाड़ा पर हाथ डालता है? घर की बगिया छोड़कर दूसरे की फ़सल में मुँह मारता है? सुधर जा...सुधर जा...वरना जैसा आज हुआ है, वैसा ही आगे भी होगा।'' दनादन बाबा क्रोधित स्वर में बोले।

वैद्य जी मुँह लटकाकर पुट्ठे सहलाते बाहर निकल गए। चोट के प्रभाव से 'नाड़ी...नाड़ा...सुधर जा...सुधर जा' शब्द देर तक वैद्य जी के कानों में गूँजते रहे।

12

लपकासिंह के पापों का घड़ा भर चुका था। जो लोग उनके कैमरा, क़लम और क़ानून के त्रिधारी हथियार की चोट खा चुके थे, वे उनके पतन के लिए नित नए जतन कर रहे थे। ऊँट को तो पहाड़ के नीचे लाया जा सकता है लेकिन लपकासिंह को कैसे पहाड़ के नीचे लाया जाए, इस विषय पर वे सभी चिंतन कर रहे थे जिन्हें उनके चक्कर में ख़ून के घूँट पीने पड़े थे। इधर सरपंच पति लालाराम जमानत पर छूट गए। वह जितने दिन चार सौ बीसी के इल्ज़ाम में जेल में रहे, उतने दिन लपकासिंह को टपकाने की माला जपते रहे। इत्तफ़ाक़ की बात कि गाँव में प्रवेश करते ही लोकनाथ के ओटले पर उनकी मुलाक़ात पाराशर जी और वैद्य जी से हो गई।

''आओ आओ, सरपंच साहब, बड़े दिनों बाद छूट पाए।'' वैद्य जी ने उनके स्वागत में तोरण बिछाते हुए कहा।

''मत कहो मुझे सरपंच,'' लालाराम आहत स्वर में बोले, ''मेरी सरपंची तो उसी दिन ख़त्म हो गई थी जिस दिन कमिश्नर साहिबा गाँव में आई थीं।''

वैद्य जी को अचानक लपकासिंह का ख़याल आया। 'मत चूके चौहान...इससे अच्छा मौक़ा नहीं मिलेगा,' सोचकर उन्होंने आग में घी देते हुए कहा, ''लालाराम भइया, सब कुछ ठीक ही चलता रहता अगर उस दिन लपकासिंह बीच में न आए होते।''

''लपकासिंह...,'' लालाराम की भृकुटियाँ एकाएक तन गईं। उन्हें याद हो आया कैसे लपकासिंह उनकी जेबों की तलाशी करवाते सरेआम उनका चीरहरण करवा रहे थे और चीख-चीखकर कह रहे थे, ''असल सरपंची तो यही एस.पी. साहब यानी सरपंचपति करते हैं।''

पाराशर जी ने लालाराम की तनी हुई भृकुटियों को देखा तो उन्हें भी स्मरण हो आया, छिपकली के मामले में कैसे लपकासिंह मेढक की भाँति उछल-उछलकर

उनकी ऐसी-तैसी कराने पर तुले थे। वह लंबी साँस लेकर बोले, ''सठे साठ्यम समाचरेत्।''

''अर्थात ?'' वैद्य जी ने पूछा।

''अर्थात दुष्ट के साथ दुष्टता की जाना ही सर्वोत्कृष्ट उपचार है।''

''आप ठीक कहते हो पाराशर जी,'' लालाराम ग़ुस्से से दाँत पीसते हुए बोले, ''ऐसे दुष्ट का सर्वनाश कर देना चाहिए।'' जेल में उनकी मुलाक़ात ऐसे तमाम दुष्टों से हुई थी जो दुष्टता के मुख़्तलिफ़ कीर्तिमान स्थापित कर वहाँ तक पहुँचे थे। लिहाज़ा उन्होंने लपकासिंह को उठवा लेने से लेकर टपका देने और मिटवा देने से लेकर पिटवा देने तक के सनातन फ़ौजदारी प्रस्ताव दोनों के समक्ष रखे। मगर एक ठहरा वैद्य और दूसरा ठहरा शिक्षक! दोनों ने चाहा कि इस टाइप की ख़तरनाक क्रांति का प्रारंभ यदि हो तो लालाराम से ही हो और समापन भी हो तो लालाराम से ही। लालाराम वैसे वाले अपराधी नहीं थे जैसे अपराधियों का सान्निध्य प्राप्त कर वह आए थे। फिर अपराधियों के बीच रहकर आना और बात है, उनके जैसे काम करना और बात। अतः वह तत्काल अपनी बात से पलट गए। जब कोई भी उक्तानुसार फ़ौजदारी को अमल में लाने के लिए हिम्मत न जुटा सका तो प्रस्ताव कुछ समय के लिए स्थगित कर दिया गया। इस कुछ समय में लपकासिंह की कमज़ोरियाँ खोजी जाने लगीं। उनकी पत्नी से भली और कोई कमज़ोरी हो ही नहीं सकती, इस बात पर जब खोज पूर्ण हो गई तो फिर दुष्टता के ऐसे आसान तरीक़ों पर अन्वेषण प्रारंभ हुआ जिससे साँप भी मर जाए और लाठी भी न टूटे।

जैसा कि पाठकों को स्मरण होगा, लपकासिंह चटकीले ढंग से रहने के आदी थे। वह पुराने दकियानूसी पत्रकारों की तरह खद्दर का छोला, घुटने तक लटकने वाला कुरता और पायचों तक गँदलाता पायजामा नहीं पहनते थे। लपकासिंह का मानना था कि मनोविज्ञान किसी के बाप की जागीर नहीं होता और हरेक को अपना मनोविज्ञान अपने ढंग से पालने का पूरा हक है। इसी विचारधारा के साथ वह स्वयं को एकदम आधुनिक ढंग से प्रस्तुत करते थे। वह जॉकी का जाँघदिखाऊ जाँघिया धारण करते थे। वीआइपी की बाँह दिखाऊ बनियान पहनते थे। कसी हुई टी शर्ट को वह खींच-तानकर पहनते थे और अपने रूप पर नॉरसियस की भाँति भ्रमित होते थे। आइने में अपना रूप देखकर वह कल्पना करते थे कि उनकी भुजाओं में फड़कती मछलियाँ कहर ढा सकती हैं। यह और बात है कि बाँहों की मछलियाँ उनकी ऐसी सोच मात्र से ही तड़प-तड़पकर जान दे देती थीं और प्रथम दृष्टया ही समझ आ जाता था कि उनकी गोशतविहीन हड्डियों के अतिरिक्त वहाँ ऐसा कुछ नहीं है जिसके आधार पर उनकी तुलना सुपरमैन से की जा सके। वह एक ऐसी चुस्त जींस की पतलून पहनते थे जो कमर की सीमा से भी नीचे जाकर शुरू होती थी और गुरुत्वाकर्षण के नियम को धता बताकर नीचे बिलकुल नहीं गिरती थी।

बालों में सुनहरा रंग और बाएँ कान में सोने की नक़ली बाली उनके वे महत्त्वपूर्ण अस्त्र थे जो कि उनके व्यक्तित्व को अदभुत आधुनिकता प्रदान करते थे। लपकासिंह को अपने जाँघिए से इस हद तक प्रेम था कि उनका वश चलता तो वह उसे जींस की पतलून के ऊपर पहनते और सुपरमैन बनकर ख़बरें जुटाते घूमते। मगर चूँकि आधुनिकता का ऐसा प्रदर्शन व्यावहारिक नहीं था लिहाज़ा यह जाँघिया घर की ऊपरी मंज़िल के छज्जे पर उनके द्वारा ध्वजा की भाँति फहराया जाता था। इससे एक तो वह सूख जल्दी जाता था, दूसरा, उनका मानना था कि गली से होकर गुज़रने वाली लड़कियों और महिलाओं के सामान्य ज्ञान में भी वृद्धि होगी कि लपकासिंह खाली बाहर से ही नहीं, वरन अंदर से भी उतने ही आधुनिक हैं।

पाराशर जी जान-बूझकर रैकी करने की नीयत से लपकासिंह की गली से गुज़रे। संयोग की बात, उनकी निगाह जाँघिए पर पड़ी और उनकी बुद्धि को एड़ लग गई। 'सठे साठ्यम समाचरेत्...' उन्होंने मस्तिष्क में दोहराया और वैद्य जी के दवाख़ाने पर जा पहुँचे। लालाराम को इत्तिला दी गई। लालाराम भी भागते हुए आ पहुँचे। पाराशर जी के प्रस्ताव पर चंद पल मंथन हुआ और मिशन लपकासिंह प्रारंभ हो गया।

लपकासिंह कई दिनों से ऐसी स्टोरी की तलाश में थे जो तहलका मचवा दे और एक झटके में उनके लिए मोटरसाइकिल का जुगाड़ करा दे। देर रात उन्हें सूचना मिली कि नए प्रिंसिपल साहब वैसे नहीं हैं जैसे कि वह स्वयं को प्रदर्शित करते हैं। वह स्वयं के ईमान को जितना कसा हुआ बतलाते हैं, चरित्र के उतने ही ढीले हैं और अत्यंत गोपनीय ख़बर यह है कि आज रात्रि गुलबियाबाई उनके घर पर नैतिक शिक्षा का पाठ सीखने जाने वाली हैं। ख़बर में जो करंट था, उसके दम पर वह उछलकर बिस्तर से खड़े हो गए। कैमरा सँभाला और नए स्टिंग आपरेशन के लिए दबे पाँव रवाना हो गए। इधर वह रवाना हुए, उधर पाराशर जी के सेवाभावी शिष्य शौचालय के पाइप का सदुपयोग करते छज्जे पर जा पहुँचे। उनकी पत्नी को आहट मिली तो उठ बैठीं। लपकासिंह को बिस्तर पर न पाकर चिंतित हो उठीं। उन्होंने लपकासिंह को फ़ोन लगाने के लिए बहुतेरे प्रयास किए मगर बेकार।

प्रिंसिपल साहब का घर सूने में था। बाहर मात्र एक बल्ब था जो वोल्टेज की कमी से परेशान होकर लपलपा रहा था। लपकासिंह इस हाईवोल्टेज आपरेशन के लिए दम साधे एम्बुश लगाए बैठ गए। अचानक घंटी बजने से रायता न फैल जाए, अत: एहतियातन उन्होंने मोबाइल ऑफ कर दिया । जब रात के तीन बज गए और गुलबियाबाई का आना तो दूर, कहीं कुत्ता भी नहीं भौंका तो वह क़िस्मत को कोसते वापस चल पड़े। इंतज़ार की इंतिहा तक प्रतीक्षा कर सो चुकी पत्नी को उन्होंने यथावत सोते देखा फिर स्वयं भी लंबी तानकर सो गए। यूँ तो लपकासिंह आदतन देर तक सोते थे। रात भर जागने की वजह से सुबह और भी देर तक सोते

रहे। अचानक दरवाज़े पर खटखटाहट सुनकर उनकी पत्नी ने दरवाज़ा खोला। सामने गुलबियाबाई को पाकर वह चौंक उठीं। चौंकने के साथ ही उनकी त्यौरियाँ भी चढ़ गईं।

"तुम यहाँ क्या कर रही हो?"

"एक ज़रूरी काम से आई थी।" गुलबियाबाई झेंपती हुई बोलीं।

"ज़रूरी काम? कैसा काम?"

गुलबियाबाई ने पल्लू में छिपाया जाँघिया बाहर निकाला और फुसफुसाकर बोलीं, "इसे पहचानती हैं?"

"इसे कोई क्यों न पहचानेगा। घर के छज्जे पर हमारे ये इसीलिए तो झंडे की तरह फहराकर रखते हैं ताकि गाँव का बच्चा-बच्चा जान जाए कि यह इनका जाँघिया है। मगर यह तुम्हारे पास कैसे आया?"

गुलबियाबाई शरमाकर बोलीं, "अब कैसे बताऊँ, बड़ी लाज आती है बताने में, आपके पतिदेव रात में यह जाँघिया हमारे घर ही भूल गए सो हमें बड़ी चिंता हो आई, इसके बिना कैसे वह अपना जीवन व्यतीत कर रहे होंगे!"

इससे पहले कि लपकासिंह की प्राणप्रिया गश खाकर गिरतीं, गुलबियाबाई ने जाँघिया उनके हाथों में थमा दिया। प्राणप्रिया गश खाकर नहीं गिरीं बल्कि तैश में आ गईं और दस गुना क्रोध के साथ लपकासिंह की ओर बढ़ीं। वह लपकासिंह को उनकी टी शर्ट से पकड़कर ऐसे घसीट लाईं जैसे शिकार के बाद शेरनी लंगूर को घसीटती है। जिस वक़्त लपकासिंह को घसीटा जा रहा था, उस वक़्त वह गहरी नींद में थे और जो कुछ उनके साथ हो रहा था उसे स्वप्न ही मानकर चल रहे थे मगर जब आँखें खोलने पर उन्होंने गुलबियाबाई को सामने खड़े देखा तो उनकी खुमारी ग़ायब हो गई।

गुलबियाबाई मुसकराकर बोलीं, "पूछिए इनसे, रात भर कहाँ थे?"

"अ...ब...रात में?" लपकासिंह हकलाए।

उनकी प्राणप्रिया दहाड़कर बोलीं, "बोलते क्यों नहीं, कहाँ रहे रात भर?"

लपकासिंह मुसीबत में पड़ गए। कैसे कहें कि गुलबियाबाई की प्रतीक्षा में रात भर गोबर और लेंड़ियों के बीच पड़े जागते रहे...आज रात गुलबियाबाई नहीं आईं, हो सकता है, कल रात पहुँचें...क्यों बताएँ कि कहाँ थे...अच्छी भली स्टोरी मिट्टी में मिल जाएगी' सोचकर वह चुप्पी साध गए और अ...ब...ब...करते रहे। गुलबियाबाई ने उनकी मिमियाहट पर अफ़सोस प्रकट किया और मुसकराती हुई पलटकर तेज़ चाल से निकल गईं। मगर जाते-जाते उन्होंने एक साथ कई आवाज़ें सुनीं। इनमें से अधिकांश आवाज़ें लपकासिंह पर फेंके जाने वाले बेलनों और बरतनों की थीं और कुछ लपकासिंह के 'बचाओ...बचाओ' चिल्लाने की। पड़ोसियों ने भी देर तक लपकासिंह के घर से आने वाली रागबेलन और रागबरतन का

श्रवणानंद लिया मगर कोई भी उनकी गुहार सुनकर उन्हें बचाने नहीं पहुँचा। लपकासिंह किसी की सहानुभूति के पात्र थे भी नहीं।

लपकासिंह को बड़े ही अहिंसात्मक ढंग से टपका लिया गया। मिशन लपकासिंह का अंत हो गया। उसी दिन उनकी प्राणप्रिया अपना साजोसामान समेटकर मायके रवाना हो गईं और लपकासिंह अवसाद से ग्रस्त हो गए। उनकी क़लम कोमा में चली गई और कैमरे का राम नाम सत्य हो गया। प्राणप्रिया की ओर से तलाक़ का नोटिस प्राप्त होते ही क़ानून का फंदा भी उन्हीं के गले में पड़ गया और इस प्रकार लपकासिंह के कुटिल साम्राज्य का पतन हो गया।

13

शहर से सलामतपुर को जाने वाली सड़क...इस सड़क के किनारे पर ट्रकों की बेतरतीब कतार और कतारों के उस पार ढेर सारी चारपाइयों पर पटिया बिछाकर खाना खाते लोग...चारपाइयों के उस पार बड़ा-सा ढाबा। सड़क किनारे उगे उन लाखों ढाबों की तरह जहाँ महज बीस रुपए में खाना खाया जा सकता था। इतना ही नहीं, बीस रुपए में शराब भी ख़रीदकर ख़तरों से भरी सड़कों पर बिंदास ड्राइविंग का एकदम अलहदा आनंद लिया जा सकता था। हर चीज़ के लिए बीस रुपए ख़र्च करने की आवश्यकता नहीं थी, बल्कि इन ढाबों पर कई बीमारियाँ मुफ़्त में ली जा सकती थीं। चाय के साथ टायफाइड, खुली सलाद के साथ हैजा, तंबाकू और गुटखे के साथ कैंसर जैसी बीमारियाँ एकदम फ्री थीं। इतना ही नहीं, विशेष प्रयासों के बाद ढाबों के पीछे यहाँ-वहाँ झाड़ियों में या झोपड़ों में एड्स की बीमारी भी बड़े आराम के साथ प्राप्त की जा सकती थी।

भोलाराम यानी गुलबियाबाई के पति इसी ढाबे पर अभी-अभी बीस रुपए वाली थाली और बीस रुपए वाला पौव्वा निपटाकर फ़ुरसत में हुए थे और पूरे सुरूर के साथ ट्रक को सड़क पर हाँकने के लिए बढ़ गए थे। आमतौर पर बीस रुपए के पौव्वे का असर कुछ ऐसा होता कि इसके बाद भोलाराम की गाड़ी स्टियरिंग, एक्सीलेटर और ब्रेक से आगे निकलकर शेर-ओ-शायरी और अध्यात्म के मार्ग पर भी दौड़ पड़ती। उनकी निगाहें सतर्क होकर सड़क पर आ जा रहे लोगों पर कम, आगे जा रहे ट्रक के पीछे लिखी इबारतों और शायरियों पर अधिक रहती। जिस समय उन्होंने ट्रक को दौड़ाना शुरू किया, उसी समय उन्होंने आगे जा रहे ट्रक के पीछे लिखी शायरी पर निगाहें केंद्रित कीं। उन्होंने ज़ोर से उच्चारण करते हुए पढ़ा,

'पलटकर देख ज़ालिम,
तन्हा हैं हम,

लग जा गले,
देखें तुझमें कितना है दम।'

शायरी ने तुरंत उनके दिमाग़ पर असर किया। उन्हें बड़े दिनों बाद एकाएक अपनी पत्नी गुलबियाबाई की याद हो आई। आगे चल रहे ट्रक पर किसी प्रकार विजय पाकर उन्होंने उसे ओवरटेक किया तो उनकी नज़र अगले ट्रक के पीछे अटक गई। जहाँ एक विरहणी घुटनों में सिर दिए बैठी थी और चीख-चीखकर गुहार लगा रही थी, 'घर कब आओगे।' ट्रक दौड़ाते हुए भोलाराम एकदम से भावुक हो गए। उन्हें लगा मानो तन्हाई के घनघोर आलम में गुलबियाबाई ही विरही बनी घुटनों में सिर दिए बैठी हैं और अत्यंत करुण स्वर में उनसे पूछ रही हैं, नाथ, घर कब आओगे।

ज़ालिम और सहन नहीं कर पाया। पलटकर देखा, अभी बहुत दूर नहीं निकले थे। एक पल में उन्होंने दम दिखाकर तय कर लिया कि रात भर के लिए ही सही, वह घर अवश्य जाएँगे और गुलबियाबाई को इतना प्रेम करेंगे कि वह सारी तन्हाई भूल जाएँगी। जितनी तेज़ी से यह ट्रक हाइवे पर दौड़ रहा था, उतनी ही तेज़ी से घूमकर वापस दौड़ पड़ा। हाइवे को छोड़कर ट्रक देहात की कुपोषित सड़क पर मुड़ गया। गड्ढों का महासागर पार करते-करते जब ट्रक गूगल गाँव तक पहुँचा तब तक आधी रात बीत चुकी थी। गाँव के एक छोर पर भोलाराम ने ट्रक खड़ा किया और 'पलटकर देख ज़ालिम, तन्हा हैं हम...' को सुरूर के साथ सुरों में बाँधते पैदल अपने घर की ओर रवाना हो गए।

अभी वह घर से कुछ दूर पर ही थे, जब कुत्तों की टोली की नज़र उन पर पड़ी। कुत्तों की टोली ने भोलाराम को पहचानने की कोशिश की मगर चूँकि भोलाराम यदा-कदा घर आ पाते थे अत: उन्हें पहचानने में कुत्तों को ख़ासी मशक़्क़त करनी पड़ी, दिमाग़ में पड़ी तरह-तरह की गंधों को स्कैन करने के बाद एक कुत्ता व्यग्रता से भौंका, "अरे, यह तो गुलबियाबाई का पति है।"

"मगर यह यहाँ क्यों आया है?" एक कुत्ते ने सवाल किया।

"मूर्ख, उसका घर है। अपने घर भी नहीं जाएगा क्या?" दूसरे बुजुर्ग टाइप के कुत्ते ने उसे झिड़का।

संयोग की बात, जिस वक़्त कुत्तों के मध्य यह कथोपकथन ज़ारी था उस वक़्त वैद्य जी गुलबियाबाई के घर पर यथोचित कर्तव्यगमन उपरांत गहन निद्रा में लीन थे। दनादन बाबा की फटकार के बाद से वह अब तक गुलबियाबाई के पास जाने का साहस नहीं जुटा सके थे। दनादन बाबा के शब्द 'नाड़ी देखने की बजाय नाड़े पर हाथ डालता है...सुधर जा...सुधर जा...वरना ऐसा आगे भी होगा,' उनके दिमाग़ में अनवरत गूँजते रहते थे। इस बीच उनके पास गुलबियाबाई के कई मिस्ड काल आए थे मगर वैद्य जी टस से मस नहीं हुए थे। कामदेव ने उन्हें हर प्रकार से लपेटना

चाहा था, मगर वैद्य जी लपेटे में नहीं आए थे। यह दीगर बात है कि वैद्य जी थे तो साधारण मनुष्य ही। उन्होंने जब पौराणिक आख्यानों का सहारा लेकर विचार किया तो पाया कि वह तो साधारण मनुष्य हैं और उससे भी साधारण, दीन-हीन, साधनविहीन देहाती डॉक्टर हैं। विश्वामित्र तो महान ऋषि थे। वह भी मेनका के हाईवोल्टेज आइटम सांग पर लटपटा गए तो बेचारे वैद्य जी किस खेत की मूली हैं और यदि एकाध बार वह भी गुलबियाबाई की अदाओं पर लटपटा जाते हैं तो इसमें इतना भी ग़लत क्या है! कामदेव ने वैद्य जी की इस बुद्धिमत्तापूर्ण सोच का स्वागत किया और उन्हें इतने जोरों से पलंग से ढकेला कि वैद्य जी गिरते-गिरते बचे थे। उन्होंने आज गुलबियाबाई के मिस्ड काल की भी प्रतीक्षा नहीं की और लुकते-छिपते गुलबियाबाई के घर जा पहुँचे थे।

जिन कुत्तों ने थोड़ी देर पहले वैद्य जी को गुलबियाबाई के घर में प्रवेश करते देखा था, भोलाराम को अचानक आ टपका देखकर वे ज़बर्दस्त टेंशन में आ गए। एक कुत्ता हड़बड़ाकर बोला, "जैसे भी हो, इसे घर पहुँचने से रोको।"

दूसरा कुत्ता भी इस आपात स्थिति पर हकलाता हुआ भौंका, "सही कहते हो, रोको वरना ग़ज़ब हो जाएगा।"

कटियल कुत्ता, जो कि बात-बात पर उग्र हो उठता था, अपने पिछले पंजों से धूल का गुबार उड़ाते हुए बोला, "कहो तो इसकी टाँगों में काट लूँ?"

"पागल हुए हो क्या? यह ट्रक लिये-लिये सारा हिंदुस्तान घूमता है, न जाने कहाँ-कहाँ से कौन-कौन सी बीमारियाँ लिये फिरता होगा। तेरे काटने से इसका तो कुछ नहीं बिगड़ेगा, तू ज़रूर मर जाएगा।" बुद्धिजीवी कुत्ते ने चेताया।

"तो फिर किया क्या जाए?"

"जैसे लपकासिंह का रास्ता रोका था, ऐसे ही इसके सामने चलकर रास्ता रोकते हैं।" एक कुत्ते ने सुझाव दिया।

"यह ठीक रहेगा। चलो।" सबने सुझाव का समर्थन किया और सारे कुत्ते एकजुट होकर चक्काजाम की मुद्रा में भोलाराम के सामने अड़कर खड़े हो गए। भोलाराम ट्रक चलाते थे। हिंदुस्तान की सड़कों पर उन्होंने ट्रक की स्टियरिंग पर बैठे बैठे कश्मीर से कन्याकुमारी और अटक से कटक एक किया था। आम ट्रक ड्राइवरों की तरह सड़कों पर रोज़ाना ऐसे न जाने कितने कुत्तों को उन्होंने रौंदा था जो उनकी शान में गुस्ताख़ी करते हुए जबरन भौंक भौंककर ट्रक का पीछा करते थे। यहाँ न हाथ में स्टियरिंग था न कुचलने के लिए पहिए, मगर ज़ालिम के दिमाग़ में दम थी सो क्या स्टियरिंग और क्या पहिए. भोलाराम ने देखा कि कुत्तों के दाँत काटने के नहीं, मात्र दिखाने के हैं तो वह बेखटके उन्हें अपनी लातों से रौंदते-कुचलते आगे बढ़ने लगे। कुत्तों की टोली को जब अहसास हुआ कि यह शख़्स बिना काटे मानने वाला नहीं है और काटने के चक्कर में ख़ुद की ही ऐसी-तैसी हो

जाने की प्रबल आशंका है तो अंतिम अस्त्र के रूप में चक्काजाम का विचार त्याग कर वे सभी रैली के रूप में गुलबियाबाई के घर के सामने इकट्ठा हो गए और ज़ोर-ज़ोर से भौंकने लगे ताकि भीतर घुसे वैद्य जी सतर्क हो जाएँ। मगर जब तक वैद्य जी जागते और सतर्क होते, तब तक भोलाराम दरवाज़े पर पहुँच चुके थे। अब इसे भोलाराम का सौभाग्य कहें या वैद्य जी का दुर्भाग्य, दरवाज़ा भीतर से बंद नहीं था और हल्का सा हाथ लगाते ही खुल गया।

दरवाज़ा खुलते ही भोलाराम ने स्वयं को बड़ा अचंभित पाया। आम तौर पर बीस रुपए के पौव्वे का नशा देर तक तो रहता था, मगर इस हालत में भी ट्रक दौड़ाते रहने पर उन्हें एक की जगह एक ही दिखता था, दो नहीं। यहाँ तो चारपाई पर उन्हें दो लोग दिखाई दे रहे थे। उन्होंने आँखों को मला, पलकों को झपकाया मगर पाए वही दो के दो। अब भोलाराम का माथा ठनका। यूँ तो वह जगह मिलने पर साइड का इंतज़ार करते थे मगर यहाँ उन्होंने इंतज़ार किए बिना एक झटके से चादर खींच दी और ख़ुद की जगह वैद्य जी को सोता देखकर हक्के-बक्के रह गए। इस अप्रत्याशित हमले पर वैद्य जी हड़बड़ाकर उठ बैठे और गुलबियाबाई भी। वैद्य जी एकाएक साहित्य की उस अवस्था को प्राप्त हो गए जब उन्हें काटे जाने पर भी ख़ून नहीं निकलता। गुलबियाबाई पतिदेव को यूँ अचानक आया देखकर उस अवस्था को प्राप्त हो गईं जिसमें पैरों तले की ज़मीन खिसकती है। हालाँकि वह डरपोक नहीं थीं। आपात अवस्था में उनका विवेक कुछ अधिक तेज़ गति से काम करता था लिहाज़ा उन्होंने पैरों के नीचे से खिसकती ज़मीन को वापस अपनी ओर खींचा फिर एकदम से पैंतरा बदलकर वैद्य जी पर गुर्राईं, ''कमीने...नासपीटे, कौन है तू? कब घर में घुस गया...शर्म नहीं आई?''

वैद्य जी ने गुलबियाबाई के ऐसे तेवर देखे तो उनके रहे-सहे होश भी फ़ाख़्ता हो गए। गुलबियाबाई भोलाराम के हाथ में झाड़ू पकड़ाती हुई बोलीं, ''छोड़ना मत इस कमीने को...मारते-मारते इसके घर तक ले जाना।''

रहम के लिए कटोरा थामे घिघियाते, गिड़गिड़ाते वैद्य जी को देख भोलाराम को एक पल दया आई। मगर अगले ही पल उनके दिमाग़ में ट्रकों पर लिखी इबारत कौंधी, 'दया ही दुख का कारण है।' इसके साथ ही उनका दयाभाव पलायन कर गया और ग़ुस्से का एक्सीलेटर दबकर बदले के हाइवे पर दौड़ने लगा। मन में कुछ और इबारतों ने हार्न बजाया, 'बुरी नज़र वाले, तेरा मुँह काला'...'नेकी कर जूते खा, मैंने खाए, तू भी खा।' इन ढेर सारी इबारतों की पों...पों ने अकस्मात् भोलाराम का आगामी मार्ग प्रशस्त कर दिया। उन्होंने वैद्य जी के बाल मज़बूती से पकड़कर उनकी खोपड़ी को स्टियरिंग की तरह घुमाया। उन्हें ज़मीन पर पटककर हाथों और पैरों को रिवर्स गियर की भाँति ऐसा झटका दिया कि वैद्य जी स्वयं रिवर्स में लुढ़कने लगे। इसके बाद वैद्य जी के कुरते को ट्रक के तिरपाल की भाँति खींचकर

फाड़ते हुए भोलाराम ने झाड़ू से उन्हें आपादमस्तक सुजा डाला। इसी दौरान उनकी नज़र राख के कुंड पर पड़ी। बुरी नज़र वाले का मुँह काला करने के लिए उन्होंने गरदन से पकड़कर वैद्य जी का मुँह कुंड में झोंक दिया। वैद्य जी का मुँह इस प्रकार काला करने के बाद भोलाराम उन्हें घर के दरवाज़े तक ले आए। इसके बाद उन्होंने वैद्य जी के पुट्ठों पर इतने ज़ोर से लात रसीद की कि वैद्य जी चार फुट उछलकर मुँह के बल गली में लंबवत् हो गए। उनकी आँखों के आगे अँधेरा छा गया।

कुत्तों ने वैद्य जी को भोलाराम की भरपूर लात खाने के बाद यूँ स्पाइडर मैन की भाँति उड़ान भरते देखा तो हैरान रह गए। डरपोक क़िस्म के कुत्ते दुम दबाकर एकदम से भाग खड़े हुए। कुछ संवेदनशील क़िस्म के कुत्ते वैद्य जी के साथ हुई इस नाइंसाफ़ी पर भावुक हो गए। आँखों के आगे से अँधेरा छँटने के बाद वैद्य जी को महसूस हुआ, कि कई कुत्ते भावुकता के मारे एकदम मरे जा रहे हैं। यहाँ तक कि सहानुभूति से उनका मुँह तक चाटे जा रहे हैं। विपदा के इन क्षणों में वैद्य जी को दनादन बाबा की याद हो आई और उनकी चेतावनी भी 'सुधर जा, सुधर जा। जैसा आज हुआ है, वैसा ही आगे भी होगा।' एक बार फिर वैद्य जी के कानों में ये शब्द गूँजने लगे और उनकी आँखों के आगे पूर्ववत् अँधेरा छा गया।

गुलबियाबाई का सत्कार जिस तीव्रता के साथ अनायास अत्याचार में तब्दील हुआ, उसी तीव्रता के साथ बलात्कार में तब्दील हो गया। भोलाराम ने तय कर लिया कि ऐसे लंपट आदमी पर उपकार करना बेकार है, लिहाज़ा दिन उगते ही वह वैद्य जी के ख़िलाफ़ बलात्कार की रिपोर्ट करवाएँगे।

अगली सुबह...हमेशा की तरह...थाना गूगल गाँव की सुबह और भी अलसायी हुई। मुंशी गयाप्रसाद को दस्त की शिकायत हो गई थी। दस्त निपटाने की नीयत से वह लोटा सँभालकर लंबे निकले हुए थे। दरोगा लोटनप्रसाद तनाव प्रबंधन के गुर जानने दो रोज़ से ज़िला हेडक्वार्टर पर प्रशिक्षण में मसरूफ़ थे। समूचा थाना इस वक़्त सिपाही मुरारी के हवाले था जहाँ वह अकेले में मौक़ा पाकर स्वयं दरोगा जी की कुरसी पर विराजमान था और स्वयं के दरोगा होने की सुखानूभूति कर रहा था।

एक अफ़लातून से नज़र आने वाले निहायत ही भोले इंसान ने जब थाने की देहरी पर पाँव धरा, उस समय मुरारी वीरतापूर्वक दरोगा जी की कुरसी पर दोनों पैर ऊपर कर मेढक की मुद्रा में बैठा था। उसके एक हाथ में नीम की दातून थी जिसकी मदद से वह पीले पड़े दाँतों को ऐसी तन्मयता के साथ रगड़ रहा था जैसे संडास में कमोड को रगड़ा जाता है। अफ़लातून सा दिखने वाला शख़्स, जिसे अब उसके वास्तविक नाम भोलाराम से ही संबोधित किया जाएगा, ने एक विस्मयकारी नज़र नीम की दातून घिसते इस नीमदरोगा पर डाली फिर उसकी तन्मयता में सेंध लगाते

हुए पूछा, "हुज़ूर, दरोगा जी हैं क्या?" मुरारी ने पैर नीचे धरकर फैलाते हुए उसकी ओर चिढ़कर देखा मानो कह रहा हो कि 'हे मूर्ख श्रीमान, जो इंसान इस समय इतने सम्मान के साथ दरोगा की कुरसी पर विराजमान है, क्या वह दरोगा से कहीं कम शोभायमान है?' परंतु प्रत्यक्ष में तत्काल ग़ुस्से पर काबू कर मुरारी उस टेबल पर आ बैठा जिस पर रिसेप्शन की प्लेट रखी थी और दीवार की दरार में किसी प्रकार फँसाकर लगी तख़्ती अंग्रेज़ी में मुसकराती हुई कह रही थी, 'मे आई हैल्प यू।' मुरारी ने चेहरे पर पंचसितारा रिसेप्शनिस्ट की भाँति मुसकराहट का तंबू तानते हुए कहा, "दरोगा जी नहीं हैं श्रीमान, मैं ही इस वक़्त आपके समक्ष दरोगात्मक कार्यों को संपन्न करने हेतु प्रस्तुत हूँ। बताइए आपकी क्या सेवा कर सकता हूँ?"

"हुज़ूर रिपोर्ट लिखवानी है।"

"थाने में रिपोर्ट ही लिखाई जाती है श्रीमान। अब ज़रा तफ़सील से बताइए कि हुआ क्या है?"

"हुज़ूर बलात्कार हो गया।"

"तुम्हारे साथ?" मुरारी इस आश्चर्यजनक घटना पर उचककर कुरसी पर उकड़ूँ बैठ गया।

"नहीं हुज़ूर, हमारी घरवाली के साथ।"

"वही तो हम कहें कि ऐसा भला कैसे हो सकता है। अब घरवाली के साथ हुआ है तो रिपोर्ट लिखवाने तो घरवाली को ही आना पड़ेगा।"

मुरारी के इतना कहते ही गुलबियाबाई रिसेप्शन पर प्रकट हो गईं। उसी समय थाने के पिछवाड़े की टूटी दीवार लाँघकर मुंशी गयाप्रसाद ने दस्तों से निपटी लस्त पस्त काया के साथ अंदर प्रवेश किया। गुलबियाबाई को उन्होंने थाने में सुबह-सुबह हाजिर देखते ही अंदाज़ लगा लिया कि ताजी रात ए हिंद की किस दफ़ा की रिपोर्ट कराई जा रही है। अतएव लोटा एक स्थान पर महफूज कर उन्होंने सीधे गुलबियाबाई से दरयाफ़्त आरंभ की, "क्या हुआ?"

"वही।"

"कब हुआ?"

"आज रात में।"

"कैसे हुआ?"

"काहे आपको नहीं पता, कैसे होता है?" गुलबियाबाई इतराकर मीठे स्वर में बोलीं।

गयाप्रसाद उनकी इन्हीं अदाओं के तो कायल थे सो झट से बोले, "पता तो हमें बचपन से है मगर आपके साथ हर बार अलग-अलग ढंग से होता है, लिहाज़ा क़ानून के लिहाज़ से यह जानना ज़रूरी है कि इस बार कैसे हुआ।"

"मुंशी जी, दरअसल हम रात में अपनी खटिया पर अकेले सो रहे थे।"

"अकेले?" मुंशी जी ने उनके यों अकेले सोने की बात पर हैरानी प्रकट करते हुए पूछा, "अच्छा फिर?"

"हमारी नींद लगी थी।"

"और तुम्हारे 'ये' पतिदेव कहाँ गए थे?" मुंशी जी ने जान-बूझकर 'ये' पर ज़ोर देते हुए पूछा।

"हमारे ये वाले 'ये' तो कई दिन से ट्रक पर माल लादकर कलकत्ता गए थे।" गुलबियाबाई ने भोलाराम की ओर इशारा करते हुए कहा।

मुंशी जी ने तफ़सील की ओर लौटते हुए कहा, "अच्छा तो रात में आपकी नींद लगी थी?"

"हाँ।"

"फिर?"

"फिर हमें ऐसा लगा, हमारे 'ये' आ गए। लिहाज़ा हम नींद में समझते रहे कि जो हुआ, वो इन्होंने ही..."

"अच्छा फिर?"

"फिर सुबह हमारी आँख खुली तो देखा कि जिसको हम 'ये' समझते रहे, वो 'ये' नहीं, 'वो' था।"

"वो कौन?" मुंशी जी यूँ तो जानते थे कि 'वो' कौन है मगर फिर भी एफ आई आर के लिए सारे तथ्य फ़रियादी के मुँह से जानना ज़रूरी थे। गुलबियाबाई तड़ से बोलीं, "वही लफंगा वैद्य जी, और कौन?"

गयाप्रसाद पसोपेश में पड़ गए। उनके तमाम गोपनीय रोगों का वैद्य जी ने अनेक बार अत्यंत गोपनीय रूप से इलाज किया था। वह भी एकदम मुफ़्त। उनकी खानदानी कब्ज़ियत का तो वैद्य जी ने ऐसा सटीक इलाज किया था कि आज भी मुंशी जी दस्त निपटाने बार-बार जंगल की ओर दौड़ रहे थे। 'वैद्य जी को ऐसे कैसे फँसा दें!' उन्होंने सोचा। गुलबियाबाई की शोहरत से कौन वाक़िफ़ नहीं था। वैद्य जी भले ग़लत रास्ते पर थे मगर जैसा गुलबियाबाई बतला रही थीं वैसा तो हरगिज संभव नहीं था। मुंशी जी ने दिमाग़ दौड़ाया। उन्होंने मामले में नए सिरे से तफ़्तीश शुरू की, "इसका मतलब है, कि आप वैद्य जी को 'ये' समझती रहीं?"

"हाँ।"

"इसका मतलब है, उसने यह नहीं बताया कि वह 'ये' नहीं, 'वो' है?"

"जी हाँ।"

मुंशी जी ठुड्डी पर हाथ फेरते हुए बोले, "इसका मतलब है, उसने ख़ुद को ऐसे बताया जैसे कि वह 'वो' नहीं है, बल्कि 'ये' है।

"एकदम ठीक।"

भोलाराम 'ये' और 'वो' की भूलभुलैया में बुरी तरह फँसे थे। गयाप्रसाद उन्हें और भी उलझन में डालकर जिरह के स्वर में बोले, "तो इसमें बलात्कार कहाँ हुआ?"

"तो फिर क्या हुआ?" भोलाराम ने उलझे स्वर में कहा।

मुंशी जी गंभीरता के साथ बोले, "यह तीन सौ छिहत्तर का मामला नहीं है, चार सौ बीसी का मामला है।"

"वह कैसे?"

"अभी बताते हैं।" कहकर मुंशी जी उस धूल-भरी अलमारी की ओर बढ़े जिसमें ताज़ी रात ए हिंद अर्थात आईपीसी की किताब बरसों से कोमा में पड़ी थी और शल्यक्रिया विशेषज्ञों के रूप में दीमक की पूरी टीम जगह-जगह से किताब की चीर-फाड़कर उसकी सर्जरी में लगी थी।

भोलाराम मुंशी जी के इस क़दम पर हैरानी में पड़कर बोले, "यह क्या है?"

मुंशी जी ने गर्व से जवाब दिया, "क़ानून है।"

"मगर हुज़ूर, इसमें तो कई छेद हैं।"

"क्या कहा, क़ानून में छेद हैं?" मुंशी जी को ग़ुस्सा आ गया। वह क़ानून की तहे दिल से इज़्ज़त करते थे। क़ानून की ऐसी तौहीन?...वह बरदाश्त न कर सके। भड़कते हुए बोले, "ख़बरदार, क़ानून के बारे में कुछ भी ऐसा-वैसा कहना एकदम ग़ैर-क़ानूनी है।"

भोलाराम भयभीत होकर बोले, "मगर हुज़ूर हम तो किताब के छेदों के बारे में बोल रहे थे।" भोलाराम ने किताब में दीमक के हमले से हुए छेदों की तरफ़ इशारा करते हुए सफ़ाई दी।

"हम समझे तुम क़ानून के बारे में ऐसा-वैसा कह रहे थे।"

"नहीं हुज़ूर।" भोलाराम कानों को हाथ लगाते हुए गिड़गिड़ाए।

"क़ानून का दम जानते हो? क़ानून से कोई कितना भी भाग ले, बच नहीं सकता।"

"कैसे हुज़ूर?"

"इधर देखो।" कहकर मुंशी जी ने किताब के छेदों में दौड़ते दीमक की ओर इशारा कर बताया, "यह देखो, स्साला कैसे क़ानून की नज़रों में धूल झोंकता इस छेद से उस छेद, उस छेद से इस छेद में दौड़ रहा है।"

भोलाराम ने आश्चर्य से कीड़े को भागते देखा। यहाँ-वहाँ भागता कीड़ा जैसे ही ऊपर आया, मुंशी जी ने पट्ट से उसे धूल चटा दी। फिर गर्व से बोले, "देखा क़ानून का दम।"

"समझ गया हुज़ूर," भोलाराम, जो दम साधकर क़ानून के दम का सीधा प्रसारण देख रहे थे, एकदम से मुद्दे पर वापस आते हुए बोले, "मगर हुज़ूर, बलात्कार..."

मुंशी जी ने किताब की धूल झाड़ते हुए उसे होश में लाने का प्रयत्न किया फिर उसके फटे हुए पन्नों को समेटते हुए बोले, "वही तो बतलाने जा रहा था। तुमने ख़ामख़ाँ बीच में छेद वाली बात कर भटका दिया। तुम्हारी घरवाली के साथ बलात्कार नहीं हुआ, चार सौ बीसी हुई है क्योंकि 'वो' ने तुम्हारी घरवाली के साथ 'ये' यानी तुम्हारे होने का छल करते हुए वह किया जो तुम्हारी घरवाली ने रोका नहीं। इस प्रकार यह प्रतिरूपण द्वारा छल हुआ न कि बलात्कार।"

भोलाराम ने बाल नोंचते हुए कहा, "हुज़ूर, हमारे पल्ले आपका क़ानून नहीं पड़ रहा।"

मुंशी जी ने किताब को टेबल पर पटककर खीझते हुए कहा, "यहाँ पच्चीस साल से पुलिस की नौकरी में भाड़ झोंक रहे हैं, हमारे पल्ले नहीं पड़ा, पाँच मिनट में तुम्हारे पल्ले कैसे पड़ जाएगा, बताओ?"

भोलाराम ने माथा ठोंकते हुए दयनीय स्वर में कहा, "आप ठीक कहते हैं हुज़ूर, मगर बलात्कार का क्या किया जाए?"

"चिंता क्यों करते हो भाई, अगली बार फिर आ जाना, कौन एक बार की बात है।"

गुलबियाबाई जो अब तक मौन धारण कर क़ानून की इस रोचक व्याख्या का मज़ा लेती आ रही थीं, झूठा ग़ुस्सा जताते हुए बोलीं, "और उस हरामख़ोर, लुच्चे, लफंगे वैद्य जी का क्या किया जाए?"

"उससे कहिएगा, इस प्रकार चार सौ बीसी न करे। पहले से बताकर आए कि वह 'ये' नहीं है, बल्कि 'वो' है।"

"तब तो रिपोर्ट लिख ली जाएगी न मुंशी जी?"

"बिलकुल, आप आधी रात में भी कहेंगी तो हम आपकी सेवा हेतु सदैव तत्पर हैं।" मुंशी जी ने हाथ जोड़कर उन्हें विदा करने का उपक्रम किया। तब तक एक बार फिर उनके पेट में मरोड़ पड़ी और लोटा उठाकर उन्होंने स्वत: ही विदा ले ली।

14

समय बीता...जैसे पक्षियों के प्रजनन का मौसम आया, वैसे ही नए नेताओं के जन्म के लिए चुनाव का मौसम आ गया। प्रवासी साइबेरियन पक्षियों की तरह सलामतपुर और गूगल गाँव के ऊपर भी हेलीकाप्टर मँडराने लगे। तरह-तरह के रंगों वाले गमछे धारण कर नाना प्रकार के नेता उतरे। गाँव की उपजाऊ ज़मीन में पार्टीबंदी, विवादों, आश्वासनों और महत्त्वाकांक्षाओं के बीज बोए गए। बड़े-बड़े नेता आए। भाषण हुए। निंदा को राष्ट्रीय खेल की भाँति खेलभावना के साथ खेलते हुए आरोपों, आलोचनाओं, लांछनों और व्यंग्योक्तियों के नए नए रिकार्ड

क़ायम कर तोड़े गए। अनोखीबाबू जो अब तक निर्दलीय रहते हुए बिना रंग वाला गमछा धारण करते थे, उनका गमछा भी उन्हीं के साथ एक विशिष्ट रंग में रँग गया। प्रचार के लिए आए नेताजी ने सलामतपुर तक उन्हें अपने हेलीकॉप्टर में घुमाया। इसके फ़ौरी असर से अनोखीबाबू आसमान में उड़ने लगे और इतने ऊँचे उड़े कि आज भी धरती पर लैंड नहीं हुए। टिकट के लिए उनकी दावेदारी को नए पंख लगे। गाँव के एस.पी.साहब अर्थात सरपंचपति लालाराम के लिए भी आगे उड़ान भरने आसमान खुला।

दनादन बाबा की ख्याति ने भी समय के साथ और ऊँची उड़ान भरी। जनता चुनाव के दौरान उन्हें हाथोहाथ लेकर सिर-आँखों पर बिठाए, इस महत्त्वाकांक्षा के साथ नेता, मंत्री सभी उनकी लातों का प्रसाद ग्रहण करने के लिए आश्रम में लाइन लगाते नज़र आए। मगर इसी के साथ कुछ ऐसा हुआ कि दनादन बाबा को भी महत्त्वाकांक्षाओं की नज़र लग गई। छंगे महाराज दनादन बाबा के पीए ही नहीं बल्कि दाहिना हाथ भी थे। उन्हें छंगे महाराज यूँ ही नहीं कहा जाता था। उन्हें दाहिने हाथ में पाँच के साथ एक उँगली फ्री मिली थी जिसका यदा-कदा प्रयोग वह इसी कार्य हेतु किया करते थे। एक के बाद एक बड़े नेताओं को आश्रम में आता देख छंगे महाराज के मन में राजनीति ने प्रवेश किया। वह अपनी दिव्य एवं अलौकिक उँगली के माध्यम से राजनीति के वायरस बाबाजी के दिमाग़ में प्रवेश कराते हुए बोले, ''बाबाजी, राजनीति भी बड़ी ग़ज़ब चीज़ है।''

''सो तो है।''

''राजनीति में मज़ा ही मज़ा है बाबा। एक बार कुरसी पा जाओ तो फिर बस आनंद ही आनंद।''

दनादन बाबा ने आश्चर्य से छंगे महाराज की ओर देखा। आज छंगे महाराज को क्या हो गया! छंगे महाराज उसी सुर में बोले, ''बाबाजी, क्यों नहीं आप भी चुनाव लड़ डालते?''

दनादन बाबा ने कुछ ग़ुस्से और कुछ अचरज से छंगे महाराज को ऊपर से नीचे तक देखा फिर बोले, ''पागल हुए हो क्या महाराज, अभी तो ऊपर वाले की किरपा से दुकानदारी ठीक-ठाक ही चल रही है।'' कहकर उन्होंने रोंए से भरी अपनी झबरीली लात पर ऐसे प्यार से हाथ फेरा जैसे कोई रूपवती अपने प्यारे पामेरियन को पुचकार रही हो।

छंगे महाराज दूरदृष्टा थे। उन्होंने भी अपने साध्वीय जीवन के पूर्व कई प्रकार के पंगे निपटाए थे। दनादन महाराज की दुकान कैसे चलती है उनसे छिपा नहीं था। उन्हें इस बात की फ़िक्र थी कि जैसे आए दिन साधु और संत नाना प्रकार के स्टिंग आपरेशनों के शिकार होकर करुण अंत को प्राप्त हो रहे हैं, वैसे ही कहीं दनादन बाबा भी न लपेट लिए जाएँ।

उन्होंने सीईओ की तरह दनादन बाबा के कान में लोकतंत्र का महामंत्र फूँका, ''बाबा जी, धर्म की दुकान का भरोसा नहीं है कब बढ़ जाए। धर्म की टाँग राजनीति की टाँगों में फँसा दी जाए तो दौड़ आसान हो जाएगी।''

''मतलब?''

''मतलब यह कि एक बार इस दुकानदारी के साथ-साथ राजनीति में भी कूद पड़ो तो फिर हमारा कोई बाल बाँका नहीं कर पाएगा।''

दनादन बाबा ने अपनी दाढ़ी पर हाथ फेर कर कई बार सोचा। छंगे महाराज ने फिर उन्हें चेतावनी देते हुए कहा, ''बाबाजी, समय हमेशा एक सा नहीं रहता। आपकी लातों की दुकान हमेशा इसी प्रकार बेफ़िक्री के साथ चलती रहेगी, यह भ्रम उचित नहीं है। धर्म के धंधे के लिए केवल चमत्कारों का आभामंडल पर्याप्त नहीं है, राजनीति का सुरक्षा आवरण भी आवश्यक है, राजनीति बुलेटप्रूफ जैकेट है बाबा जी बुलेट प्रूफ जैकेट। एक बार पहनने मिल जाए फिर बड़ी बड़ी गोलियाँ असर नहीं करतीं।''

छंगे महाराज के तर्क पर दनादन बाबा निरुत्तर हो गए। धर्म और राजनीति का गणित उन्हें समझ में आ गया। ''जय हो छंगे महाराज तुम्हारी।'' उन्होंने प्रसन्न होकर छंगे महाराज के पुट्ठे पर आशीर्वाद स्वरूप लात जमानी चाही मगर चूँकि छंगे महाराज चमत्कारी लात की असलियत जानते थे, अत: लात उन्हें छू पाती, इससे पहले ही वह सुरक्षित स्थान पर कूदकर मुसकराने लगे। चुनावी चिलम ने गाँजे की चिलम से ज़्यादा असर किया और दनादन बाबा पर नशा हावी हो गया। उनकी खोपड़ी पर लालबत्ती घूमने लगी और कानों में सत्ता का सायरन गुंजायमान होने लगा। उन्होंने जल्द ही सार्वजनिक रूप से ऐलान कर दिया कि इस बार वह भी चुनावी मैदान में उतरेंगे और खाली-पीली क़िस्मत नहीं आजमाएँगे, बल्कि जीतकर दिखलाएँगे। इस ऐलान से उनके भक्तों में हैरानी का वातावरण पैदा हुआ वहीं उम्मीदवारों की महत्त्वाकांक्षाओं में गैंगवार की नौबत आ गई।

दनादन बाबा राजनीति के अखाड़े में कूद तो गए मगर राजनीति कितनी ज़ालिम है, इसका अंदाज़ न दनादन बाबा लगा पाए न उनके दूरदृष्टा छंगे महाराज। उन्हें इस बात का इल्म नहीं था कि राजनीति के तिलिस्मी ग्लोब में सारे रहस्य अनावृत हो जाते हैं। किसी को अपना धर्म, वंश, जाति, यहाँ तक कि लिंग के बारे में भी संदेह हो तो इसका सबसे उम्दा उपाय है चुनाव में खड़े बस हो जाओ। आपके विरोधी आपके बारे में सारा कुछ खोज लाएँगे। न केवल आपको आपके वास्तविक धर्म, वंश और जाति से परिचित करा देंगे, बल्कि आपके लिंग के बारे में भी ऐसे ऐसे सबूत एकत्र कर दे देंगे कि आप भी हैरान रह जाएँगे। इतना ही नहीं, आपका इतिहास भी कब्र में से निकालकर आपके कर्मों

और कुकर्मों को सार्वजनिक कर आपका चीरहरण कर डालेंगे। दुर्भाग्य से दनादन बाबा के साथ भी ऐसा ही कुछ हो गया। इधर दनादन बाबा ने परचा दाख़िल किया, उधर वही नेता और मंत्री जो कल तक उनकी लात का प्रसाद ग्रहण कर धन्य हो रहे थे, अब एकजुट होकर दनादन बाबा के भव्य इतिहास के पन्ने खँगालने में जुट गए।

दनादन बाबा के आश्रम में एक नए चेले ने प्रवेश किया। इस चेले का नाम आत्मानंद था, उम्र कमसिन थी। वस्त्र संन्यासी थे और विचार अत्याधुनिक थे। इसका खरा गोरा रंग, चेहरे का तेज़, हल्की दाढ़ी और लकदक गेरुए वस्त्र एक अलग ही चौंधियाऊ क़िस्म का आभामंडल उसके चारों ओर रचते थे। उसकी हथेलियों में उन्नति की रेखाएँ थीं और हाथों में नवीनतम तकनीक का टैबलेट, जिस पर उसकी उँगलियाँ जादुई चाल से नृत्य करती थीं। उँगलियों का नृत्य और परम साध्वीय कृत्य अध्यात्म के साथ-साथ उसके आधुनिक तकनीकी ज्ञान का भी प्रदर्शन करते थे। इन सब विशेषताओं के अलावा, उसकी ओजमय वाणी ने दनादन बाबा को इस ज्ञान की प्राप्ति करा दी कि जिस सच्चे उत्तराधिकारी की खोज में वह थे, कदाचित यही वह सर्वगुणसंपन्न शिष्य है जो शांति और अध्यात्म की खोज में अचानक ही उनके आश्रम में आ पहुँचा है।

दनादन बाबा ने उसके हाथ में पकड़े टैबलेट को बड़े अचरज के साथ देखा फिर पूछा "बच्चा, तुम्हारा कंप्यूटर तो बड़ा ग़ज़ब का है।"

"बाबाजी, यह कंप्यूटर नहीं, कंप्यूटर का बच्चा है।"

"कंप्यूटर का बच्चा?...है तो बड़ा प्यारा, मगर इसे बोलते क्या हैं?"

"इसे टैबलेट कहते हैं बाबा, टैबलेट।"

"अरे, मगर टैबलेट तो गोली को कहते हैं?"

"सही है महाराज, मगर आजकल ऐसी ही भाषा चलती है।"

"तब तो हम भी इसी भाषा में बात करेंगे।"

"मैं समझा नहीं महाराज।"

"अरे बच्चा तुम्हारा नाम भी इसी भाषा का होगा। आज से हम तुम्हें आत्मानंद नहीं बल्कि टैबलेट बाबा के नाम से ही बुलाएँगे।" दनादन बाबा ने नामकरण संस्कार किया और बड़ी ही सम्मोहित निगाहों से उसे देखने लगे।

"जैसी आपकी आज्ञा महाराज।" चेला प्रसन्नता के साथ उनके चरणों में झुक गया। जितना टैबलेट बाबा दनादन बाबा के चरणों में झुके, उससे कहीं ज़्यादा दनादन बाबा उनकी ओर झुक गए। टैबलेट बाबा को पाकर दनादन बाबा धन्य हो गए। चंद दिनों में ही टैबलेट बाबा ने दनादन बाबा को ऐसा प्रभावित कर लिया कि छंगे महाराज दनादन बाबा की पसंद में एक पायदान नीचे खिसक गए और टैबलेट बाबा सबसे ऊपर चढ़ गए।

छंगे महाराज की छठी इंद्रिय भी छठी उँगली की तरह सक्रिय रहती थी। उन्होंने इस नए चेले के जाल में दनादन बाबा को उलझते देखा तो बाबा जी को चेताते हुए बोले, "इतना भरोसा ठीक नहीं है बाबा, कहीं ऐसा न हो कि आप आस्तीन में सर्प पाल रहे हो।"

बाबा दर्प से बोले, "चिंता ही चिता का कारण है छंगे महाराज। तुम हमारी चिंता छोड़ो और केवल चुनाव जीतने के बारे में अपना दिमाग़ जाया करो।" छंगे महाराज अपना सा मुँह लेकर रह गए। टैबलेट बाबा अपनी मुँहज़ोरी के बल पर दनादन बाबा के और मुँह लग गए।

दनादन बाबा गाँजे की चिलम लगाते थे। ऐसे ही एक दिन चिलम खींचते वक़्त टैबलेट बाबा ने उन्हें एक ऐसी गोली पेश की जिसका सेवन करते ही दनादन बाबा गाँजे की दुनिया से भी दूर आनंद की नई दुनिया में गोते लगाने लगे। एक रोज़ जब दनादन बाबा गोली के प्रभाव में आकर आनंदसागर में डूबे, उसी समय उनके चरण दबाते हुए टैबलेट बाबा बोले, "बाबा, बड़े भाग्यवान हो आप। ऊपर वाले ने सब कुछ दिया है आपको।"

दनादन बाबा ने गहरी साँस खींचकर कहा, "एक संन्यासी को क्या चाहिए। साधनाकर्म के लिए एक आश्रम, भ्रमणकर्म के लिए एक अच्छी गाड़ी और ज्ञानकर्म के लिए दोनों हाथों से लुटाने वाले सेवाभावी भक्तगण। बस और क्या।"

"मगर बाबा, आपके पास तो ये सब छप्पर फाड़कर हैं, इसीलिए तो आपकी प्रसिद्धि देश-विदेश में हो रही है, हर जगह आप ही आप छाए हैं।"

गोली के नशे के साथ प्रशंसा की पिनक मिश्रित हुई तो दनादन बाबा लटपटा गए आत्ममुग्धता में मदहोश होकर बेख़याली की नाली में जा गिरे। सब ऊपर वाले का आशीर्वाद होने का इशारा करते हुए वह अपनी लात पर प्यार भरी दृष्टि डालने लगे। टैबलेट बाबा उनके पैरों की मालिश करते अत्यंत आत्मीय स्वर में बोले, "बाबा आप तो चुनाव जीतकर मंत्री बन जाएँगे। इस भक्त को भी कुछ ज्ञान दीजिए ताकि आपका यह चेला भी आगे चलकर आपकी तरह महान बन जाए।"

दनादन बाबा ने चेले पर गहरी नज़र डाली फिर बोले, "आस्था प्रबंधन, बच्चा आस्था प्रबंधन।"

"आस्था प्रबंधन? मैं कुछ समझा नहीं बाबा।"

"आस्था प्रबंधन यानी विश्वास का मैनेजमेंट...ज़माना सिर्फ़ मैनेजमेंट का है न। अब समझे?"

टैबलेट बाबा ने गोद में रखे टैबलेट को सीधा किया फिर अनभिज्ञता में गरदन हिलाकर कहा, "नहीं समझा बाबा।"

"बच्चा, जनता आजकल समझदार हो गई है।"

“सो तो है बाबा।”

“अब जनता हर ऐरे-गैरे बाबा को घास नहीं डालती। ढोंगी, पाखंडी, धूर्त, कपटी, मायावी और न जाने क्या-क्या कहती है।”

“सही बात है बाबा।”

“खाली क़मीज़-पैंट उतारकर लाल लँगोटी पहन लेने, जटाजूट रख लेने, दाढ़ी बढ़ा लेने और राख-भभूत मल लेने से कोई बाबा नहीं बन जाता। इसके लिए लोगों का विश्वास जीतना पड़ता है। इसी को कहते हैं आस्था प्रबंधन। अब समझे?” कहकर दनादन बाबा ने दूसरा पैर मालिश के लिए आगे बढ़ाया। टैबलेट बाबा ने दूसरे पैर की मालिश प्रारंभ करते हुए जानना चाहा,

“ज़रा खुलासा करिए न बाबा, आपने कैसे लोगों का विश्वास जीता?”

“चमत्कार पैदा किया बच्चा, चमत्कार।”

“एकाध चमत्कार हमें भी सिखा दो बाबा।”

“चमत्कार? बड़े अधीर हो रहे हो जानने को,” दनादन बाबा जोरों से खिलखिलाए फिर बोले, “पहले चार-छह चेले जुटा, उनको ज्ञान प्रदान कर कि बेटा, यदि संतयोनि में रहकर मज़े से जीवन गुजारना है तो भक्तों को मूर्ख बनाना पड़ेगा?”

“आपने कैसे किया बाबा?” टैबलेट बाबा एकदम जिज्ञासु हो उठे।

दनादन बाबा ने एक बार अपने इस जिज्ञासु चेले पर गहरी नज़र डाली फिर टैबलेट बाबा की ओर आशा भरी निगाहों से देखा और उम्मीद की कि चेला एक गोली और बढ़ाए तो वह आगे बढ़ें। चेला समझदार था। उसने झट एक गोली निकालकर आगे बढ़ाई जो चट से दनादन बाबा ने मुँह में रख ली, इसका असर यह हुआ कि वह पूरी तरह आनंदातिरेक में डूब गए और उन्होंने चटपट उन सारे रहस्यों की पिटारी खोल दी, जिन्हें उनके विश्वासपात्र छंगे महाराज ही जानते थे।

दनादन बाबा अपनी दाढ़ी के सारे तिनके एक-एक कर झाड़ते हुए बोले, “यह बताओ, यदि मेरा एक भक्त दावा करे कि आज ब्रह्म मुहूर्त में उसने मुझे आश्रम में साधना करते देखा, दूसरा भक्त कहे कि ग़लत, उसने तो इसी वक़्त मुझे जंगल में ध्यान लगाए देखा, तीसरा भक्त जो मंदिर में बैठा हो, अड़ जाए कि नहीं, ऐसा हो ही नहीं सकता, क्योंकि उसने तो मुझे मंदिर में पूजा करते देखा तो इसे क्या कहेंगे?”

“चमत्कार, बाबाजी चमत्कार।” टैबलेट बाबा एकदम प्रसन्न हो उठे।

“अभी चमत्कार पूरा नहीं हुआ,” दनादन बाबा गंभीर स्वर में बोले,” जंगल में मोर नाचा, किसने देखा? चमत्कार का प्रचार-प्रसार होना चमत्कार होने से कहीं ज़्यादा आवश्यक है। सो मैंने दसों दिशाओं में इस चमत्कारकथा का ऐसा प्रचार कराया कि जनता मेरे चरणों में आ गिरी और तब से मेरी ये लात न जाने

कितने अफ़सर, कितने नेता, कितनी आम जनता खा चुकी है और आज भी बाहर देखो ज़रा झाँककर, कितने लोग इस लात को खाने के लिए लाइन में खड़े हैं।''

''सही कहते हैं बाबा, आपके इसी आस्था प्रबंधन को अंग्रेज़ी में फेथ मैनेजमेंट कहते हैं।''

''अब अँगरेज़ी-वँगरेज़ी तो हमने पढ़ी नहीं, तुम्हीं जानो।'' दनादन बाबा खीसे निपोरकर बोले।

टैबलेट बाबा ने एक बार फिर दनादन बाबा की नब्ज़ टटोली, ''अँगरेज़ी भले न पढ़ी हो बाबा, आपकी हिंदी का जवाब नहीं। आपने हिंदी में एमए तो ज़रूर किया ही होगा।''

दनादन बाबा हँस पड़े, ''हम और एमए? हम तो दसवीं भी पास नहीं कर पाए।''

''मगर आपका ज्ञान तो अपार है, ज़रूर किसी अच्छे स्कूल में पढ़े होंगे?''

''अच्छे स्कूल, अरे हम कानपुर के म्यूनिसिपल स्कूल में पढ़े हैं, वह भी हर साल फेल होकर।''

''फेल होकर?''

''और नहीं तो क्या।''

टैबलेट बाबा की आँखें चमकने लगीं। दनादन बाबा के पेट में दाढ़ी थी जो बड़ी तेज़ी से बाहर आ रही थी। टैबलेट बाबा ने दाढ़ी का एक सिरा हाथ में आते ही समूची दाढ़ी बाहर खींचने की नीयत से पूछा, ''ज़रूर आपके पिताजी उस स्कूल में शिक्षक रहे होंगे तभी तो दसवीं तक पहुँच गए।''

''अरे नहीं पगले, हमें तो पता ही नहीं स्साला हमारा बाप कौन था और माँ कौन थी।''

''अरे, कैसे महाराज?''

''हम तो मंदिर के चबूतरे पर पाए गए थे एकदम लावारिस।''

''फिर आपको किसने पाला पोसा?''

कहानी एकदम फ़िल्मी और मनमाफ़िक होती चली जा रही थी। दनादन बाबा यादों में खोए थे और टैबलेट बाबा अपने टैबलेट में।

दनादन बाबा कुछ रुककर बोले, ''जिस पुजारी ने हमें बाप की तरह पाला उसी ने बाप की तरह लातें भी खिलाईं।''

''क्यों बाबा?''

''कर्म बच्चा कर्म, हमारे कर्म ही ऐसे थे। हमने मंदिर की भक्तिनों पर डोरे डाले तो पुजारी की लातें खाईं। स्कूल में मास्टरों की लातें खाईं, घर से भागकर पुलिस की लातें खाईं। इतनी लातें खाईं, इतनी लातें खाईं कि हमें लातों से ही प्रेम हो गया। एक दिन हमने कसम खाई कि अब हम लातें खाएँगे नहीं, बल्कि खिलाएँगे।

सो दाढ़ी बढ़ाकर, राख लपेटकर बाबा बन गए। फिर समझ आया कि केवल राख लपेटने से जनता लपेटे में नहीं आती। चमत्कार ज़रूरी है सो चमत्कार शुरू हुआ। बस यहीं से हमारा जीवन बदल गया और तब से सबको लातें खिलाते आ रहे हैं।''

दनादन बाबा अतीत के मेन होल में गिरे क्या थे बल्कि समूचे डूब गए थे। अचानक गोली का नशा जैसे उतर गया, वह कड़क स्वर में बोले, ''मगर तू यह सब कुछ क्यों जानना चाह रहा है?''

''बस समझ लीजिए बाबाजी, आपसे प्रेरणा ग्रहण कर अपना भविष्य सँवार रहा हूँ।'' टैबलेट बाबा ने मुसकराकर कहा और उठ खड़े हुए।

दनादन बाबा मुसकरा उठे और बोले, ''तेरा भविष्य बहुत उज्जवल है बच्चा, तू बहुत ऊपर जाएगा।''

ऐसा कहकर उन्होंने टैबलेट बाबा को पीछे घूमने का इशारा किया। टैबलेट बाबा चट से दरवाज़े की ओर मुँह कर खड़े हो गए। दनादन बाबा ने प्रसन्न मुद्रा में आशीर्वाद देने टैबलेट बाबा के पिछवाड़े पर जो लात जमाई, उससे टैबलेट बाबा एकदम से उड़ गए और ऐसे उड़न छू हुए कि फिर नहीं लौटे। टैबलेट बाबा की जगह लौटी दूर दूर के भक्तों की भीड़ जो टीवी के खोजी चैनल पर बाबाजी की कहानी, बाबाजी की ज़ुबानी सुन चुकी थी। अपनी आँखों से उन्हें उनका इतिहास बतलाते देख चुकी थी। लातों का भव्य इतिहास सार्वजनिक हो चुका था और अब आस्था की चाशनी चुक जाने पर दनादन बाबा से हिसाब चुकाने यह भीड़ उनके आश्रम तक आ पहुँची थी।

केवल भीड़ ही नहीं आई। छापा मारने ज़िला मुख्यालय से पुलिस की ख़ास टीम आई। इंकम टैक्स वाले भी आए और नारकोटिक्स वाले भी। आश्रम में रेड हो और कुछ ऐसा-वैसा न मिले, भला कैसे संभव था। दनादन बाबा की अति गोपनीय गुफा में ऐसी अनेकानेक ग़ैर-क़ानूनी सीडियाँ पाई गईं जिन्हें दनादन बाबा ने पहले कभी देखा भी नहीं था। आश्रम के कोने-कोने से कुछ न कुछ मिला। नशे की गोलियों से भरा पैकेट ज़ब्त हुआ। आश्रम की विस्तृत कृषि भूमि में उगे गाँजे के पेड़ बरामद हुए। लगे हाथ आय कर, संपत्ति कर और उपहार कर जैसे मुख़्तलिफ़ विभागों ने हिसाब किताब जोड़कर बाबाजी को लँगोट में रहने लायक भी नहीं छोड़ा।

''घोर षड्यंत्र...घोर षड्यंत्र।'' दनादन बाबा, टैबलेट बाबा को याद कर करके अपनी मूर्खता को कोसने लगे। उन्होंने छंगे महाराज को भी कोसा जिनकी सलाह पर उन्होंने चुनाव लड़ने का विचार बनाया। चुनाव एक तरफ़ रह गया, उनकी अपनी नाव डूब गई। आश्रम की भूमि राजसात हो गई और दनादन बाबा छंगे महाराज के साथ जेल भेज दिए गए। दनादन बाबा कुछ दिन गाँव में चर्चा का विषय रहे फिर इतिहास की अँधेरी गुफा में समा गए।

15

समय और बीता। गूगल गाँव में कुछ बदला, कुछ बिलकुल नहीं। सड़कें बनीं, लेकिन कहा नहीं जा सकता, कब तक चलेंगी। कुएँ खुदे। पानी भी निकला। गाँव की महिलाओं को मीलों दूर से पानी ढोने से निजात मिली। हैंडपंप सुधर गए। औरतों की पानी भरने को लेकर रोज़ाना होने वाली कुश्ती बंद हो गई और इसके साथ ही लोकनाथ के ओटले की रौनक चली गई। लपटन ज़मानत पर छूटकर वापस आ गए। उनका मेकओवर देखकर गाँव में लोगों ने दाँतों तले उँगली दबा ली। कहाँ कल के मरियल लपटन और कहाँ अब उनकी बाँकी काया। जो लपटन गाँव में एक वक़्त की रोटी को तरसते थे, जेल में वक़्त पर नाश्ता, वक़्त पर खाना मिलने पर एकदम चकाचक नज़र आने लगे। गाँव वापस आने पर जब उन्हें पुनः रोटी के लाले पड़े तो एक बार फिर जेल वापसी की बाट जोहने लगे।

स्कूल में प्रिंसिपल साहब की तानाशाही ने त्राहि त्राहि मचा दी। स्कूल के बाहर पाराशर जी की दुकान बंद करा दी गई। नियम-क़ायदों का पालन स्कूल में ऐसी सख़्ती से होने लगा कि भवानीशंकर को लोग ख़ब्ती कहने लगे। समय पर स्कूल आओ और समय पर जाओ। पढ़ाने के दौरान ऐसा मत करो, वैसा करो, वैसा मत करो, ऐसा करो जैसे निर्देश रोज़मर्रा का हिस्सा बन गए। मध्यान्ह भोजन मुताबिक मेन्यू के बनने लगा। भोजन में स्वच्छता का स्तर ईमानदारी के स्तर तक बढ़ गया। विरोधी गुट बने। ऐसे गुटों ने प्रिंसिपल साहब की ईमानदारी से तंग आकर उनकी शहर वापसी के लिए ऐड़ी-चोटी का ज़ोर लगाया गया मगर कमिश्नर साहिबा के आशीर्वाद से सारे प्रयास असफल हो गए। पाराशर जी ऐसे अनेक विरोधी गुटों के सर्वमान्य नेता हो गए और 'अहामिंद्रो न पराजिज्ञ' अर्थात 'मैं कभी पराजित होने वाला नहीं' का परचम थामे वह मौक़े की तलाश करने लगे।

ऐसी ही एक दोपहर...स्कूल की छुट्टी होने में बस कुछ मिनटों की देर...बरामदे के कोने में कुरसी लगाकर बैठे प्रिंसिपल साहब गहन सोच में डूबे थे। स्कूल के बरामदों में नैतिक शिक्षा का पीरियड चल रहा था और समस्त शिक्षक मक्कारी और मनमर्ज़ी के पुराने दिनों की याद कर बेमन से नैतिक ज्ञान देने का प्रयास कर रहे थे। बच्चों में नैतिक शिक्षा को लेकर कोई उत्साह नहीं था और लुके-छिपे उनमें धमा-चौकड़ी जारी थी। उन्हें यह देखकर आश्चर्य हो रहा था कि न जाने आज ऐसा क्या है जो प्रिंसिपल साहब की निगाहें उन पर अजीबोग़रीब ढंग से टिकी हैं और हटने का नाम ही नहीं लेतीं। प्रिंसिपल साहब की निगाहें जिस प्रकार टिकी थीं उन्हें देखकर ही यह अंदाज़ लगाया जा सकता था कि वह मंथन वन में वह कितने भीतर तक भटक गए हैं।

प्रिंसिपल साहब इस वक़्त अपने लंबे सेवाकाल में शिक्षा पद्धति, नई तकनीक, पठन-पाठन के नए-नए साधन तथा छात्रों के अनुशासन में आए बदलाव पर चिंतन

कर रहे थे। जिस शहर से वह आए थे, वहाँ से गूगल गाँव के शिक्षा के स्तर की तुलना कर रहे थे। तीस साल पहले के ज़माने में शहरों में शिक्षा का स्तर था एकदम गूगल गाँव की तरह और अब क्या ज़माना आ गया। हर छात्र के दिमाग़ में कंप्यूटर और ज़ुबान पर अटपटी अंग्रेज़ी है। ऐसा मालूम होता है कि बच्चे पैदा बाद में हो रहे हैं, अंग्रेज़ी व कंप्यूटर पहले ही सीख रहे हैं। जहाँ देखो, कुकुरमुत्तों की तरह कंप्यूटर सेंटर उगे हैं। जो लोग पैदा होने से पहले अंग्रेज़ी बोलना नहीं सीख पाए, उनके लिए मात्र चंद घंटों में फर्राटेदार अंग्रेज़ी सिखाने की सुपारी ली जा रही है। तरह-तरह के कोर्स पैदा हो गए हैं जिनका न आदि समझ आता है न अंत। परिवर्तनों के इस दौर में उन्हें लगा कि तीस बरस में शिक्षा राह चलती कुतिया से उन्नत नस्ल के भीमकाय हाथी में तब्दील हो गई है जो जिसे चाहे, अपने पैरों तले रौंद सकता है। ऐसा हाथी जिस पर चढ़ना जितना मुश्किल है उतना ही ख़र्चीला भी। उन्होंने तीस साल विभिन्न गाँवों और शहरों के स्कूलों में हिंदी पढ़ाते-पढ़ाते बिताए थे। उनके ज्ञान की बगिया में तुलसीदास और कालिदास वटवृक्ष बनकर कुछ ऐसे छाए थे कि कंप्यूटर की पौध उसमें पनप ही नहीं पा रही थी। उन्हें यह सोचकर बड़ा संतोष हुआ कि हमारी उच्च शिक्षा प्रणाली दुनिया में भले अमेरिका के बाद दूसरे नंबर पर हो परंतु देहात के स्कूलों में ज़्यादा कुछ नहीं बदला। वही हिंदी, वही प्रेमचंद, वही निराला, वही सुभद्रा, वही टाट पट्टी, वही ब्लैक बोर्ड। हाँ, कुछ बदला है तो वह है छात्र-छात्राओं के साथ सख़्ती पर रोक। बस यही बात है जिस पर उन्हें ख़ासा मलाल है। सख़्ती के बिना अनुशासन नहीं और अनुशासन के बिना शिक्षा नहीं।

प्रिंसिपल साहब ने नैतिक शिक्षा की क्लास पर एक नज़र डाली। चूँकि वह बड़ी देर से अनुशासन के ह्रास पर चिंतन कर रहे थे, लिहाज़ा उनसे रहा न गया। वह उठ खड़े हुए और छात्रों में अनुशासन का आकलन करने की गरज से बरामदे में आ गए। उन्हें बड़ी खीझ हुई जब उन्होंने देखा, नैतिक शिक्षा के प्रति छात्रों में कोई विशेष रुचि नहीं है और उनके मध्य धींगामुस्ती ज़ारी है। बल्कि उन्हें यूँ लगा, जैसे उनके पीठ पीछे कुछ छात्रों ने उन्हें चिढ़ा ही दिया हो। वह खीझते हुए अगली कक्षा में पहुँचे, यहाँ भी यही हाल। उनके रक्तचाप का मेंढक एकाएक उछलने लगा। उन्होंने वह ज़माना देखा था जब शिक्षकों की कक्षा में उपस्थिति मात्र से सनाका खिंच जाता था। प्रिंसिपल के तो नाम से ही छात्रों को साँप सूँघ जाता था। मज़ाल है, कहीं से 'चूँ' आवाज़ आ जाए। मगर आज?

प्रिंसिपल साहब अनुशासनिक ह्रास का स्यापा कर ही रहे थे कि अनहोनी हो गई। बग़ल की कक्षा से उड़ता हुआ एक काग़ज़ी हवाई जहाज उनकी ओर तेज़ी से आया। न केवल आया, वरन वर्ल्ड ट्रेड सेंटर की तरह उनके माथे से जा टकराया। इतना बड़ा हमला? वह क्रोध से थरथरा उठे। थरथराहट का ताप ऐसा कि वह

ट्विन टावर की भाँति काँपने लगे। मगर वह ट्विन टावर नहीं थे जो ऐसे हवाई हमले से धराशायी हो जाते। वह प्रिंसिपल भवानीशंकर थे। एड़ लगते ही उनकी रगों में रक्त अरबी घोड़े की तरह दौड़ पड़ा। हमलावर छात्र उनकी आँखों के सामने था। उन्होंने आव देखा न ताव, बच्चे के बाल पकड़कर ऊपर उठाया और तड़ातड़ जो झापड़ रसीद किए, कि बच्चा एकदम फर्श पर लेटमलाट हो गया। बरसों बाद स्कूली बच्चे की पिटाई। चारों ओर भगदड़ मच गई। बच्चा यूँ पड़ा था जैसे प्राण ही न बचे हों। पलभर में कुहराम मच गया। ''मेरे बच्चे को मार दिया...मेरे लाड़ले को मार डाला...,'' सबसे पहले बच्चे की माँ ऐसा ऐलान करने के साथ-साथ छाती पीटते आई। उसके पीछे-पीछे बच्चे का पिता भी प्रिंसिपल साहब की माँ बहनों के प्रति सम्मान प्रकट करता, लट्ठ पीटता आ पहुँचा। पाराशर जी मौक़ा पाकर सक्रिय हुए और उनका मोबाइल गाँव में आकाशवाणी करने लगा। बच्चे के रिश्तेदार और रिश्तेदारों के भी रिश्तेदार न जाने कहाँ-कहाँ से इकट्ठा होने लगे। गाँव-भर के लोग दौड़-दौड़कर स्कूल पहुँचने लगे। कुछ ही देर में स्कूल का मैदान अखाड़ा बन गया। तरह-तरह के रंग वाले गमछे नज़र आने लगे। उन गमछों में लिपटे नेताओं की गर्दनें प्रिंसिपल साहब के मानमर्दन के लिए लोगों को उकसाने लगीं। किसी ने कुर्सियाँ तोड़ीं, किसी ने टेबिलें। किसी ने ब्लैक बोर्ड को दीवार से पटककर लतियाया तो किसी ने अलमारियों को पटककर फाइलें फाड़ने में ही अवैतनिक योगदान देना प्रारंभ कर दिया।

प्रिंसिपल साहब ने यह सब देखा तो उनके होश फ़ाख़्ता हो गए। तीस साल के परिवर्तनों में इस क्रांतिकारी परिवर्तन के बारे में चिंतन तो उन्होंने किया ही नहीं था जिसमें मोबाइल के ज़रिए ख़बरें और घृणा फैलाना ज़बर्दस्त तौर पर आसान हो गया था। बच्चे का बाप, जो अभी तक मात्र लट्ठ घुमाता हुआ हिंदुस्तानी गालियों का वाक्यों में यथास्थान प्रयोग कर रहा था, भीड़ को देखकर जोश में आ गया और उसने प्रिंसिपल साहब को कुरता समेत ऊपर तक उठा लिया, मगर इससे पहले कि वह उन्हें नीचे धराशायी करता, दरोगा लोटनप्रसाद भागते हुए आ पहुँचे।

जीप से उतरते ही लोटनप्रसाद दहाड़े, ''क्या हो रहा है यह सब? बंद करो यह तमाशा।'' उनके चिल्लाने का भी असर उलटा ही हुआ। जो भीड़ अभी तक प्रिंसिपल साहब के सिर पर चढ़ी हुई थी, अचानक दरोगा जी पर चढ़ बैठी, ''इस पर क्यों चीख रहे हैं दरोगा जी, इस कसाई को देखिए, मासूम बच्चे को मार ही डाला।''

लोटनप्रसाद ने बच्चे पर नज़र डाली। बच्चा अब चैतन्यावस्था में आ चुका था और चकित हो रहा था कि बेहोशी के मामूली से अभिनय पर कैसा ग़ज़ब उपद्रव हुआ। आह! मेरा अभिनय। लोटनप्रसाद बच्चे की ओर बढ़े तो बच्चा पुनः अभिनय मोड में आकर यथावत आँख मूँदकर बेहोश हो गया।

"देखो-देखो, कैसे मेरे कलेजे के टुकड़े को मारा है इस राक्षस ने।" बच्चे की माँ जो पालने से ही अपने सपूत के पाँव देखती आ रही थी और अब तक समझ चुकी थी कि असलियत क्या है, चीख-चीखकर भीड़ को उकसाने लगी।

"स्कूल की गुंडागर्दी नहीं चलेगी।" अचानक भीड़ में से एक गमछा और उसमें बँधा नेता प्रकट हुआ।

"नहीं चलेगी...नहीं चलेगी।" चारों तरफ़ से आवाज़ें आईं और नेताजी के भी रिश्तेदार प्रकट होकर शोर मचाने लगे।

दरोगा लोटनप्रसाद, मुंशी गयाप्रसाद ने भीड़ को शांत करने का प्रयास किया, मगर शोरगुल ऐसा कि कोई सुनने को तैयार नहीं हुआ। बच्चा जो अभिनय करते करते बोर हो चुका था और समझने लगा था कि मामला अब मनोरंजन की सीमा से आगे बढ़ गया है तो एकाएक उसने उठकर घर की ओर दौड़ लगा दी। इसका फ़ौरी असर यह हुआ है कि एक पल को भीड़ में सन्नाटा छा गया। अब बच्चे का बाप खिसियाकर बोला, "दरोगा जी, बच्चे की क़िस्मत अच्छी थी जो बच गया, वरना इन महाशय ने तो मार ही डाला था।" वह अचानक प्रिंसिपल साहब को राक्षस से महाशय की श्रेणी में लाता हुआ बोला।

"हूँ" लोटनप्रसाद ने भागते हुए बच्चे को देखकर कहा। लाल गमछे वाले नेताजी, जो शुरू में बच्चे को मरा जानकर लाश को सड़क पर रखकर प्रदर्शन करने का मन बना चुके थे, अचानक बदली हुई सिचुएशन पर संकट में पड़ गए। मगर वह नेता ही क्या जो संकट में भी कंटक पैदा न कर सके। लिहाज़ा वह पलटवार की मुद्रा में पंचम सुर में चिल्लाए, "आपको इस निर्दयी प्रिंसिपल पर मुक़दमा दर्ज़ करना ही होगा।"

"मुक़दमा!" हरे गमछे वाले नेताजी पछताए कि यह आइडिया पहले उन्हें क्यों नहीं सूझा। वह भी पंचम सुर में सहमतिगान करते हुए बोले, "हाँ, मुक़दमा तो दर्ज़ करना ही होगा।"

"हाँ करना ही होगा।" नीले, पीले, गुलाबी गमछे वाले नेता भी सुर में सुर मिलाकर बोले।

"आप इसी वक़्त इसे गिरफ़्तार करिए।"

"हाँ, इसे जेल भेजिए।"

"पुलिस कुछ नहीं करेगी...मौक़े पर फ़ैसला करो।"

"हाँ...हाँ...यहीं फ़ैसला करो।"

जनता अदालत लगाकर बैठ गई थी। हर चेहरा फ़ैसला करने के लिए आतुर था। किसी के चेहरे पर शरारत थी, किसी के चेहरे पर शैतानी। कुछ केवल इसीलिए चीख रहे थे क्योंकि मनोरंजन का इससे अच्छा मौक़ा फिर नहीं मिलना था। प्रिंसिपल साहब अपमान और क्षोभ की पीड़ा से अपने स्थान पर जड़ थे। 'हम

भारत के लोग...वी द ग्रेट पीपल ऑफ इंडिया...' भारत को क्या बनाने की शपथ ली थी और क्या बना रहे हैं, कहाँ ले जाने का स्वप्न देखा था और कहाँ ले जा रहे हैं...कुछ भी करो, फिर भी ढाक के वही तीन पात। प्रिंसिपल साहब ने ख़ुद से सवाल किया फिर सिर पकड़कर बैठ गए। उनके सामने सवाल था और जनता के सामने फ़ैसला।

पाराशर जी मामले के मनोवांछित ढंग से गरमाने के बाद मौक़ा पाकर भूमिगत हो गए थे। मोबाइल के ज़रिए उनकी मनोवांक्षा अनोखीबाबू तक जा पहुँची थी। पाराशर जी की आकांक्षा को पूरा सम्मान प्रदान करते हुए अनोखीबाबू गूगल गाँव के लिए रवाना हो गए थे। उनके गले में इस वक़्त एक रंग-बिरंगा गमछा खिलखिला रहा था। वह एक नई और चकाचक जीप में सवार थे जो इस गमछे को धारण करने के एवज में उन्हें बतौर उपहार मिली थी। कभी साइकिल पर बैठकर गालियाँ देने वाले उनके गनमैन की तबीयत भी अब प्रसन्न थी। प्रिंसिपल साहब के तत्काल तबादले के प्रस्ताव के साथ मामले को ठंडा करने की नीयत से खिलखिलाते हुए दोनों गूगल गाँव की धरती पर तेज़ी से उतर रहे थे।

❑❑❑